FORGOTTEN PLACES

Band 1
ALISTAIR

Estelle Harring

Impressum:
Estelle Harring
c/o Papyrus Autoren-Club
Pettenkoferstr. 16-18
10247 Berlin

ISBN: 1518762042
ISBN-13: 987-1518762048

Covergestaltung:
kec99 / 99designs.de
Lektorat/Korrektorat:
T. C. Benning

ÜBER DIE AUTORIN

Estelle Harring lebt nach mehreren Umzügen, die sie kreuz und quer durch Deutschland, aber auch ins Ausland geführt haben, mittlerweile in Berlin. Sie arbeitete als Buchhändlerin und ist als Journalistin tätig. Stapelweise Bücher zu lesen und eigene Geschichten aufzuschreiben gehören zu ihrem Leben wie Familie und Freunde, Reisen, Filme und gute Schokolade. Ihre liebsten Genres sind romantische Geschichten und Urban Fantasy. Beides miteinander zu verbinden, Charaktere und Handlungen zu erfinden, heiße Männer auf starke Frauen loszulassen und zu sehen, was passieren wird, sie in unserer Welt mit übernatürlichen Elementen zu konfrontieren und mit den Irrungen und Wirrungen von Leidenschaft und Liebe – das ist es, was Estelle Harring dazu bringt, einen Großteil ihrer Freizeit vor dem Computer zu verbringen.

Estelle ist auch auf Facebook zu erreichen:
www.facebook.com/EstelleHarring.

KAPITEL 1

Alistair Turner stand nackt am Fenster des Schlafzimmers. In der einen Hand einen Whisky, die andere auf den Rahmen gestützt, sah er in die Dunkelheit. Von seinem Haus hatte er einen beeindruckenden Blick über das nächtliche Edinburgh und die beleuchtete Burg.

Hinter ihm raschelte die Bettdecke, als die Blondine aufstand, mit der er sich die letzten Stunden ausgiebig vergnügt hatte, aber er drehte sich nicht um. Kurz darauf schmiegte sie sich von hinten an ihn und küsste seinen Rücken.

„Komm wieder zurück", flüsterte sie, strich mit den Fingern über seinen muskulösen Bauch, glitt langsam tiefer und umfasste fordernd seinen Schwanz.

„Nicht." Seine Stimme war kühl und er schob ihre Hände weg. „Geh. Ich muss zeitig aufstehen."

„Du schmeißt mich raus?" Sie klang empört. „Nach allem, was heute Nacht zwischen uns passiert ist?"

Alistair wandte sich ihr zu. „Was ist denn schon passiert? Wir haben gefickt."

Sie schob die Unterlippe vor. „Aber ich dachte … es war so … du wolltest also nur deinen Spaß?"

Er grinste spöttisch. „Ich hatte den Eindruck, dass du ebenfalls auf deine Kosten gekommen bist. Mehr als einmal."

„Verdammter Mistkerl!“ Wütend raffte sie ihre auf dem Boden verstreuten Klamotten zusammen und rauschte aus dem Zimmer.

Ein paar Minuten später hörte er, wie im Erdgeschoss die Tür lautstark zugeworfen wurde.

Alistair fuhr sich genervt durch die dunklen Haare und nahm einen Schluck. Was hatte sie eigentlich erwartet? Dass sich etwas aus diesem One-Night-Stand entwickeln würde? Dabei hatte er wie immer klargemacht, dass es nur um Sex gehen würde, und sie war mehr als einverstanden gewesen.

Sie waren sich im *Leviathan* begegnet, Alistairs bevorzugtem Jagdrevier, wenn es galt, jemanden zu finden, mit dem er Spaß haben konnte. Die Auswahl war reichlich gewesen und die meisten Frauen hatten versucht, sein Interesse zu wecken.

Als er sich für eine entschieden hatte, musste er sie nicht lange umgarnen. Sie hatte sich ihm regelrecht an den Hals geworfen. Er dachte an ihren heißen Atem auf seiner Haut, ihre lustvollen Schreie, ihr Betteln, an ihr gemeinsames Stöhnen und Keuchen, als sie beide den Höhepunkt erreichten. Wieder und wieder.

Es war gut gewesen. Äußerst befriedigend. Sie hatte keine Sekunde gezögert, ihm seine Wünsche zu erfüllen. Dennoch fühlte sich Alistair nach dem körperlichen Rausch und der Ekstase leer. Dabei hatte er alles, was das Leben angenehm machte. Er war gebildet, erfolgreich, hatte Geld und Macht, bekam, was er wollte. Er sah unverschämt gut aus, war begehrt. Die besten Freunde, die man haben konnte, waren seine selbstgewählte Familie. Was sollte ihm also fehlen?

Nachdenklich betrachtete Alistair seine Spiegelung in der Scheibe, schüttelte den Kopf, prostete sich zu und lächelte. Nein, ihm fehlte nichts. Er genoss sein Leben in vollen Zügen und das hatte er sich auch verdient. Er hatte bereits zu viel Leid erleben müssen.

Unbewusst strich er über die lange Narbe, die sich seitlich an seinem Bauch bis zum Oberschenkel zog.

Zu viel Leid …

Kurz schloss er die Augen. Schlachtrufe hallten in seinem Kopf wider, eine weite Ebene, das Klirren von Schwertern, das Wiehern von Pferden, unerträgliche Schmerzen, Todesschreie …

Energisch schob Alistair die Gedanken an die Vergangenheit beiseite. Er wollte nicht dort verweilen, sondern im Hier und Jetzt leben.

Um den Kopf wieder frei zu bekommen, trank er schnell aus, warf sich in Sportklamotten und Laufschuhe und rannte hinaus in die Nacht.

KAPITEL 2

„Meinst du wirklich, dass das passend ist?“ Helen betrachtete sich skeptisch im großen Spiegel des Luxuskaufhauses, in das ihre beste Freundin sie geschleppt hatte. „Ist das nicht ein bisschen wenig Stoff?“

„Überhaupt nicht!“ Lucy schnaubte. „Erstens gehen wir nicht jeden Tag auf so eine schicke Abendveranstaltung, um dich für deinen Doktortitel feiern zu lassen, zweitens passt das Kleid ganz großartig zu deinen grünen Augen und roten Haaren, und drittens schadet es nicht, wenn du mal wieder sexy aussiehst nach all den Jahren im Laborkittel.“

„Das musst du gerade sagen. Du trägst in deiner Praxis jeden Tag einen“, entgegnete Helen spöttisch.

„Ja, aber der ist ganz eng geschnitten.“

„Und wen willst du damit beeindrucken? Die Hunde und Katzen, die du behandelst?“

„Ihre Herrchen. Und jetzt lenk nicht ab, wir reden über dich. Wer weiß, wen du auf der Party triffst? Du bist seit zwei Jahren Single und wirst bald dreißig.“

„Du klingst schon wie mein Vater.“

„So ganz unrecht hat er ja nicht.“ Lucy imitierte seine Stimme. „Deine besten Jahre sind bald vorbei.“

„Vierzig sind die neuen zwanzig. Ich hab also noch massig Zeit.“ Helen kicherte, riskierte einen weiteren Blick, musterte sich von allen Seiten und schüttelte dann entschlossen den Kopf. „Das geht nicht. Das ist viel zu auffällig.“

„Auffällig ist gut! Es betont all deine Rundungen. Zeig ruhig, was du hast. Du musst doch auch an deine Karriere denken. Da werden jede Menge wichtige Leute sein."

„Ja, aber ich suche einen Job als Genetikerin, nicht im Callgirl-Gewerbe."

Lucy lachte, während Helen erneut in der Kabine verschwand.

***

Entspannt schlenderte Helen durch die Straßen Londons. Der gestrige Abend war ein voller Erfolg gewesen. Sie hatte zahlreiche Kontakte geknüpft, obwohl sie sich letztlich für ein eher unauffälliges Abendkleid entschieden hatte. Allerdings war sie sich bei einigen der Herren trotzdem nicht ganz sicher, ob sie tatsächlich nur an ihrem Verstand interessiert waren.

Lucy hatte sich ebenfalls prächtig amüsiert und war gegen Mitternacht mit einem attraktiven Physiker in einen Club weitergezogen. Helen war nach Hause gegangen. Im Moment hatte sie einfach keinen Kopf für Männer, eine Affäre oder gar eine Beziehung. Ihre letzte hatte die Doktorarbeit aufgefressen.

Mark hatte Helen nie ganz verstanden, auch nicht ihre Leidenschaft für das, was sie tat, was sich allerdings erst im Laufe der Zeit herausgestellt hatte. Er hatte sie zwar während ihres Studiums kennengelernt und gewusst, wie wichtig ihr die Wissenschaft war, trotzdem war er davon ausgegangen, sie würde jederzeit ihre eigene Karriere vernachlässigen und ihm den Vorzug geben. Wie sich letztendlich gezeigt hatte, suchte er in erster Linie gar keine Frau, die ihm ebenbürtig war, sondern eine, die ihn ständig bewunderte, sich völlig zurücknahm und auf gesellschaftlichen Terminen brav an seinem Arm hing und gut aussah. Das hatte er dann bei seiner Sekretärin gefunden. Der Arsch!

Ärgerlich runzelte Helen die Stirn. Mark hätte niemals seine Arbeit als Staranwalt für sie aufgegeben, erwartete das aber von ihr! Das allein war Grund genug, sich von ihm zu trennen, doch später auch noch herauszufinden, dass er sich im Laufe ihrer Beziehung mit diversen anderen Frauen im Bett gewälzt hatte, hatte sie hart getroffen.

Entschlossen straffte Helen die Schultern. Er würde schon sehen! Sie würde einen super Job finden und Karriere machen und vielleicht sogar den Nobelpreis gewinnen.

Aber jetzt hatte sie erst einmal Urlaub. Drei Monate Auszeit und die große weite Welt wartete auf sie. Nur wohin sollte es als erstes gehen? Sie brauchte Inspiration.

Während sie darüber nachdachte, blendete sie auf einmal ein Sonnenstrahl, der von einem Schaufenster reflektiert wurde. Blinzelnd drehte sie den Kopf und entdeckte verwundert einen kleinen Buchladen. Das hier war Notting Hill, ihr Viertel, aber dieses Geschäft war ihr nie zuvor aufgefallen. Neugierig trat sie näher.

Um einen antiken Globus stapelten sich jede Menge Reiseführer – wenn das kein Wink des Schicksals war. Dahinter konnte man einen Raum erkennen, der Helen erstaunlicherweise an das Wohnzimmer ihrer Großmutter erinnerte und sofort ein warmes Gefühl auslöste. Die Regale an den Wänden waren aus edlen Hölzern und bis unter die Decke mit Büchern gefüllt. In der Mitte stand ein alter Mahagonitisch, auf dem Bildbände auslagen. In einer Ecke sah sie zwei gemütliche Ohrensessel und eine Stehlampe mit altmodischem Schirm, davor ein kleiner Hocker, auf dem eine Schüssel mit Keksen zum Naschen einlud. Hier würde sie sofort einziehen!

Ein silberhelles Glöckchen ertönte, als Helen eintrat. Wie immer erwartete sie, dass ihr in dieser Gegend irgendwann einmal ein Buchhändler begegnen würde, der wie Hugh Grant aussah, aber auch dieses Mal wurde sie enttäuscht.

Und trotzdem fiel ihr fast die Kinnlade herunter. Statt eines schüchternen, charmanten Mannes stand ihr die schönste Frau gegenüber, die sie jemals gesehen hatte, und lächelte sie freundlich an.

Weißblonde Haare fielen in weichen Wellen bis über ihre Schultern und umrahmten ein Gesicht, das nicht von dieser Welt war. Makellose, blasse Haut, große Augen, tiefblau wie das Meer, hohe Wangenknochen, die entzückendste Nase, die man sich überhaupt nur vorstellen konnte, ein Mund, für den Männer in die Schlacht ziehen würden. Und der Körper, auf dem dieser Kopf saß, würde jeden Künstler in den Wahnsinn treiben bei dem Versuch, solch unvergleichliche Perfektion zu imitieren.

Helen starrte sie minutenlang an, bis sie mitbekam, dass dieses vollkommene Wesen mit ihr sprach. Sie erwachte wie aus einer Trance. „Was haben Sie gesagt?"

„Ich fragte, ob ich Ihnen helfen kann."

Helen wurde rot und Helen wurde eigentlich nie rot.

„Entschuldigen Sie bitte", stammelte sie verlegen, „ich wollte Sie nicht … Sie sind nur so unglaublich schön."

Der letzte Teil war ihr herausgerutscht, bevor sie es verhindern konnte.

Die Erscheinung schmunzelte und winkte ab. „Ist schon okay. Daran bin ich gewöhnt." Sie klang überhaupt nicht arrogant. Ihre Stimme war wie fließende Seide auf der Haut, wie Mondschein in einer magischen Nacht …

Helen merkte, dass sie erneut abdriftete und versuchte sich daran zu erinnern, was sie eigentlich hier wollte.

„Vielleicht fangen wir noch einmal an. Hallo, ich bin Alassë. Kann ich Ihnen irgendwie helfen?"

Alassë streckte ihre Hand aus und Helen ergriff sie. Wie feingliedrig die Finger waren und wie angenehm kühl und weich sich ihre Haut anfühlte.

Fing das schon wieder an? Irritiert schüttelte sie den Kopf.

„Ach, ich kann Ihnen nicht helfen?" Das Lachen in Alassës Stimme war deutlich zu hören.

„Doch. Natürlich. Also, ich würde gerne eine Weltreise machen und überlege, wo ich anfangen soll. Hätten Sie vielleicht einen Tipp?", ratterte Helen herunter.

Alassë musterte sie eingehend. Es schien Helen, als könnte sie bis auf den Grund ihrer Seele schauen.

Einen Moment später lächelte Alassë und nickte. „Ich denke, ich habe das Richtige für Sie."

Dann ging – nein, schwebte – sie zu einem Regal und zog aus einer Reihe von Neuerscheinungen ein schmales, in braunes Leder gebundenes Buch hervor, das ziemlich alt aussah. Freudestrahlend hielt sie es hoch.

„Äh", sagte Helen. In der Schule hatte sie jede verdammte Debatte gewonnen und jetzt fiel ihr nichts Besseres ein? Sie atmete tief durch und sammelte sich. „Vielleicht lieber etwas … Aktuelleres?"

Alassë hob eine Augenbraue und sah sie fragend an.

„Na ja, ich möchte mich ungern auf ein Fünf-Sterne-Hotel freuen, das es seit dem Fall des Empires nicht mehr gibt."

Alassë lachte. „Es ist alt, aber vertrauen Sie mir. Dieses Buch ist genau, was Sie brauchen!"

Alassë ging zur Kasse und Helen folgte ihr ohne Widerworte. Natürlich würde sie den alten Schinken kaufen und auch alles andere, was Alassë ihr einpacken würde. Während sie ihr Portemonnaie aus der Tasche zog, hörte sie die alte Registerkasse klingeln.

„21 Pfund, 6 Pence", verkündete Alassë fröhlich.

Helen zuckte nicht einmal mit der Wimper, legte den passenden Betrag auf die Theke und nahm die Tüte entgegen.

„Sie werden ganz sicher einen wunderschönen Urlaub haben. Und einen interessanten." Alassë lächelte geheimnisvoll. „Ich würde mich freuen, wenn Sie mir eines Tages berichten, was Sie alles erlebt haben."

„Gerne", hörte Helen sich sagen. „Vielen Dank für die … die Beratung."

„Vielen Dank für den Einkauf." Alassë schüttelte ihr herzlich die Hand zum Abschied und Helen verließ leicht benommen das Geschäft.

Ein paar Straßen weiter nahm sie vor einem Café Platz und genoss die frühsommerliche Wärme. Nachdem sie ihren Cappuccino bestellt hatte, dachte sie verwundert darüber nach, was in der Buchhandlung geschehen war. Wenn sie nicht Wissenschaftlerin wäre, hätte sie fast geglaubt, sie hätte unter einem Bann gestanden. Aber das war selbstverständlich Quatsch! Alassë konnte einfach verkaufen. Und wie!

Jetzt war es an der Zeit nachzusehen, was sie da eigentlich erstanden hatte, ohne einen zweiten Blick darauf zu werfen. Neugierig holte Helen das Buch hervor und ließ die Fingerspitzen über den Einband gleiten, auf dem in goldenen Lettern *Forgotten Places* eingeprägt war. Das hörte sich zwar nicht nach dem aufregendsten Ort für den Beginn ihrer Weltreise an, aber vielleicht machte der Inhalt mehr her.

Voller Erwartung schlug sie das Buch auf und suchte als erstes nach einem Inhaltsverzeichnis. Es gab keins.

Seufzend blätterte sie weiter und hielt schon auf der nächsten Seite wie verzaubert inne. Sie sah eine kleine Kapelle, die von Bäumen umgeben war. Wie Wächter schienen sie sie vor der Welt zu schützen. Es war nur eine Kohlezeichnung, aber sie wirkte so lebendig, dass Helen das Gefühl hatte, tatsächlich dort zu sein. Sie glaubte sogar, eine leichte Brise zu spüren, die ihr zärtlich die Haare aus dem Gesicht strich. Der Duft von Wildblumen umgab sie, Vögel sangen und ein unbändiges Glücksgefühl stieg in ihr auf. Aber da war noch mehr. Ein schmerzhaftes Ziehen in ihrer Brust, ein nie gekanntes Sehnen nach diesem Ort.

Ihr Herz schlug schneller und sie umklammerte das Buch so fest, dass ihre Knöchel weiß hervortraten. Helen kam es vor, als würde es unter ihren Händen pulsieren, wie etwas Lebendiges, das sie lockte und ihr Worte zuflüsterte in einer Sprache, die sie nicht verstand.

Eine Hand auf ihrer Schulter ließ Helen zusammenzucken. „Alles in Ordnung mit Ihnen, Miss? Sie sehen ganz blass aus."

Besorgt musterte der Kellner sie, während er den Cappuccino vor sie stellte.

Die Stimmen in ihrem Kopf verstummten genauso plötzlich, wie sie gekommen waren. Ihr Puls beruhigte sich. Sie legte das Buch auf den Tisch und rieb sich die Schläfen. Was war heute nur los mit ihr? Erst ihre seltsame Begegnung mit Alassë und jetzt das?

„Miss?"

Langsam sah Helen auf und nickte. „Es geht mir gut. Danke."

Mit einem freundlichen Lächeln ließ der Kellner sie wieder allein mit ihren Gedanken.

Irgendetwas war gerade passiert. Etwas, was sie sich nicht erklären konnte, und es gab nicht viel auf dieser Welt, was sie sich nicht zumindest im Ansatz erklären konnte.

Helen griff nach der Tasse und stellte fest, dass ihre Hand zitterte. Sie trank einen Schluck und widmete sich wieder dem Reiseführer. Unter der Zeichnung stand: *Braemar, 1682.*

Braemar, Schottland. Natürlich wusste Helen, wo der Ort ungefähr lag, aber ausgerechnet dort sollte ihre Weltreise beginnen? Entschieden schüttelte sie den Kopf und klappte die *Forgotten Places* zu.

Doch genau in diesem Augenblick hörte sie erneut ein Flüstern. Eine tiefe Sehnsucht überkam sie, und sie fühlte, dass sie keine Wahl hatte und ihre Entscheidung gefallen war. Sie würde dieser Sache nachgehen. Sie würde die Kapelle suchen und eine Erklärung finden, wieso dieser Ort sie zu rufen schien. Eine logische, wissenschaftliche Erklärung. Die musste es schließlich geben.

Oder die langen Tage im Labor und die ungezählten schlaflosen Nächte der letzten Jahre, in denen sie an ihrer Doktorarbeit geschrieben hatte, forderten jetzt ihren Tribut.

Oder sie wurde langsam spleenig wie ihre Großmutter Rose.

Entschlossen trank Helen aus, legte ein paar Münzen auf die Untertasse, steckte das Buch ein und machte sich auf den Weg nach Hause.

Nach Hause, um ihre Koffer zu packen, sich ins Auto zu setzen und nach Schottland zu fahren.

***

„Und nochmal, es tut mir leid, dass ich mich nicht richtig von dir verabschiedet habe, aber wenn ich nur einen Augenblick länger darüber nachgedacht hätte, hätte ich eine Ausrede gefunden, um auf gar keinen Fall das zu tun, was ich gerade tue. Du kennst mich." Helen seufzte und überholte den Wagen vor ihr.

„Mich musst du nicht überzeugen. Ich finde es großartig, dass du endlich mal wieder über deinen Schatten springst und spontan einer Eingebung folgst, wie merkwürdig auch immer sie ist. Ich warte schon mein ganzes Leben darauf, dass mir so etwas Mysteriöses passiert!" Die Begeisterung in Lucys Stimme brachte Helen zum Schmunzeln. „Wenn du dort oben einen Feenhügel findest, rufst du mich an und gehst auf gar keinen Fall hinein, bevor ich nicht bei dir bin. Das machen wir zusammen. Versprochen?"

„Versprochen!" Helen lachte. Erleichtert darüber, dass Lucy keinen Augenblick an ihrer Geschichte gezweifelt hatte, sondern sie im Gegenteil darin bestärkte, ihrem Gefühl zu folgen.

„Liebes, mein nächster Patient wartet schon. Gib Bescheid, wenn du angekommen bist. In den nächsten Tagen sehe ich mir die Buchhandlung und diese Frau auch mal an. Ich melde mich danach und erzähle, was mir hoffentlich ebenfalls Seltsames widerfahren ist."

Helen grinste. „Alles klar. Bis später."

In der Abenddämmerung erreichte sie Braemar, schickte Lucy die versprochene SMS und überlegte, sich erst eine Unterkunft zu suchen, verwarf den Gedanken aber sofort wieder, so stark war der Drang, die Kapelle mit eigenen Augen zu sehen.

Helen folgte der Wegbeschreibung, die im Reiseführer neben der Zeichnung stand, und ließ den kleinen Ort mit seinen hübschen Häusern und den alten Kirchen hinter sich.

Sechs Meilen außerhalb bog sie auf einen schmalen Schotterweg ein, der nicht den Eindruck erweckte, als wäre er in den letzten hundert Jahren oft befahren worden. Er schlängelte sich durch ein hübsches Tal, bevor er auf halber Höhe eines Berges abrupt endete.

Helen kramte eine Taschenlampe aus dem Handschuhfach, nahm ihre Jacke und Tasche, schloss das Auto ab und machte sich auf den Weg.

Ein Pfad, der im Zwielicht schwer zu erkennen war, führte zwischen hohen alten Bäumen den Berg hinauf. Vorsichtshalber knipste sie die Taschenlampe an und warf auch nochmal einen Blick in den Reiseführer, doch außer der Angabe, dem Pfad zu folgen, gab es keine zusätzlichen Hinweise.

Als Helen weiter ging, bemerkte sie, dass ihre Schritte zögerlicher wurden. Obwohl sie es kaum erwarten konnte, zu überprüfen, ob ihre Empfindungen aus dem Café sich wiederholen würden, spürte sie gleichzeitig, dass ihr ein kalter Schauer über den Rücken lief. Die Bäume standen jetzt dichter und schienen immer näher zu kommen. Sie war völlig allein in den Highlands und der Dunkelheit unterwegs – was hatte sie sich nur dabei gedacht?

Dieses verflixte Buch hatte sie ganz durcheinander gebracht. Seitdem sie es das erste Mal aufgeschlagen hatte, gingen ihr tausend Gedanken durch den Kopf. Dass sie den Ort aus einem anderen Leben kannte, hatte sie sofort als Unsinn abgetan, ebenso wie die Idee, dass das Buch verzaubert war. Viel wahrscheinlicher war, dass sie irgendwann einmal einen Bericht darüber gesehen hatte oder dass er sie an etwas aus ihrer Kindheit erinnerte.

Aber die Orte ihrer Kindheit waren immer mit Geräuschen erfüllt gewesen und hier gab es keine, wie sie in diesem Moment fassungslos feststellte. Kein Wind in den Bäumen, kein Knacken von Zweigen, kein Laut eines Tieres, kein Rauschen von Wasser, das laut Karte hier irgendwo in der Nähe sein musste.

Helen umklammerte die Taschenlampe fester. Das war wirklich unheimlich und es machte ihr Angst, trotzdem war sie wild entschlossen, die Kapelle noch heute Abend zu sehen. Lange konnte es nicht mehr dauern. Sie atmete tief durch und ging etwas schneller.

Nach einer gefühlten Ewigkeit erreichte Helen die Kapelle, zumindest den Ort, an dem sie stehen sollte, aber da war … nichts. Gar nichts! Nicht einmal irgendwelche Reste von Steinen oder eine Gedenktafel. Verwirrt sah sie sich um. Sie musste hier sein! Vielleicht ein kleines Stück auf der anderen Seite hinunter? Vorsichtig bahnte sie sich einen Weg zwischen den Baumstämmen hindurch, suchte nach Anhaltspunkten.

Ein greller Blitz zerriss den Himmel, gefolgt von einem ohrenbetäubenden Donner. Und plötzlich war auch die Luft erfüllt von Geräuschen, als hätte jemand den Ton wieder eingeschaltet.

Stocksteif blieb sie stehen und rührte sich nicht von der Stelle, was ihr großes Glück war, denn nur einen Schritt vor ihr tat sich ein Abgrund auf. Eine tiefe Schlucht, an deren Grund wildes Wasser über einen felsigen Untergrund rauschte. Zitternd wich Helen zurück. Kapelle hin oder her – sie würde keinesfalls ihr Leben riskieren, um einem Hirngespinst hinterherzulaufen!

Wütend, dass sie ihre Erkundungstour nicht auf den nächsten Tag verschoben und sich überhaupt auf diese dämliche Reise begeben hatte, lief sie hastig den Weg zurück. Das Unwetter kam immer näher und trieb sie zu noch größerer Eile an. Sie spürte Panik in sich aufsteigen, und als sie endlich ihren Volvo sah, schluchzte sie erleichtert auf. Die letzten Meter rannte sie, während sie ihre Schlüssel aus der Jacke zog.

In der Sicherheit des Wagens ließ Helen ihren Kopf auf das Lenkrad sinken und fing an zu lachen. Was für eine Schnapsidee! Sie würde jetzt nach Braemar fahren, sich ein Zimmer nehmen, morgen nach Hause zurückkehren und dort ihre Reise richtig planen, in allen Einzelheiten, so wie sie es von Anfang an hätte tun sollen. Helen lächelte zufrieden und fuhr los.

Ihre gute Laune hielt genau bis zum Ende des Berges, als der Motor zu stottern begann, sämtliche Lämpchen auf dem Armaturenbrett in schrillen Farben blinkten und das Auto unvermittelt stehen blieb.

„Verdammt!"

Vergeblich versuchte sie wieder zu starten, doch weder Flüche, noch Flehen halfen. Nichts tat sich.

Helen schnappte sich ihr Handy, um einen Pannendienst zu rufen und stellte völlig entnervt fest, dass es kein Netz gab. Sie stieg aus, knallte die Tür zu und hielt ihr Telefon in die Höhe, doch nicht einmal ein schwacher Balken zeigte sich.

Fast in den Tod gestürzt, Auto kaputt, kein Netz! Zornig starrte sie in den Himmel, der immer bedrohlicher aussah.

„Was denn noch? Ist das alles, was du drauf hast?"

Eine Sekunde später entluden sich die Wolken über ihr und ein Platzregen durchnässte sie in Nullkommanichts bis auf die Haut. Ein eisiger Wind riss an ihren Haaren. Schnell wollte Helen zurück in den Wagen flüchten, aber … die Tür ließ sich nicht öffnen.

Verzweifelt rüttelte sie am Griff. Sie probierte es mit der Fernbedienung, dem Schlüssel und wilden Verwünschungen. Ohne Erfolg. Frustriert trat sie mit voller Wucht gegen den Vorderreifen, was dem im Gegensatz zu ihrem Fuß gar nichts ausmachte.

Sie wischte sich den Regen vom Gesicht und sah sich verzweifelt um. Wenn ihr nicht schnell etwas einfiel, würde sie eine Lungenentzündung bekommen und elendig sterben. Und im Sommer würden dann fröhliche Wanderer ihre verweste Leiche finden, von wilden Tieren zerfetzt.

Sie entschied sich, den Weg nach Braemar zu Fuß anzutreten und zu hoffen, dass sie vielleicht unterwegs ein Auto anhalten konnte.

Frierend und zitternd machte sie sich bereit, als sie plötzlich aus dem Augenwinkel ein Licht wahrnahm. Ungläubig kniff sie die Augen zusammen. Der nächste Blitz erleuchtete die Umgebung taghell und Helen entdeckte frische Spurrillen, die rechts vom Weg direkt in Richtung des Lichts führten.

„Ein einsames Haus in einer einsamen Gegend, ein Gewitter, das Auto bleibt liegen, eine junge Frau alleine“, murmelte sie. „Das könnte der Anfang eines Splatterfilms sein. Interessant wird mein Urlaub werden! Ja, das hast du gesagt, Alassë. Nur, als Sexsklavin eines Hinterwäldlers zu enden, bevor er mich umbringt und an die Schafe verfüttert, hatte ich eigentlich nicht im Sinn!“

Helens Stimme wurde immer lauter, bis ihr gesunder Menschenverstand wieder einsetzte. Sie brauchte Hilfe und dort hinten wohnte bestimmt ein reizendes altes Mütterchen, das sich über Gesellschaft freuen, ihr Tee machen und von der guten alten Zeit erzählen würde, und außerdem, den Reifenspuren zufolge, einen geländegängigen Jeep fuhr, mit dem sie ihre selbstgesponnene Wolle auf den Markt brachte.

Leicht hysterisch lachte Helen über sich und ihre blühende Fantasie, straffte dann entschlossen die Schultern und marschierte los.

Der Weg, wenn man ihn so nennen wollte, führte in Schlangenlinien auf das Licht zu, sodass Helen weiter laufen musste, als sie gehofft hatte. Unaufhörlich prasselte der kalte Regen auf sie ein und durch den aufgeweichten Untergrund hatte sie mittlerweile nicht nur Wasser, sondern auch Schlamm in den Schuhen, und ihre Füße verwandelten sich langsam in Eisklötze.

Glücklicherweise gehörte das Licht wirklich zu einem Haus. Je näher Helen kam, desto mehr Einzelheiten konnte sie erkennen. Es war ein typisches Highland Cottage, zweigeschossig, aus grauem Stein und mit weißen Sprossenfenstern.

Vorsichtig schlich sie die letzten Meter auf eines der erleuchteten Fenster zu und spähte durch die nassen Scheiben. Sie sah eine gemütliche Küche mit Holzmöbeln. Töpfe und Pfannen hingen an Haken an der Wand, daneben waren Regale angebracht, in denen Teller und Schüsseln aufbewahrt wurden. Auf der Arbeitsplatte der Kochinsel lagen auf einem Brett ausgebreitet Kräuter, als wäre gerade jemand dabei, sich ein spätes Essen zuzubereiten.

Alles in allem sah das nicht nach Hannibal Lecters Küche aus. Und selbst wenn, mittlerweile war ihr so kalt, dass sie es mit jedem aufgenommen hätte, nur um ins Warme zu kommen.

Helen flüchtete in die relative Trockenheit unter das Vordach über der rot gestrichen Haustür, suchte vergeblich nach einer Klingel und klopfte schließlich. Erst zaghaft, dann immer energischer.

KAPITEL 3

Alistair stieg gerade aus der Dusche, als er das Klopfen hörte. Er fluchte leise. Wer zur Hölle konnte das um diese Zeit sein? Keiner wusste, dass er hier war. Er hatte sich selbst erst vor ein paar Stunden entschlossen, Edinburgh den Rücken zu kehren. Die letzten Wochen waren extrem stressig gewesen, er brauchte ein bisschen Ruhe und es war sowieso Zeit, mal wieder aufzutanken. Kurz überlegte er, den Besucher einfach zu ignorieren, doch das Klopfen wurde lauter und verzweifelter.

Hastig zog er sich eine Jeans über, betrat den Flur und lief die Treppe hinunter, während er in Gedanken seine To-Do-Liste durchging.

Lady Buxton für die Charity-Gala in zwei Wochen in London zugesagt, Immobilie in Dublin verkauft, Termin mit Innenarchitekt für das neue Büro verschoben, Wartung des Bentleys in Auftrag gegeben.

Den Vertrag mit Deacon Ltd hatte er ebenfalls unterzeichnet. Es konnte also auch nichts Geschäftliches sein, sonst hätte Luke versucht ihn aufzuhalten. Er hatte noch nie einen Assistenten gehabt, der derart gewissenhaft war. Außerdem würde Luke sich wohl kaum auf den Weg hierher machen, denn Landluft war ihm zuwider.

Und seine Freunde wussten, dass sein Cottage nie abgeschlossen war. Es musste also ein Fremder sein. Wahrscheinlich irgendein Tourist, der vom Unwetter überrascht nicht mehr nach Hause fand.

Eher genervt als neugierig öffnete Alistair die Tür. Vor ihm stand eine junge Frau, eine sehr nasse junge Frau.

Ihre Hose klebte an den schlanken Beinen und sie hatte die Jacke eng um den Körper geschlungen. Lange Haare umrahmten ein blasses Gesicht. Die blau angelaufenen Lippen zitterten leicht und große Augen starrten ihn entgeistert an.

Das war bestimmt kein altes Mütterchen, das selbstgesponnene Wolle zum Markt brachte. Helen konnte den Blick nicht abwenden. Der Mann, der vor ihr stand, raubte ihr den Atem. Wenn sie gedacht hatte, das Alassë die schönste Frau der Welt war, dann war er das männliche Gegenstück.

Er war groß, bestimmt fast zwei Meter. Sein nackter Oberkörper mit der glatten Brust war durchtrainiert. Er hatte breite Schultern, muskulöse Arme, schöne Hände. Harte Bauchmuskeln waren unter der leicht gebräunten Haut deutlich zu erkennen. An der Seite verlief eine lange Narbe, die im Bund seiner tiefsitzenden Jeans verschwand, ihn aber nicht entstellte, sondern noch interessanter machte.

Sein Gesicht war markant, was durch den Dreitagebart und die halblangen, dunklen Haare zusätzlich betont wurde. Er hatte hohe Wangenknochen, eine perfekte Nase und ein energisches Kinn. Seine Lippen waren sinnlich und Helens Blick blieb einen Moment zu lange daran hängen, bevor er zu den leuchtend blauen Augen wanderte, die sie ganz eindeutig missbilligend musterten.

Helen schluckte nervös. „Guten Abend. Entschuldigen Sie, aber mein Wagen … er springt nicht mehr an." Sie zog ihr Handy aus der Jacke. „Und ich habe kein Netz."

Der Herr des Hauses sah sie mit aufreizender Gelassenheit an und sagte kein Wort.

Helen räusperte sich. „Könnten Sie vielleicht bitte den Pannendienst anrufen?" Er schwieg weiterhin. „Oder ich rufe ihn an, wenn ich Ihr Telefon benutzen dürfte", setzte sie rasch hinterher.

„Ich habe kein Festnetz, nur ein Handy. Das wird dann wohl auch nicht funktionieren."

Helen ließ die Schultern hängen und wischte sich den Regen vom Gesicht.

„Kommen Sie herein“, sagte er schließlich, „bevor Sie da draußen noch ertrinken.“

Seine dunkle Stimme, die warm und sanft hätte klingen können, hatte einen barschen Unterton, der Helen zusammenzucken ließ.

Er trat zur Seite und winkte sie ungeduldig in den Flur, bevor er die Tür hinter ihr mit einem lauten Knall zuwarf.

„Ich werde Ihnen ein Handtuch besorgen. Sie tropfen meinen Boden voll.“

Verlegen sah Helen nach unten. Um ihre Füße hatte sich eine kleine Pfütze gebildet. Sie wollte sich entschuldigen, aber ihre Zähne klapperten so stark, dass sie kein Wort heraus brachte.

Kurzerhand schob er sie in die Küche. „Warten Sie hier!“, befahl er und verschwand.

Helen zog zitternd die Jacke aus, wusste aber nicht, wo sie sie ablegen oder hinhängen sollte.

„Geben Sie sie mir.“

Erschrocken wirbelte sie herum. Er hielt ihr ein Handtuch entgegen und nahm ihr die Jacke ab. Dankbar begann sie, ihr Gesicht abzutrocknen.

„Ich bin Alistair“, brummte er. „Und Sie sind verdammt nass. Sie müssen aus den Sachen raus. Hinten rechts ist ein Bad. Nehmen Sie eine heiße Dusche, ich besorge Ihnen inzwischen trockene Klamotten und lege sie vor die Tür. Einen Fön finden Sie im Schrank unter dem Waschbecken.“

„Helen“, sagte sie. „Danke für Ihre Hilfe.“

„Hier in den Highlands lässt man niemanden in Not vor der Tür stehen. Ich tue nur meine Pflicht.“ Er lächelte kühl. „Alles Weitere besprechen wir nachher.“

Er klang bestimmt, als wäre er es gewohnt Anweisungen zu geben, die selbstverständlich befolgt wurden. Und genau das tat Helen auch und machte sich auf den Weg ins Badezimmer.

Während das Teewasser kochte, eilte Alistair die Treppe hinauf in sein Schlafzimmer, warf sich einen Pullover über und suchte im Gästezimmer ein paar Kleidungsstücke heraus. Als er sie vor dem Bad ablegte, hörte er das Rauschen der Dusche.

Er stellte sich vor, wie Helen nackt darunter stand und das warme Wasser über ihren Körper lief. Die nassen Kleider hatten seiner Fantasie ausreichend Anschauungsmaterial geliefert, sodass er keine Schwierigkeiten hatte, seinen Kopf mit expliziten Bildern zu füllen … wie sie ihre Beine um ihn schlang, er sie hochhob und gegen die Kacheln drückte, sie wild küsste und seinen harten Schwanz tief in sie schob.

Das Wasser wurde abgedreht und Alistair schüttelte ärgerlich den Kopf. Er musste seine Erregung unter Kontrolle bekommen und sich überlegen, wie er diese Frau schnellstmöglich wieder loswurde. Er konnte einfach keine Gesellschaft gebrauchen, die ihn ablenkte. Er wollte, er musste allein sein.

Stirnrunzelnd betrat er die Küche und trocknete den Boden, bevor er Eier in die Pfanne schlug und die vorbereiteten Kräuter hinzugab. Als er den Tee aufgoss, dachte er über Helens ungebetenes Erscheinen nach. In sein abgelegenes Tal verirrte sich kaum jemand. Das war ja das Schöne an dieser Gegend. Er würde sich ihre Geschichte anhören und sie dann schnellstens nach Braemar bringen.

Ein kurzer Blick aus dem Fenster machte ihm allerdings einen Strich durch die Rechnung. Das Gewitter hatte noch einmal zugelegt und es goss wie aus Kübeln. Der Feldweg war die nächsten Stunden unbefahrbar, selbst für seinen Wagen, also musste er sie notgedrungen hier übernachten lassen.

Wenn das Timing nicht so unpassend wäre, würde er jetzt all seinen Charme auffahren, denn Helen war außergewöhnlich attraktiv und die Situation eigentlich sehr romantisch. Er würde sie aufmerksam umsorgen, Verständnis zeigen und sie nach allen Regeln der Kunst verführen. Sobald sie Wachs in seinen

Händen war, würde er ihren Körper ausgiebig erkunden. Alistair konnte fast schon spüren, wie seine Zunge langsam …

Ein leises Räuspern riss ihn erneut aus seinen erotischen Gedanken. Blitzschnell drehte er sich um.

„Tut mir leid, ich wollte Sie nicht erschrecken."

Helen stand wenige Schritte von ihm entfernt. Er hatte sie nicht kommen hören.

„Haben Sie nicht! Ist Ihnen wieder warm?"

Sie lächelte und strich mit den Händen über die hellgraue Strickjacke aus Kaschmir, unter der sie ein weißes T-Shirt trug. Die enge Jeans saß wie angegossen.

„Ja. Und danke auch an die Dame des Hauses für die Kleider."

Alistair nickte nur und betrachtete Helen. Ihre Haare entpuppten sich nun, da sie trocken waren, als wilde, rote Lockenpracht, die ihre grünen Augen leuchten ließ. Sie war unglaublich schön.

Rasch wandte er sich ab. „Nehmen Sie Platz. Haben Sie Hunger?"

Ihr Magen knurrte laut. Seine Mundwinkel hoben sich unwillkürlich und deuteten ein Schmunzeln an, das er aber sofort wieder unterdrückte.

„Na, damit wäre die Frage ja beantwortet."

Er drückte ihr eine Tasse Tee in die Hand und Helen setzte sich auf einen der Stühle an den Esstisch. Mit den Fingerspitzen fuhr sie über die polierte Holzplatte, die uralt aussah, bevor sie ihr Handy aus der Hosentasche zog.

„Geben Sie sich keine Mühe. Solange das Unwetter tobt, sind wir hier von der Zivilisation abgeschnitten. Also lassen Sie uns das Beste daraus machen und erst einmal etwas essen."

Helen sah auf. Alistair lehnte lässig an der Küchenzeile, die langen Beine ausgestreckt und trank einen Schluck von seinem Tee. Schwarze Haare fielen ihm fast bis auf die Schultern. Eine Strähne hing ihm in die Stirn und verlieh ihm etwas Verwegenes. Sein Pullover mit V-Ausschnitt, der sehr edel aussah, saß wie eine zweite Haut und unterstrich seinen wohldefinierten Oberkörper.

Alistair bemerkte ihren Blick und lächelte selbstgefällig. Er stellte seine Tasse ab und kam mit zwei gefüllten Tellern auf sie zu.

Helen verfolgte seine Bewegungen, die kraftvoll und geschmeidig zugleich waren. Sein Gesicht strahlte eine Selbstsicherheit aus, die an Arroganz grenzte. Er wusste, wie er auf Frauen wirkte, und er wusste, dass sie keine Ausnahme war.

Schweigend aßen sie. Helen hatte niemals zuvor so leckere Rühreier gegessen. Alistair konnte kochen und sah umwerfend aus, aber damit schien das Positive, das er zu bieten hatte, auch schon erschöpft zu sein. Hätte ihr nicht doch lieber ein freundliches, altes Mütterlein die Tür öffnen können?

Unauffällig beobachtete Alistair Helen. Er war sich ihrer Nähe körperlich extrem bewusst, versuchte aber, es zu ignorieren. Was war nur los mit ihm? Es war ja nicht so, dass es ihm an weiblicher Gesellschaft mangelte, wenn er Lust darauf verspürte. Sollte er sie vielleicht doch verführen, wenn der Zufall ihm so eine Frau quasi vor die Füße legte? Sein Körper reagierte ganz eindeutig auf sie, wollte sie, aber der Zeitpunkt war einfach Scheiße.

Er schnaubte frustriert, worauf Helen ihm einen irritierten Blick zuwarf.

Alistair riss sich zusammen. „Also, jetzt erzählen Sie mal. Was hat Sie in diese Gegend verschlagen? Sie sind nicht von hier."

„Ich wollte ein paar Tage in Braemar Urlaub machen und mir die Gegend ansehen."

Helen überlegte kurz, ihm von ihrer seltsamen Begegnung mit Alassë zu berichten, von dem Reiseführer und der Zeichnung darin, aber es kam ihr im Rückblick zu verrückt vor und sie wollte nicht, dass er dachte, sie hätte den Verstand verloren. Also beschloss sie, nur das Notwendigste zu erklären.

„Ich hatte von dieser alten Kapelle gehört, aber sie war nicht da. Die Wegbeschreibung war wohl falsch und ich wäre fast in eine Schlucht gestürzt. Es sollte wirklich jemand Warnschilder anbringen. Und dann ist dieses fürchterliche Gewitter aufgezogen und mein Auto ist plötzlich liegengeblieben. Als ich mich gerade zu Fuß auf den Weg nach Braemar machen wollte, habe ich Licht gesehen und bin bei Ihnen gelandet. Das ist eigentlich schon alles."

Alistairs Augen flackerten unruhig. „Sie haben die Kapelle gesucht und nicht gefunden?", fragte er scharf.

Sein Tonfall verunsicherte sie, aber sie ließ sich nichts anmerken und nickte.

„Der Pfad endet einfach auf der Bergkuppe." Helen zuckte mit den Schultern. „Ich bin Ihnen sehr dankbar, dass Sie mir geholfen haben. Ich hätte nicht gewusst, was ich sonst …" Sie brach ab und sah ihn betreten an. „Es tut mir leid, dass ich Ihnen dadurch Unannehmlichkeiten bereite."

Unannehmlichkeiten? Alistair fuhr sich mit den Händen durch die Haare und schloss kurz die Augen. Ja, es kam ihm ungelegen, dass sie hier war, aber ihr Blick ließ Schuldgefühle in ihm aufsteigen. Er hatte sie mit seinem unfreundlichen und groben Verhalten verletzt und er schämte sich ein bisschen, dass er sich wie ein kompletter Arsch verhielt. Sie konnte nichts für diese verfahrene Situation.

„Ist schon gut. Das ist eben so", sagte er barscher als gewollt und sein Gegenüber zuckte zusammen. Freundlicher fuhr er fort. „Sie können heute Nacht hier bleiben. Falls die Telefone morgen früh immer noch streiken, schleppe ich Ihren Wagen zur nächsten Werkstatt." Er erhob sich. „Wenn es Ihnen recht ist, zeige ich Ihnen jetzt Ihr Zimmer. Ich bin müde und muss dringend schlafen. Brauchen Sie noch etwas?"

Helen schüttelte den Kopf und stand schnell auf. Sie folgte ihm in den ersten Stock und er führte sie in ein Zimmer, das offensichtlich für eine oder von einer Frau eingerichtet worden war.

Ein Doppelbett mit Messinggestell, ein großer Standspiegel, ein Kleiderschrank aus dunklem Holz, ein zierlicher Sekretär mit einem Lehnstuhl davor. Die Wände waren in einem warmen Rot gestrichen und auf dem Dielenboden lagen flauschige Lammfelle.

„Das Badezimmer gegenüber gehört Ihnen. Hier", er zeigte auf eine Kommode, „finden Sie eine zusätzliche Wolldecke, falls Ihnen kalt wird." Er trat zurück auf den Flur. „Wir sehen uns morgen. Gute Nacht."

Damit drehte er sich abrupt um und verschwand in einem Raum am anderen Ende des Gangs, dessen Tür er energisch hinter sich schloss.

Alistair hörte, dass auch Helen die Tür lauter schloss, als notwendig war. Kopfschüttelnd ließ er sich in seinen Lieblingssessel fallen. Er war müde, er war verwirrt und er war beunruhigt. Sie hatte gesagt, die Kapelle wäre verschwunden. Das konnte nicht sein. Helen musste sich verlaufen haben.

Er kannte die Gegend wie seine Westentasche, schließlich gehörten das Land und der Berg ihm. Er war vor zwei Monaten hier gewesen und alles war wie immer. Andererseits hatte es in den letzten Wochen viele schwere Unwetter gegeben, aber er hätte mitbekommen, wenn seiner Kapelle etwas passiert wäre.

Seufzend stand er auf und goss etwas Wasser in die silberne Schale auf dem kleinen Tisch vor dem Fenster. Nachdenklich beugte er sich über die Flüssigkeit und seine Finger zeichneten die uralten Symbole in die Oberfläche. Kaum eine Minute später tauchte dort das Gesicht seines ältesten Freundes auf.

„Verdammt, Alistair, du weißt, dass ich das nicht leiden kann." Armand klang genervt. „Wir sind im einundzwanzigsten Jahrhundert angekommen. Nimm gefälligst das Telefon, wie wir alle."

Alistair lachte. „Hätte ich, wenn es funktionieren würde. Und stell dich nicht so an, ich weiß, dass du um diese Uhrzeit nie schläfst."

„Stimmt, aber meistens hat das einen anderen Grund, als der, dass ich ein Nachtmensch bin."

„Hast du Besuch? Störe ich?", fragte Alistair belustigt.

„Sie ist bereits weg." Armand lächelte. „Okay. Was ist so wichtig?"

Alistair runzelte die Stirn. „Bei mir ist gerade eine Frau aufgetaucht auf der Suche nach meiner Kapelle, die sie nicht gefunden hat."

„Eine hübsche Frau?"

„Umwerfend, aber das ist nicht der Punkt. Sie ist mit ihrem Auto liegen geblieben und mitten in der Nacht während eines Gewitters kann ich sie ja schlecht wegschicken."

„Also verfolgt die Damenwelt dich jetzt schon bis in die Highlands? Das ist ja fast noch besser als diese verrückte Brünette, die monatelang in New York deine Wohnungstür belagert hat." Armand lachte lauthals.

Alistair grinste schief. „Erinnere mich bloß nicht daran. Es wäre schrecklich, wenn ich nicht einmal mehr hier meine Ruhe hätte."

Helen saß unschlüssig auf dem Bett. Was war das nur für eine blöde Situation? Das hatte sie davon, dass sie auf ihren Bauch, statt auf ihren Kopf gehört hatte.

Kopfschüttelnd ging sie über den Flur ins Bad, als sie lautes Lachen aus Alistairs Schlafzimmer hörte. Es klang nicht nach seiner Stimme und auch nicht wie eine aus dem Fernseher oder dem Radio. Neugierig schlich sie näher. Sie hörte Alistair mit einem Mann sprechen. Helen hatte niemanden ins Haus kommen hören, also hatte dieser Mistkerl sehr wohl einen Festnetzanschluss und telefonierte über den Lautsprecher. Mit angehaltenem Atem presste sie ihr Ohr an die Tür und lauschte.

„Ich habe kurz überlegt, ob ich sie nicht einfach nehmen soll. Naive Unschuld in Not ist zwar nicht mein beliebtestes Spiel, aber sie ist echt heiß und wenn sie sich mir an den Hals schmeißt …"

Sein Gesprächspartner lachte und Helen erkannte das Lachen von vorhin. Vielleicht erzählte Alistair schon länger von ihr. So ein Idiot! Was bildete er sich eigentlich ein? Nur weil er wie ein keltischer Krieger und Halbgott aussah, musste doch nicht jedes weibliche Wesen hinter ihm her sein. Helen kochte vor Wut und überlegte, ob sie in sein Zimmer stürzen und ihn zur Rede stellen sollte. Sie hatte die Hand bereits an der Klinke, da sprach er weiter.

„Ich habe im Moment einfach keinen Kopf dafür, und wenn sie, nachdem ich sie ordentlich rangenommen habe, so wie alle anderen anhänglich wird, ist das nur lästig. Ich habe weder Zeit noch Lust, mir irgendwelche Dramen anzuhören oder mich auf irgendetwas einzulassen, schon gar nicht hier, auch wenn ich lange keinen Rotschopf mehr hatte."

Helen verstand die Antwort nicht, aber dafür Alistairs laut und deutlich.

„Natürlich werde ich gleich nachsehen. Wahrscheinlich hat sie sich im Dunkeln gefürchtet und sich in ihrer Panik hoffnungslos verirrt."

Helen schnaubte empört. Sie hatte sich noch nie verirrt und nicht einmal als kleines Mädchen hatte ihr Dunkelheit Angst gemacht.

Alistair spitzte die Ohren. „Ich glaube, ich habe etwas gehört. Wir sprechen morgen nochmal."

Mit einer kurzen Handbewegung wischte er über das Wasser und Armands Gesicht verschwand. Alistair schlich durch den Raum und riss abrupt die Tür auf.

Der Flur war leer.

Mit klopfendem Herzen war Helen in ihr Zimmer gehuscht und hatte zur Sicherheit zweimal abgeschlossen. Sie ließ sich auf das Bett fallen und dachte nach.

Sie saß hier in einem Cottage am Ende der Welt fest, mit einem wirklich gutaussehenden, aber komplett unhöflichen, arroganten, selbstherrlichen, aufgeblasenen Blödmann, der ihr sehr deutlich klar gemacht hatte, dass sie ihm lästig war, und gleichzeitig glaubte, er müsste nur mit den Fingern schnippen, damit sie schmachtend in seine Arme sank. Natürlich war sie einfach in sein Haus geschneit und hatte um Hilfe gebeten, aber sie hatte sich schließlich entschuldigt. Ganz sicher würde sie sich ihm nicht willig hingeben, um ihre Dankbarkeit zu zeigen!

Außerdem hatte er sie bezüglich des Telefons angelogen. Wieso hatte er keinen Pannendienst gerufen, wenn er sie doch schnellstmöglich wieder loswerden wollte?

Helen ließ ihre Hände über die weiche Tagesdecke gleiten und das Gefühl beruhigte sie sofort. Seit sie sich erinnern konnte, schienen ihr Dinge, die sie anfasste, Geschichten zu erzählen. Wie vorhin der Küchentisch. Er war so alt, dass er wahrscheinlich unzähligen Generationen schon diente. Sie hatte sofort ein Gefühl von Lachen, Freundschaft und Geborgenheit gehabt.

Die Überdecke verströmte eine angenehme Wärme und schien Helen ins Bett zu locken. Völlig erschöpft legte sie ihr nutzloses Handy auf den Nachttisch und streckte sich aus. Nur kurz ausruhen waren ihre letzten Gedanken, bevor sie in einen tiefen Schlaf fiel.

Mit der Sturmlampe in der Hand ging Alistair den Feldweg entlang. Das Gewitter hatte sich gelegt und es nieselte nur leicht, trotzdem konnte er sich besseres vorstellen, als mitten in der Nacht durch den Schlamm zu waten. Wenigstens hielt seine treue Barbour Jacke ihn trocken und den Wind fern.

Sein Weg führte ihn an Helens Volvo vorbei. Er stand auf dem Schotterweg, der aus seinem Tal herausführte, also würde Alistair sie morgen wenigstens nicht aus dem Matsch ziehen müssen. Glück im Unglück, dachte er grinsend, bevor er mit langen Schritten den Berg hinauf stieg.

Kurz darauf entdeckte er die Spuren, wo sie ihr Auto geparkt und gewendet hatte. Wieso war sie nicht die paar Meter weitergefahren und hatte den kleinen Parkplatz oberhalb benutzt, wie alle anderen auch? Touristen! Mit einem abfälligen Schnauben ging er weiter.

Durch Helens Träume zogen Schafe und ein altes Mütterchen, das Wolle auf dem Markt verkaufen wollte, als der Landlord mit wehendem Haar und glitzernder Rüstung auf einem Schlachtross angeritten kam und ihren Marktstand umstieß. Helen schrie empört auf und stellte fest, dass sie selbst das alte Mütterchen war und der Landlord niemand anderes als Alistair, der sie höhnisch auslachte.

Sie schrak kurz hoch und brauchte einen Moment, um sich zu orientieren und in dem fremden Zimmer zurechtzufinden. Die Nachttischlampe brannte und sie lag angezogen auf dem Bett. Ein Blick auf ihr Handy verriet ihr, dass es halb drei war und sie immer noch kein Netz hatte. Um den Akku zu schonen, schaltete sie es ab. Zu müde, um einen klaren Gedanken zu fassen, zog sie sich aus, löschte das Licht, schlüpfte unter die Decke und schlief weiter.

Vor der Kapelle war es windstill und Alistair überkam eine tiefe Ruhe. Er hatte keine Ahnung, wo Helen herumgewandert war, denn eigentlich konnte man die Kapelle nicht verfehlen. Um ganz sicher zu gehen, dass alles seine Ordnung hatte, sah er sich noch einmal genau auf dem kleinen Plateau um, bevor er sich zufrieden wieder auf den Rückweg machte.

Der Regen war vollständig versiegt. Der Wind hatte sich ebenfalls gelegt, nur eine leichte Brise spielte mit seinem Haar. Alistair lächelte glücklich. Hier war sein Zuhause und es war alles, wie es sein sollte. Helen war ein merkwürdiges Wesen mit zu viel Fantasie und schlechtem Orientierungssinn, nichts weiter.

Zurück im Cottage machte er seine übliche Runde durch das Haus. Dabei fiel ihm auf, dass Helens Sachen nass und zerknüllt im Badezimmer herumlagen. Mit hochgezogener Augenbraue trug er sie in die Wäschekammer und stopfte sie zu ihrer Jacke in den Trockner. Ihm fiel auf, dass ihre Unterwäsche fehlte. Wahrscheinlich hatte sie sie trocken geföhnt.

Schmunzelnd ging er ins Bett, wo er in sehr erotischen Träumen von einer rothaarigen, grünäugigen Frau versank.

***

Als Helen aufwachte war es totenstill im Haus. Gut, dann schlief Alistair offensichtlich noch. Sie hatte keine Lust, ihm zu begegnen. Sie war kein hilfloses kleines Ding, das beschützt werden musste und sich dann mit dem Helden im Heu wälzte. Auch wenn das eines der Szenarien in ihren restlichen, ziemlich heißen Träumen gewesen war.

Helen zog sich an und ging leise ins Bad. Während sie ihr Gesicht wusch, betrachtete sie sich im Spiegel. Ihre Wangen waren leicht gerötet. Vom Schlaf, wie sie sich selbst versicherte.

Sie schlich ins Erdgeschoss und suchte nach ihren eigenen Kleidern. Im unteren Badezimmer waren sie nicht mehr, dabei hatte sie sie gestern extra ordentlich zum Trocknen ausgelegt, als sie bemerkt hatte, dass es lediglich eine Fußbodenheizung gab. Vorsichtig probierte sie eine andere Tür.

Was auch immer sie in einem Cottage in den Highlands erwartet hatte, eine Bibliothek von solchen Ausmaßen war es nicht. Staunend blieb sie stehen.

Lange Regalreihen, bis an die Decke gefüllt mit wunderschönen ledergebundenen Folianten, modernen Klassikern und, wie sie mit einem schnellen Blick schmunzelnd feststellte, auch einer Gesamtausgabe von Harry Potter. Helen konnte nicht widerstehen und strich mit ihren Fingerspitzen über die Bücherreihen. Wie Soldaten standen sie nebeneinander im Kampf um Wissen und Weisheit und Fantasie. Ein wohliger Schauer rann über ihren Körper.

Am Ende des Raumes thronte ein schwerer alter Mahagonischreibtisch mit einer genagelten Auflage. Sofort berührte sie das glatte, gut gepflegte Leder. Ein vages Gefühl von Sorge überkam Helen, wie ein Schatten, der sich auf sie legte. Aber sie spürte auch noch etwas anderes. Ein Kribbeln, das von ihren Fingerspitzen den ganzen Arm hinaufkroch. Als würde elektrischer Strom durch sie fließen. Irritiert schüttelte sie den Kopf, zog die Hand weg und sah sich weiter um.

Vielleicht war Alistair doch kein so großer Idiot. Jemand, der so viel Wert auf schöne, alte Dinge und Bücher legte, konnte kein schlechter Mensch sein.

Helens Blick glitt über den ordentlichen Schreibtisch und blieb an einem Briefbogen hängen. Büttenpapier, natürlich. Und oben auf dem Kopf stand in schwungvollen Lettern *Alistair Turner* – nur sein Name, sonst nichts! Keine Adresse, keine Telefonnummer. Als müsste die ganze Welt wissen, wer Alistair Turner war. Na ja, das passte zu seiner selbstgefälligen Art.

Ein leises Wiehern schreckte sie auf. Was zum Teufel? Sie sah aus dem großen Fenster und entdeckte hinter dem Haus einen Stall. Helen lachte leise. Klar, der Landlord hatte auch ein Pferd!

Froh darüber, dass sein wahrscheinlich höchst edles Ross sie wieder ins Hier und Jetzt zurückgeholt hatte, verließ sie die Bibliothek. Nicht auszudenken, wenn der Hausherr sie dabei erwischt hätte, wie sie in seinen Sachen schnüffelte. Das würde seine geringe Meinung von ihr nur bestätigen, auch wenn ihr das eigentlich egal war.

Hinter der Treppe nach oben fand sie die Wäschekammer. Der Trockner blinkte und zeigte an, dass er versuchte, seinen Inhalt nicht völlig zusammenkrumpeln zu lassen. Helen nahm ihre Sachen heraus, zog sich um und legte die geliehenen Klamotten ordentlich auf die Waschmaschine. Sie wollte weg. Irgendwie würde sie es schon nach Braemar schaffen.

Im Flur nahm sie von einem Tischchen Stift und Papier und schrieb in der Küche eine Nachricht.

Vielen Dank für Ihre Gastfreundschaft und das reizende Gespräch. Ich werde Ihnen nicht weiter zur Last fallen, also können Sie jetzt ganz ungestört am Telefon über mich lästern!

Helen

Sie vergewisserte sich, dass sie Autoschlüssel und Handy eingesteckt hatte, schlich zur Haustür und war erleichtert, dass sie unverschlossen war. Zur Not wäre sie aber auch durch ein Fenster geklettert.

Während Helen zum Auto lief, schaltete sie ihr Handy ein und checkte permanent, ob sie Netz hatte. Endlich sah sie zwei Balken. Vielleicht war ja auch alles andere wieder in Ordnung? Mit angehaltenem Atem drückte sie auf ihre Fernbedienung. Die Blinker leuchteten prompt auf und die Zentralverriegelung reagierte sofort, als hätte es niemals Schwierigkeiten gegeben.

„Bitte, bitte, bitte", redete sie leise auf den Wagen ein und drehte den Zündschlüssel. Der Motor brummte und es blinkte nichts, was nicht hätte blinken sollen.

Zufrieden schnallte Helen sich an und fuhr los.

Das sich leise entfernende Motorengeräusch weckte Alistair aus seinen Träumen. Da hatte Helen ihr Auto also selbst wieder in Gang gebracht und sich davongeschlichen. Wie unhöflich, aber besser so, für sie beide. Mit einem Lächeln ließ er sich zurück in sein Kissen und in weitere heiße Träume mit ihr sinken.

Thunders lautes Wiehern brachte ihn gegen Mittag schließlich dazu aufzustehen. Er hatte seinem Freund Scott von unterwegs geschrieben, dass er nach Hause kommen würde. Deshalb stand sein armer Hengst seit gestern Abend alleine im Stall, langweilte sich, hatte heute noch kein Futter bekommen und beschwerte sich zu Recht.

Alistair eilte in die Küche, nahm ein paar Äpfel und Karotten und als Wiedergutmachung auch ein paar Zuckerstücke mit und machte sich daran, sich wieder bei ihm einzuschmeicheln.

Nach einem langen, harten Ritt über die Felder, bei denen sich beide austoben und abreagieren konnten, versorgte Alistair seinen Hengst, gönnte ihm nach dem Abreiben und Putzen noch eine ausgiebige Streicheleinheit, duschte und machte sich ein Frühstück.

Dabei entdeckte er Helens Abschiedsworte. Peinlich berührt verzog er das Gesicht. Er konnte sich lebhaft ausmalen, was sie jetzt über ihn dachte. Nun, das hatte er wohl nicht anders verdient.

Seufzend legte er den Zettel beiseite und sah das einzelne, leuchtend rote Haar, das wie ein versöhnlicher Abschied danebenlag.

KAPITEL 4

Ein schrilles Läuten holte Helen unsanft aus dem Schlaf. Sie brauchte einen Moment, um das Geräusch zuzuordnen, dann wurde klar, dass jemand an der Wohnungstür Sturm klingelte. Ein Blick auf den Wecker verriet ihr, dass es halb sechs Uhr morgens war.

„Wenn das der ewig zugekokste Idiot aus der Nachbarschaft ist, der sich wieder im Haus geirrt hat, hau ich ihm eine runter!"

Wütend kroch Helen aus dem Bett und tappte zum Eingang. Genau auf halbem Wege hörte das Klingeln auf. Laut fluchend kehrte sie um, als plötzlich energisch geklopft wurde. Zu sauer, um erst einen Blick durch den Spion zu werfen, riss Helen die Tür auf.

Vor ihr stand Alistair!

„Was machen Sie denn hier? Wie haben Sie mich gefunden?", fragte sie entgeistert.

Er lächelte spöttisch. „Ich finde jeden, den ich finden will." Alistair schob Helen kurzerhand in den Flur, trat ein und schloss die Tür. „Sie haben sich einfach aus dem Staub gemacht, ohne sich zu verabschieden. Das war sehr unhöflich. Genau wie Ihre kurze Nachricht." Langsam kam er auf sie zu. „Dabei waren wir beide noch gar nicht fertig miteinander."

Helen wich ein paar Schritte zurück. „Was meinen Sie damit?"

Alistair ließ seinen Blick genüsslich über ihren Körper wandern und grinste anzüglich. „Was glauben Sie denn?"

Ihr wurde unangenehm bewusst, dass sie außer einem knappen Höschen und einem Tanktop nichts trug.

„Verschwinden Sie!“, zischte Helen.

Alistair schüttelte den Kopf. „Nicht, bevor ich das getan habe, was ich im Cottage bereits hätte tun sollen.“

„Und was wäre das?“ Helen konnte das leichte Zittern in ihrer Stimme nicht unterdrücken. Sie hatte keine Angst vor ihm, aber er machte sie nervös. Auf eine Art und Weise, die warme Wellen der Erregung durch ihren Körper schickte.

„Mich für mein Benehmen … *entschuldigen.*“ Er kam näher, packte sie an den Schultern und drückte sie sanft gegen die Wand. „Soll ich?“

Sein warmer Atem streifte ihr Gesicht und sie versank in seinen blauen Augen. Er hielt ihren Blick fest und es war, als würde er sie hypnotisieren. Unfähig, einen klaren Gedanken zu fassen oder sich zu rühren, nickte Helen.

„Gut.“

Alistair strich kurz mit dem Handrücken über ihre Wange, dann kniete er sich vor sie, hakte die Finger in Helens Slip und zog ihn nach unten. Während er ihren Duft tief inhalierte, half er ihr, aus dem Höschen zu steigen.

Helens Puls beschleunigte sich!

Mit einer Hand stützte Alistair sie an der Hüfte, mit der anderen legte er sich ihr rechtes Bein über die Schulter.

„Dort lassen!“, befahl er knapp. Mit seinen Fingern glitt er einmal kurz durch ihre Spalte. „Schon so feucht für mich.“ Er sah zu ihr auf. „Mehr?“

„Mehr“, hauchte Helen, ohne darüber nachzudenken.

Er biss leicht in die Innenseite ihres Oberschenkels, bevor er mit Daumen und Zeigefinger ihre Schamlippen spreizte und mit der Zunge kurz über ihren Kitzler leckte, ihn mit seinem Mund umschloss und begann, daran zu saugen.

Helen stöhnte, schloss die Augen und bewegte ihr Becken vor und zurück.

Sofort stoppte er. „Wer wird denn so ungeduldig sein? Wir machen es so, wie ich es will, oder gar nicht. Meine Regeln. Ist das klar?“

„Ja“, flüsterte sie.
„Ich kann Sie nicht verstehen, Helen. Sie müssen schon lauter sprechen.“
„Ja, tun Sie, was Sie wollen.“ Helen wusste, dass sie verloren hatte und dass er es auch wusste. Es war ihr egal.
„So ist es gut. Schön stillhalten.“
Während seine Lippen erneut ihren Kitzler verwöhnten, drang er mit einem Finger tief in sie ein, bewegte ihn rhythmisch rein und raus.
Helen keuchte laut und krallte ihre Hände in seine Haare.
„So nass und so eng. Mein Schwanz wird deine heiße Möse ziemlich beanspruchen, bis sie sich daran gewöhnt hat. Aber dann wirst du nicht genug kriegen können und nach immer mehr betteln.“
Alistair nahm einen zweiten Finger hinzu, schob beide in Helen hinein. Immer wieder. Quälend langsam.
Viel zu langsam. Sie versuchte, die Stöße zu erwidern, seine Finger zu reiten, doch prompt zog er sie heraus. Die plötzliche Leere ließ sie frustriert aufstöhnen.
„Helen, Helen …“ Seine Stimme hatte einen tadelnden Unterton. „Meine Regeln. Schon vergessen?“
Sie sah flehend auf ihn herunter. „Bitte nicht aufhören.“
Lächelnd verstrich er ihren Saft auf seinen Lippen, bis sie glänzten, bevor er seine Finger ablutschte.
„Du schmeckst so gut. Wirst du jetzt artig sein?“
Helen nickte.
„In Ordnung. Versuchen wir es noch einmal.“
Er leckte durch ihren Schlitz und stieß dann wieder zwei Finger tief in sie hinein. Während er sie fickte, seinen Rhythmus steigerte und schneller wurde, rieb sein Daumen über ihre Klitoris, drückte fest dagegen, umkreiste ihren Kitzler.
„Dein Saft läuft schon über mein Handgelenk. Ich bin sicher, ein dritter Finger würde deiner Muschi bestimmt auch gefallen.“
Er redete gerne dabei und das machte Helen noch geiler. Sie warf stöhnend den Kopf zurück, als Alistair sein Vorhaben in

die Tat umsetzte. Das Ziehen zwischen ihren Beinen wurde immer stärker. Gierig presste er seinen Mund auf ihren Kitzler und saugte daran.

„Oh Gott, Alistair!"

Sie keuchte seinen Namen und atmete heftiger. Sie wollte so gerne kommen, wollte sich an seinen Lippen reiben, aber sie wusste, dass er das nicht zulassen würde, und sie durfte auf keinen Fall riskieren, dass er aufhörte.

Seine Finger waren unerbittlich, ließen ihr keine Zeit, um zu verschnaufen. Helens Körper glühte, ihr ganzes Dasein konzentrierte sich nur noch auf die Bewegungen seiner Finger und seiner Zunge.

„Gefällt es dir, wenn ich es dir so besorge?"

„Ja. Sehr. Ich bin gleich soweit. Bitte, lass mich kommen." Helen klang flehend und war fassungslos, wie sehr er sie im Griff hatte.

„Dann komm für mich. Ich will noch mehr von dir schmecken. Komm in meinen Mund."

Er zog seine Finger aus ihrer Pussy und stieß stattdessen die Zunge hinein, leckte sie von innen, trank ihren Saft.

Sie konnte das Schmatzen hören und es brachte sie fast um den Verstand. Gekonnt rollte Alistair ihren geschwollenen Kitzler zwischen Daumen und Zeigefinger, rieb ihn immer schneller. Die Muskeln in ihrem Unterleib zogen sich zusammen, verkrampften sich und gleich darauf schrie sie ihren Orgasmus laut heraus.

Alistair saugte weiter an ihr, jetzt aber zärtlicher, wartete, bis ihre Ekstase vorbei war. Schließlich gaben Helens Beine nach und Alistair hielt sie fest, setzte sie vorsichtig hin und barg ihren Kopf an seiner Brust.

Als ihr Atem wieder regelmäßiger war, stand er auf.

„Und jetzt, wo du so brav für mich gekommen bist, wirst du mir einen blasen."

Er rieb sich über den deutlich sichtbaren Ständer in seiner Jeans. Die Konturen waren beeindruckend. Sie nickte und leckte sich unbewusst mit der Zungenspitze über die Unterlippe.

Ein zufriedenes Lächeln umspielte Alistairs Mund. Er begann, seine Hose aufzuknöpfen und Helens Augen wurden groß …

… als der Wecker klingelte. Schwer atmend schreckte sie hoch.

Ein Traum! Nur ein verdammter Traum!

Helen ließ sich mit heißem Gesicht wieder in das Kissen fallen und dachte mit klopfendem Herzen daran, was Alistair mit ihr getan hatte. Es war so real gewesen! Hatte sich so echt angefühlt! Wie echt, das bewies die Feuchtigkeit zwischen ihren Beinen, die sie deutlich fühlen konnte. Alistair hatte ihr im Traum einen besseren Orgasmus beschert, als Mark es jemals im echten Leben geschafft hatte.

Sie hing noch einen Moment ihren Gedanken nach, dann stand sie laut seufzend auf, ging in die Küche und schmiss die Kaffeemaschine an.

Helen zog einen dunkelgrünen seidenen Morgenmantel über, lief ins Wohnzimmer, setzte sich mit dem Latte macchiato in der Hand auf die breite, gepolsterte Fensterbank und sah hinaus.

Ein kleiner Vorgarten, in dem Rosenbüsche blühten, bildete einen Puffer zum geschäftigen Treiben auf Notting Hills Straßen. Jedes Mal, wenn Helen nach Hause kam, das schmiedeeiserne Törchen hinter sich schloss und zur Eingangstür des viktorianischen Reihenhauses ging, kam es ihr so vor, als würde sie einen Ort betreten, der aus der Zeit gerissen worden und alles, was gerade noch Wirklichkeit gewesen war, ausblendete.

Ihre kleine Wohnung befand sich in der ersten Etage. Es war ein warmes, gemütliches Zuhause mit viel dunklem Holz und alten Möbeln, die sie gerne auf Flohmärkten aufstöberte. Sie dachte kurz an den Sekretär in Alistairs Gästezimmer, den sie am liebsten sofort mitgenommen hätte.

Alistair. Sie hatte keine Ahnung, wie er tatsächlich auf ihren Zettel reagiert hatte, aber ganz sicher würde er nicht plötzlich vor ihrer Tür auftauchen, um sie zu tadeln, indem er sie im Flur kommen ließ. Sie konnte ein Schmunzeln nicht verhindern, trotzdem ärgerte sie sich immer noch über ihn. Und zwar über alles.

Helen fragte sich, woher sein überproportionales Selbstbewusstsein kam und dieses Wissen, dass seinen Anweisungen Folge geleistet wurde, was sie sogar bis in ihre Träume verfolgt hatte. Das konnte nicht nur daran liegen, dass er gut aussah, dass er schön war – das reichte nicht.

Kurzentschlossen holte sie ihr Tablet, rief Google auf und tippte seinen Namen ein. Über eine halbe Millionen Treffer wurden angezeigt und da es jede Menge Alistair Turners gab, wechselte sie zu den Bildern und fand einige von *ihrem* Alistair. Es gab genug, um feststellen zu können, dass er auf jedem Foto besser aussah als auf dem vorigen.

Sie öffnete mehrere Links und wurde zu Artikeln in der *Times* geführt, zu verschiedenen Berichten in einem Wirtschaftsmagazin über sein Unternehmen, das irgendeinen wichtigen Preis gewonnen hatte, und auch zu einigen Klatsch-Webseiten.

Viel Persönliches war nicht über ihn herauszufinden. Zumindest erfuhr sie nichts über seine Familie, seine Kindheit, wie er aufgewachsen war. Offensichtlich verstand er es, seine Privatsphäre, wenigstens was seine Vergangenheit betraf, zu schützen.

Er war 37 Jahre alt und ledig, erschien in einer Liste der Top 100 der begehrtesten Junggesellen des Landes, und wenn er in Begleitung war, dann immer mit einer anderen wunderschönen Frau.

Was Helen über seine Firma las, war beeindruckend. Alistair hatte es in nur wenigen Jahren geschafft, sich einen exzellenten Ruf als Finanzberater zu erarbeiten. Obwohl er selbst nur selten in Erscheinung trat, kannte ihn jeder, der reich genug war, um jemanden zu benötigen, der aus dem vorhandenen Vermögen noch mehr machte. Zumindest zeugten davon Fotos, die Alistair in Gesellschaft hochrangiger Leute aus Industrie, Sport und Showbusiness zeigten.

Ihm selbst ging es dabei finanziell auch nicht schlecht. Er war an einer Luxushotel-Kette beteiligt und es war von mehreren Immobilien die Rede, die ihm in verschiedenen Städten der Welt gehörten. Er besaß ein Stadthaus in Edinburgh, eine Wohnung in London und in New York. Er sammelte Kunst, war stets ein spendabler Gast bei Veranstaltungen für den guten Zweck und saß im Vorstand einer Stiftung, die begabten, mittellosen Schülern ein Studium an einer Elitehochschule ermöglichte.

Helen schluckte. Da hatte sie also Rühreier gegessen, die ein mehrfacher Millionär höchstselbst zubereitet hatte, und mit einem Mann unter einem Dach geschlafen, nach dem sich die Damenwelt alle Finger leckte.

Diese ganze Wohltätigkeitsnummer brachte sie allerdings ein wenig aus dem Konzept. Sie passte nicht zu dem oberflächlichen Eindruck, den sie von ihm hatte. War ihm das wirklich wichtig oder ging es nur darum, den Schein nach außen zu wahren?

Wenn sie das alles vorher gewusst hätte und er wenigstens ein bisschen freundlicher gewesen wäre, hätte sie ihre Reize ausgespielt und ihn so um den Finger gewickelt, dass er ihre Forschungen auf Jahre finanzierte.

Helen kicherte über diesen eher unemanzipierten Gedanken, trank den Rest Kaffee und schnappte sich ihr Handy vom Küchentisch. Sie hatte Lucy gestern während einer Pause auf der Fahrt zurück nach London angerufen, ihr grob erklärt, was passiert war, und versprochen, heute noch einmal ausführlich alles zu erzählen. Als sie das Telefon einschaltete, sah sie, dass ihre Freundin bereits vor zwei Stunden eine Nachricht auf der Mailbox hinterlassen hatte.

„Guten Morgen, Liebes! Ich hoffe, ich habe dich nicht geweckt. Ich wollte mir gerade auf dem Weg zur Arbeit deine berühmte Buchhandlung ansehen, habe sie aber nicht gefunden. Entweder war deine Beschreibung falsch oder, was viel wahrscheinlicher ist, ich habe mich verlaufen. Dass ich nicht den Orientierungssinn einer Brieftaube habe, weißt du ja.“ Leises Lachen. *„Jedenfalls will ich alles erfahren, was du erlebt hast, was es mit diesem Typ auf sich hat und was du als nächstes vor hast. Wie wäre es mit Abendessen so um acht? Bei dir? Meine Geschmacksknospen sehnen sich nach deiner Pasta.“* Der bettelnde Unterton ließ Helen lächeln. *„Gib mir einfach kurz Bescheid und hab einen schönen Tag!“*

Schnell schrieb sie Lucy zurück, bestätigte den Termin für das Essen und kehrte zu ihrem Fensterplatz zurück. Es wunderte sie kein bisschen, dass Lucy den Laden nicht gefunden hatte. Helen hatte sich den Namen der kleinen Seitenstraße nicht gemerkt, und mit für sie völlig logischen Angaben wie „ziemlich am Ende der Portobello Road, wo Mr. Singh seinen Gewürzstand hat, an dem weißen Haus mit der grünen Tür halbrechts“ und „quer über die Kreuzung, dann um den Platz herum“ konnte ihre Freundin wenig anfangen. Sicherlich war Lucy bei ihrem Glück an drei weißen Häusern mit grünen Türen vorbei gekommen und hatte die Suche schließlich entnervt abgebrochen. Wenn man sich mit ihr nicht an konkreten Orten ohne Verwechslungsgefahr verabredete, war es besser, sie gleich selbst irgendwo aufzugabeln.

Erneut widmete sich Helen den Fotos von Alistair. Bei offiziellen Anlässen trug er stets maßgeschneiderte Anzüge, bei anderen Gelegenheiten schien er auf einen lässigen Look aus Lederjacke, Hemd, Jeans und Boots zu setzen. Sie entdeckte ein Foto von ihm auf einem Motorrad, einer dunklen Rennmaschine, die aussah, als bräuchte man dafür einen Waffenschein, und eines beim Snowboarden in der Schweiz mit einem angesagten Topmodel.

Drei Bilder von einem Charity-Beachvolleyball-Turnier zeigten ihn noch einmal von einer anderen Seite. Er trug lange Shorts, ein lockeres Shirt und eine verspiegelte Sonnenbrille.

Der Fotograf hatte ihn auf dem ersten Foto mitten in der Luft erwischt, als er mit aller Kraft den Ball ins gegnerische Feld schmetterte. Auf dem nächsten hechtete er mit ausgestreckten Armen nach vorne in den Sand. Auf dem letzten klatschte er sich mit seinem Partner ab und grinste glücklich.

Helen zog die Bilder groß und die Auflösung war gut genug, um die angespannten Muskeln und Sehnen an Armen, Beinen und am Hals zu bestaunen. Auch die strahlenförmigen Lachfältchen um seine Augen, die sie bereits live, aber nicht in Aktion gesehen hatte, kamen gut zur Geltung. Sein Lachen war ansteckend und es stand ihm ausgezeichnet. Vorgestern hätte sie noch gewettet, dass sein Gesicht zerbröselte, sobald er einen einzigen freundlichen Ausdruck aufsetzen würde.

Sie schaltete ihr Tablet aus und zog sich an. Bevor sie heute Abend mit Lucy neue Reisepläne machte, würde sie als erstes Alassë einen Besuch abstatten und ihr die Meinung geigen. Und auf gar keinen Fall würde sie sich von ihrer Ausstrahlung blenden und sich unter keinen Umständen noch ein Buch aufschwatzen lassen. Von wegen Alassë müsste sie nur einmal anlächeln und alles wäre vergessen. Sie hatte keine Chance, denn dieses Mal war Helen vorbereitet. Innerlich gewappnet machte sie sich auf den Weg.

Kurz darauf hatte sie das Café erreicht, in dem sie den Reiseführer durchgeblättert hatte. Von dort aus ging sie den Weg zur Buchhandlung zurück und erreichte schnell ihr Ziel – aber der Laden war weg! Da war nicht einmal ein leeres Geschäft!

Helen blinzelte ungläubig und sah sich gründlich um. Sie war richtig. Da war sie sich absolut sicher. Wenn sie nicht wüsste, dass das völlig unmöglich war, würde sie behaupten: Das ganze Haus fehlte! Helen fühlte, wie ihre Knie weich wurden. Was war hier los?

Entschlossen überquerte sie die Straße und betrat ein kleines Obst-und-Gemüse-Geschäft. Helen füllte einen Einkaufskorb mit Tomaten, Paprika, Möhren, Zwiebeln und Knoblauch, die sie später für ihre Soße sowieso brauchte, und ging zur Kasse.

Als sie bezahlte, deutete sie nach draußen. „Sagen Sie, dort drüben war doch mal eine Buchhandlung? So eine kleine, die ein wenig wie ein Wohnzimmer in einem Landhaus eingerichtet war?“

Die Frau hinter dem Tresen sah sie erstaunt an. „Eine Buchhandlung? Wo soll die gewesen sein?“

„Na, auf der anderen Seite, Reiseführer und Bildbände konnte man dort kaufen“, antwortete Helen und wusste im selben Augenblick, wie unmöglich das war, denn es gab in der Häuserreihe überhaupt keinen passenden Raum für einen Laden. „Oder irgendwo in der Gegend? Vielleicht habe ich mich auch in der Adresse geirrt.“

„Es gibt einen Waterstones am Notting Hill Gate, einen Laden für Kochbücher und einen für Krimis hier in der Nähe. Aber Reiseführer …“ Entschieden schüttelte die Verkäuferin den Kopf.

Helen war ihre Skepsis anscheinend anzusehen.

„Darling, ich habe den Laden von meinem Vater übernommen, arbeite seit fast fünfzig Jahren hier, lebe schon mein ganzes Leben in der Wohnung über unseren Köpfen und kenne mich bestens aus. Es tut mir leid, aber Sie müssen komplett falsch sein.“

„Ja, wahrscheinlich haben Sie recht“, pflichtete Helen ihr bei, verabschiedete sich und ging zurück auf die Straße.

Das war wirklich verrückt! Nie hätte sie gedacht, sich derart irren zu können. Es schien, als hätte das Schicksal beschlossen, sie für dumm zu verkaufen. Erst suchte sie vergeblich diese verfluchte Kapelle, dann die Buchhandlung. Vielleicht verbrachte sie einfach zu viel Zeit mit Lucy.

Grinsend hakte sie die Sache fürs Erste ab, wusste jedoch, dass sie es keinesfalls vergessen würde und erwischte sich dabei, dass sie, zuhause angekommen, im Papiermüll sofort nach der Tüte suchte, in die Alassë das Buch verpackt hatte. Sie war weiß, ohne Aufschrift, und einen Kassenzettel gab es auch nicht.

Kurz überlegte sie, einen befreundeten Quantenmechaniker anzurufen und ihn zu fragen, wie ein ganzes Haus verschwinden konnte, ließ es dann aber sein. Gerade in wissenschaftlichen Kreisen machte man sich mit solchen Fragen zur Zielscheibe für reichlich Spott, und da sie sowieso immer das Gefühl hatte, sie müsste sich mehr beweisen als ihre männlichen Kollegen, wollte sie ihnen keinen Zündstoff für Hohngelächter frei Haus liefern.

Alistair stand, nur mit einer bequemen langen Baumwollhose bekleidet, auf dem Rasen hinter dem Cottage in der Sonne und machte seine Katas. Die Bewegungen des Karate waren ihm durch jahrelanges Üben in Fleisch und Blut übergegangen und er konnte dabei wunderbar entspannen und auftanken.

Er konzentrierte sich auf den Boden unter seinen nackten Füßen, spürte die Energie, die ihn durchfloss, die Kraft seines Körpers … der auf ihrem lag, sich eng an sie presste …

Verflucht! Schon wieder hatte Helen sich in seinen Kopf geschlichen. Seit sie gestern ohne Abschied weggefahren war, erwischte er sich dauernd dabei, an sie zu denken. An ihre zarte Haut, ihre wundervollen Haare, die verlockenden Lippen und die grünen Augen. Sie schien seine Sinne vernebelt und mit einem Bann belegt zu haben. Seit Jahren war das keiner Frau mehr gelungen und so sollte es auch bleiben.

Er überlegte, ob er einfach für eine Nacht nach Edinburgh zurückfahren und sich ein schnelles Abenteuer suchen sollte. Das würde seinen Kopf vielleicht wieder frei machen. Und nicht nur seinen Kopf.

Aber Alistair wusste, dass er sich damit etwas vormachte, denn Helen hatte seinen Jagdinstinkt geweckt und er hatte seine Chance, sie zu bekommen, vertan. Ohne ihren Nachnamen oder eine Vorstellung, wo sie überhaupt herkam, war es selbst für ihn verdammt schwierig, sie zu finden. Ihrem Akzent nach würde er auf London tippen, konnte ihn aber nicht hundertprozentig einordnen. Er hätte sich ihr Nummernschild merken sollen.

Auf normalem Weg gab es also keine Möglichkeit. Mit dem richtigen Zauber würde ihr Haar ihm zwar helfen sie aufzuspüren, allerdings hatte es immer einen Preis, wenn man egoistisch handelte und nur auf seinen Schwanz hörte.

Beim letzten Mal, als er eine Frau auf diese Art wiederfinden wollte, war es mächtig in die Hose gegangen. Im wahrsten Sinne des Wortes. Als er sie nämlich gefunden hatte und kurz darauf mit ihr im Bett lag, hatte er keinen mehr hochbekommen. Und das sechs Monate lang.

Seitdem hatte er auf solche Hilfsmittel verzichtet.

Er lachte. Helen und er hatten kaum fünf Worte miteinander gewechselt und jetzt hechelte er ihr hinterher wie ein rolliger Kater. Seine Freunde hatten vielleicht doch recht. Vielleicht wollte er tatsächlich immer genau das am meisten, was er nicht so leicht bekommen konnte.

Ein lautes Scheppern aus dem Haus brachte ihn ruckartig wieder in die Gegenwart zurück. Mit vier langen Schritten war er an der Hintertür. Er rannte in den Flur. Da war niemand, aber als er die Küche betrat, traute er seinen Augen kaum. Vor einer Stunde erst hatte er sie blitzblank geputzt und alles aufgeräumt und jetzt sah es aus, als wäre ein Tornado durchgefegt. Regale waren ausgeräumt, die Obstschale lag zerbrochen auf dem Boden und überall war Essen verteilt.

Hinter der Kochinsel schepperte es erneut. Alistair nahm ein scharfes Messer vom Tisch und pirschte sich lautlos heran. Niemand würde es wagen bei ihm einzubrechen und schon gar nicht am helllichten Tag! Vorsichtig ging er um den Block herum.

Braune Augen, umrahmt von rotem Fell, blickten ihn kläglich an, gefolgt von einem hohen Fiepen. Alistair lachte lauthals, bis er merkte, dass das Tier verletzt war.

Das kleine Eichhörnchen hatte sich bei seinem Beutezug durch die Küche eine Pfote gebrochen und Alistair saß mit ihm beim örtlichen Tierarzt.

„Eigentlich bin ich mehr für Haustiere zuständig", grummelte Henry, während er das Tier behutsam fertig verarztete.

„Ich weiß, aber ich hatte keine Wahl. Helena blutete stark und brauchte Hilfe."

Alistair hatte seinem zweiten ungebetenen Gast innerhalb von vierundzwanzig Stunden kurzerhand einen Namen gegeben, der ihm irgendwie naheliegend erschien.

„Es wird eine Weile brauchen, bis das wieder verheilt ist. Wer soll sie pflegen, wenn du immer unterwegs bist?"

„Vielleicht könnte Macy das übernehmen. Wenn jemand ein Tier wieder aufpäppeln kann, dann sie."

Henry lachte. „Stimmt! Und nicht nur die. All ihre Gäste gehen mit mindestens fünf Kilo mehr, als sie gekommen sind."

Alistair lächelte zustimmend, wickelte Helena vorsichtig in ein Tuch und ging über die Straße zu *Macgradys*, dem besten Pub im Umkreis von hundert Meilen.

„Macy, du wirst dich doch um die Kleine kümmern, oder?"

Mit einem Blick, der Steine erweichen und dem keine Frau widerstehen konnte, blickte er die ältere Dame bittend an. Sie hatte die Hände in die Hüften gestützt und warf ihm einen strengen Blick zu.

„Alistair Turner, wenn wir uns nicht schon so lange kennen würden, dann würde ich dir was pfeifen! Es ist bald Saison, was glaubst du, was ich dann zu tun habe? Ich kann nicht jedes dahergelaufene Wesen aufnehmen."

Ihr Mann Scott stand hinterm Tresen und zwinkerte ihm verschwörerisch zu.

Macy seufzte abgrundtief und Alistair wusste, dass er gewonnen hatte.

„Setz dich erst mal. Das Essen ist sowieso gerade fertig und dann sprechen wir nochmal darüber. Aber Helena muss jetzt mitkommen, sie braucht Ruhe.“ Mit diesen Worten nahm sie das Eichhörnchen liebevoll hoch und trug es nach hinten.

Alistair grinste Scott an, der ihm einen riesigen Teller mit feinstem Hirschgulasch auftischte.

„Das ist das letzte Mal, dass ich irgendwelche Streuner von dir aufnehme. Ist das klar?“ Macy stellte Alistair einen ihrer fantastischen Apfelkuchen vor die Nase.

„Ja, Macy“, sagte er artig und sie wussten beide, wie unwahrscheinlich das war. Fast jedes verletzte Wildtier, das Alistair auf seinem Grund und Boden gefunden hatte, war durch ihre Fürsorge wieder gesund geworden.

Jetzt lächelte sie endlich, setzte sich neben ihn und schnitt ein sehr großzügiges Stück Kuchen ab.

„Gut.“ Sie tätschelte liebevoll seinen Arm. „Bleibst du länger und sehen wir dich wieder häufiger? Kommen die anderen As auch? Sie sind schon ewig nicht mehr da gewesen. So reizende junge Leute.“

Alistair verschluckte sich fast. Das musste er seinen Freunden erzählen. „Reizende junge Leute“ – das hatte ihnen bestimmt schon lange niemand mehr gesagt. Dass sie im Dorf nur die As oder das A-Team genannt wurden, war verständlich. Auch die Vornamen seiner besten Freunde fingen mit A an, deshalb hatte man ihnen kurzerhand einen Spitznamen verpasst.

Alistair lächelte. Er liebte dieses Dorf. Es war alles so einfach und unkompliziert hier. Sie akzeptierten ihn und seine Freunde, ohne viel nachzufragen oder zu neugierig zu sein. Entspannt lehnte er sich zurück und genoss das Gefühl dazuzugehören, einer von ihnen zu sein.

„Ich kann leider noch nicht genau sagen, wann ich wieder zurück muss, aber ich verspreche, dass ich mich verabschiede, bevor ich fahre. Und falls der Rest Zeit für einen Besuch hat, kann ich sowieso keinen von ihnen davon abhalten, ihre Lieblingsköchin zu besuchen."

Macy bekam rote Wangen vor Freude, drückte Alistair kurz und ging dann wieder in die Küche zurück.

Als Henry nach Feierabend dazu kam, forderte er Alistair und Scott zu ein paar Runden Darts heraus. Gegen Alistairs Treffsicherheit und scharfes Auge hätten die beiden eigentlich keine Chance gehabt, aber er hielt sich zurück und verpatzte unauffällig die entscheidenden Würfe. Sie machten sich über ihn lustig, Alistair stimmte glücklich in ihr Gelächter mit ein und gab als guter Verlierer ein paar Runden Bier aus.

Als Macy ihm, ohne Widerworte zuzulassen, ein üppiges Abendessen auftischte, sah Henry mit wissendem Blick erst auf die große Portion und dann auf Alistairs flachen Bauch.

„Nicht mehr lange, mein Freund, dann siehst du so aus wie wir!"

Alle lachten.

Wieder zuhause machte Alistair sich an die Beseitigung der Schweinerei in der Küche. Während er den Boden wischte, dachte er an eine andere Rothaarige, hinter der er her gewischt hatte. Er lächelte. Immerhin hatte sie seine Küche nicht vorher auseinandergenommen. Und immerhin hatte er fast einen halben Tag nicht mehr an sie gedacht.

Na also. Es ging aufwärts.

KAPITEL 5

Lucy goss in der Küche zwei Gläser Merlot ein. Helen, die gerade die Nudeln mit der Soße in einer großen Schüssel vermischt hatte, nahm ihr eines ab und hielt es in die Höhe. „Auf die edle Spenderin!“

„Auf die fabelhafte Köchin, angehende Weltreisende und Nobelpreisträgerin!“

„Hört, hört.“ Helen schmunzelte, stieß mit Lucy an und nahm einen Schluck. Der Rotwein schmeckte vollmundig und fruchtig und würde vielleicht dabei helfen, die merkwürdigen Geschehnisse der letzten drei Tage zu verdrängen. Und ihren Traum. Sie war immer noch ziemlich durcheinander, spürte fast Alistairs Hände, seine Finger, seinen Mund, seine Zunge. Selbst wenn sie einen Moment nicht an ihn dachte, war er irgendwie da. Sie fühlte seine Gegenwart wie ein permanentes Hintergrundrauschen und seine Präsenz schien durch ihre Adern zu fließen und nicht verschwinden zu wollen.

Beim Essen erzählte sie Lucy in aller Ausführlichkeit, was auf ihrem kurzen Trip nach Schottland passiert war. Die einzige Erklärung, die ihnen beiden einigermaßen logisch erschien, war *schrulliger Millionär* und *arrogantes Arschloch.*

Lucy sprang auf und holte Helens Laptop. „Jetzt zeig mir mal das Prachtexemplar, damit ich ihm gegen das Schienbein treten kann, sollte es mir jemals über den Weg laufen.“

Lucys Augen leuchteten auf, als ein Foto von Alistair den Bildschirm füllte, und sie fächelte sich übertrieben Luft zu.

„Unglaublich! Der sieht wirklich fantastisch aus! Und er hat Kohle. Und ein Pferd. Vielleicht sollte ich mir überlegen, eine Praxis in Braemar zu eröffnen und ihn mir zu schnappen."

„Gerade wolltest du noch meine Ehre verteidigen. Hast du das schon vergessen?", spottete Helen. „Schönheit und Geld sind nicht alles."

„Aber es hilft ungemein, über vieles hinwegzusehen", erwiderte Lucy trocken.

Helen lachte. „Das sagst ausgerechnet du. Nie im Leben würdest du es mit einem Mann aushalten, der nicht sensibel und warmherzig und freundlich ist. Du und dein romantisches Herz, ihr würdet eingehen und verwelken."

„Ja, du kennst mich einfach zu gut." Lucy seufzte. „Geheimnisvoll und abenteuerlich und reich und gutaussehend darf er natürlich auch sein, aber im Grunde suche ich nach jemanden, der … na ja, einfach ein netter Kerl ist und mir mindestens so viel Liebe und Treue entgegenbringt wie die Hunde, die ich behandle."

Fragend hob Helen eine Augenbraue.

„Du weißt schon, was ich meine."

„Du meinst, dein Traummann soll dir hinterher hecheln und vor Freude mit dem Schwanz wackeln und dir das Gesicht ablecken, wenn du nach Hause kommst?"

„Völlig richtig." Lucy leerte ihr Glas und füllte es erneut.

„Auch von der besten Freundin muss man nicht alles über ihre geheimsten, sexuellen Fantasien wissen." Helen machte übertrieben große Augen. „Jetzt haben sich Bilder in meinen Kopf eingebrannt, die ich nie mehr loswerde."

Lucy grinste. „Dann trink noch einen … oder zwei oder drei … und lass uns lieber überlegen, wohin du als nächstes willst. Ich denke, ein anderer Kontinent wäre doch ein Anfang."

Sie begannen ihre imaginäre Reise in Kanada. Als auf einem Foto ein Wolf zu erkennen war, jaulte und hechelte Helen laut.

Ohne aufzusehen versetzte Lucy ihr einen leichten Klaps auf den Hinterkopf.

„Sitz!“, befahl sie streng, bevor beide in lautes Lachen ausbrachen.

Am nächsten Morgen stand Helen gutgelaunt auf. Keine erotischen Träume von Alistair hatten sie heimgesucht, stattdessen war ihr Kopf erfüllt mit Bildern ihres baldigen Urlaubs. Sie hatte sich mit Lucy von Kanada über Neuseeland in die Südsee vorgearbeitet, hatte letzteres aber wieder verworfen, da stundenlanges Aalen am weißen Strand unter tropischer Sonne mit ihrer hellen Haut sowieso keine Option war.

Stattdessen hatte Helen beschlossen, ihre Weltreise mit einer Europatour zu beginnen. Sie würde die Westküste Frankreichs entlang fahren, sich dann quer nach Südfrankreich durcharbeiten, am Mittelmeer entlang nach Italien gondeln und dort den Stiefel runter bis an die Amalfiküste, wo es wunderschöne Hotels gab, die an den malerischen Felsen wie Schwalbennester klebten. Einige Luxusherbergen in ehemaligen Klöstern hatten es ihr besonders angetan. Natürlich würde sie sich das keinesfalls monatelang leisten können, sie hieß ja nicht Mrs. Turner, aber zwei oder drei Nächte waren auf jeden Fall drin und die hatte sie sich auch redlich verdient.

Es sollte so bald wie möglich losgehen, aber zuerst musste sie ihr Auto in die Werkstatt bringen, um es durchchecken zu lassen. Sie wollte nie wieder irgendwo im Niemandsland liegenbleiben und einen grummelnden Millionär um Hilfe bitten müssen.

Helen duschte, zog sich an, packte das Geschirr vom Abend in die Spülmaschine, frühstückte und vereinbarte für den nächsten Tag einen Termin für die Inspektion ihres Wagens. Da sie die Tochter des Chefs mit Nachhilfestunden durch ihr A-Level gebracht hatte, genoss sie dort auf Lebenszeit einen Sonderstatus.

Die Sonne schien und das wollte Helen ausnutzen. Sie ging in die Kensington Gardens, besuchte die Arch von Henry

Moore, die Serpentine Sackler Gallery und aß schließlich ein mitgebrachtes Sandwich, während sie liebevoll die Statue von Peter Pan betrachtete.

„Am zweiten Stern rechts vorbei und dann immer geradeaus bis zur Morgendämmerung“, murmelte sie. „Wahrscheinlich befinden sich genau dort auch die Kapelle und die Buchhandlung.“ Grinsend winkte sie Peter zum Abschied und kehrte nach Hause zurück.

Als sie ihren Briefkasten öffnete, lag darin ein einzelner Umschlag. Cremefarben und gefüttert und an sie adressiert. Links oben in der Ecke erkannte sie das Logo von Genesis Enterprises. Helens Herz klopfte schneller. Genesis Enterprises war der Marktführer im Bereich Gentechnik in England, wahrscheinlich sogar in ganz Europa.

Zitternd riss sie das Kuvert noch im Treppenhaus auf und faltete das Schreiben auseinander.

Sehr geehrte Miss York,

für die Forschungsabteilung meines Unternehmens bin ich auf der Suche nach einer kompetenten Unterstützung. Nach jemanden, der sich neugierig, voller Tatendrang und mit offenem Geist den anstehenden Aufgaben und Herausforderungen stellt.

Aus Ihrem Fachbereich wurde mir nur Gutes über Sie berichtet. Falls Sie noch keine Anstellung gefunden haben, die Ihren Wünschen entspricht, und Sie sich eine Position mit Aufstiegsmöglichkeiten bei Genesis Enterprises vorstellen könnten, würde ich mich freuen, Sie zu einem Gespräch begrüßen zu dürfen.

Einen Termin vereinbaren Sie bitte mit meiner Sekretärin unter der oben stehenden Durchwahl.

Unterschrieben war der Brief in schwungvollen Buchstaben vom Inhaber höchstpersönlich.

***

Lucas Hunt lächelte. Natürlich hatte sie angebissen. Jeder hatte seinen Preis und Miss Yorks war ihr Traumjob. Und wer war da besser geeignet als Genesis Enterprises? Er hatte Jahre damit verbracht, sein Unternehmen zum führenden Spezialisten für Genetik zu machen, und sie war eine brillante Wissenschaftlerin. Und dazu überaus attraktiv. Sie passten perfekt zusammen. Er umgab sich gerne mit schönen Dingen.

Lucas sah auf seine Breitling. Er hatte noch genug Zeit vor dem Termin, ihr Dossier ein weiteres Mal zu überfliegen.

Helen York, 29, geboren in der Nähe von Blackburn. Die Eltern: Elisabeth und James York, beide Angestellte bei einer Londoner Großbank. Bis Helen sechs Jahre alt war, lebten sie alle zusammen bei der Großmutter mütterlicherseits, Rose York, in Barley in der Nähe von Pendle Hill. Nach einem Streit zwischen Elisabeth und Rose erfolgte der Umzug nach London, kein Kontakt mehr mit der Großmutter.

Lucy Hastings, beste Freundin seit der Oberstufe, Tierärztin mit eigener Praxis.

Helen zeigte schon früh Interesse an der Wissenschaft. Klassenbeste in Naturwissenschaften. Sie will Dingen auf den Grund gehen.

Sehr passend – er auch.

Sie arbeitet gründlich, zielstrebig und vor allem mit exzellenten Ergebnissen. Ihren Doktor hat sie mit Auszeichnung gemacht und plant jetzt eine dreimonatige Weltreise.

Nun, das konnte er ihr bestimmt ausreden.

Ihre Doktorarbeit las sich faszinierend, ihre Ansätze und Schlussfolgerungen waren gewagt, aber vielversprechend, und er erkannte ihr Potential sofort. Lucas hatte sich schon länger überlegt, ihr einen Job anzubieten, aber dass sie nun auch eine Verbindung zu Alistair Turner hatte, machte sie noch interessanter. Die Zeit würde zeigen, ob sie ihm in mehr als einer Weise nützlich sein könnte.

Nervös überprüfte Helen zum bestimmt zehnten Mal den Sitz ihrer Bluse und des Blazers.

„Mr. Hunt ist gleich soweit.“ Mrs. Spencer, die Sekretärin, lächelte ihr aufmunternd zu und nickte in Richtung der schweren Tür.

„Danke“, krächzte Helen und wunderte sich, wo ihre Stimme auf einmal geblieben war.

Natürlich wusste sie es. Sie war aufgeregt und wollte diesen Job! Ihre Kollegen würden sich eine Hand abhacken, um für Lucas Hunt arbeiten zu dürfen, und sie war diejenige, die er eingeladen hatte!

Hunt war während ihrer Zeit an der Universität mehrfach als Gastdozent aufgetreten. Helen ging noch einmal durch, was sie über ihn wusste. 42, genialer Kopf, der die Genetik in den Dienst der Menschheit stellte, nach neuen Heilmethoden forschte und die Grenzen des Unmöglichen immer wieder überschritt.

Nicht verheiratet. Verboten gutaussehend. Etwa 1,85 Meter. Dichte, blonde Haare, an den Seiten kurz. Hellblaue Augen dominierten ein schmales Gesicht mit klassischen Zügen.

Seine Vorlesungen waren immer brechend voll gewesen. Sogar die Studentinnen der anderen Fachbereiche hatten versucht sich einzuschleichen. Das ging so weit, dass man irgendwann nur noch eingelassen wurde, wenn man nachweisen konnte, dass man tatsächlich Biologie studierte.

Helen lächelte. Sie konnte sie verstehen, selbst ihr Herz hatte unprofessionell schnell geklopft, als sie ihn zum ersten Mal persönlich gesehen hatte. Der Mann strahlte Autorität und gleichzeitig eine Lässigkeit aus, als hätte er keine Sorgen auf der Welt.

Wie das Leben doch spielte. Innerhalb von so kurzer Zeit waren zwei mächtige Männer in ihrem Leben aufgetaucht. Wobei die Begegnung mit Alistair ja eher ein unglücklicher Zufall gewesen war. Sie hoffte, dass das Treffen mit Lucas Hunt besser laufen würde.

„Miss York?“ Die Sekretärin wies zur Tür. „Mr. Hunt wird Sie jetzt empfangen.“

Beinahe hätte Helen über Mrs. Spencers Wortwahl gekichert.

Lucas ließ seinen Blick kurz über Helens Erscheinung gleiten, bevor er ihr mit einem charmanten Lächeln entgegen ging. Sie trug einen engen schwarzen Hosenanzug, klassisch, businesslike, fast spießig, wäre da nicht der Schnitt, der ihren Körper an den richtigen Stellen betonte. Mit der weißen Bluse passte das Outfit hervorragend zu ihren roten Haaren, die sie locker hochgesteckt hatte.

Er freute sich aufrichtig, sie zu sehen, und reichte ihr die Hand. „Miss York, wie schön, dass Sie die Zeit gefunden haben."

„Mr. Hunt, danke für die Einladung." Sie erwiderte seinen Händedruck fest und sicher, wenn ihre Finger auch ein bisschen kalt waren.

„Sie frieren. Kann ich Ihnen etwas Warmes anbieten? Tee? Kaffee?" Galant führte er sie zu einer Sitzecke.

„Vielen Dank, Mr. Hunt. Ich hätte sehr gerne einen Tee." Helen nahm Platz und versank fast in den weichen Sesseln.

Er ging zu seinem Schreibtisch und bestellte bei Mrs. Spencer Tee für zwei, was Helen die Gelegenheit gab, ihn und sein Büro unauffällig zu betrachten.

Er trug ein weißes Hemd und einen eng geschnittenen, dreiteiligen Anzug, der seinen schlanken Körper gut zur Geltung brachte. Falls er sich in der Zwischenzeit nicht hatte gehen lassen, konnte Helen die Attribute sehnig und sportlich hinzufügen, da er bei den Vorlesungen meistens in T-Shirts und Jeans aufgetaucht war. Statt Sneakers trug er heute auf Hochglanz polierte Lederschuhe.

Sein Büro war sehr modern gehalten. Kein Schnickschnack, klare Kanten, wenig Farbe, viele Grautöne.

Das einzige, was diese Strenge unterbrach, war ein großformatiges Ölgemälde an der Wand hinter seinem Schreibtisch. Es zeigte eine Schlacht. Aufbäumende Pferde, Reiter mit wehenden Mänteln, gezogene Säbel und Musketen im Anschlag. Zwei Heere, kurz vor einem unerbittlichen Kampf.

Lucas Hunt setzte sich Helen gegenüber und schlug die Beine übereinander. „Unterhalten wir uns doch ein bisschen, bis der Tee gebracht wird, Miss York."

„Gerne. Nochmals vielen Dank für die Einladung, Mr. Hunt. Ich habe Ihre Vorlesungen besucht und verfolge Ihre und die Arbeit von Genesis Enterprises seit Jahren."

„Sie schmeicheln mir." Er lächelte und Helen entspannte sich ein bisschen. „Erzählen Sie mal … wenn Sie Aladins Wunderlampe hätten, wie würde dann Ihr perfektes Arbeitsumfeld aussehen?"

Zwei Stunden später kam Helen mit einem strahlenden Lächeln aus dem Büro. Fast hätte sie die Sekretärin umarmt, so glücklich war sie. Sie hatte gerade ihren Traumjob mit einem Traumgehalt bekommen. Und noch dazu war ihr neuer Chef ein wahrer Traummann, sowohl aus wissenschaftlicher als auch aus weiblicher Sicht, auch wenn sie ihn sicherlich nicht sehr häufig zu Gesicht bekommen würde.

Freundlich verabschiedete sie sich von Mrs. Spencer und ging betont ruhig aus dem Gebäude, das schon bald ihr zweites Zuhause sein würde. Auf der Straße prüfte sie kurz, ob jemand sie beobachtete, dann riss sie die Arme hoch, machte einen kleinen Luftsprung und hüpfte die Straße entlang Richtung U-Bahn.

Lucas sah ihr von seinem Bürofenster aus hinterher. Interessant. Kühle Wissenschaftlerin, gepaart mit Leidenschaft und ausgelassener Freude.

Er griff zum Telefon und gab einen Code ein. Ein paar Sekunden später kam die Verbindung zustande.

„Ab sofort Rund-um-die-Uhr-Überwachung auch für Helen York und einen täglichen Bericht."

KAPITEL 6

„Der Job ist wirklich ein Traum! Und Lucas kommt viel häufiger vorbei, als ich am Anfang gedacht habe." Helen aß genüsslich den Rest ihrer Ravioli.

Lucy betrachtete ihre Freundin, die zufrieden und glücklich aussah, wie lange nicht mehr. Seit Helens Arbeitsantritt vor einer Woche hatten sie nur abends telefoniert, jetzt hatten sie es endlich geschafft, mittags zusammen essen zu gehen.

Lucy freute sich für Helen, aber sie machte sich auch Sorgen. Helen arbeitete schon wieder zu viel. Eigentlich sollte sie jetzt gemütlich durch Europa gondeln und nicht von früh bis spät in einem Labor herumhängen. Lucy seufzte.

„Was ist? Alles okay bei dir? Ist heute etwas passiert? Ich erzähle die ganze Zeit nur von mir …" Helen brach ab und sah schuldbewusst aus.

„Nein, alles bestens. Du bist es, um die ich mir Gedanken mache."

„Wieso denn? Weil ich keine Zeit für einen Urlaub hatte?"

Lucy nickte.

„Musst du nicht. Ehrlich. Mir geht es wunderbar. Du weißt doch, dass ich meine Arbeit liebe." Sie nahm Lucys Hand. „Und ich verspreche dir hoch und heilig, dass ich auf mich aufpasse und mein soziales Leben nie wieder so schleifen lasse, wie in den letzten Monaten."

Skeptisch zog Lucy eine Augenbraue hoch. „Und das soll ich dir glauben?"

„Ja, denn das Beste habe ich dir noch gar nicht erzählt." Helen lächelte geheimnisvoll, bevor sie die Bombe platzen ließ. „Lucas hat mich gefragt, ob ich ihn auf die Gala begleite!"

„Wie bitte? Was für eine Gala?", fragte Lucy, völlig aus dem Konzept gebracht.

„Übermorgen ist ein großer Event bei irgendeiner adligen Wohltäterin, auf der viele reiche Geschäftsleute sein werden. Lucas meinte, wir könnten dort ein bisschen Werbung für unser Projekt machen und versuchen, ein paar potentielle Sponsoren an Land zu ziehen."

Helen war Feuer und Flamme – das war offensichtlich. Ob es allerdings wegen der Gala, der möglichen Geldgeber oder wegen ihres gutaussehenden Chefs war, konnte Lucy nicht einordnen.

„Moment mal, wieso Werbung? Ich denke, du arbeitest an einem streng geheimen Projekt? Und jetzt gehst du mit deinem Boss auf eine Party, um Werbung dafür zu machen? Und seit wann duzt ihr euch eigentlich?" Dass er und Helen mehr Zeit miteinander verbrachten als angenommen, hatte sie bisher verschwiegen.

Helen merkte, dass ihre Freundin verletzt war, aber Lucy verstand das alles falsch.

„Nein, wir machen keine Werbung für dieses Projekt, sondern wollen Sponsoren für das nächste!"

„Ach, und was wird das sein?"

„Die Weiterentwicklung meiner Dissertation!" Helen strahlte.

Lucy sah sie staunend an. „Du meine Güte! Das ist ja fantastisch! Ich weiß natürlich, dass du ein Ass auf deinem Gebiet bist, aber dass Mr. Genesis Enterprises so begeistert von dir ist, dass du deine eigenen Forschungen in seinem Unternehmen fortführen kannst … ich bin sprachlos!"

„Das war ich auch." Helen grinste, wurde gleich darauf aber wieder ernst. „Es tut mir leid. Ich will nicht, dass du das Gefühl hast, ich hätte dich ausgeschlossen. Ich weiß es selbst erst seit gestern Abend und wollte es dir unbedingt persönlich erzählen, nicht am Telefon. Bist du böse auf mich?“

Der Blick in Lucys Augen wurde weich und sie schüttelte den Kopf. „Nein. Ich möchte nur nicht, dass es zwischen uns wieder so wird wie das letzte Jahr, als wir uns wegen deiner Doktorarbeit kaum gesprochen haben und ich irgendwann bloß noch raten konnte, wie es dir wirklich geht.“

„Das wird auf gar keinen Fall passieren. Du hast mein Wort.“ Helen lächelte sie voller Wärme an.

„Okay.“ Lucy grinste. „Und was ist jetzt mit … Lucas?“ Sie hauchte seinen Namen und klimperte mit den Wimpern.

„Wir arbeiten so viel zusammen, dass er mir gestern auch das Du angeboten hat.“ Helen wirkte ein bisschen verlegen und Lucy runzelte die Stirn.

„Gibt es da vielleicht sonst noch etwas, das ich wissen sollte?“

Helen schüttelte den Kopf. „Lucas ist ganz anders, als ich gedacht hatte. Er ist nicht nur der harte Geschäftsmann und begnadete Wissenschaftler, er ist auch charmant und witzig, höflich und hilfsbereit, und interessiert an allem, was ich sage und tue. Wenn ich mit ihm über meine Arbeit spreche, nimmt er sich Zeit und schenkt mir seine ganze Aufmerksamkeit. Er gibt mir das Gefühl, als wäre das, was ich ihm gerade erzähle, das Allerwichtigste auf der Welt.“ Helen schwieg einen Augenblick und zuckte dann mit den Schultern. „Ich weiß auch nicht … er ist wirklich sehr besonders.“

Lucy saß ihr mit offenem Mund gegenüber, bevor sie sich räusperte und verschwörerisch über den Tisch beugte. „Das sind ja mal Neuigkeiten und deshalb wiederhole ich meine Frage. Helen York, gibt es da sonst noch etwas, das ich wissen sollte?“

Helen schmunzelte, winkte aber ab. „Nein. Ich genieße nur seine Gegenwart. Im Gegensatz zu dem schottischen Alphamännchen, über das wir nicht mehr reden“, sie hob mahnend den Zeigefinger, als Lucy etwas sagen wollte, „ist Lucas ein wahrer Gentleman."

Lucys Augenbrauen wanderten in die Höhe, denn dafür, dass sie über ihn nicht mehr redeten, sprach Helen relativ häufig von Alistair.

Helen verdrehte die Augen. „Und bevor du fragst. Nein, ich habe mich nicht unsterblich in Lucas verknallt. Wenn ich es doch tue, erfährst du es als erste."

Lucy schwieg.

„Da fällt dir nichts mehr ein, oder?" Helen grinste.

Lucy schüttelte lachend den Kopf. „Nee, echt nicht!"

Alistair saß in seinem Büro und starrte auf die Stoffmuster, die der Innenarchitekt ihm geschickt hatte, ohne sie wahrzunehmen.

„Mr. Turner, Ihr 12 Uhr Termin ist da", hörte er Luke aus der Gegensprechanlage.

Unwillig schüttelte Alistair den Kopf. Seit er wieder zurück in Edinburgh war, lief nichts so, wie es sollte. In Braemar hatte er weniger Energie tanken können, als er es sich gewünscht hatte, und er machte nicht nur Helen dafür verantwortlich. Eine innere Unruhe hatte ihn erfasst. Vielleicht war es mal wieder Zeit, sich etwas Neues zu suchen, etwas ganz anderes zu machen? Reizte ihn die Welt der Finanzen überhaupt noch? Vielleicht sollte er sein Unternehmen verkaufen und sich in aller Ruhe überlegen, was ihm in Zukunft Spaß machen würde?

Ein leises Klopfen unterbrach seine Gedanken und mit einem Lächeln, das seine Augen nicht erreichte, wandte er seine Aufmerksamkeit seinem neuen Klienten zu.

***

„Was denkst du?" Helen drehte sich in ihrem Schlafzimmer im Kreis.

„Ich denke … du siehst umwerfend aus!“ Lucy war begeistert, wunderte sich aber ein bisschen. Nicht darüber, dass Helen umwerfend aussah, nur darüber, dass Helen dieses Abendkleid freiwillig angezogen hatte. Vor kurzem noch hatte es nicht dezent genug sein können. Da wäre Helen lieber zum Zahnarzt gegangen, als sich in der Öffentlichkeit in so einem atemberaubenden, raffiniert geschnittenen Kleid zu präsentieren.

Es war schmal, knöchellang, schulterfrei und hatte an der rechten Seite einen sehr gewagten Beinschlitz, der bis über die Mitte des Oberschenkels reichte. Das Kleid war rot und setzte Helens blasse Haut hervorragend in Szene, und seit *Pretty Woman* wusste jeder, wie sexy die Farbe in Kombination mit roten Haaren aussah.

Lucy warf einen Blick auf den Karton, in dem das Kleid verpackt gewesen war, und erkannte das Logo eines der feinsten französischen Modehäuser.

„Und das hat dir Lucas geschickt?“, staunte sie.

Helen nickte. „Er meinte, da diese Veranstaltung ein geschäftlicher Anlass ist, kann er auch für meine Garderobe sorgen. Und außerdem steht in meinem Arbeitsvertrag, dass angemessene Kleidung und Ausrüstung gestellt wird.“ Sie lachte. „Und damit meine Ausrüstung komplett ist, habe ich noch Schuhe und eine Tasche bekommen.“

Helen holte beides aus einer exklusiven Tüte und hielt sie Lucy vor die Nase. Die Clutch war klein, silberfarben und sah sehr edel aus. Die Absätze der Schuhe waren mörderisch hoch und spitz, die Pumps über und über mit kleinen Kristallen verziert, die bei jeder Bewegung glitzerten. Und sie hatten rote Sohlen.

„Louboutins“, flüsterte Lucy ehrfürchtig. „Kann ich sie mal anprobieren, auch wenn sie mir zu groß sind?“

Helen lachte und drückte sie ihr in die Hand.

Während Lucy glücklich in der Wohnung auf und ab schlurfte, machte Helen sich im Bad fertig. Sie steckte die Haare hoch, trug ein dezentes Augen-Makeup auf und wählte einen Lippenstift passend zum Kleid.

Als sie fertig war, schlüpfte sie in die wundervollen Schuhe, die sie sich niemals selbst gekauft hätte, aber von der ersten Sekunde an geliebt hatte.

„Ich glaube, so kann ich mich vor der Highsociety sehen lassen!“ Sie warf sich kokett in Pose und betrachtete sich zufrieden im Spiegel.

Lucy nickte bestätigend. „Wenn die dir nicht alle spätestens um Mitternacht ihr Vermögen für die Forschung überschrieben haben, würde mich das sehr wundern.“

Es klingelte an der Wohnungstür. Helen nahm ihre Tasche, legte sich einen cremefarbenen Pashmina-Schal um die Schultern und ging zusammen mit Lucy nach unten. Auf der Straße wartete ein Rolls Royce. Ein Fahrer in Uniform zog seine Mütze und öffnete die Tür zum Fond.

Lucas stieg aus und strahlte, als er zu den beiden Frauen trat. Helen stellte ihm Lucy vor und er begrüßte sie mit einem angedeuteten Handkuss.

Galant reichte er Helen seinen Arm. „Bereit?“

„Einen Moment noch.“

Sie drehte sich zu Lucy um und gab ihr einen Kuss auf die Wange. „Du musst nicht warten, bis ich nach Hause komme, Schatz“, flüsterte sie. „Es wird spät!“

Lucy knuffte ihr in die Seite und lachte. „Jetzt geh schon. Der Ritter im tadellosen Smoking wartet auf Mylady, damit sie endlich in die Kutsche steigt!“

Das Gedränge war unglaublich. Helen hätte niemals gedacht, dass so viele Menschen kommen würden. Sie hätte ihre Nase vielleicht öfter mal in Klatschzeitungen statt in die *Nature* stecken sollen, um den einen oder anderen Schauspieler, Sportler oder Geschäftsmogul zu erkennen.

Sie hatte sich natürlich vorher schlau gemacht, wer ihre Gastgeberin war und hatte sich auch nicht gescheut, Lucas nach möglichen Stolpersteinen zu fragen. Helen war das Ganze, wie immer, sehr wissenschaftlich angegangen, aber die Farben, die Musik, die Gerüche und die vielen lächelnden Gesichter zu erleben, war etwas anderes, als nur darüber zu recherchieren.

Lucas begrüßte Lady Buxton und gratulierte ihr zu dem gelungenen Fest, dann stellte er seine Begleitung als den neuen Stern am Genetik-Himmel vor.

Er schmunzelte über Helens Reaktion. Sie war überrascht, aber nicht verlegen. Sie wusste, was sie wert war. Anerkennend ließ er den Blick über sie gleiten und gratulierte sich zur Wahl des Kleides. Sie sah aus wie eine Göttin und er hatte sehr wohl die vielen Blicke gesehen, die sie auf sich zog, auch wenn Helen es nicht bemerkte.

Lucas führte sie durch den Saal, machte sie mit einigen Leuten bekannt und stellte zufrieden fest, dass Helen nicht nur im Labor eine gute Figur machte, sondern sich auch in gehobener Gesellschaft wie selbstverständlich bewegte.

Als er von einigen Bekannten aufgehalten wurde, entschuldigte er sich kurz bei Helen und bat sie, an der Bar auf ihn zu warten. Er schaute ihr nach, bis sie in der Menge verschwand. Das würde ein wundervoller Abend werden … und ein sehr interessanter, da in diesem Moment Alistair Turner den Saal betrat.

Helen stand bei einem von Lady Buxtons Freunden und sie unterhielten sich angeregt. Er über seine Pferdezucht, sie über ihre Arbeit. Sie nippte an einem Champagner, ihr zweites Glas. Das erste hatte ihr Lucas bereits auf der Fahrt in die Hand gedrückt und mit ihr angestoßen.

Sie genoss den Abend, fühlte sich wie eine Prinzessin, und ließ ihren Blick unauffällig schweifen, als sie an der Tür plötzlich Alistair entdeckte. Sie wurde blass. Und noch blasser, als sie die wunderschöne Frau an seinem Arm erkannte.

„Nein!“, stieß sie unwillkürlich hervor und verschluckte sich fast.

„Wie bitte?“ Ihr Gesprächspartner hatte das offensichtlich auf sich bezogen.

„Entschuldigen Sie mich bitte. Ich glaube, ich habe meine Handtasche am Fenster liegen lassen.“ Helen packte ihre Clutch fester und trat die Flucht an.

Alistair und Alassë sahen Helen gleichzeitig. Sie rannte fast zu einem der großen Fenster mit den schweren Vorhängen und verschwand dahinter.

Alassë runzelte die Stirn. „Komisch. Dieser rothaarige Wirbelwind, der gerade hinter den Vorhängen verstecken spielt, war erst vor zwei Wochen bei mir im Avalon. Merkwürdig, dass sie hier ist. Eigentlich wollte sie Urlaub machen.“

Ohne hinzusehen nahm sie eines der unzähligen Gläser, die ihr von unzähligen Männern angeboten wurden, und trank einen Schluck, während sie weiter schlenderte.

„Normalerweise rennen meine Kunden eher auf mich zu, als vor mir weg.“

Alassë wandte sich Alistair zu, der bleich wie eine Wand war und sich nicht mehr bewegte.

„Alistair?“

Ohne auf die erstaunten Menschen zu achten, fluchte er laut auf Gälisch und zerrte sie in einen der angrenzenden Räume.

„Alistair!“ Alassë protestierte heftig, riss sich los und zwang ihn stehen zu bleiben. „Was zur Hölle …?“

„Dieser rothaarige Wirbelwind heißt Helen und ist zufälligerweise vorletzte Woche bei mir aufgetaucht, auf der Suche nach meiner Kapelle, die angeblich nicht da war.“ Alistair lief unruhig auf und ab.

Fassungslos sah Alassë ihn an. „Niemals.“

Alistair nickte aufgebracht. „Doch. Sie war bei mir! Sie hat gesagt, sie würde in Braemar Urlaub machen, und ich bin davon ausgegangen, sie hätte im Dorf von der Kapelle gehört, aber scheinbar hat sie sie im Reiseführer gefunden.“

Alassë ließ sich zitternd auf einen Stuhl sinken. Mit weit aufgerissenen Augen starrte sie Alistair an.

„Das darf nicht sein. Nie. Niemals sind *unsere* Orte in den Reiseführern."

Sie flüsterte, als ob sie Angst hätte, das Unmögliche laut auszusprechen.

Mit zwei schnellen Schritten war Alistair bei ihr und kniete sich vor sie.

„Genau. Wahrscheinlich hat ihr doch Macy davon erzählt und sie hat sie einfach nicht gefunden. Als ich nachgesehen habe war alles wie immer. Alles war in Ordnung!"

Alassë musterte ihn skeptisch. „Sie ist zum Avalon geführt worden, hat einen der magischen Reiseführer bekommen, sucht die Kapelle und steht dann plötzlich auch noch vor deiner Tür?" Ihre Stimme war leise. „Wir müssen unbedingt herausfinden, ob wirklich das Buch ihr die Kapelle gezeigt hat. Falls das so ist, müssen wir wissen, wieso und warum Helen dorthin geführt wurde."

„Es gibt bestimmt eine ganz einfache Erklärung dafür." Alistair nahm ihre Hand und warf ihr einen beschwörenden Blick zu. „Das muss nichts bedeuten. Gar nichts. Das ist bestimmt alles ein riesiger Zufall!"

„Seit wann glaubst du an Zufälle?" Alassë zog die Augenbrauen zusammen. „Helen muss etwas Besonderes sein, sonst hätte sie meinen Laden niemals gefunden. Und vielleicht steckt noch viel mehr dahinter und dieser Sache müssen wir unbedingt auf den Grund gehen. Am besten gleich." Sie stand auf und schob Alistair energisch Richtung Tür. „Mach du das, du kennst sie besser als ich."

Abwehrend schüttelte Alistair den Kopf. „Vielleicht sollten wir das alles vergessen und uns von ihr fernhalten."

„Du hast Angst", stellte Alassë sachlich fest.

„Quatsch. Das ist mir einfach nur alles zu merkwürdig." Alistair fing wieder an, durch den Raum zu laufen.

„Ist etwas zwischen euch vorgefallen? Normalerweise bist du der erste von uns, der so etwas Merkwürdiges nicht auf sich beruhen lassen würde.“ Alassë stellte sich ihm in den Weg. „Hast du sie etwa in dein Bett gelockt und dann rausgeschmissen?“

„Nein, so war es nicht. Ich war aber nicht gerade höflich …“, nuschelte Alistair undeutlich.

„Ich bitte dich!“ Alassë lachte. „Du? Ausgerechnet du, der Meister des Charmes, hast die einzige Person, die Licht in dieses Dunkel bringen kann, so verärgert, dass sie sich jetzt hinter einem Vorhang versteckt?“

„Sie hat mich auf dem falschen Fuß erwischt“, verteidigte er sich. „Und außerdem versteckt Helen sich ja vielleicht auch vor dir.“

Alassë verging das Lachen schlagartig. „Sie wird sich sicherlich wundern, dass ich ihr einen Reiseführer verkauft habe, sie bei dir landet und wir dann gemeinsam auf dieser Veranstaltung auftauchen.“ Sie seufzte abgrundtief. „Was für eine verdammt verfahrene Situation.“

Alistair nickte grimmig. „Das kannst du laut sagen.“

Helen stand mit klopfendem Herzen hinter dem schweren Vorhang, der ihr wenigstens ein bisschen Schutz vor neugierigen Blicken bot, auch wenn das ein ziemlich dämliches Versteck war. Sie musste sich beruhigen, die Situation analysieren, bevor sie etwas tat, was sie bereuen würde. Jahre des wissenschaftlichen Arbeitens und das strenge Regiment ihrer Mutter hatte ihre Impulsivität gedämpft, aber es gab Momente wie diesen, da merkte sie, dass etwas von dem überschwänglichen Mädchen hochkochte, das sie früher gewesen war und das immer sagen wollte, was es dachte. Sofort. Ungefiltert und unüberlegt.

Wieso waren Alassë und Alistair zusammen hier? Wieso kannten die beiden sich? Wenn das Ganze ein abgekartetes Spiel war, wieso war Alistair dann so unhöflich zu ihr gewesen? Aber wie konnten sie überhaupt ahnen, dass ihr Auto liegenbleiben, sie deshalb nach Hilfe suchen und dabei zufällig die erleuchteten Fenster von Alistairs Cottage entdecken würde? Hatten sie ihren Wagen manipuliert? Aber die Lichter hätte sie doch übersehen können – hatten sie dafür etwa einen Plan B gehabt? Und wozu das alles?

Helens Gedanken rasten.

Lucas hatte Helens Reaktion auf Alistair beobachtet, während er mit Lord Buxton sprach. Seine Mundwinkel zuckten. Das schien alles noch viel interessanter zu werden, als er sich erhofft hatte. Wenn er seine Karten geschickt ausspielte, würde sie womöglich sein Schlüssel zu ungeahnten Kräften sein.

„Du wirst mit Helen sprechen", beendete Alassë die Diskussion, die sich seit ein paar Minuten im Kreis drehte.

„Ja, ich werde …" Alistair brach verwirrt ab, bevor er ärgerlich die Stirn runzelte.

„Halt dich aus meinem Kopf raus!", knurrte er drohend. „Ich bin keine deiner Marionetten!"

„Es tut mir leid. Das wollte ich nicht." Entschuldigend legte sie eine Hand auf seinen Arm. „Aber wir wissen beide, dass es notwendig ist. Ich werde unterdessen die anderen zusammenrufen, denn das betrifft uns alle. Bitte, sprich mit ihr."

Alistair strich sich müde mit der Hand über die Augen. Er wusste, dass sie recht hatte.

Helen hatte gerade den Entschluss gefasst, Alistair und Alassë vorläufig zu ignorieren, und sich soweit beruhigt, dass sie es wagen konnte, unauffällig in der Menge unterzutauchen, als der Vorhang schwungvoll zur Seite gerissen wurde.

„Suchen Sie etwas Bestimmtes?"

Soviel zum Thema Ignorieren, dachte sie ärgerlich, als sie in Alistairs spöttisch funkelnde Augen sah.

„Ja, meine Ruhe. Sie wissen doch am besten, wie das ist."

Helen strahlte ihn an, nahm ihm den Vorhang aus der Hand und zog ihn wieder zu. So weit so gut, gratulierte sie sich. Aber wie kam sie jetzt von hier weg?

„Touché."

Sie hörte sein tiefes Lachen und wurde sich der Komik der Situation selbst bewusst. Sie kicherte leise, brach aber sofort ab, als der Vorhang erneut beiseite gezogen wurde.

„Wir scheinen uns immer zu begegnen, wenn Sie etwas suchen, was Sie nicht finden können." Alistair lächelte sie an.

Helen sah fasziniert, dass die Lachfältchen wirklich strahlenförmig waren und seinem Gesicht etwas ungeheuer Charmantes verliehen. Sie unterdrückte den Wunsch zurückzulächeln. So leicht würde sie es ihm nicht machen. Ihre Augen wurden schmal und sein Lächeln verschwand.

„Wir müssen uns über ein paar Dinge unterhalten", sagte er bestimmt.

„Wir müssen gar nichts. Und Sie stehen mir im Weg."

Helen drückte ihre Hand gegen seine Brust und versuchte ihn wegzuschieben, aber Alistair bewegte sich keinen Millimeter.

Helen war selbst in ihren mörderischen High Heels kleiner als er, sodass er auf sie heruntersehen konnte. Sie standen so dicht, dass sie seinen Duft einatmete. Verwirrt nahm sie das teure Aftershave wahr, aber auch noch etwas anderes. Etwas Wilderes, Dunkleres, wie die Weiten der Highlands, wo sie sich zum ersten Mal getroffen hatten. Hastig zog sie die Hand weg, als hätte sie sich verbrannt.

Alistair wich entgeistert zurück. Seine Brust schmerzte, als hätte ihn ein Schlag getroffen.

„Wer zum Teufel sind Sie? Was stimmt mit Ihnen nicht?", keuchte er und starrte sie an.

Erschrocken sah Helen zu ihm auf und dann auf ihre Hand. Ihre Augen waren geweitet, als hätte sie Angst.

„Mit mir? Was stimmt eigentlich mit Ihnen nicht?" Ihre Stimme war eine Spur zu schrill.

Sie hatte es also auch gemerkt.

„Und wenn wir schon gerade dabei sind, was stimmt mit Ihrer Freundin nicht? Wenn ich einen Mann hätte, der so aussieht wie Sie, dann würde ich doch nicht irgendwelche Frauen bei ihm vorbeischicken und …“

Sie brach ab. Ohne ein weiteres Wort drängte sie sich an Alistair vorbei, vermied es, ihn noch einmal zu berühren und ergriff die Flucht.

Zum Glück sah sie Lucas auf sich zukommen.

„Wo warst du denn?“, fragte er besorgt. „Ich suche dich schon die ganze Zeit. Stimmt etwas nicht?“

„Alles in Ordnung, ich habe nur schlimme Kopfschmerzen. Wahrscheinlich die Aufregung. Es tut mir so leid, Lucas, aber ich glaube, ich gehe lieber nach Hause. Ich hoffe, dass ich dir dadurch nicht den Abend ruiniere.“

Helen schämte sich ein bisschen, dass sie gerade die älteste Ausrede der Welt benutzte, aber sie musste von hier weg.

„Ja, natürlich. Ich rufe den Fahrer.“ Lucas legte fürsorglich den Arm um sie. „Ich werde dich bei Lady Buxton entschuldigen. Wahrscheinlich werden alle denken, dass du überarbeitet bist.“ Er zwinkerte beruhigend, als er ihren entschuldigenden Blick sah. „Nein, mach dir keine Sorgen. Ich kann mich auch allein darum kümmern, Sponsoren für unser Projekt zu finden.“

Mit diesen Worten führte er sie nach draußen und übergab sie der Obhut seines Chauffeurs.

Völlig ausgelaugt, wie nach einem langen Marsch in voller Rüstung, nahm Alistair einen großen Schluck Whisky, bevor er sich wieder zu Alassë gesellte, die gerade ihr Handy in die Handtasche steckte.

„Das ist irgendwie nicht so gelaufen, wie es sollte“, brummte er.

„Das habe ich gesehen. Ihr habt euch keine fünf Minuten unterhalten, bevor sie am Arm von Lucas Hunt verschwand.

Dein Charme wirkt wohl nicht mehr." Sie wollte ihn eigentlich damit ein wenig aufziehen, bemerkte aber voller Sorge, wie müde er plötzlich aussah. „Die anderen kommen so schnell es geht nach London. Sie sollten in den nächsten Tagen hier eintreffen. Bis dahin haben wir ein bisschen Zeit, uns zu überlegen, wie es weitergeht."

Nach einem weiteren Schluck nickte Alistair. Er fühlte sich schon wieder besser. Morgen war auch noch ein Tag. Vielleicht würde es mit Helen schwieriger werden als gedacht, aber er wollte verflucht sein, wenn er nicht herausbekam, was das alles bedeutete. Alassë hatte recht. Er war derjenige, der Geheimnissen auf den Grund ging. Er war ein Hüter der Forgotten Places und er würde sie beschützen – um jeden Preis.

KAPITEL 7

„Miss York, für Sie."

Überrascht sah Helen von ihrem Computer auf. Vor ihr stand Stafford vom Sicherheitspersonal. Ein Hüne von einem Mann, dessen Muskeln fast die Uniform sprengten. Verlegen hielt er einen Strauß weiße Callas in die Höhe, der, obwohl er üppig war, in seinen riesigen Händen fast verloren wirkte.

„Für mich? Aber Stafford, das wäre doch nicht nötig gewesen." Sie stand auf und ging um ihren Schreibtisch herum.

„Der ist nicht von mir, Miss", stammelte Stafford.

Helen zwinkerte ihm zu. „Das weiß ich doch. Ihre Frau wäre damit auch sicher nicht einverstanden."

Erleichtert atmete der Mann von der Security auf. „Die Blumen wurden gerade für Sie geliefert. Ich war sowieso auf meiner Runde und dachte, ich bringe sie Ihnen gleich vorbei."

Helen wusste, dass sein nächster Kontrollgang eigentlich erst in einer Stunde beginnen würde und lächelte ihn warm an, als sie das Bouquet entgegen nahm. „Ich danke Ihnen. Das ist sehr aufmerksam."

Stafford zog die linke Hand hinter dem Rücken hervor. „Eine Vase hatten wir auch noch im Mannschaftsraum herumstehen."

„Sie sind der Beste." Helen strahlte ihn an und er verabschiedete sich mit einem Grinsen.

Helen füllte Wasser in das Glasgefäß, arrangierte die Blumen darin und zog dann erst den Umschlag heraus, der zwischen ihnen klemmte. Ihr Name stand darauf, in einer dynamischen, aber eleganten Handschrift.

Neugierig las Helen die Karte.

Liebe Helen,

ich weiß, dass unser Zusammentreffen bei Lady Buxton erneut unter einem schlechten Stern stand. Es tut mir sehr leid, denn ich habe mich wirklich gefreut, Sie so überraschend wiederzusehen. Ich möchte mich aufrichtig bei Ihnen entschuldigen und, wenn Sie mir die Gelegenheit geben, persönlich Abbitte leisten für mein schlechtes Verhalten.

Deshalb wäre es mir eine Ehre, wenn Sie mit mir morgen um 21 Uhr im „Le Lion" zu Abend essen und mir erlauben, mich endlich *von meiner besten Seite zu zeigen.*

Beiliegend meine Visitenkarte mit meinen Kontaktdaten – nur für alle Fälle! Ich hoffe, Sie benutzen sie nicht, um mir abzusagen! Auf der Rückseite ist die Adresse des Restaurants notiert. Falls ich nichts von Ihnen höre, werde ich dort auf Sie warten.

Ich freue mich auf Sie!

Ihr zerknirschter Alistair

PS: Halten Sie mich bitte nicht auch noch für einen Stalker! Ich habe von Lady Buxton erfahren, wo Sie arbeiten und wie Ihr Nachname lautet, so dass es mir möglich war, mit Ihnen Kontakt aufzunehmen.

Helen ließ sich auf ihren Stuhl fallen und las Alistairs Worte ein weiteres Mal und dann gleich noch einmal.

Seine Nachricht klang ehrlich, war höflich, aber auch herzlich, und er hatte sich die Zeit genommen, sie selbst zu schreiben. Damit hätte sie nie im Leben gerechnet.

„Ein heimlicher Verehrer?"

Helen zuckte erschrocken zusammen. Lucas stand vor ihr und fuhr mit den Fingerspitzen langsam über die sinnlichen Konturen der Blüten.

Schnell steckte Helen die Karte in ihren Laborkittel und winkte ab. „Nein, nur … jemand, der etwas wiedergutmachen will."

Lucas legte den Kopf schief. „Nun, das muss aber ein besonderer … Jemand sein."

Helen runzelte die Stirn. „Wieso?"

„Soweit ich weiß, steht die Calla dafür, dass man die Beschenkte faszinierend und wunderschön findet.“

„Das wusste ich nicht“, erwiderte Helen verblüfft.

„Dann bin ich froh, dass ich helfen konnte“, erwiderte Lucas mit leisem Lachen und zwinkerte ihr zu. „Scheint etwas Ernsteres zu sein. Da könnte man ja glatt eifersüchtig werden.“ Er schlüpfte in seinen Trenchcoat, rieb sich die Augen und strich die Haare nach hinten. „Du solltest jetzt auch nach Hause gehen. Es ist schon wieder so spät. Nicht, dass du überall herumerzählst, ich wäre ein Sklaventreiber.“

„Keine Sorge. Ich warte nur noch die Ergebnisse der Versuchsreihe ab, dann mache ich Schluss. Versprochen. Bis morgen und einen schönen Abend noch.“

„Dir auch.“ Er hob zum Abschied die Hand.

Helen sah Lucas hinterher. In den letzten Tagen war ihr aufgefallen, wie erschöpft er aussah. Sie war froh, dass er sich heute selbst ein wenig Ruhe verordnet hatte, da er üblicherweise der letzte war, der das Gebäude verließ.

Seit zwei Wochen arbeitete sie erst hier und schon machte sie sich Sorgen um Lucas. Aber das hatte einen einfachen Grund – sie schätzte und mochte ihn. Und er sie offensichtlich ebenfalls. Ob er das mit dem eifersüchtig werden eben ernst gemeint hatte?

Schnell verwarf sie den Gedanken und zog stattdessen Alistairs Karte heraus. So ein Idiot! Dachte er wirklich, sie würde nur wegen ein paar Blumen dahin schmelzen? Da konnte seine Nachricht noch so freundlich klingen. Oder sollte sie sich vielleicht doch mit ihm treffen?

Seufzend nahm sie ihr Handy aus der Tasche und rief Lucy an.

***

Die Zeiger seiner Omega zeigten kurz vor halb zehn. Alistair stand vor dem *Le Lion* und wartete. Mit etwas Verspätung hatte er gerechnet. Es wäre einleuchtend, wenn Helen ihn als Strafe ein bisschen zappeln ließe, aber fast eine halbe Stunde?

Langsam begann er zu zweifeln, dass sie überhaupt aufkreuzen würde. Er könnte es sogar verstehen, da er sich ihr gegenüber nicht gerade mit Ruhm bekleckert hatte.

Jean, der Besitzer des Restaurants, klopfte an eines der Fenster und hob fragend die Arme. Noch fünf Minuten, signalisierte Alistair, bevor er erneut suchend die Straße auf und ab blickte.

Helen saß in der U-Bahn, sah auf ihre Armbanduhr und kippelte nervös mit dem Absatz, was ihr den missbilligenden Blick ihres Sitznachbarn einbrachte, der sich bei der Lektüre seiner Zeitung gestört fühlte.

Helen stoppte, lächelte ihn entschuldigend an und starrte aus dem Fenster in die Dunkelheit des Tunnels. Seit zehn Minuten standen sie und nichts ging vorwärts. Sie fischte Alistairs Visitenkarte aus ihrer Tasche und klopfte damit nachdenklich gegen ihre Lippen. Sollte sie ihn anrufen oder ihm eine Nachricht schicken? Die Fragen, die sie beschäftigten, wurden einfach nicht weniger.

Die restlichen war sie nach der Gala spät in der Nacht noch am Telefon mit Lucy durchgegangen. Die Liste war mittlerweile ziemlich lang.

Wieso kannte Alistair Alassë? Warum hatte sie ihr den Reiseführer verkauft, der sie zu Alistair geführt hatte? Wie hing das alles zusammen? Das konnte doch kein Zufall sein. Wie hatten sie es geschafft, das alles zu arrangieren? Und warum? Nur damit Alistair ein Betthäschen bekam?

Aber wenn das so war, warum war er dann so abweisend gewesen und hatte überhaupt keine Anstalten gemacht, sie zu verführen? Nicht, dass es ihm gelungen wäre, schon gar nicht, nachdem sie das Telefonat mit seinem Freund gehört hatte.

Natürlich hatte sie Lucy auch von dem seltsamen Moment erzählt, als Alistair entsetzt vor ihrer flüchtigen Berührung zurückgewichen war und sie gefragt hatte, was mit ihr nicht stimmte. Sie hatte auch etwas Eigenartiges gefühlt. Was war zwischen ihnen in diesem Moment geschehen?

Sinnvolle Antworten hatten sie beide nicht gefunden, dafür jede Menge abwegige Theorien entwickelt. Nur bei einer Sache war sich Lucy ganz sicher gewesen – das alles war ziemlich spannend und geheimnisvoll. Deshalb hatte sie ihr auch geraten, sich mit Alistair zu treffen, um mehr zu erfahren und zu hören, welche Ausreden ihm für sein merkwürdiges Verhalten einfallen würden.

Doch wenn sich die blöde Bahn nicht langsam in Bewegung setzte, würde es dazu nicht kommen. Selbst ein zerknirschter Alistair würde wohl kaum eine Stunde auf sie warten. Da Helen aber Antworten wollte, Antworten brauchte, schnappte sie sich ihr Handy.

Es piepte in Alistairs Jackett. Schnell holte er sein iPhone heraus. Eine ihm unbekannte Nummer hatte eine Nachricht hinterlassen.

Bin unterwegs, hänge in der U-Bahn fest. Sind Sie noch da oder soll ich wieder nach Hause fahren? Helen

Erleichtert atmete er auf. Sie wollte ihn treffen.

Stehe ungeduldig auf Sie wartend vor dem Restaurant, werde jetzt aber unseren Tisch sichern, bevor le patron ihn anderen Gästen überlässt. Bis gleich!

Eine Viertelstunde später betrat Helen das Restaurant und wurde von einem der Angestellten an Alistairs Tisch geführt. Er stand auf, lächelte sie warm an und die Temperatur im Raum schien um ein paar Grad anzusteigen. Vielleicht war ihr aber auch nur bei seinem Anblick heiß geworden.

Seine schwarzen Haare waren locker nach hinten gestrichen. Die blauen Augen leuchteten unter den dunklen Brauen. Der anthrazitfarbene Anzug war von feinster Qualität. Dazu trug er ein eng sitzendes, weißes Hemd, dessen oberste zwei Knöpfe geöffnet waren. Ein hellgrünes Tuch steckte in der äußeren Brusttasche seines Sakkos und entsprach genau der Farbe ihres kurzen Seidenkleides, das noch unter dem beigen Burberry verborgen war.

Helen schmunzelte.

Er runzelte die Stirn. „Was ist denn so lustig?“

„Werden Sie gleich sehen.“

Alistair half ihr aus dem Mantel, verstand sofort und grinste. „Als ob wir uns abgesprochen hätten. Ich werte das als positives Zeichen.“

Er rückte ihr den Stuhl zurecht, bevor er gegenüber Platz nahm. „Ich bin wirklich froh, dass Sie meiner Einladung gefolgt sind. Einen Moment lang habe ich befürchtet, ich müsste alleine essen.“

„Nun, es wäre auch fast dazu gekommen … und damit meine ich nicht die Verspätung der U-Bahn“, bemerkte Helen trocken.

Alistair schluckte. „Es wäre nur allzu verständlich gewesen, wenn Sie keine Lust gehabt hätten, mich zu treffen. Und es wäre ganz allein meine Schuld.“

Helen schwieg.

Nervös spielte er mit einem Siegelring an seiner rechten Hand. Neugierig warf Helen einen Blick darauf. Das Schmuckstück sah alt aus, ein Baum war zu erkennen. Eine Eiche vielleicht? Möglicherweise ein Familienwappen? Oder er fand ihn einfach schön.

Sie studierte seine langen, starken Finger – die Finger, die sie im Traum zum Orgasmus getrieben hatten, zusammen mit seinem Mund und seiner Zunge. Schnell sah sie zur Seite und interessierte sich plötzlich brennend für die Ölgemälde an den Wänden.

Alistair räusperte sich und zog ihre Aufmerksamkeit wieder auf sich. „Mochten Sie die Blumen?“

„Sehr. Alle im Labor freuen sich darüber.“

Helen hatte sie also nicht mit nach Hause genommen. Kein besonders gutes Zeichen. Er würde alles an Charme aufbieten müssen, was ihm zur Verfügung stand.

„Ich habe mir erlaubt, einen Wein für uns zu bestellen. Darf ich Ihnen ein Glas anbieten? Es ist ein 2013er Margaux. Ich kann ihn sehr empfehlen."

„Gerne."

Alistair nickte dem Kellner zu, der ihnen einschenkte. Sie stießen miteinander an. Alistair beobachtete, wie Helen erst daran roch und dann einen kleinen Schluck trank. Sie schloss für einen kurzen Moment die Augen, während sie den Rotwein kostete. Ein kleines Lächeln stahl sich auf ihr Gesicht, bevor sie Alistair wieder ansah.

„Er ist wunderbar. Weich, sehr angenehm. Das ist bestimmt keiner, der zu hunderttausenden verkauft wird, oder?"

Alistair schüttelte den Kopf.

„Müsste ich dafür meinen Volvo in Zahlung geben?"

Hoffentlich dachte er nicht, dass ihr wichtig war, wie viel er für sie ausgab, aber Helen interessierte es, weil sie wusste, dass er Lucy auch schmecken würde und vielleicht könnte sie ihr eine Flasche mitbringen.

Ihr Gegenüber grinste. „Die Vorderreifen vielleicht."

Also ziemlich kostspielig. Dann würde Lucy warten müssen, bis das erste Gehalt überwiesen war.

Der Kellner hatte sich lautlos ihrem Tisch genähert. „Monsieur Turner, darf ich Ihnen die Karte reichen?"

Alistair warf Helen einen vorsichtigen Blick zu. „Darf ich etwas für uns auswählen, oder haben Sie dann das Gefühl, ich würde Sie bevormunden?"

Helen schmunzelte. „Machen Sie nur. Ich bin emanzipiert genug, das zuzulassen."

„Danke." Er wandte sich an die Bedienung. „Richten Sie Henri bitte aus, dass er uns überraschen soll."

„Sehr wohl." Der Ober verbeugte sich leicht und entfernte sich.

Alistair nutzte Helens nachgiebige Stimmung und sprang ins kalte Wasser. „Ich möchte mich aus vollstem Herzen für mein unverzeihliches Verhalten bei unseren bisherigen Treffen entschuldigen." Er sah ihr tief in die Augen. „Ich kann Ihnen gar nicht sagen, wie sehr ich es bedauere."

Helen hob eine Augenbraue und wartete ab.

„Sie haben mich zu Hause auf dem falschen Fuß erwischt. Ich weiß nicht, wie ich es ausdrücken kann, ohne wie der arrogante Arsch zu klingen, für den Sie mich wahrscheinlich halten …"

Helen lächelte schmal und Alistair suchte nach den passenden Worten.

„Ich bin ziemlich wohlhabend und in den letzten Jahren haben mich … äh … einige Frauen immer wieder geradezu verfolgt und belagert. Beruflich stehe ich im Moment extrem unter Stress und wollte nichts anderes, als endlich einmal gründlich auszuspannen. Als Sie so plötzlich bei mir aufgetaucht sind, habe ich vorschnell die falschen Schlüsse gezogen", sagte er geknickt.

Helen unterdrückte ein Grinsen und genoss Alistairs Stammeln.

„Und dann … Sie sahen so erschöpft aus und es war schon mitten in der Nacht, als ich zwischendurch kurz Netz hatte."

In Gedanken strich Helen das Festnetztelefon von ihrer Liste mit Fragen.

„In der Gegend hätte ich um diese Uhrzeit keinen Abschleppdienst mehr erreicht, also wollte ich Sie schlafen lassen. Es war reiner Zufall, dass mein Freund gerade in dem Moment angerufen hat …"

Alistair verstummte. Er wusste, dass Helen zumindest den letzten Teil seines Gespräches mitbekommen hatte und versuchte abzuschätzen, für wie viel er zu Kreuze kriechen musste.

„Sie sind ziemlich von sich überzeugt und halten sich für unwiderstehlich, nicht wahr?", fragte Helen süffisant.

Alistair rieb sich mit einer Hand verlegen die Stirn und grinste schief. „Zwei meiner vielen Fehler."

„Wissen Sie, was mich fast am meisten geärgert hat?", fragte Helen unvermittelt. „Dass Sie geglaubt haben, ich hätte Angst in der Dunkelheit und mich verirrt. Ich verirre mich nie."

Alistair sah sie verdutzt an und Helen lachte, als sie seinen Gesichtsausdruck bemerkte.

„Okay, naive Unschuld und der Rest waren auch nicht nett."

Alistair schüttelte verzweifelt den Kopf. „Komme ich aus der Nummer jemals wieder heraus?"

„Vielleicht, wenn Sie sich sehr, sehr viel Mühe geben." Helen wurde wieder ernst. „Und mir noch ein paar Fragen beantworten. Sie kennen also Alassë. Das ist ein eigenartiger Zufall, da es sozusagen ihr zu verdanken ist, dass wir beide uns überhaupt begegnet sind."

Damit brachte sie Alistair für eine Sekunde aus dem Konzept, aber er ließ sich nichts anmerken und erwiderte ihren Blick ruhig und offen.

„Ich kenne sie schon lange. Wir sind gute Freunde. Sie erwähnte, dass Sie bei ihr einen Reiseführer erstanden haben. Ein wirklich unglaublicher Zufall. Das Leben geht immer wieder seltsame Wege."

Helen riss erstaunt die Augen auf. Das war seine ganze Erklärung? Mehr hatte er dazu nicht zu sagen?

„Entschuldigung, aber Ihre Freundin drückt mir ein Buch in die Hand und sagt mir, dass ich sicherlich einen wunderschönen und interessanten Urlaub haben werde. Darin finde ich eine Kapelle, die mich dann direkt zu Ihnen führt. Dachte Alassë vielleicht, dass Sie einsam sind? Nach allem, was ich über Sie gehört habe, mangelt es Ihnen keinesfalls an Gelegenheiten." Sie konnte nicht verhindern, dass ihre Stimme spitz klang. „Ganz schön viele Zufälle, oder?"

Alistair zuckte leicht zusammen. Die Kapelle war also tatsächlich in dem Reiseführer aufgetaucht. Was das bedeutete würde er später klären, jetzt musste er cool bleiben.

„Aber was sollte es denn sonst sein, Helen?“

Sie konnte in seinen Augen keine Nervosität entdecken, höchstens Verblüffung über ihre Frage.

Er lehnte sich auf seinem Stuhl zurück und sah sie nachdenklich an.

„Wieso wollten Sie eigentlich unbedingt nach Braemar und zur Kapelle? In einem Reiseführer müssten doch noch mehr Ziele zu finden sein.“

Das nahm ihr komplett den Wind aus den Segeln. Er hatte natürlich vollkommen recht. Sie hatte gar nicht weitergeblättert, sondern sofort das Gefühl gehabt, dass sie dorthin fahren musste.

Das war nicht Alassës Schuld, es war ihre eigene Entscheidung gewesen.

Ernüchtert sank Helen in sich zusammen. All die Verschwörungstheorien, die sie sich nach der Gala mit Lucy zusammengereimt hatte, lösten sich in Luft auf.

„Helen?“

Zögernd sah sie auf.

„Haben Sie wirklich geglaubt, dass Alassë Sie irgendwie beeinflusst hat zu mir zu fahren, weil sie mir regelmäßig Frauen frei Haus liefert? Wie sollte das denn möglich sein? Und dachten Sie etwa, dass ich dann dafür gesorgt habe, dass Ihr Auto liegenbleibt? Und für das Unwetter gleich dazu, damit es ein bisschen dramatischer wird?“ Er sah sie belustigt an. „Und nachdem ich es irgendwie geschafft habe, dass Sie die Lichter meines Hauses bemerken, errette ich Sie aus Ihrer Not und könnte meine Karten ausspielen, verhalte mich Ihnen gegenüber aber so idiotisch, wie ich es getan habe? Das wäre eine sehr merkwürdige Art der Verführung, meinen Sie nicht auch?“

Helen hatte einen heißen Knoten im Magen. Jetzt, wo er die richtigen Fragen stellte, ergab alles plötzlich gar keinen Sinn mehr. Wieso waren sie und Lucy nicht selbst darauf gekommen, wie unlogisch und hirnrissig ihre Vermutungen waren?

„Ich weiß auch nicht … es kam mir merkwürdig vor“, erwiderte sie lahm.

„Mir auch. Genau wie mein Verhalten.“ Es war kein Lachen mehr in seiner Stimme und Helen spürte, wie unbehaglich er sich fühlte. „Es tut mir extrem leid, wie unhöflich ich Ihnen gegenüber war. Das ist normalerweise überhaupt nicht meine Art, aber ich war überarbeitet und angespannt und habe mich nach Ruhe gesehnt … ich weiß, das ist kein Grund und macht es nicht besser, aber vielleicht fällt es Ihnen dadurch ein wenig leichter, mir zu verzeihen. Zumindest hoffe ich das. Ich bin so glücklich, dass Sie jetzt hier sind und wir noch einmal von vorne anfangen können.“ Er reichte ihr seine Hand über den Tisch. „Hallo, ich bin Alistair Turner und sehr erfreut, Ihre Bekanntschaft zu machen.“

Ein unwiderstehliches Lächeln umspielte seine Lippen und Helen entspannte sich. Sie erwiderte seinen Händedruck.

„Helen York, ebenfalls erfreut.“

Ein leichtes Prickeln kroch ihren Arm hinauf und sorgte für eine Gänsehaut am ganzen Körper. Die feinen Härchen in ihrem Nacken stellten sich auf und sie spürte, wie ihr Mund trocken wurde.

Alistair hatte Mühe, zu verbergen, was in ihm vorging, als sie ihn berührte. Dieses Mal war da kein Schmerz, sondern ein heißes Gefühl, das sich einen Weg durch seine Adern bahnte, in ihn eindrang und komplett ausfüllte. Als würde flüssiges Feuer durch ihn fließen, in ihm pulsieren, ihn aber nicht verbrennen, sondern wärmen.

Leicht legte er einen Finger auf Helens Handgelenk. Ihr Puls beschleunigte sich spürbar, ihre Augen weiteten sich und ein Ausdruck des Erstaunens huschte über ihr Gesicht. Irgendetwas war auch bei ihr passiert.

Helen unterbrach die Verbindung und nahm einen großen Schluck.

Alistair unterdrückte seine Verwirrung und sah sie freundlich an, während er ihr nachschenkte.

„Wieso haben Sie mich gefragt, was mit mir nicht stimmt?“, wollte Helen wissen.

„Wie bitte?“

„Auf der Gala.“

Jetzt musste er auf der Hut sein! Er runzelte die Stirn, gab sich den Anschein, ernsthaft zu überlegen und schüttelte schließlich bedauernd den Kopf.

„Tut mir leid, ich stand in dem Moment wohl irgendwie neben mir. Ich habe keine Ahnung, was ich damit gemeint haben könnte.“ Alistair sprach weiter, ehe Helen etwas erwidern konnte. „So wie mir alles andere auch leid tut. Im Nachhinein erkenne ich mich selbst kaum wieder. So ein Verhalten hatten Sie nicht verdient und es wird nie wieder vorkommen.“

Helen grinste. „Ist gut jetzt. Entschuldigung akzeptiert.“

Alistair atmete übertrieben erleichtert auf und wischte sich den nicht vorhandenen Schweiß von der Stirn.

„Danke.“ Er lachte.

„Gern geschehen. Erzählen Sie mir doch ein wenig von Ihrem Tal. Sind Sie oft dort?“

„Leider nicht so oft, wie ich mir gerne die Zeit dafür nehmen würde. Vor einigen Jahren habe ich das Land gekauft, das Cottage selbst renoviert und mir damit eine Zuflucht geschaffen, wenn mir alles andere zu viel wird.“

Lebhaft berichtete er von seinem Pferd und den Leuten aus Braemar, beschrieb alles sehr liebevoll. Er brachte Helen mit einigen Anekdoten vom Landleben zum Lachen und erwähnte betont beiläufig, dass seine gute Freundin Alassë das Gästezimmer eingerichtet und dort einige Kleider deponiert hatte.

Helen spürte, wie sich ihr Bild von ihm langsam veränderte. Dann erkundigte er sich nach ihrer Arbeit und ihrem Studium, stellte immer wieder interessiert Zwischenfragen.

Dabei ließen sie sich das ausgezeichnete Essen schmecken. Als Vorspeise wurden ihnen gebeizter Lachs auf Fenchel und Croûtons serviert, der Hauptgang bestand aus Perlhuhn mit

Feigen, Schalotten, Gemüse und kleinen Kartoffeln. Die Crêpes Suzette zum Nachtisch flambierte Chefkoch Henri selbst auf einer mobilen Herdplatte direkt am Tisch und beobachtete aufmerksam Alistairs und Helens Gesichter, als sie den ersten Bissen nahmen. Mit Komplimenten überschüttet, zog er sich zufrieden in die Küche zurück. Zum Abschluss tranken sie einen Cognac.

Der Abend verging wie im Flug.

Als letzte Gäste verließen sie zu später Stunde das *Le Lion* und blieben vor dem Restaurant stehen.

„Möchten Sie vielleicht noch ein wenig spazieren gehen?“, fragte Alistair.

Die Luft war mild und Helen nickte. Gemeinsam liefen sie durch Londons Straßen. Sie sprachen nicht viel, aber wenn sie schwiegen, fühlte es sich nie unangenehm oder peinlich an.

Helen war trotzdem unsicher, was sie von Alistair halten sollte. Die letzten Stunden hätte er nicht zuvorkommender und charmanter sein können. Ihr Herz hatte mehr als einmal schneller geklopft, wenn Alistair ihren Blick festgehalten und sie angelächelt hatte. War das also sein wahres Ich oder konnte er nur gut schauspielern?

Alistair stellte zufrieden fest, dass Helen glücklich aussah. Damit strahlte sie das aus, was auch er fühlte.

Eigentlich sollte er beim Essen nur herausfinden, ob der Reiseführer sie zur Kapelle und zu ihm geführt hatte, aber als er sie vom Tisch aus erblickt hatte, wusste er, dass er viel mehr wollte. Er wollte, dass sie ihm verzieh, ihr einen wunderbaren Abend bereiten und sie näher kennenlernen.

Völlig in Gedanken versunken begriff Alistair erst, dass Helen seinen Namen sagte, als sie vorsichtig am Ärmel seines Sakkos zupfte. Er blieb stehen.

Sie hatte ihren Kopf gehoben, ihre grünen Augen schimmerten geheimnisvoll im Licht der Straßenlaterne, unter der sie standen, und ihm stockte der Atem. Sie sah wunderschön aus. Nein, nicht nur wunderschön, sondern auch sinnlich und sexy. Und sie war intelligent und schlagfertig, warmherzig und sensibel – all das, was er schätzte. Aber trotz ihrer umwerfenden inneren Werte erwischte er sich in diesem Augenblick dabei, dass er nur auf ihre Lippen starrte und sich fragte, wie sie wohl schmeckten.

„Alistair?"

„Ja?"

„Ich denke, es wird Zeit, dass ich nach Hause gehe. Wollen wir uns vielleicht ein Taxi teilen? Also, falls Sie auch nach Hause wollen. Wie ich Ihrer Visitenkarte entnehmen konnte, trennt uns nur der Hyde Park, da ich auf der anderen Seite in Notting Hill wohne."

„Dann sind wir ja fast Nachbarn." Er lächelte verschmitzt und Helen schmolz ein kleines bisschen dahin. „Lassen Sie uns vorne zur Kreuzung gehen. Bestimmt finden wir dort eins."

„Einverstanden."

Während sie die paar Schritte liefen, überlegte Alistair, ob es zu gewagt wäre, ihre Hand zu nehmen. Ehe er eine Entscheidung treffen konnte, hörte er die Motorräder. Zwei nachtschwarze Maschinen kamen nebeneinander mit Highspeed um die Ecke und lieferten sich ein waghalsiges Rennen.

„Was für Idioten!"

Helen warf Alistair einen genervten Blick zu und bemerkte in dem Moment nicht, dass einer der Fahrer den anderen anrempelte. Er wich auf den Gehweg aus und raste direkt auf sie zu.

Alistair handelte instinktiv. Er schubste Helen Richtung Hauswand und brachte sich selbst mit einem Sprung auf die Straße in Sicherheit.

Erleichterung, dass Helen unverletzt war, durchflutete ihn, bevor das andere Motorrad ihn hart an der Schulter erwischte.

Alles ging so schnell, dass Helen kaum Zeit hatte, sich zu fürchten. Unsanft prallte sie gegen die Backsteinmauer. Sie kniff die Augen zu und rang nach Atem, als sie ein dumpfes Aufschlagen und einen aufheulenden Motor hörte.

Entsetzt drehte sie sich um und sah Alistair auf der Straße liegen.

KAPITEL 8

„Alistair? Alistair! Hören Sie mich?“

Helen kniete neben ihm und ihre Stimme klang panisch. Benommen setzte Alistair sich auf. Seine linke Seite fühlte sich an, als wäre er gegen Stahlbeton gelaufen. Er war sich sicher, dass mindestens zwei Rippen angebrochen waren und auch sein Rücken hatte durch den Aufprall auf der Straße etwas abbekommen.

Er stöhnte. „Alles in Ordnung, das sind nur ein paar Schrammen“, versuchte er Helen zu beruhigen.

„Sie sind von einem Motorrad angefahren worden. Ich rufe sofort einen Krankenwagen und die Polizei, aber zuerst müssen Sie von der Straße runter! Können Sie aufstehen? Nein, besser Sie bleiben liegen, bis der Krankenwagen kommt. Vielleicht haben Sie innere Verletzungen.“

Hektisch suchte sie in ihrer Handtasche nach dem Handy, um den Notruf zu wählen.

„Wenn Sie mir eine Minute geben, geht es wieder.“ Alistair lächelte sie an und legte eine Hand auf ihren Arm.

Helen wollte gerade widersprechen, als ein Taxi vor ihnen zum Stehen kam. Der Fahrer sprang heraus und half Alistair auf die Beine.

„Sehen Sie, Helen, alles gar nicht so schlimm“, murmelte er.

„Kann ich Sie irgendwo hinbringen?“, fragte der Taxifahrer.

„Nach Hause.“

„Ins nächste Krankenhaus.“

Alistair und Helen sprachen gleichzeitig.

„Wohin also?“ Der Taxifahrer sah sie verwirrt an.

„Notting Hill, danach Kensington." Alistair schwankte kurz. „Ein großer Whisky und ein wenig Ruhe und ich bin wie neu."

„Seien Sie nicht albern! Wir fahren zuerst zu Ihnen." Helen stützte ihn, half ihm einzusteigen und er nannte seine Adresse.

Als sie vor einem Hochhaus aus Glas und Stahl anhielten, drückte Alistair dem Chauffeur ein paar Scheine in die Hand.

„Bringen Sie die Dame sicher an ihr Ziel."

„Kommt gar nicht in Frage. Ich gehe erst, wenn ich weiß, dass Sie gut versorgt sind."

Bevor Alistair protestieren konnte, war Helen schon ausgestiegen, hielt ihm ihre Hand hin und nach kurzem Zögern ergriff er sie dankbar. Helen legte Alistair den Arm um die Hüfte und ging langsam mit ihm zum Eingang des Gebäudes.

Sie hatten die Tür noch nicht erreicht, als ein Mann in Uniform sie bereits öffnete und ihnen entgegen eilte.

„Mr. Turner, sind Sie in Ordnung? Kann ich helfen?"

„Nur eine kleine Unpässlichkeit, John, aber könnten Sie mich bitte hochbringen?"

Alistair stützte sich schwer auf ihn. Ihm war schwindelig und sein Arm brannte höllisch, wahrscheinlich war er ebenfalls angebrochen, aber er wollte auf gar keinen Fall in ein Krankenhaus. Die würden ihm Blut abnehmen und sich nicht nur über die Ergebnisse wundern, sondern auch darüber, dass seine Verletzungen schneller als normal heilten. Er hatte absolut keine Lust auf neugierige Fragen.

Helen folgte den beiden Männern zu einem der Aufzüge, der mit einer Karte aktiviert wurde. John drückte den Knopf fürs Penthouse und sie schossen nach oben, während sich Helens Magen noch in der Lobby befand.

Um sich abzulenken, studierte sie die Schilder, die neben den einzelnen Geschossen angebracht waren. Es gab hier im Haus ein Fitnessstudio, einen 50-Meter-Pool, eine Sauna und ein Spa.

Es war beeindruckend, doch irgendwie hatte Helen das Gefühl, sich in einem Luxushotel zu befinden und nicht in einem gemütlichen Zuhause. Helen mochte Verschwendung und Überfluss, es sprach nichts dagegen, wenn man es sich leisten konnte, und es passte gut zu Alistair, der immerhin ein erfolgreicher und wohlhabender Geschäftsmann war, aber so, wie er heute über seine „Zuflucht“ gesprochen hatte, hatte sie den Verdacht, dass er sich in den Weiten der Highlands wohler fühlte.

Mit einem leisen Pling öffnete sich der Fahrstuhl und gab den Blick auf einen mit schwarzem Granit belegten Fußboden frei. Dem Aufzug gegenüber befand sich eine Doppeltür aus edlem, dunklem Holz.

Erschöpft lehnte sich Alistair dagegen. „Vielen Dank, John. Das wäre alles.“

„Wie Sie wünschen, Mr. Turner. Falls Sie noch etwas benötigen, rufen Sie mich an und ich bin sofort zur Stelle.“

Alistair nickte und gab einen Code in das Ziffernfeld neben der Tür ein. Es klickte leise, er drehte den Knauf, betrat seine Wohnung, machte Licht und winkte Helen herein.

Sie gingen durch einen kleinen Flur, der in ein warm erleuchtetes, riesiges Wohnzimmer führte. Helen staunte. Allein hier hätte ihr eigenes Apartment locker hineingepasst!

Die Decken waren sehr hoch und hinter den bodentiefen Fenstern, die über Eck zwei Seiten des Raumes einnahmen, konnte sie den Hyde Park sehen, der auf der anderen Straßenseite lag. Der Ausblick musste tagsüber atemberaubend sein, besonders mit dem Fernrohr, das auf einem Stativ vor den Fenstern stand, und von der vorgelagerten Sonnenterrasse aus, die genug Platz bot, um eine Party darauf zu feiern.

Das Zimmer war mit zwei blauen Samtsofas und etlichen Designklassikern stilvoll eingerichtet. Zwei Clubsessel aus schwarzem Leder standen vor einem offenen Kamin. Es gab einen großen Esstisch aus Holz mit mehreren hellgrauen Polster-Stühlen und an der gegenüberliegenden Wand ein komplett gefülltes Bücherregal aus Metall, das bis zur Decke reichte. Helle Teppiche lagen auf dem Parkettboden und an den

Wänden hingen großformatige, gerahmte Fotografien in Schwarz-Weiß von Schottland.

Alles war unglaublich ordentlich. Das einzige Zeichen, dass jemand in dieser Wohnung lebte, waren eine zerwühlte Wolldecke auf einem der beiden Sofas, auf der ein Buch lag, in dem ein Lesezeichen steckte, sowie eine benutzte Kaffeetasse und eine aufgeschlagene Zeitung auf dem Esstisch.

Alistair stöhnte und Helen wandte sich um. Er hatte sich gegen eine Wand gelehnt und hielt sich den linken Arm. Sofort lief sie zu ihm und betrachtete ihn voller Sorge.

„Sollten Sie nicht doch besser einen Arzt kommen lassen? Oder wollen Sie vielleicht Alassë Bescheid geben?"

Er presste die Lippen fest zusammen, schüttelte den Kopf und holte tief Luft. Sein Atem klang rasselnd.

„Nein", keuchte er. „Ich muss mich nur hinlegen."

„In Ordnung. Wo ist Ihr Schlafzimmer?"

Vage deutete Alistair in eine Richtung und Helen legte sich seinen unverletzten Arm über die Schultern. Sie presste die Hand auf seine Brust, um ihn zu stützen, und spürte, wie sein Herz raste. Als er leise vor Schmerz aufschrie, zog sie sie schnell wieder weg.

Das Licht vom Flur erhellte Alistairs Schlafzimmer, das sehr minimalistisch möbliert war. Es gab eine Liege, die vor den Fenstern stand, zwei Metallkisten als Nachttische und ein großes Bett mit einem hohen, gepolsterten Kopfteil in Dunkelgrau, zu dem Helen ihn brachte.

Alistair setzte sich und knipste eine kleine Lampe auf dem Nachttisch an. Er quälte sich mit seinem Sakko und Helen half ihm behutsam, es auszuziehen. Dann schlüpfte er aus seinen Schuhen, streckte sich auf dem Bett aus, kniff die Augen zusammen, keuchte und begann, sein Hemd aufzuknöpfen. Zumindest versuchte er es, aber er schaffte es nicht.

„Zu heiß", flüsterte er.

Der Heilungsprozess hatte eingesetzt und mit ihm kam wie immer das Feuer, das durch seine Zellen fegte, Knochen wieder verband, Wunden schloss.

Einen Augenblick stand Helen verlegen neben ihm, dann gab sie sich einen Ruck.

„Lassen Sie mich das machen.“ Sie nahm neben ihm Platz, zog vorsichtig sein Hemd aus der Hose, knöpfte es auf und entfernte die Manschettenknöpfe. „Können Sie sich aufrichten?“

Alistair biss die Zähne zusammen und nickte. Helen schob das Hemd über seine Schultern und legte es zur Seite. Erschöpft ließ er sich auf das Bett zurückfallen und schloss die Augen.

Seine Schulter war gerötet und er hatte Schürfwunden an der Seite. Zum Glück sah das alles nicht so schlimm aus, wie sie befürchtet hatte. Er schwitzte leicht und sie legte ihren Handrücken auf seine Stirn. Zumindest schien er kein Fieber zu haben, aber Kühlung würde ihm bestimmt gut tun.

Rasch stand Helen auf. In so einem noblen Apartment wäre es logisch, wenn es ein angrenzendes Badezimmer geben würde. Sie entdeckte zwei Türen, links und rechts des Bettes, die ebenso cremefarben gestrichen waren wie die Wände und deshalb nicht sofort auffielen.

Die linke führte in einen begehbaren Kleiderschrank, in dem unzählige Anzüge und Hemden hingen und mindestens dreißig Paar Schuhe standen. In den zahlreichen Schubläden waren bestimmt T-Shirts, Socken, Krawatten und Wäsche verstaut, aber Helen sah nicht hinein.

Die rechte führte tatsächlich in ein Bad, in dem sich nicht nur eine riesige Badewanne befand, sondern hinter einer Schiebetür aus Glas auch eine Dusche, die so groß war, dass man sich darin verlaufen konnte. Unzählige Düsen ragten aus den Wänden, die über eine Schalttafel gesteuert wurden.

Helen schnappte sich ein Handtuch, ließ kaltes Wasser darüber laufen, wrang es aus und faltete es zusammen. Sie ging zu Alistair zurück und legte es ihm auf die Stirn. Er stöhnte wieder und die Augäpfel bewegten sich hinter seinen Lidern unruhig hin und her.

Sie wollte ihm etwas zum Trinken besorgen und machte sich auf die Suche nach der Küche. Sie probierte die erste Tür im Flur aus, an der sie vorbei kam. Dahinter befand sich eine Art Fitnessraum, aber keiner mit Gewichten, Laufband, Rudermaschinen und sonstigen modernen Folterinstrumenten. Stattdessen hingen an der Wand Schwerter und Speere, auf der anderen Seite war die Wand komplett verspiegelt. Er trainierte mit Waffen?

Schnell ging sie weiter, öffnete die nächste Tür und hatte Glück.

Die Küchenzeile hatte spiegelnd rote Verblendungen, und der sechsflammige Gasherd hätte jedem Hobbykoch die Tränen in die Augen getrieben. In der Mitte des Raumes gab es einen Block aus Sichtbeton, der Platz zum Arbeiten bot und in den ein Spülbecken eingelassen war. Angebaut war eine leicht erhöhte Theke mit vier Hockern davor, auf der eine große Schale mit frischem Obst stand.

Helen kannte so atemberaubende Wohnungen nur aus Zeitschriften und Filmen. Mit eigenen Augen hatte sie solch einen Reichtum noch nie gesehen. Sie war beeindruckt. Auch weil alles mit viel Geschmack und angenehm zurückhaltend eingerichtet war und Alistair keine vergoldeten Wasserhähne und sonstigen glänzenden Schnickschnack brauchte, um damit zu protzen.

Sie fand eine Flasche Evian und in einem der Oberschränke ein Glas, ging zurück ins Schlafzimmer und stellte beides auf den Nachttisch.

„Kapelle … kann nicht sein“, murmelte Alistair im Halbschlaf und zog die Augenbrauen zusammen, als müsste er ein Problem lösen.

Helen nahm das Handtuch von seiner Stirn und begann, das Blut von den Schürfwunden zu tupfen. Alistair wimmerte leise.

Sie nahm seine Hand, drückte sie sanft und sofort wurde er ruhiger.

„Helen …“ Ein Wispern nur.

„Ich bin da, Alistair.“

Er drehte sich stöhnend auf die unverletzte Seite, zog ihre Hand vor seinen Bauch und hielt sie fest umklammert.

Helen wusste nicht, was sie tun sollte, ihr war nur klar, dass sie ihn in diesem Zustand nicht allein lassen konnte. Also zog sie kurzerhand ihre Schuhe aus und legte sich hinter Alistair aufs Bett. Jetzt entdeckte sie auch auf seinem Rücken ein paar lange Schrammen. Und das alles, weil er sie gerettet hatte.

Helen kam erst in diesem Moment zu Bewusstsein, dass sie heute Nacht hätte sterben können. Sie beide. Sie fing an zu zittern. Wenn Alistair nicht so schnell gehandelt hätte …

„Danke“, flüsterte sie mit bebender Stimme und küsste sanft seinen Nacken. Sein Atem wurde regelmäßiger und Helen beruhigte sich. Nachdem sie spürte, dass er eingeschlafen war, schloss sie selbst ihre Augen.

Als Helen aufwachte, wurde es draußen gerade hell. Sie sah auf ihre Armbanduhr. Halb sechs. Sie warf einen Blick auf Alistair.

Irgendwann in der Nacht hatte sie ihre Hand aus seiner gezogen, weil ihr der Arm eingeschlafen war. Dass er danach eine Decke über sie beide gezogen hatte, fiel ihr erst jetzt auf. Nun lag Alistair auf dem Bauch und schlief friedlich. Sein Gesicht war ihr zugewandt und ein Lächeln umspielte seinen Mund. Offensichtlich hatte er keine allzu großen Schmerzen mehr.

Erleichtert streichelte Helen kurz über seine Wange, ehe sie leise aufstand. Sie musste nach Hause, sich fertig machen und zur Arbeit.

Bevor sie ging, kramte sie aus ihrer Handtasche ein Stück Papier und hinterließ eine Nachricht. Diese klang wesentlich freundlicher als die letzte.

Lieber Alistair,

Sie haben mir das Leben gerettet! Danke!

Wenn Sie das hier lesen, hoffe ich, dass es Ihnen wieder besser geht. Bitte rufen Sie mich kurz an, damit ich mir keine Sorgen mehr machen muss.

Helen

Das Klingeln seines Handys weckte Alistair. Verschlafen nahm er Helens Duft auf seiner Haut wahr, tastete nach ihr und öffnete langsam die Augen. Er war allein. Suchend sah er sich um, entdeckte auf dem Nachttisch einen Zettel und las, was darauf stand.

Sie machte sich Sorgen um ihn!

Lächelnd dachte er daran, wie sie hinter ihm im Bett gelegen hatte und er mit ihrer Hand in seiner eingeschlafen war. Sie war nicht von seiner Seite gewichen, hatte sich um ihn gekümmert, und es kam ihm vor, als könnte er noch immer Helens warmen Atem an seinem Nacken und ihren Körper dicht an seinem spüren.

Alistair fuhr sich mit den Händen durch die Haare, streckte sich, lockerte die Muskeln in Armen und Beinen und schwang sich aus dem Bett. Sein Körper hatte sich vollständig regeneriert, er fühlte sich frisch und ausgeruht. Hoffentlich hatte Helen sich seine Verletzungen nicht zu genau angesehen, sonst müsste er schon wieder etwas erklären, was nicht so einfach war.

Das Telefon klingelte erneut und er fischte es aus seinem Jackett.

„Hallo, Luke. Was gibt es denn Wichtiges?“

„Mr. Turner, ich versuche schon den ganzen Morgen, Sie zu erreichen. Sie haben den 10-Uhr-Termin für den Videochat mit Berger in Frankfurt verpasst.“ Die Stimme seines Assistenten klang betont neutral. „Ich habe Sie bei ihm mit einem Notfall entschuldigt, aber er war dennoch äußerst ungehalten und das ist noch milde ausgedrückt.“

Alistair warf einen Blick auf den Wecker neben seinem Bett und stöhnte auf. Es war nach zwölf.

„Okay, danke. Ich werde ihn gleich anrufen. Steht sonst noch etwas an?"

„Nichts, was ich nicht erledigen kann. Offiziell haben Sie ja Urlaub, aber die Verhandlungen mit Berger wollten Sie selbst übernehmen. Es wäre deshalb vielleicht ratsam, ihn …"

„Ist ja gut", unterbrach er Luke. „Ich werde ihm bei unserem Deal ein wenig entgegenkommen, um ihn wieder zu besänftigen. Ich weiß, wie ich ihn anpacken muss."

„Viel Glück. Melden Sie sich, falls Sie noch irgendetwas brauchen."

„Mache ich. Bis bald."

Alistair legte auf. Normalerweise würde er sich ärgern, dass er so ein wichtiges Geschäft in Gefahr gebracht hatte, aber heute war es ihm egal, denn das Telefonat mit Helen war das einzige, das er im Moment führen wollte.

Gut gelaunt ging er in die Küche, machte sich einen Kaffee und setzte sich damit an die Theke. Er dachte über die Ereignisse des gestrigen Abends und der Nacht nach.

Schlagartig verfinsterte sich seine Miene und er ballte wütend die Fäuste. Die beiden Penner auf den Motorrädern hatten Helen fast umgebracht. Wenn er die in die Finger kriegen würde!

Die Fahrer … er erinnerte sich wieder. Er hatte etwas Merkwürdiges an ihnen gespürt, bevor er zu Boden ging. Etwas … nicht Menschliches. Das war bestimmt kein Zufall. Der Angriff musste ihm gegolten haben. Aber wenn sie ihn hatten töten wollen, warum waren sie dann abgehauen, als er hilflos auf der Straße gelegen hatte? Noch etwas, worüber er mit seinen Freunden sprechen musste.

Alistair schob das Problem vorerst zur Seite. Die Hauptsache war, dass Helen nichts passiert war. Und dass sie ihn hoffentlich genauso mochte wie er sie.

Wenn er nur an sie dachte, erhöhte sich bereits sein Puls. Seit sie vor seiner Haustür aufgetaucht war, erfüllte sie seine Gedanken, und wie er sich gerade eingestand, träumte er jede Nacht von ihr. Sie löste Gefühle in ihm aus, die er lange vergessen hatte. Alistair hatte schon seit Ewigkeiten nicht mehr so auf eine Frau reagiert. Er wollte Helen unbedingt näher kommen, unabhängig von den Rätseln, die sie noch umgaben. Wahrscheinlich würde sich am Ende lediglich herausstellen, dass der Reiseführer beschlossen hatte, ihm die Richtige zu schicken, weil er wusste, wie allein Alistair sich fühlte. Was auch erklären würde, wieso sie aufeinander so extrem reagierten. Die Anziehung war geradezu überwältigend. Das war ihm schon beim ersten Treffen aufgefallen, aber da hatten seine Prioritäten nun einmal woanders gelegen.

Langsam ging er mit dem Handy ins Wohnzimmer und machte es sich auf dem Sofa gemütlich. Er wusste, dass er es sich zu leicht machte, und was immer zwischen ihm und Helen vielleicht noch geschehen würde, ihr ganzes Leben auf den Kopf stellen könnte, aber er wollte sich wenigstens erlauben zu hoffen, dass sie eine Chance hatten. Und jetzt wollte er unbedingt ihre Stimme hören!

Sofort nach dem ersten Klingeln nahm sie ab.

„Alistair, na endlich! Wie geht es Ihnen? Sind Sie wieder in Ordnung? Was machen Ihre Verletzungen?“, sprudelte es aus ihr heraus und er grinste.

„Es geht mir gut. Gerade war mein Arzt da“, im Stillen leistete er Abbitte für die weitere Lüge, „und hat mich gründlich untersucht. Die Verletzungen sind nur oberflächlich und werden schnell heilen. Vielen Dank, dass Sie sich so um mich gekümmert haben.“

„Das war doch selbstverständlich, schließlich haben Sie mir das Leben gerettet!“ Sie atmete tief aus. „Ich bin wirklich froh, dass es Ihnen wieder gut geht.“

Alistair konnte die Erleichterung in ihrer Stimme hören und ihm wurde warm ums Herz.

„Wie geht es Ihnen? Ich hoffe, Sie haben keine Schäden von meiner unsanften Behandlung davongetragen. Leider blieb mir keine Zeit, etwas anderes zu tun als Sie wegzustoßen.“

„Mir geht es hervorragend, Alistair, aber hat Ihr Kopf vielleicht doch was abbekommen? Entschuldigen Sie sich gerade für meine Rettung?“ Helen lachte.

Er stimmte in ihr Lachen ein. „Mein Kopf ist völlig gesund. Ich wollte nur sicher gehen, dass Sie das Ganze unbeschadet überstanden haben. Und Helen … finden Sie nicht auch, dass wir uns duzen sollten? Immerhin haben Sie mich ausgezogen und wir haben die Nacht miteinander verbracht.“

Helen kicherte. „Stimmt. Sie … du hast recht. So etwas verbindet.“

„Auf jeden Fall. Wann bist du gegangen?“

„Gegen sechs. Du hast ganz ruhig geschlafen und ich musste zur Arbeit.“

Einen Moment schwiegen beide, lauschten dem Atem des anderen am Telefon.

Dann ergriff Alistair wieder das Wort. „Du hast mich geküsst …“

„Na ja, nicht richtig.“ Er konnte ihr Schmunzeln hören. „Und du hast meine Hand gehalten.“

„Ich weiß.“ Er holte tief Luft. „Das war schön, Helen. Wirklich schön.“

Gespannt wartete er auf eine Reaktion, aber es blieb still.

„Helen?“

Sie seufzte leise. „Ja, ich bin da … und ich fand es auch schön.“

„Gut.“ Erleichtert atmete er auf. „Ich möchte dich nämlich so schnell wie möglich wiedersehen und dann vielleicht deine Hand halten, ohne dass ich mich vorher von einem Motorrad anfahren lassen muss. Heute bekomme ich Besuch von Freunden, aber kann ich dich morgen anrufen, damit wir vielleicht Freitagabend etwas zusammen unternehmen? Wäre dir das recht?“

Dieses Mal musste er nicht lange auf Helens Antwort warten. „Ja, ruf mich an. Ich bin gespannt, was du noch zu bieten hast. Muffelig, anzüglich, arrogant, charmant, Lebensretter und selbst hilfsbedürftig haben wir ja schon durch.“ Sie lachte. „Mit dir wird es jedenfalls nicht langweilig.“ Er hörte Stimmengemurmel im Hintergrund und bevor ihm etwas Schlagfertiges einfiel, sprach sie weiter. „Alistair, ich muss leider auflegen. Die Arbeit ruft.“

„Alles klar. Hab noch einen schönen Tag.“

„Du auch.“

„Und Helen?“

„Hm?“

„Ich bin froh, dass du mich statt der Kapelle gefunden hast.“

„Ich auch, Alistair. Wir hören uns morgen.“

„Ich freue mich darauf.“

Er legte auf und strahlte. Übermorgen würde er sie wiedersehen!

Mit neuem Schwung lief er zum Esstisch, fuhr seinen Laptop hoch, schrieb eine lange Liste und schickte sie per Mail an den Einkaufsservice im Haus, damit sein Besuch nicht verhungern und verdursten musste.

Der Gedanke an Helen und was sich zwischen ihnen entwickeln könnte, verlieh ihm Kraft. Jetzt war er auch bereit, Berger zu knacken.

Helen war unkonzentriert. Die Aufregung von gestern forderte ihren Tribut. Sie hatte schon zwei Versuchsreihen abgebrochen, weil ihr Fehler unterlaufen waren. Entnervt schlug sie die Hände vor das Gesicht. So fand Lucas sie.

„Stimmt etwas nicht?“

„Ich hatte eine harte Nacht und bin ein bisschen durch den Wind“, entschuldigte Helen sich.

„Zu viel gefeiert?“

Sie hörte den Spott in seiner Stimme. Empört, dass er glaubte, sie würde übermäßig feiern gehen, wenn sie arbeiten musste, sah sie auf.

„Nein, ich bin fast überfahren worden."

Entsetzt fasste Lucas nach ihrer Hand. „Wie bitte? Mein Gott, bist du verletzt?"

Sie schüttelte den Kopf. „Nein, alles in Ordnung."

Sanft legte er einen Arm um ihre Schulter. „Wirklich?"

Helen nickte. „Ich bin mit dem Schrecken davongekommen, aber habe nicht viel geschlafen."

„Helen, ich möchte, dass du sofort nach Hause gehst und dich ausruhst. Ich wundere mich, dass du überhaupt hier bist. Du hättest dich krank melden sollen." Lucas klang besorgt und fürsorglich.

„Aber ich bin doch nicht krank."

„Miss York, das ist ein direkter Befehl Ihres Vorgesetzten. Nein, im Ernst, geh nach Hause und schlaf dich aus."

„Vielleicht hast du recht." Helen blickte zur Uhr. „Außerdem ist es schon fast halb vier, da kann ich wohl ohne allzu schlechtes Gewissen gehen."

„Kannst du", stimmte Lucas ihr zu. „Ich rufe einen Wagen, der dich nach Hause bringt."

Dankbar lächelte Helen ihn an, zu müde, um zu widersprechen.

KAPITEL 9

„Entschuldigt bitte, ich musste noch jemanden loswerden und der Zug hatte Verspätung.“ Ash zog seinen Belstaff-Mantel aus und hängte ihn sorgfältig an die Garderobe.

„Zug?“ Aidan schnaubte abfällig. „Wer fährt denn mit dem Zug?“

„Es kann ja nicht jeder fliegen“, erwiderte Ash trocken, während er dankbar einen Whisky entgegennahm.

Alistair stimmte in das Lachen seiner Freunde ein. Sie hatten sich eine Weile nicht gesehen und er betrachtete sie aufmerksam.

Ash war wie immer die Eleganz in Person. Der Anzug saß perfekt und kein Staubkörnchen war darauf zu sehen. Sein braunes, mit ein paar grauen Strähnen durchzogenes Haar war mit Pomade nach hinten gekämmt, was sein kantiges Gesicht mit dem gepflegten Bart sehr vorteilhaft betonte.

Aidan, der einen Arm um Ashs Schultern gelegt hatte und ihn wegen seines Transportmittels aufzog, war das komplette Gegenteil. Nicht nur äußerlich. Er war einen halben Kopf größer als Ash und viel schlaksiger. Seine Züge hatten eine Perfektion, die fast an Alassës heranreichte, aber sein langes blondes Haar war wild und unordentlich. Er behauptete immer, er würde damit weniger auffallen, was regelmäßig spöttische Lachanfälle bei allen auslöste, denn durch den Kontrast wirkte er noch interessanter.

Aidans Pullover hatte einen Riss am Ärmel und die Jeans hatte auch schon bessere Tage gesehen. Er nannte diesen

Aufzug sein Reiseoutfit, obwohl es genauso aussah wie fast alles, was er sonst trug.

„Schön, alle mal wiederzusehen." Audrey gesellte sich zu Alistair und betrachtete mit ihm die Runde.

Lächelnd wandte er sich ihr zu und drückte ihr ein Glas in die Hand. „Allerdings. Der Clan ist wieder vereint." Sie stießen an.

Audrey war die Kleinste von ihnen und sah mit ihrem glatten, halblangen schwarzen Bob und den großen braunen Augen in dem herzförmigen Gesicht immer etwas verletzlich aus. Aber sie hatte nicht nur den Körper und die Ausdauer einer Balletttänzerin, sondern besaß die Schlagkraft eines Kriegers, und Alistair wusste, dass man sie nicht unterschätzen durfte.

„Hast du gesagt, du musstest jemanden loswerden?" Armand kam mit einem Tablett herein, das randvoll mit erlesensten Köstlichkeiten belegt war. „Eine der vielen Verehrerinnen, die immer um dich herumscharwenzeln?" Er zwinkerte Ash zu und bot ihm ein Canapé an.

Armand war der rastloseste und wildeste von allen. Immer in Bewegung und mit irgendetwas beschäftigt. Mit seinem Gardemaß und dem durchtrainierten Körper, auf dem sich auf der linken Seite kunstvolle Maori-Tätowierungen von der Schulter bis zum Fuß zogen und die man unter seinem weißen Hemd dunkel durchschimmern sah, erregte er stets Aufmerksamkeit und auch seiner Ausstrahlung konnte sich kaum jemand entziehen. Es war öfter vorgekommen, als Alistair zugeben wollte, dass Armand die Frauenherzen zuflogen, wenn sie zusammen unterwegs waren.

„Wie ich sehe, hast du die Schnittchen gefunden." Alassë nahm sich einen Cracker mit Hummer.

„Ja, aber es sind so kleine", Armand seufzte tief, „und so wenige!"

„Mein ganzer Kühlschrank ist mit deinen Lieblingsspeisen gefüllt." Alistair schnappte sich eines der Häppchen mit Lachs, bevor Armand das Tablett wegziehen konnte.

„Jetzt nicht mehr!“, erwiderte er mit einem entschuldigenden Grinsen.

„Es ist mir immer noch ein Rätsel, wo du das alles lässt.“ Audrey beäugte ihn kritisch. „Wenn ich nur ein Viertel von dem essen würde, was du jeden Tag in dich schlingst, hätte ich die Figur eines Dampfers.“

„Ein schneller Stoffwechsel und gute Gene, meine Liebe. Die besten.“ Armand gab ihr einen Kuss auf die Wange, ehe er das Tablett außer ihrer Reichweite in die Höhe hielt.

Das hätte er besser nicht getan! Audrey ging nie einer Herausforderung aus dem Weg. Zwei Sekunden später lag Armand auf dem Boden und sie hatte das Tablett selbst in der Hand.

Das allgemeine Gelächter wurde von Ash unterbrochen, der seinem Freund die Hand reichte und ihm aufhalf.

„Um auf deine Frage zurück zu kommen, es war keine Verehrerin. Das kann ich auseinander halten. Es kommt ja schließlich häufiger vor, dass Frauen mich hartnäckig verfolgen.“ Seine Zähne blitzten, als er kurz lächelte. Alassë und Audrey verdrehten die Augen, die Männer brummten zustimmend. „Aber hier ist es anders. Ich habe vor ein paar Tagen entdeckt, dass sie mir folgt. Sie taucht überall auf, wo ich bin, beobachtet mich und macht heimlich Fotos. Sie ist gut, das muss ich zugeben. Ich habe keine Ahnung, wie lange sie mich schon beschattet hat, bis sie mir das erste Mal aufgefallen ist. Erst dachte ich, es hätte etwas mit meinem aktuellen Fall zu tun und wollte abwarten, was sie noch unternehmen würde, aber als ich sie heute abgehängt habe, damit ich sie nicht zu euch führe, konnte ich ihre Panik riechen … und große Angst vor Bestrafung.“

Schlagartig wurde es still im Raum.

Als Helen erschöpft nach Hause kam, zog sie bequeme Sachen an und holte sich ein Glas Apfelsaft aus der Küche. Bevor sie ins Wohnzimmer ging, hörte sie den Anrufbeantworter ab.

Zwei Telefonumfragen und ihre Mutter, die sie daran erinnerte, sich mal wieder zu melden. Das konnte warten, jetzt würde sie erst den Reiseführer suchen. Den ganzen Tag hatte Alistairs Frage sie beschäftigt, warum sie nach Braemar gefahren war, wenn es doch noch andere Ziele gegeben hätte.

Sie überlegte, wo sie das Buch zuletzt gesehen hatte. Es musste in ihrem Rucksack sein, den sie nach ihrer Rückkehr achtlos in eine Ecke geworfen hatte. Dort war der Reiseführer aber nicht. Helen suchte eine Weile halbherzig, dann gab sie auf. Wahrscheinlich hatte sie ihn verlegt. Sie war zu erledigt, um sich jetzt darüber Gedanken zu machen.

Seit ihrem missglückten Aufbruch zu einer Weltreise hatten sich die Ereignisse irgendwie überschlagen. Abgesehen von mehr mysteriösen Dingen, als sie seit ihrer Kindheit erlebt hatte, und dass sie beinahe ums Leben gekommen wäre, wenn Alistair sie nicht gerettet hätte, war da der neue Job, der ihre volle Aufmerksamkeit forderte.

Ihre Versuchsreihen liefen seit Tagen nicht so, wie sie wollte, und das nagte an ihr. Sie wollte weder sich noch Lucas enttäuschen, der so viel Vertrauen in sie gesetzt hatte.

Niedergeschlagen kuschelte sie sich auf ihr Sofa und schickte Lucy eine Nachricht.

Bin zu müde zum Reden und gehe gleich ins Bett. Wollen wir morgen Abend zusammen essen?

Von ihrem Treffen mit Alistair und dem Unfall hatte sie Lucy natürlich im Laufe des Tages schon die Kurzfassung erzählt und ihr eigentlich versprochen, sie am Abend noch einmal anzurufen, aber das musste warten, bis sie wieder einen klaren Gedanken fassen konnte und auch ihre Gefühle einigermaßen im Griff hatte.

Alistair ging ihr einfach nicht aus dem Kopf. Während Helen vorher fast ausschließlich ärgerlich oder zumindest verwirrt an ihn gedacht hatte, hatte sich seit gestern etwas verändert. Er hatte ihr nicht nur das Leben gerettet, sie hatte auch seine verletzliche Seite gesehen.

Dafür, dass sie sich bisher erst dreimal getroffen hatten, hatte sie eine erstaunliche Bandbreite seiner Charakterzüge kennengelernt. Und das Telefonat heute hatte wieder neue Seiten von ihm gezeigt. Fröhlich, leicht, entspannt. Sie wurde aus ihm nicht so recht schlau, aber er faszinierte sie.

Helens Handy piepte. Sie las Lucys Antwort und schmunzelte.

Machen wir! Will dann den kompletten Bericht und eine ausführliche Analyse. :) War heute bei Omi und habe Irish Stew abgestaubt, komme also nicht mit leeren Händen. Schlaf schön, erhol dich. Bis morgen. Kuss!

Lächelnd schrieb sie ihrer Freundin zurück, wünschte ihr für später eine gute Nacht und ging ins Bett.

„Jetzt beruhig dich mal, Alistair!“, rief Armand gereizt und sprang vom Sofa auf. „Wir nehmen dir deine Helen ja nicht weg, aber wir müssen wissen, was es mit ihr auf sich hat. Das weißt du doch! Also hör auf, dich so aufzuführen und gegen all unsere Vorschläge quer zu schießen. So kommen wir nie weiter!“

Audrey nahm seine Hand und drückte sie. „Ist gut. Komm wieder runter. Sie ist ihm eben wichtig.“

Armand machte sich los. „Dagegen hat ja niemand etwas. Im Gegenteil, wir freuen uns alle für ihn, wenn er sein Glück findet.“ Er sah Alistair durchdringend an. „Aber wir können die Möglichkeit nicht ausschließen, dass sie vielleicht etwas anderes ist, als sie vorgibt zu sein. Es gibt zu viele Fragen, auf die wir Antworten brauchen! Möglicherweise hat der Angriff doch nicht nur dir gegolten oder vielleicht hatte Helen sogar etwas damit zu tun? Vielleicht wollte sie dadurch näher an dich herankommen, indem sie sich um dich kümmert und deine Wunden versorgt, was ihr zweifellos gelungen ist.“ Alistair wollte protestieren, aber Armand ließ ihn nicht zu Wort kommen. „Vielleicht hat sie das Avalon gar nicht zufällig gefunden, sondern ein Zauber hat ihr dabei geholfen? Vielleicht wurde sie auf dich und die Forgotten Places angesetzt und das betrifft schließlich uns alle. Es geht nicht nur um dich. Kapier das endlich!“

Wütend ging er zum Esstisch und goss sich einen eisgekühlten Wodka ein. Alassë folgte ihm, versuchte mit ihm zu reden, aber er schüttelte nur den Kopf.

„Ich weiß nicht, was ich noch sagen soll. Versucht ihr, ihm die Situation klar zu machen. Ich brauche frische Luft.“

Damit verschwand er auf die Terrasse und knallte die Tür hinter sich zu.

„Er hat recht, Alistair, ob es dir gefällt oder nicht“, warf Ash ein. „Es ist notwendig, dass wir Helen persönlich treffen und gründlich unter die Lupe nehmen. Und wir werden auch ihren Background und Freundes- und Bekanntenkreis checken. Daran führt kein Weg vorbei und das weißt du.“

„Mir gefällt es nicht, dass ihr sie von vorneherein verdächtigt und ihr böse Absichten unterstellt“, entgegnete Alistair aufgebracht.

„Das tun wir nicht“, erwiderte Aidan gelassen. „Wir wollen nur sicher gehen, dass weder du noch wir uns in Gefahr befinden. Du musst doch zugeben, dass das alles ziemlich merkwürdig ist.“

Alistair schnaubte frustriert, verschränkte die Arme im Nacken und sah an die Decke. Natürlich stimmte er ihren Argumenten im Grunde zu, aber aus ihrem Mund klang alles so negativ. Als ob sie Helen schon vorverurteilt hätten.

Alassë schob sich in sein Blickfeld, legte ihm die Finger an die Schläfen und blickte ihm in die Augen.

„Du musst auf uns hören, Alistair. Wir sind deine Freunde. Wir sind eine Familie. Du bist unser Bruder und wir sorgen uns um dich. Wenn du Helen morgen anrufst, wirst du dich irgendwo mit ihr verabreden, wo wir auch dabei sein können, und dann werden Ash und ich uns ein wenig näher mit ihr befassen. Klar?“

Ihre Stimme war süß wie Honig, schlich sich in sein Ohr. Er versank in ihren Augen, sah darin nur Güte und Verständnis.

Fast wäre er darauf reingefallen, aber er machte sich mit aller Kraft frei von ihrem Zauber und brach den Bann.

„Ich warne dich ein letztes Mal.“ Seine Stimme klang eisig und er sah Alassë mit versteinerter Miene an. „Lass deine Spielchen oder ich vergesse mich.“

Schweigend sah Alassë zur Seite.

„Zuerst werde ich mich auf die Suche nach den beiden Motorradfahrern begeben und mir die Unfallstelle ansehen. Vielleicht kann ich ihren Geruch zuordnen, also hoffe ich, dass dein Jackett noch nicht in der Reinigung ist?“ Ashs Frage durchbrach die unangenehme Stille.

„Natürlich nicht, ich bin doch nicht völlig verblödet!" Alistair stand auf, holte das Sakko und drückte es Ash in die Hand. „Aidan, hol bitte Armand herein. Ich habe eine Entscheidung getroffen.“

Als sie versammelt waren, sah er jeden der Reihe nach an.

„In Ordnung. Wir alle werden morgen Helen treffen und ihr könnt sie *unauffällig* überprüfen und auch etwas über ihren Hintergrund herausfinden. Aber zwei Dinge möchte ich von Anfang an klarstellen. Erstens werdet ihr Helen nicht zu nahe treten. Das gilt insbesondere für dich, Alassë. Du wirst keine willenlose Marionette aus ihr machen, nur um Antworten zu bekommen. Verstanden?“

Sie nickte.

„Gut. Und zweitens erfahre ich alles, was ihr über sie herausfindet, als Erster. Egal, was es ist. Es wird nichts hinter meinem Rücken unternommen. Keine Alleingänge. Ich meine es todernst.“

Wie ernst Alistair es meinte, konnte jeder auf seinem Gesicht ablesen, und die Vergangenheit hatte sie gelehrt, dass es ganz und gar nicht ratsam war, sich seinen Zorn zuzuziehen.

Die angespannte Atmosphäre im Raum war fast mit Händen greifbar und die Stimmung drohte zu kippen, als Armand sich schwungvoll erhob und fragend in die Runde blickte.

„Können wir jetzt vielleicht etwas essen? Mir ist schon ganz flau."

Audrey stand auf und klopfte ihm grinsend auf die harten Bauchmuskeln.

„Ich kann den Tag kaum erwarten, wenn auch du in ein Alter kommst, in dem plötzlich alles ansetzt, und du wie wir anderen die Kalorien abtrainieren musst."

„Auf den Tag kannst du lange warten", erwiderte er spöttisch.

Sie sah zu ihm auf. „Na gut, dann komm jetzt mit in die Küche, Kleiner, bevor du mir noch umkippst."

Armand hob sie hoch und warf sie sich lachend über die Schulter. „Kleiner! Das sagt die Richtige."

Lucas saß an seinem Schreibtisch und blätterte zufrieden in den Akten. Alistair Turner hatte seinen Clan zusammengerufen und sie waren alle gekommen. Das A-Team oder die As, wie sie genannt wurden. Jeder von ihnen war etwas Besonderes. Etwas sehr Besonderes.

Vor ein paar Jahren war er zufällig auf den Clan gestoßen und hatte beschlossen, ihn aus persönlichem Interesse im Auge zu behalten.

Dann hatte sich Lucas' Leben schlagartig dramatisch verändert, was ihn dazu bewegt hatte, sie seit zwölf Monaten intensiv von seinen besten Leuten verfolgen und beschatten zu lassen. Das war schwieriger als erwartet, denn alle Clanmitglieder tendierten dazu, immer wieder einfach von der Bildfläche zu verschwinden. Er hoffte, durch Helen jetzt näher an sie heranzukommen oder vielleicht mehr über Alistair herauszufinden.

Sorgfältig ging er alle Fakten durch, die er kannte.

Beginnend mit Alistair, der der Mächtigste von ihnen zu sein schien und den er flüchtig von diversen Veranstaltungen kannte.

Was die Öffentlichkeit über ihn wusste und spannend und interessant fand, war nicht einmal die Spitze des Eisbergs.

Alistair Turner, wie er sich in diesem Jahrhundert nannte, war mindestens siebenhundert Jahre alt. Er war ein Krieger gewesen, ein Künstler, ein Händler, ein Frauenheld und Diplomat, und immer wieder auch in Konflikt mit damaligen Autoritäten geraten, wie Lucas durch alte Gerichtsakten herausgefunden hatte.

Das Cottage und das dazugehörige Land in den Highlands waren mit einem komplizierten, magischen Schutz versehen, der jedem den Zutritt verwehrte, der nicht mit guten Absichten kam. Lucas' Leute hatten es noch nie geschafft, das Gelände zu betreten. Also war dort die Quelle seiner Unsterblichkeit.

Lucas widmete sich den anderen Akten, die gestern ein Update erhalten hatten. Wahllos zog er ein weiteres Dossier hervor.

Aidan Vorona

Alter: 30

Beziehungsstatus: momentan Single!!!

Äußere Erscheinung: 1,90 Meter, sehr schlank, breite Schultern, perfekte, edle Gesichtszüge, langes honigblondes Haar, blaugrüne Augen (wie das Meer in den Tropen)

Lucas schnaubte abfällig. Vielleicht war es keine so gute Idee, Frauen auf die Männer des Clans anzusetzen. Sie tendierten dazu, überschwängliche Beschreibungen, statt sachliche Fakten zu liefern.

Lächelnd schüttelte er den Kopf. Doch, es war eine gute Idee. Frauen mochten vielleicht schwärmerischer über ihre Zielobjekte schreiben, aber in ihrer Arroganz und der Gewissheit unwiderstehlich zu sein, lag eine der Schwächen der Clanmänner. Selbst wenn einer von ihnen seine Agentinnen entdecken würde, würde er nur annehmen, dass sie ein weiteres Groupie war.

Lucas las weiter.

Stil: modern, lässig, lieber Jeans, T-Shirt und Lederjacke als Anzug

Beruf: Landschaftsarchitekt – Gewinner zahlreicher nationaler und internationaler Preise

Wohnort: Galway, Stockholm und Maine/USA

Charakter: freundlich, zuvorkommend, liebenswürdig und charmant

Lucas überflog die weiteren Schwärmereien, bis er auf das wirklich Interessante stieß. Die Eintragung war keine vierundzwanzig Stunden alt.

Besondere Fähigkeiten: Fliegen!

Lucas sah auf die handschriftliche Notiz neben dem letzten Wort.

Ich habe keinen Beweis auf Foto, aber ich habe mächtige Flügel gesehen!

Lucas grinste. Der Clan wurde immer interessanter. Auch Aidan war deutlich älter, als in seinem aktuellen Pass angegeben war.

Keiner von ihnen war jünger als zweihundert Jahre. Lucas hatte nämlich einen sehr aufschlussreichen Brief von einem General in Wellingtons Armee nach der Schlacht von Waterloo in seinem Besitz, in dem alle sechs lobend erwähnt wurden, und dem eine reizende kleine Zeichnung eines Fests beilag, auf dem der ganze Clan zu sehen war.

Die nächste Akte gehörte zu *Ash Rodan.*

Alter: 34

Beziehungsstatus: unbekannt

Äußere Erscheinung: 1,81 Meter, drahtig, durchtrainiert, braune Haare mit grauen Strähnen, Deckhaar länger, meist mit Gel zurückgekämmt, bernsteinfarbene Augen (sehr sexy!), gepflegter Bart, kantiges Gesicht, hohe Wangenknochen, tolle Zähne

Lucas schnaubte. Claudette musste professioneller werden. Sie war erst kürzlich in seinen engsten Kreis aufgenommen worden und hatte sich anscheinend noch weniger im Griff als die anderen Beobachterinnen.

Stil: elegant, fast altmodisch klassisch, wie aus den zwanziger Jahren. Immer perfekt gestylt.

Beruf: Privatdetektiv, der nur Aufträge annimmt, die ihn reizen

Wohnort: St. Ives, Paris, Rom

Charakter: zurückhaltend, aufmerksam, effektiv, ausdauernd

Besondere Fähigkeiten: extrem ausgebildete Sinne. Sieht, hört und riecht außergewöhnlich gut. Manche Entführungsopfer, die er gefunden hat, obwohl sie an unmöglichen Orten versteckt waren, behaupten sogar, er könnte Gefühle riechen!

Auch hier war eine handschriftliche Notiz hinzugefügt.

Es hat unwahrscheinlich lange gedauert, bis ich mich an ihn herangearbeitet hatte, und dann habe ich in Paris seine Spur verloren. Aber ich werde ihn wiederfinden!

Lucas nickte. Er würde Claudette noch eine Chance geben. Zwar wusste er, wo Ash sich in diesem Moment aufhielt, aber es wäre eine perfekte Gelegenheit herauszufinden, wie gut sie wirklich war. Er konnte keine Verlierer in seinem Team gebrauchen.

Weiter ging es mit *Audrey Warburne.*

Alter: 26

Beziehungsstatus: wechselnd

Äußere Erscheinung: 1,70 Meter, sportliche Figur, schwarze Haare, halblanger Bob, dunkelbraune Augen, herzförmiges Gesicht, mediterraner Typ

Stil: sportlich elegant, alle Kleider sind ausgewählt, um sich gut darin bewegen zu können

Beruf: Choreografin, hat die Musikvideos der letzten 5 Grammy Gewinner inszeniert, außerdem trainiert sie Mädchen in Selbstverteidigung

Wohnort: Reykjavik, Berlin, Los Angeles

Charakter: selbstbewusst, loyal, kämpferisch

Besondere Fähigkeiten: Kämpft um zu gewinnen und sollte nicht unterschätzt werden. Sie sieht zwar unschuldig aus, kann aber in zwei Minuten eine gut ausgebildete Mannschaft von Elitekämpfern außer Gefecht setzen. Weitere Fertigkeiten sind unbekannt.

Lucas nickte anerkennend. So sollte ein Bericht aussehen. Kurz und knapp, ohne schwärmerische Ausschweifungen. Auf Tim war eben immer Verlass!

Mit einem Blick auf die Uhr, schon fast zwei Uhr morgens, und einem Seufzen nahm er das nächste Dossier zur Hand.

Alassë Glaymoore

Alter: 34, sieht aber viel jünger aus, von altersloser Schönheit.

Beziehungsstatus: natürlich viele Verehrer, aber keinen, der ihr würdig ist!

Äußere Erscheinung: Wie eine Göttin aus einer anderen Welt. Ihr Haar so hell wie frischgefallener Schnee, ihre Stimme wie sanfter Frühlingsregen, Augen blau wie ein Fjord, ihre Erscheinung wie eine warme Umarmung …

Angewidert überflog Lucas den Rest. Egal, wen er auf sie ansetzte, ob Frau oder Mann, es war immer das gleiche. Auch dieser Bericht las sich wie ein mittelalterlicher Minnegesang. Ihre ungeheure Wirkung auf Menschen hatte er auf einigen Veranstaltungen live miterlebt und sich deshalb tunlichst von ihr ferngehalten. Dass Alassë mit alten kostbaren Büchern handelte, wusste er bereits. Hier war also nichts Neues zu erfahren.

In Erwartung hoffentlich aktuellerer Informationen nahm er die letzte Akte zur Hand.

Armand Bouché

Alter: 36

Beziehungsstatus: Lebensgefährtin vor zwei Jahren verstorben, seitdem häufige, kurze Affären

Äußere Erscheinung: 1,85 Meter, durchtrainiert, braungebrannt, muskulös aber schlank, hellbraune Haare, von der Sonne ausgebleicht und meistens verstrubbelt, Surfertyp, markantes Gesicht, Fünf-Tage-Bart, braune Augen mit goldenen Punkten, die oft ein wenig melancholisch aussehen, auch wenn er es verbergen will, wunderschöne Maori-Tätowierungen

Stil: eher sportlich, Outdoor, aber auch im Anzug macht er eine verdammt gute Figur

Beruf: Journalist in den Bereichen Sport (je extremer, desto besser – ist selbst talentierter Extremsportler, der aber nie an Wettbewerben teilnimmt: Kitesurfen, Klettern, Snowboarden, Motocross, Parkour), Kultur, Geschichte

Wohnort: Rennes, Samoa, Genf

Charakter: humorvoll, eher überschwänglich, ruheloser Geist

Besondere Fähigkeiten: Ich habe beobachtet, wie er auf einer Welle gesurft ist, die wie aus dem Nichts kam. Und beim Parkour hat er eine Lücke zwischen zwei Hindernissen überquert, die so breit war, dass niemand das hätte schaffen können.

Lucas zog skeptisch eine Augenbraue hoch. Dann sah er die hektisch an den Rand gekritzelte Notiz, die dreimal unterstrichen war:

Elementewandler!

Verblüfft ließ er die Akte sinken. Damit hatte er nicht gerechnet. Er hatte schon seit Jahrhunderten keine mehr getroffen.

„Was hast du gefunden?" Alistair hatte noch kein Auge zugetan, als Ash in den frühen Morgenstunden zurückkam, sondern ungeduldig auf seinen Freund gewartet, während alle anderen seit Stunden in den Gästezimmern schliefen.

„Absolut gar nichts. Wer auch immer das war – falls sie Spuren hinterlassen haben sollten, hat die Straßenreinigung sie gründlich beseitigt." Ash ließ sich auf das Sofa fallen. „Ärgerlich, aber da sie nicht umgekehrt sind, um dir oder Helen den Rest zu geben, nehme ich an, dass es wirklich nur ein Unfall war und kein Anschlag."

Alistair stand auf und ging zum Fenster. Nachdenklich betrachtete er die Sonne, die langsam über der Stadt aufging.

„Weißt du wenigstens, was sie waren?"

„Nachtalben oder Schwarzmahre. Jedenfalls der, der dich angefahren hat. Das hatte mir dein Jackett bereits verraten."

„Leichtsinnige Spinner!", grollte Alistair.

„Waren sie schon immer." Ash lächelte. „Ich gehe jetzt ins Bett, das war ein langer Tag."

„Das war er. Schlaf gut. Und ich danke dir."

„Gern geschehen. Gute Nacht."

Alistair nickte, folgte Ash in den Flur und betrat den Fitnessraum. Er nahm zwei Schwerter von der Wand und murmelte ein paar Worte in einer lang vergessenen Sprache.

Sein Schatten löste sich von ihm und ging sofort zum Angriff über.

Alistair hob die Waffen.

KAPITEL 10

„Wann waren wir beide eigentlich das letzte Mal aus?“, fragte Lucy, als sie ins Taxi stiegen. „Das muss vor etwa vier Jahren gewesen sein, kurz nach unserem Abschluss, oder?“ Sie lachte.

Helen schüttelte empört den Kopf. „Gar nicht wahr! Wir waren vor nicht einmal zwei Jahren auf dieser *tollen* Party von einer deiner unzähligen Cousinen.“

„Ach komm, das war doch lustig. Irgendwie.“ Lucy lachte noch lauter und Helen stimmte mit ein.

Die Party war das nackte Grauen gewesen. Lauter betrunkene Erstsemester mit superpeinlichen Anbaggersprüchen. Nach einer Stunde hatten sie sich davongeschlichen und es sich bei Lucy zuhause mit Eiscreme, Prosecco und Actionfilmen mit richtigen Männern gemütlich gemacht.

Natürlich waren sie seitdem auch auf anderen Partys gewesen oder zusammen ausgegangen, aber immer, wenn sie sich neckten, kam diese Party zur Sprache.

Dennoch hatte Lucy recht. Sie sollten unbedingt wieder öfter miteinander um die Häuser ziehen. Heute machten sie den Anfang und trafen sich mit Alistair und seinen Freunden im *Irkalla.*

„Hoffentlich sehen Alistairs Freunde so gut aus wie er. Vielleicht ist ja einer Single? Und ich bin echt gespannt, ob Alassë auf mich auch so umwerfend wirkt.“

Lucy klang aufgeregt und Helen wartete, bis sie Luft holte.

„Das werden wir gleich alles erfahren.“

Alistair stand mit Ash vor dem Club und wartete auf Helen und Lucy. Die anderen waren schon reingegangen, sie wollten Helen nicht gleich zu sechst überfallen.

„Wir bleiben dabei?“ Ash legte ihm die Hand auf die Schulter.

Alistair nickte. Alassë würde Helen und Lucy aushorchen und Ash würde versuchen, mit seinen Sinnen so viel mit möglich über die beiden zu erfahren, wie sie es immer taten, wenn sich einer von ihnen ernsthaft für jemanden interessierte.

Das war Routine, seit Audrey sich vor Ewigkeiten in einen Inquisitor verliebt hatte und Armand auf eine Spionin von Richelieu hereingefallen war, was beides fast zu einer Katastrophe geführt hätte.

Eigentlich sollte Alistair mittlerweile daran gewöhnt sein, aber er hatte immer ein komisches Gefühl, wenn Alassë ihre Macht spielen ließ und Ash seinen Freundinnen und ihrem engsten Kreis hinterher schnüffelte. Er grinste über den unbeabsichtigten Wortwitz, bevor er erstaunt bemerkte, dass er in Gedanken Helen als seine Freundin bezeichnet hatte.

„Hoffentlich hat sie nicht zu viel Parfüm aufgetragen“, murmelte Ash. „Oder ihre Freundin. Meine Nase ist die Gerüche von Versailles nicht mehr gewohnt.“

Sie lachten, bis das Taxi mit Helen und Lucy um die Ecke kam.

Alistair spürte, wie sich sein Herzschlag beschleunigte, als er Helen in der Garderobe aus dem Mantel half. Sie hatte schwarze, hochhackige Stiefel an, die ihre schlanken Beine betonten. Das ärmellose, dunkle Kleid, das über den Knien endete, war im Rücken tief ausgeschnitten. Obwohl sie ihre langen Haare offen trug, war noch genug von ihrer wunderbaren blassen Haut zu erkennen, um dafür zu sorgen, dass er nicht anders konnte, als sich vorzustellen, wie er mit seinen Lippen und Händen jeden Zentimeter erkundete.

Ash kümmerte sich währenddessen um Lucy, die ihm und Alistair immer wieder verstohlene Blicke zuwarf und gar nicht mitbekam, wie Ash sie seinerseits anstarrte, statt sie sofort mit seinen Sinnen unter die Lupe zu nehmen. Im Moment waren die einzigen Sinne, die voll funktionsfähig waren, seine Augen, die sich genau wie ein paar Minuten zuvor bei der Begrüßung nicht von Lucy losreißen konnten.

Er entdeckte ein paar Sommersprossen auf ihrer Nase, bewunderte ihre vollen Lippen, den verführerischen Schwung ihres Halses. Einige Strähnen hatten sich aus ihren hochgesteckten, dunkelblonden Haaren gelöst und umrahmten ihr bezauberndes Gesicht. Das kurze, hellblaue Kleid betonte ihre zierliche Figur.

Sie löste sofort einen Beschützerinstinkt in ihm aus, auch wenn Lucy den Eindruck machte, als könnte sie sehr gut allein auf sich aufpassen.

Als sie lächelnd zu ihm aufsah, trat er einen Schritt zurück. Er hatte einen Auftrag und durfte sich nicht von ihren wundervollen grau-blauen Augen ablenken lassen. Es war besser, auf Distanz zu gehen, doch dazu ließ ihm Lucy keine Chance, denn sie hakte sich bei ihm unter und gemeinsam folgten sie Helen und Alistair in den Club.

Nachdem Helen und Lucy auch die anderen kennengelernt hatten, entschuldigte Lucy sich kurz und zog ihre Freundin in einen Gang, der zu den Toiletten führte.

„Hast du die gesehen?“ Sie zeigte hinter sich und schüttelte den Kopf. „Natürlich hast du, aber meine Güte! Ich fasse es nicht! Sind die echt? Die sehen alle aus, als wären sie gerade vom Olymp herabgestiegen. Selbst wenn sie statt maßgeschneiderten Anzügen und Designerkleidern Müllsäcke tragen würden, würden sie auffallen wie Paradiesvögel in einem Schwarm von Amseln oder Krähen oder so.“ Sie lehnte sich gegen die Wand und sah Helen an. „Sag doch auch mal was! Ja, du bist einem der Götter bereits begegnet und hast dich eine ganze Nacht an seinen nackten Oberkörper geschmiegt, aber auch dich muss so eine geballte Schönheit auf einem Haufen doch beeindrucken."

Helen winkte ab. „Hat man einen gesehen, hat man alle gesehen."

Sie gähnte gelangweilt und brach in lautes Lachen aus, als Lucy ungläubig die Augen aufriss.

„Quatsch! Mir geht es genau wie dir. Sie sind so …", Helen überlegte einen Moment, „… perfekt, makellos und nicht von dieser Welt?"

„Das kannst du laut sagen." Lucy drehte sich um und betrachtete sich unsicher in einem der zahlreichen Spiegel, die überall im Club hingen. „Normalerweise mangelt es mir ja nicht an Selbstbewusstsein, aber diese Männer sind eine ganz andere Liga. Da kann ich nicht mithalten. Schon gar nicht, wenn sie sich mit so umwerfenden Frauen wie Alassë, Audrey und dir umgeben."

Helen trat zu ihr und umarmte sie. „Blödsinn. Ich wette, du könntest jeden von Alistairs Freunden kriegen, wenn du es darauf anlegst. Damit hattest du noch nie ein Problem."

Lucy richtete sich auf. „Vollkommen richtig. Ich sehe für eine Normalsterbliche ziemlich passabel aus." Sie wandte sich zum Gehen. „Und übrigens bin ich echt froh, dass ich deinem Alistair jetzt nicht mehr gegen das Schienbein treten muss, um es ihm heimzuzahlen, denn ganz ehrlich – es wäre eine absolute Schande, so ein Kunstwerk zu verbeulen."

Sie kicherte und Helen knuffte ihr lachend in die Seite.

„Ich war noch nie hier. Sehr stylish. Gefällt mir." Helen saß neben Alistair an der Bar und nippte an ihrem Champagner. Lucy vergnügte sich mit Aidan, der sie sofort auf die volle Tanzfläche gezogen hatte, während Audrey und Ash ihnen vom Rand aus zusahen und sich unterhielten.

Alistair lächelte. „Mir auch. Ich mag die Atmosphäre und dass man draußen auf der Terrasse Ruhe hat, wenn einem die Musik zu laut wird." Er nahm einen Schluck von seinem Scotch und neigte den Kopf. „Wie ist das eigentlich … arbeitest du gerne für Lucas Hunt? Darüber haben wir neulich gar nicht gesprochen."

„Ja, sehr gerne. Er bietet mir unglaubliche Möglichkeiten." Neugierig sah sie ihn an. „Wieso fragst du? Kennst du ihn näher?"

„Das würde ich nicht sagen. Wir sind uns bei verschiedenen Anlässen begegnet, aber außer Smalltalk haben wir noch kein persönliches Wort miteinander gewechselt." Er presste kurz die Lippen aufeinander. „Nun ja, es ist nur … man hört so einiges über ihn."

Helen hob eine Augenbraue. „Was hört man denn so?"

„Du solltest dich in Acht nehmen. Er hat einen gewissen Verschleiß an Frauen."

„Falls das so ist, müsstet ihr euch ja eigentlich blendend verstehen." Sie grinste spöttisch. „Oder kommt ihr euch regelmäßig in die Quere?"

Alistair lachte und beugte sich näher zu ihr. „Bis jetzt noch nicht … und solange wir uns bei dir nicht in die Quere kommen, ist alles in bester Ordnung", flüsterte er und seine Stimme klang tiefer als sonst. Verheißungsvoll. Es kribbelte in Helens Bauch. Ebenfalls verheißungsvoll. Schnell wandte sie sich ab und spielte mit ihrem Glas.

„Störe ich?"

Helen zuckte zusammen. Sie hatte nicht bemerkt, dass Alassë plötzlich neben ihnen aufgetaucht war.

„Überhaupt nicht." Alistair stand auf und bot ihr seinen Platz an. „Könntest du Helen kurz Gesellschaft leisten? Ich muss noch ein geschäftliches Telefonat mit New York führen, sonst nerven die den ganzen Abend."

Alassë setzte sich. „Mach ich gerne."

Alistair strich kurz mit den Fingerspitzen über Helens Wange. „Entschuldige bitte. Ich bin gleich wieder bei dir."

„Ist gut." Sie sah ihm hinterher, als er in der Menge verschwand. Die vielen Frauen, die sich nach ihm umdrehten, sah sie allerdings auch. Seufzend trank sie ihr Glas leer.

„Keine Sorge, er hat nur Augen für dich." Alassë schenkte Helen ein warmes Lächeln.

„Wie bitte?"

„Alistair. Er sieht so glücklich aus wie schon lange nicht mehr. Die letzten Tagen hat er fast ausschließlich von dir geschwärmt."

Helen sah sie ungläubig an.

„Ich sage nur, wie es ist." Alassë schmunzelte. „Es ist wirklich unglaublich, dass wir uns alle so zufällig über den Weg gelaufen sind. Ich kann es immer noch nicht fassen. Wie hast du eigentlich neulich meine Buchhandlung gefunden? Sie liegt ja ziemlich versteckt."

Helen zuckte mit den Schultern. „Keine Ahnung. Ich wollte in den Urlaub fahren und plötzlich stand ich vor deinem Laden. Das war ein bisschen seltsam. Als hätte mich irgendetwas dorthin geführt. Und dass er versteckt liegt, kann man wohl sagen. Ich habe ihn nicht wiedergefunden."

Alassë betrachtete sie aufmerksam und legte ihre Hand auf Helens Arm. „Du musst ihn auch nicht suchen."

Helen hatte für eine Sekunde das Gefühl, die Zeit würde sich verlangsamen. Ein angenehmer Schwindel erfasste sie. In ihrem Kopf wurde es ganz leicht. Es gab keine unbeantworteten Fragen mehr. Alles war gut.

„Nein, natürlich nicht", antwortete sie lächelnd. „Ich habe im Moment sowieso zu viel zu tun, um in den Urlaub zu fahren, also brauche ich auch keinen Reiseführer zur Inspiration. Deinen finde ich übrigens auch nicht mehr. Als hätte er sich in Luft aufgelöst."

Alassë lachte. „Er ist sicher irgendwo. Bücher können ja nicht einfach verschwinden. Erzähl mir noch ein bisschen von dir. Bist du in London aufgewachsen?"

Als Alistair eine Viertelstunde später zurückkam, erkannte er sofort Helens leicht verschleierten Blick. Finster starrte er Alassë an.

„Tut mir leid. Es ging nicht anders", murmelte sie, als sie sich erhob und ihr Kleid glatt strich. „Aber freu dich, ich habe nichts Magisches oder Gefährliches an ihr entdecken können. Ich bin sicher, Ash wird zu demselben Schluss kommen." Sie wandte sich Helen zu und drückte leicht ihre Schulter. „Ich lasse euch beide jetzt allein. Wir sehen uns später."

Erleichtert stellte Alistair fest, dass Alassë ihren Bann gelöst hatte und Helen wieder ganz sie selbst war. Ihre Augen waren klar und wunderschön und Alistair hatte nur einen Wunsch – ihr ganz nahe zu sein.

Grinsend streckte er ihr die Hand entgegen. „Hast du Lust zu tanzen?"

Ash hatte Alassës Zeichen bemerkt, dass er jetzt dran war, Helen abzuchecken, allerdings führte Alistair sie gerade auf die Tanzfläche. Verdammt! Seufzend strich er über seine Haare.

„Du hast wirklich ungewöhnliche Augen, wenn ich das mal so sagen darf."

Verdutzt sah Ash Lucy an, die auf einmal vor ihm stand. Ihre Wangen waren gerötet und sie lächelte.

„Äh … danke." Nun gut, dann würde er sich eben erst um Helens Freundin kümmern. Schwer fiel ihm das nicht. Er neigte den Kopf und schmunzelte. „Du siehst aus, als hättest du Durst. Kann ich dir etwas bringen?"

„Ja, einen Martini bitte."

„Wird erledigt. Wollen wir uns vielleicht auf der Terrasse treffen? Du siehst nämlich auch so aus, als könntest du frische Luft vertragen."

„Gute Idee. Aidan hat ganz schön viel Energie."

„Dann werde ich mich darum kümmern, dass du dich jetzt ein wenig erholen kannst. Ich bin gleich wieder da."

Mit zwei Martinis bahnte Ash sich einen Weg durch die Menschenmenge, als Armand mit angewidertem Blick auf ihn zukam. Auf die unausgesprochene Frage nickte er mit dem Kopf in Richtung DJ.

„Nephilim! Sie tun immer so, als ob sie etwas Besseres wären."

Er nahm sich eines der Gläser und trank es aus.

„He! Der war nicht für dich!", knurrte Ash.

„Reg dich ab", erwiderte Armand, nahm ihm auch das zweite Glas ab und leerte es in einem Zug. „Ich hole Nachschub."

Mit leeren Händen betrat Ash die Terrasse und ging auf Lucy zu, die bei Alassë stand.

„Und du bist also Tierärztin?" Er hörte sehr wohl das feine Lachen in Alassës Stimme und wusste, dass sie ihn längst bemerkt hatte und es ihm galt. Haha, sehr witzig!

Lucy nickte. „Für Kleintiere. Rennmäuse, Hamster, Katzen und so. Aber Hunde sind mir am liebsten. Es ist, als würden wir uns blind verstehen."

„Wie interessant … nicht wahr, Ash?" Alassë drehte sich grinsend zu ihm um.

„Sehr", brummte er.

Alistair zog Helen an sich. Er umschlang sie mit seinen Armen und sie legte ihren Kopf an seine Brust. Sie konnte seinen schnellen Herzschlag spüren und die harten Muskeln, als er sie enger an sich presste. Der DJ spielte elektronische Musik mit einem treibenden Beat, doch sie hatten ihren eigenen Rhythmus.

Tief sog Helen Alistairs Duft ein und ihre Knie wurden weich. Es hatte keinen Sinn, sich etwas vorzumachen. Er war für sie seit seiner Rettungsaktion und ihrer gemeinsamen Nacht nicht mehr der arrogante Arsch, sondern der aufregendste und interessanteste Mann, dem sie jemals begegnet war. Und der schönste.

Was sie bisher von seinem Körper hatte sehen können, schürte ihre Neugier auf den Rest gewaltig. Darauf, wie er sich anfühlen würde, wie er schmecken würde, ob Sex mit ihm genauso befriedigend sein würde wie in ihren Träumen.

Sie hatte daran wenig Zweifel, auch wenn Lucy die Meinung von Carrie Bradshaw teilte, dass gutaussehende Männer nie gut im Bett waren, weil sie es nie sein mussten. Um diese Theorie zu widerlegen, würde Helen sich völlig selbstlos freiwillig zur Verfügung stellen, aber nicht mehr heute Nacht.

Sie wollte, dass sie für Alistair mehr war als eine weitere Kerbe in seinem Bettpfosten. Sie musste wissen, ob er wirklich an ihr interessiert war, so wie Alassë es angedeutet hatte. Falls sie ihrer Begierde nämlich nachgeben würde, und sie war hauchdünn davon entfernt, nur um danach gleich fallengelassen zu werden, wäre das für ihr Selbstbewusstsein ein herber Schlag. Gegen einen Kuss oder eine wilde Knutscherei mit ein bisschen Körperkontakt hätte sie allerdings nichts einzuwenden.

Zärtlich strich Alistair mit den Fingerspitzen über Helens nackten Rücken. Er war sich bewusst, dass sie auf keinen Fall ignorieren konnte, wie sehr sie ihn körperlich erregte, dennoch blieb sie genau da, wo sie war. Normalerweise würde er jetzt aufs Ganze gehen und dafür sorgen, dass sie später gemeinsam im Bett landeten, aber mit Helen war es anders. Er wollte nichts überstürzen. Doch die Lust, sie zu küssen, wurde fast übermächtig. Wenn er es nicht riskierte, würde er durchdrehen.

Alistair rückte ein Stückchen von Helen ab und betrachtete sie eingehend. Er sah die Ader an ihrem Hals heftig pochen, bemerkte ihre geweiteten Augen. Sein Blick glitt tiefer. Ihre Brustwarzen waren hart und deutlich sichtbar unter dem dünnen Stoff des Kleides. Gute Zeichen.

Sanft hob er mit dem Zeigefinger ihr Kinn an, strich mit dem Daumen über ihre Unterlippe. Ihr Mund öffnete sich und er senkte langsam den Kopf.

Helen spürte seine Lippen auf ihren und lächelte unter seinem Kuss. Eine Welle von Glücksgefühlen durchflutete sie und sie wollte mehr. Sie vergrub ihre Finger in seinen Haaren, zog ihn näher, leckte leicht über seine Unterlippe, bevor sie zärtlich hinein biss.

Alistair stöhnte ihren Namen und ihn hielt nichts mehr. Er küsste sie hart, verlangend, besitzergreifend, und Helen gab sich ihm hin. Ihre Hände glitten über seinen Körper. Sie konnte nicht genug von ihm bekommen.

Alistair drehte Helen um, presste sich an ihren Rücken. Sie spürte seinen harten Schwanz und rieb sich lasziv an ihm. Es fühlte sich gut an, so eine Wirkung auf ihn zu haben.

Alistair beugte sich zu ihrem Ohr, während seine Hände über ihren Bauch strichen.

„Wir sollten lieber einen Gang runterschalten, sonst werfe ich dich über meine Schulter, bringe dich zu mir nach Hause und werde dich die restliche Nacht so verwöhnen, dass du morgen kaum noch laufen kannst."

Er nahm ihre Haare zur Seite und ließ seine Lippen über ihren Hals gleiten.

„Aber ich möchte, dass wir uns Zeit lassen. Warten, bis wir beide es nicht mehr aushalten. Lass mich erst ein wenig um dich werben. Einverstanden?"

Helen sah zu ihm auf und nickte.

Alistair fasste sie an den Schultern und wirbelte sie herum, bevor er sie wieder fest in seine Arme nahm. „Aber gegen mehr Küsse ist nichts einzuwenden, oder?"

Er wartete ihre Antwort erst gar nicht ab, sondern küsste sie, fordernd und gierig, und sie wollte, dass er niemals wieder damit aufhörte.

Keiner von beiden bemerkte Ash und Alassë, die in einer Ecke des Raumes standen und sie beobachteten.

„Es sind viel zu viele Menschen hier, ich muss näher an Helen heran", sagte Ash leise.

„Ich weiß. Und du brauchst nicht zu flüstern. Hier könnte eine Bombe einschlagen und die beiden würden weitermachen, als wäre nichts geschehen. Du siehst doch, dass sie nur Augen füreinander haben."

Alassë lächelte und sofort gesellten sich drei weitere Männer in die Traube, die sie bereits umstanden.

„Kannst du bitte mal deine Pheromone abstellen? Wir fangen an aufzufallen. Mehr als sonst." Ash schob ein paar ihrer Bewunderer ungeduldig zur Seite.

„Entschuldige."

Alassë winkte lässig mit der Hand und ihre Verehrer entfernten sich mit hängenden Schultern und todtraurigem Gesicht.

„Du musst in ihrer Nähe tanzen. Nimm am besten Lucy mit, dann ist es unauffälliger, und du kannst sie beide gleichzeitig überprüfen. Außerdem verlierst du Lucy an Aidan, wenn du nicht aufpasst. Er flirtet gerade ziemlich entschlossen mit ihr." Sie zeigte nach draußen. „Lass mich dir als Frau sagen, seine ganze ‚Gesicht wie ein aus Marmor gemeißelter Engel, dazu verwaschene Jeans und Lederjacke'-Kombination ist äußerst attraktiv und anziehend. Du stehst ihm in nichts nach, aber deine vornehm zurückhaltende Art hat dir schon mehr als einmal einen Strich durch die Rechnung gemacht."

Ash sah sie erstaunt an. „Ich habe keine Ahnung, wovon du sprichst."

Alassë lachte. „Mir kannst du nichts vormachen. Lucy gefällt dir."

Das war keine Frage, es war eine Feststellung.

Ash zuckte mit den Schultern. „Nun, sie ist süß und ich kann sie gut riechen, was wahrscheinlich nur daran liegt, dass ich entfernte Artgenossen an ihr wittere."

Alassë hob eine Augenbraue.

„Ja, du hast recht. Sie gefällt mir." Er seufzte. „Und dein Plan ist gut. Zwei Fliegen mit einer Klappe schlagen und Aidan deutlich machen, dass er überflüssig ist – wird erledigt."

Rasch eilte er auf die Terrasse zu Lucy, die mit Aidan, Audrey und Armand zusammenstand und sich prächtig amüsierte. Ohne zu zögern drehte er sie zu sich um.

„Tanzen! Wir beide! Jetzt!"

Dabei warf er Aidan aus schmalen Augen einen drohenden Blick zu, der seinen Freund sofort einen kleinen Schritt zurückweichen ließ.

Ash war über sich selbst erstaunt. Normalerweise hatte er sich besser im Griff und keinen derart dominanten Ton am Leib oder reagierte so aggressiv. Er war stets der ruhende Pol in ihrer Clique, aber Lucy sorgte dafür, dass die animalische Seite in ihm erwachte, über die er sonst eher selten die Kontrolle verlor. Und Alassës Bemerkung sorgte zusätzlich dafür, dass er Aidan gegenüber seinen Anspruch auf Lucy verdeutlichen und sein Revier verteidigen wollte.

„Okay."

Lucys Stimme riss ihn aus seinen Gedanken. Schüchtern sah sie zu ihm auf, gleichzeitig konnte er riechen, wie Erregung von ihr Besitz ergriffen hatte. Er nickte, legte seine Hand auf ihren Rücken und schob sie sanft vor sich her, in die Nähe von Alistair und Helen, die immer noch eng umschlungen miteinander tanzten und sich wild küssten.

Der DJ hatte gerade einen langsamen Song aufgelegt, wie gemacht, um sich näher zu kommen. Stumm stand Ash vor Lucy, die ihn abwartend anblickte. Er sollte seinen Auftrag ausführen, doch er war abgelenkt. Lucy hatte eine unerwartete Wirkung auf ihn, aber er wusste, dass nichts aus ihnen werden konnte. Es war viel zu kompliziert. Ash verdrängte den Gedanken. Er hatte Alistair gegenüber eine Pflicht zu erfüllen, damit wenigstens dieser ein wenig Glück genießen konnte, selbst wenn es bereits ein Verfallsdatum trug.

Ash riss sich zusammen und hielt Lucy seine Hände hin. „Darf ich bitten?"

Sie ergriff sie und er zog sie näher. Langsam bewegten sie sich im Takt der Musik.

Er legte seine Wange an ihr Haar, ihr Shampoo besaß eine Himbeer-Note. Tief atmete er ein. Da war ein Geruch von Sommerregen und süßem Klee, ein Hauch von frischgefallenem Schnee und etwas, dass er als Seide und Licht empfand.

Und da war noch mehr. Ein Duft, den er nur als Purpur bezeichnen konnte. Verwirrt runzelte Ash die Stirn. Es gab auch unter seiner Art Synästhetiker, wenn auch unglaublich selten, aber er selbst hatte niemals zuvor einen Teil des Geruchs eines Menschen als Farbe wahrgenommen.

Ein weiteres Mal inhalierte er ihren Duft und hielt ihn dort fest. Jetzt, da er ihn in sich trug, würde er ihn nie wieder vergessen. Selbst in einem vollen Stadion könnte er sie mühelos finden.

Mit geschlossenen Augen konzentrierte er sich stärker, versuchte Lucys Innerstes zu erreichen. Ihr Geruch löste Empfindungen in ihm aus, die nicht seine waren. Er spürte ihre Gefühle.

Neben Verlangen konnte er Aufregung ausmachen. In ihr toste ein wahrer Sturm an Emotionen, darunter auch Vorsicht und Argwohn. Das galt ihm.

Energisch wischte er das beiseite und drang tiefer in ihr Wesen ein. Er hörte fröhliches Lachen, nahm Unbeschwertheit, Aufrichtigkeit, Mitgefühl und eine unglaubliche Sehnsucht nach Abenteuer wahr, die direkt ihrer Seele entsprang. Gleichzeitig waren da aber auch Verletzungen und eine tiefe Traurigkeit, die sein Herz berührte.

Bis auf das Purpur gab es allerdings nichts, was ungewöhnlich gewesen wäre. Lucy war ein ganz normaler Mensch und hatte nichts Magisches an sich, auch wenn sie ihn verzauberte.

Zart streichelte er mit seinem Daumen ihre Finger, während er Alistair über ihren Kopf hinweg einen durchdringenden Blick zuwarf, bis der ihn endlich bemerkte und ihm unauffällig zunickte. Ash drehte sich mit Lucy, so dass Helen direkt hinter ihm war und konzentrierte sich nun auf sie.

Es war nicht einfach, denn Lucy hob den Kopf und lächelte ihn an.

„Wie lustig, dass all eure Vornamen mit A beginnen. Woher kennt ihr euch eigentlich? Habt ihr eine Anzeige aufgegeben? ‚Suche überirdisch gutaussehende Gleichgesinnte, deren Namen mit A anfangen, für Freizeitaktivitäten! Freundschaft nicht ausgeschlossen.'?"

„Wie bitte?" Ash zuckte unangenehm berührt zusammen.

„Ach komm schon! Ihr seid die reinste Modelclique. Als hätte man euch gecastet. Oder das alte Sprichwort ‚Gleich und gleich gesellt sich gern' wurde für euch erfunden." Lucy lachte, hörte aber sofort auf, als sie sein betroffenes Gesicht sah. „Entschuldige, ich wollte dir und den anderen nicht zu nahe treten. Ich kann mir vorstellen, dass es auch nicht leicht ist, immer aufzufallen und erst mal nur auf das Äußere reduziert zu werden."

„Ist schon gut. Es stimmt, es ist manchmal etwas hinderlich, aber auch kein Grund, um sich zu beschweren." Er strich ihr eine Strähne hinters Ohr. „Und du hättest rein optisch jeden Aufnahmetest in unsere Clique bestanden, wenn es so etwas geben würde."

Damit zog er sie wieder an sich, beendete das Gespräch und schickte seine Sinne in Helens Richtung.

Kurz bevor das *Irkalla* schloss, standen sie alle zusammen an der Bar, um einen Absacker zu trinken.

Ash hatte Alistair mitgeteilt, dass Helen ebenso normal war wie Lucy. Die Erleichterung, dass einer Beziehung mit Helen nichts mehr im Weg stand, hatte er seinem Freund deutlich angesehen und in Ash die eigene Sehnsucht nach einer Gefährtin schmerzlich verstärkt.

Jetzt galt es noch zu klären, wieso die Kapelle in dem Reiseführer aufgetaucht war, obwohl alle inzwischen dazu tendierten, sich Alistairs Theorie anzuschließen, dass das Buch die Entscheidung getroffen hatte, ihn glücklich zu machen und ihm Helen zu schicken.

Alistair stand lächelnd neben Helen. Er hatte einen Arm um sie gelegt und sie schmiegte sich an ihn.

Als der Barkeeper anfing aufzuräumen, trat Alistair mit Helen ein paar Schritte zur Seite.

„Ich will nur, dass du weißt, wie schwer es mir fällt, dich jetzt allein nach Hause gehen zu lassen. Aber zum Glück haben wir heute gemeinsam ein paar Erinnerungen erschaffen, die ich später im Bett weiter ausschmücken kann, während ich mir vorstelle, dass du bei mir bist.“ Er küsste sie zärtlich. „In meinen Träumen haben wir dieses Stadium übrigens schon längst erreicht. Mehr als einmal.“

„Du hattest erotische Träume von mir?“ Helen sah ihn mit großen Augen an, grinste aber innerlich. Er also auch.

„Wenn du wüsstest, wie erotisch die waren! Ich sage nur, du hast gebettelt, dass ich weitermache.“

„War das so?“ Helen schmunzelte.

„Oh ja! Und ich kann es kaum erwarten, das live zu hören.“

Seine Stimme klang rau und es kostete Helen extreme Selbstbeherrschung, ihre Vorsätze nicht mit einem lauten Hurra einfach über Bord zu werfen und Alistair davon zu überzeugen, dass Warten überhaupt keine Option war.

Er nahm ihre Hände und strich mit ihnen über seine breite Brust, den Bauch, führte sie nach hinten über den Rücken, ließ sie dann auf seinem Hintern liegen und schlang die Arme um Helen. Er presste sich an sie und sie spürte, wie hart er war.

„Noch etwas für deine Gedanken, bevor du später einschläfst“, flüsterte er und sein warmer Atem an ihrem Ohr verschaffte ihr eine Gänsehaut. „Stell dir vor, wie es mit uns sein wird. Was ich mit dir tun werde, um dir Vergnügen zu bereiten, dich kommen zu lassen. Immer wieder. Und erst, wenn du es nicht mehr aushältst und mich anflehst, werde ich dich das erste Mal nehmen. Wirst du dir das nachher vorstellen?“

Helens Mund wurde trocken, während Alistairs Worte direkt zwischen ihre Beine fuhren und dafür sorgten, dass sie feucht wurde. Sie nickte.

„Gut." Alistair lächelte. „Und jetzt lass uns gehen. Ich rufe dich morgen an."

Als Helen mit Lucy schließlich im Taxi saß, erzählte sie ihr alles, was zwischen Alistair und ihr geschehen war. Sie ließ kein Detail aus und ihre Freundin freute sich mit ihr.

„Wer hätte gedacht, dass dieses Geschenk an die Frauen sich die Zeit nehmen will, dich zu umwerben? Du musst es ihm echt angetan haben. Nicht, dass mich das überrascht, so einzigartig, wie du bist." Lucy schmunzelte. „Aber ehrlich gesagt, verwirrt es mich auch ein bisschen nach der Show, die ihr zusammen auf der Tanzfläche abgezogen hat. Allein eure Küsse hätten ein FSK 18 verdient. Ich war fest davon überzeugt, dass ihr den Hauptakt heute noch durchziehen würdet."

„Na, na, wer im Glashaus sitzt …" Helen lachte. „Erst das Dirty Dancing mit Aidan und danach diese intime Darbietung mit Ash. Wer soll denn jetzt dein Herzblatt sein? Ich blicke da jedenfalls nicht mehr durch."

Lucy seufzte tief. „Keine Ahnung. Aidan ist unglaublich, aber Ash … er ist etwas ganz Besonderes. Er hat bernsteinfarbene Augen. Ist dir das aufgefallen? Wirklich ungewöhnlich. Das kenne ich sonst nur von Vampiren, die in der Sonne glitzern." Erschrocken krallte sie sich an Helens Arm. „Oh Gott, er wird doch kein Blutsauger aus einem Kaff in der Nähe von Seattle sein? Das würde zumindest die makellose Schönheit, die vornehme Blässe und das seidige Haar erklären."

Helen starrte sie fassungslos an, bis Lucy anfing, breit über das ganze Gesicht zu grinsen.

KAPITEL 11

Gegen Mittag erwachte Alistair, geweckt von den lauten Stimmen seiner Freunde. Leicht verschlafen, aber bestens gelaunt, betrat er die Küche.

Der gesamte Clan stand um den Tresen herum und war in eine Diskussion vertieft, die unter heftigem Gelächter geführt wurde.

„Ah, da bist du ja." Audrey hielt ihm eine Tasse hin.

Alistair nahm den Kaffee und sah fragend in die Runde. „Habe ich was verpasst?"

„Aidan und Ash streiten sich gerade darum, wer auf Lucy den größeren Eindruck gemacht hat." Alassë schmunzelte. „Was ja völlig albern ist, wenn ich anwesend bin."

Sie ignorierte die empörten Einwände der beiden Kontrahenten, dass Lucy mit ihr jedenfalls nicht eng getanzt hatte.

„Aber wir haben noch etwas anderes besprochen, während du im Land der erotischen Träume weiltest."

Sie sah ihn wissend an und Alistair hob amüsiert eine Augenbraue.

„Nachdem Ash auch bei Helens Eltern nichts Auffälliges gefunden hat und wir uns alle davon überzeugen konnten, dass dir und uns keine Gefahr von ihrer Seite droht, sind wir zu dem Schluss gekommen, dass wir euch alleine lassen können."

Verblüfft musterte Alistair die Gesichter seiner Freunde. Alle nickten ernst.

„Einfach so? Nach dem Gespräch vorgestern hätte ich nicht gedacht, dass ihr so schnell überzeugt sein werdet."

„Wir haben alles Wichtige überprüft. Helen ist eine normale Sterbliche. Ebenso wie ihre Eltern und Lucy." Ash lächelte. „Es gibt keinerlei Hinweise auf magischen Einfluss. Du hast also freie Bahn."

Alistair strahlte. Seine heimlichen Sorgen, dass sie ihm Steine in den Weg legen könnten, weil etwas mit Helen nicht stimmte, waren verflogen. Er hätte auf jeden Fall weiter um sie geworben, aber das ohne Widerstand tun zu können, fühlte sich eindeutig besser an.

„Ich werde nach Paris zurückkehren und versuchen, mehr über meine Beobachterin herauszubekommen", fuhr Ash fort und zog seinen Mantel an. „Wo sie wohnt, wer sie ist, für wen sie arbeitet, was sie will. Sobald ich auf nützliche Informationen stoße, gebe ich euch Bescheid."

Alle murmelten zustimmend und erhoben sich.

Armand legte eine Hand auf Alistairs Arm. „Pass gut auf Helen auf und genieß dein Glück, solange du kannst."

Alistair sah die Trauer in Armands Blick. Auch zwei Jahre nach dem Tod seiner Frau war es immer noch schwer für ihn, wovon ihn auch seine belanglosen Bettgeschichten nicht ablenken konnten. Sterbliche Gefährten zu haben war nie einfach, das hatten sie alle schon schmerzhaft erlebt. Alistair drückte kurz Armands Hand, versprach es ihm und verdrängte den Gedanken an die fernere Zukunft.

„Ruf an, wenn du uns brauchst." Aidan hatte seine Jacke in der Hand. „Ich muss los." Zu Ash gewandt fügte er mit einem Augenzwinkern hinzu. „Und diesmal nehme ich ein Flugzeug. Übersee. Die Winde sind unberechenbar."

Ash sah ihn mitleidig an. „Kannst wohl dein Rucksäckchen nicht lange genug tragen, alter Mann? Bist nicht mehr so richtig in Form? Kein Wunder, dass Lucy mich anziehender fand." Grinsend ließ er Aidan stehen, drehte sich um und ging nach draußen.

„He, wir sind noch nicht fertig!", rief Aidan empört und rannte ihm unter dem Gelächter des Clans hinterher.

Nachdem sich auch die anderen verabschiedet hatten, griff Alistair zum Telefon, um endlich Helens Stimme zu hören.

Helen hatte Alistair mit in ihre Träume genommen, oder um genauer zu sein, hatte er sie in ihrem Traum genommen. Mehrmals. Sie erwachte mit erhitzten Wangen und einem Kribbeln im Bauch, streckte sich genüsslich und freute sich darauf, ihn wiederzusehen.

Wie schnell sich ihr Bild von ihm geändert hatte. Sie trug ihm seine abfälligen Bemerkungen im Cottage nicht mehr nach. Vielleicht hätte sie genauso reagiert, wenn sie ein Leben wie er führen würde, und er hatte sich immer wieder aufrichtig entschuldigt. Der gestrige Abend hatte gezeigt, dass er sie nicht nur sexy fand, sondern ernsthaft an ihr interessiert war.

Helen hatte, wenn sie ehrlich zu sich war, noch nie einen Mann getroffen, der so starke Reaktionen in ihr auslöste. Sowohl emotional als auch körperlich.

Ihre Hand wanderte mit dem Gedanken an ihn zwischen ihre Beine. Sie war noch feucht von ihren Träumen. Genüsslich tauchte sie einen Finger ein und stellte sich vor, dass es Alistair war, der mit ihr spielte.

Als sie kurz davor war zu kommen, klingelte ihr Handy. Sie überlegte, den Anruf einfach zu ignorieren, aber bevor sie sich entschieden hatte, hörte es auf zu läuten und kurz danach signalisierte ihr ein Piepen, dass jemand eine Nachricht hinterlassen hatte. Vielleicht war es wichtig?

Sie tastete nach ihrem Telefon auf dem Nachttisch und hörte die Mailbox ab.

„*Liebste Helen, wahrscheinlich schläfst du noch. Ich hoffe, du träumst von mir, von uns … Wenn du wach bist, kannst du mich dann bitte zurückrufen? Ich verzehre mich danach, deine Stimme hören.*“

Sofort wählte Helen seine Nummer. „Alistair?“

„Hallo, meine Süße. Du klingst atemlos. Habe ich dich aus dem Schlaf gerissen? Das wollte ich nicht.“

„Nein, ich war schon wach. Nur noch nicht aufgestanden.“

„Du liegst also im Bett?“ Seine Stimme war heiser.

„Und ich habe nicht viel an.“ Sie hörte, wie er tief einatmete.

„Du weißt, was du damit bei mir auslöst …“

Helen schnurrte verführerisch.

„Verdammt! Das macht es mir jetzt auch nicht leichter …“ Er stöhnte auf und Helen grinste. „Eigentlich wollte ich fragen, ob du Lust hast, mit mir einen Ausflug auf der Themse zu machen.“

„Ich habe Lust …“, neckte sie ihn weiter, „… mich mit dir zu treffen. Holst du mich ab oder soll ich zu dir … kommen? Und soll ich uns etwas zum Frühstücken … besorgen? Ich könnte auch meinen Picknickkorb vom Schrank … runterholen.“

Alistair lachte laut. „Ich hole dich in einer Stunde ab, du kleine Hexe! Und zieh dir etwas Sportliches an.“

„In Ordnung. Bis dahin habe ich ja noch Zeit, mich ein bisschen um mich zu kümmern …“ Sie seufzte leise.

„Du spielst mit dem Feuer“, brummte Alistair. „Pass auf, dass du dich nicht verbrennst.“

„Ist das eine Drohung?“, neckte sie ihn.

„Ein Versprechen, meine Schöne.“

„Ich bin die Königin der Welt!“

Helen stand am Bug und hatte die Arme ausgebreitet. Der Wind peitschte ihr die Haare aus dem Gesicht und sie genoss die Geschwindigkeit. Als Alistair sie abgeholt hatte, hatte sie gedacht, sie würden mit einem der vielen Ausflugsdampfer fahren, aber Mr. Turner hatte natürlich ein eigenes Boot. Eine kleine schnelle Yacht namens Storm, um genau zu sein.

„Ich bin gerne Herr meiner Entscheidungen und liebe die Freiheit zu fahren, wohin ich will“, waren seine Worte gewesen, als er Helen über den Steg geführt hatte.

Sie hatten sich Richtung Osten aufgemacht, und als sie etwas außerhalb der Innenstadt waren, hatte Alistair den Motor aufgedreht und freute sich jetzt über Helens Begeisterung.

Mit leuchtenden Augen und geröteten Wangen kam sie zurück, schlang ihre Arme von hinten um ihn und legte ihren Kopf an seine Schulter.

„Das war eine fantastische Idee von dir!"

Alistair drosselte das Tempo und zog sie zwischen sich und das Steuerrad. Seine Arme hielten sie gefangen.

„Ich habe gehofft, dass es dir gefällt."

Helen sah so verführerisch aus mit ihrem zerzausten Haar. Er musste sie einfach küssen. Als er kurz über ihre Lippen leckte, konnte er das nahe Meer schmecken. Sie öffnete den Mund und saugte an seiner Zunge. Sein Schwanz reagierte sofort. Helen griff nach seinem Hintern und presste sich an ihn. Ihre Hüften bewegten sich in einem aufreizenden Takt. Auffordernd.

Keuchend löste Alistair sich für eine Sekunde von ihrem Mund. „Eigentlich wollte ich dich verführen."

„Was hindert dich daran?"

Alistair umfasste zärtlich ihr Kinn mit einer Hand. „Ja, was eigentlich? Du bringst mich um den Verstand, Helen, und lässt mich alle Vorsätze über Bord schmeißen, dich in aller Ruhe zu umwerben."

„Das musst du gar nicht mehr. Du hast mich schon erobert."

Grinsend steuerte er das Boot in eine kleine Bucht am Ufer.

Mit klopfendem Herzen betrat Helen die luxuriös ausgestattete Kabine, die fast ausschließlich aus einem Bett bestand. Es war aus dunklem Holz, so wie der Rest der Einrichtung. Cremeweiße und blaue Kissen lagen auf einer weichen Decke und es gab sonst nur noch zwei Ledersessel neben einem Tischchen. Der Fußboden war mit einem flauschigen Teppich ausgelegt.

„Möchtest du?" Alistair kam mit einer Flasche Champagner im Kühler hinter ihr die Treppe herunter.

„Gerne." Helens Mund war plötzlich ganz trocken.

War sie wirklich bereit, mit ihm zu schlafen? Oh Gott, ja! Sie wollte ihn. Und genau genommen war das ihr drittes Date nach dem Essen und dem Club. Es würde also gegen kein ungeschriebenes Gesetz verstoßen, jetzt Sex zu haben.

Sie ließ sich auf das Bett sinken und beobachtete ihn, als er ein Glas einschenkte. Er trug passend für einen Ausflug auf dem Wasser ein weißes Polohemd und eine marinefarbene Stoffhose zu seinen dunkelblauen Docksider-Schuhen. Lässig, aber elegant.

Als er ihr den Champagner reichte, stutzte sie kurz. „Möchtest du nicht?“

„Teilst du mit mir?“

Helen nickte, hob das Glas zu einem stummen Toast und trank einen Schluck.

Alistair beugte sich zu ihr und küsste sie.

„Mmh … du schmeckst nach Champagner und Salz. Und ich würde nur zu gerne wissen, wonach du noch schmeckst.“ Er grinste und setzte sich neben sie. „Selbstlos wie ich bin, biete ich dir ein letztes Mal an, zu warten.“

„Also, wie gesagt, meinetwegen nicht.“ Helen lachte, legte eine Hand auf Alistairs Brust und drückte ihn aufs Bett. Er streckte sich aus und sah sie erwartungsvoll an. Sie tauchte einen Finger in das Glas und bestrich seine Lippen mit Champagner. Alistairs Zungenspitze leckte darüber.

„Gib mir mehr!“, verlangte er.

Helen trank einen kleinen Schluck, beugte sich zu ihm hinunter und ließ den Moët langsam aus ihrem Mund in seinen laufen, bevor sie Alistair leidenschaftlich küsste.

Er zog sie ungeduldig auf sich, umfasste sie mit seinen Armen und ließ seine Hände über ihren Po gleiten, bevor er sie fest an sich drückte.

„Spürst du, wie geil ich auf dich bin?“

Helen, die gerade mit ihren Fingern durch sein Haar fuhr, fühlte deutlich seinen steinharten Schwanz und rieb sich als Antwort auf seine Frage lasziv an ihm. Alistair stöhnte und passte sich ihren Bewegungen an, während seine Zunge in ihren Mund eindrang, tief hineinstieß, mit ihrer spielte und sie umkreiste. Sein Kuss war heiß und gierig, und Helen wurde feucht.

Alistair rollte sich engumschlungen mit Helen herum, bis er in voller Länge auf ihr lag, ohne aufzuhören, sie dabei zu küssen. Schließlich löste er sich ein wenig von ihr, stützte sich auf seine Arme und beobachtete sie, während er sich noch enger an sie presste und seine Hüfte schneller bewegte. Er gab Helen einen Vorgeschmack davon, was sein hungrig pochender Schwanz mit ihr tun wollte.

„Ich will dich, Helen." Alistairs Stimme klang tief. „Sag, dass du mich auch willst. Ich muss es hören."

Sie schob ungeduldig ihre Hände unter sein Shirt. „Ich will dich. Jetzt."

Alistair kniete sich über ihren Bauch und zog sich das Oberteil über den Kopf.

Helen sog scharf die Luft ein. Ja, sie hatte seinen Oberkörper schon nackt gesehen, zwei Mal sogar, aber die Vollkommenheit raubte ihr erneut den Atem. Sie legte ihre Hände auf seine breiten Schultern, glitt über seine durchtrainierte Brust und den flachen Bauch. Helen ertastete alle Vertiefungen, jedes ausgeformte Detail. Sein stahlharter Körper spannte sich unter ihren Berührungen. Sie fuhr mit den Fingern über die seitlichen Muskeln, die in einem verheißungsvollen V in der Hose verschwanden und ihr den Weg zu seinem Schwanz wiesen.

Helen blickte Alistair tief in die Augen, als sie ihre Handfläche gegen den Umriss seines Schafts drückte, der sich deutlich abzeichnete. Mit den Fingernägeln kratzte sie leicht über den Stoff, befühlte die Konturen seines Ständers, immer wieder, und Alistairs Atem beschleunigte sich.

Das Gefühl war unbeschreiblich und er wollte nichts mehr, als Helen zu besitzen, in sie zu stoßen und in ihr zu kommen, aber er hielt sich zurück. Sie sollte das Tempo bestimmen.

Alistairs Schwanz war groß, daran bestand kein Zweifel. Auch nicht daran, dass er es sehr genoss, wie Helen ihn anfasste. Er hatte den Kopf in den Nacken gelegt und keuchte heftig, bewegte leicht seine Hüfte vor und zurück, schob sich in ihre Hand. Helens Finger glitten zum Bund seiner Hose und öffneten den ersten Knopf, dann den zweiten, bevor sie stoppte.

„Stimmt etwas nicht?“ Alistair sah auf sie herunter. Das dunkle Haar fiel ihm ins Gesicht und in seinen blauen Augen erkannte sie pures Verlangen.

„Ich will dich nackt sehen. Ich will alles von dir sehen. Zeig dich mir.“

Sofort stieg er vom Bett. Helen setzte sich auf und sah Alistair dabei zu, wie er aus den Schuhen schlüpfte, die Socken abstreifte und Hose und Shorts auszog. Dann präsentierte er sich ihr. Voller Selbstvertrauen und ohne Scham. Für letzteres gab es auch keinen Grund, denn Alistair war perfekt. Bis auf die lange Narbe seitlich an seinem Bauch wirkte er, als hätte man ihn photogeshoppt oder als wäre er aus Stein gemeißelt. Wie ein Gott aus der Antike.

Helens Blick blieb schließlich an Alistairs Schwanz hängen. Er war wirklich gewaltig. Nach ihrer Rückkehr aus Braemar hatte der Traum-Alistair ihr gesagt, dass er ihre Möse ziemlich beanspruchen würde, bis sie sich daran gewöhnt hatte, und damit hatte er wohl recht gehabt. Lang, dick, hart, die beschnittene Eichel prall und rot.

Alistair umfasste seine Erektion mit der rechten Hand und massierte sie, ohne Helen dabei aus den Augen zu lassen. Als er einen Lusttropfen träge mit dem Daumen verrieb, verlor sie fast die Fassung, so sinnlich war der Anblick.

Er kam auf sie zu und Helen dachte, er würde ihr seinen Schwanz in den Mund schieben, als er vor dem Bett stehenblieb.

„Ich will dich ausziehen.“

Er streckte ihr die Hand entgegen und Helen ergriff sie dankbar, als sie aufstand. Vor lauter Aufregung waren ihr die Knie weich geworden.

Alistair strich Helens Haare nach hinten und küsste sie leidenschaftlich, während er ihre Bluse aufknöpfte und sie auf den Boden fallen ließ. Dann trat er einen Schritt zurück und ließ seinen Blick bewundernd über sie gleiten. Ihre helle Haut bildete einen sexy Kontrast zu dem schwarzen BH, der jetzt schon genug von ihren Brüsten zeigte, dass sein Schwanz noch schmerzhafter pochte.

Als Alistair wieder ihren Blick suchte, wandte Helen den Kopf ab und sah zu Boden.

Sofort war Alistair bei ihr und nahm ihr Gesicht in beide Hände. „Was ist denn, Süße? Hast du es dir anders überlegt?"

„Nein … es ist nur …" Helen brach ab und schüttelte den Kopf. „Es ist nichts."

Sie lächelte ihn an, doch er ließ nicht locker.

„Du kannst mir alles sagen. Ich bin ein wirklich guter Zuhörer." Er nickte ihr ermutigend zu.

Helen holte tief Luft. „Also, ich komme mir gerade ein bisschen blöd vor, weil man so etwas eigentlich niemals fragen sollte, aber … na ja, wenn Alassë und Audrey und die Models, mit denen du immer unterwegs warst, dein Standard sind, was die Schönheit von Frauen angeht, was willst du dann von mir? Ich kann keiner einzigen von denen das Wasser reichen."

Alistair starrte Helen ungläubig an. Sie hatte keine Ahnung, wie sie auf ihn wirkte und wie es um ihn stand! Es dauerte einen Moment, bis er seine Sprache wiederfand. Er streichelte mit seinen Fingern über ihre Wangen und sein Blick wurde ganz weich.

„Helen, du bist die schönste Frau, der ich jemals begegnet bin, und die interessanteste. In deiner Nähe zu sein, macht mich unendlich glücklich. Deine Stimme zu hören oder nur an dich zu denken, macht mich bereits glücklich. Und dass du dich mir jetzt hingeben willst, ist das wunderbarste Geschenk, das ich jemals erhalten habe. Glaubst du mir das?“

Helen konnte die Aufrichtigkeit in seinen Worten hören und nickte.

„Das ist gut. Gibt es sonst noch etwas, was du mir sagen willst?“

Sie druckste einen Augenblick herum und sah dann an ihm herunter.

„Er … ist ziemlich groß“, flüsterte sie schließlich verlegen.

Innerlich atmete Alistair erleichtert auf. Er hatte keinen Schimmer, womit er gerechnet hatte, damit jedenfalls nicht.

Zärtlich küsste er Helen. „Keine Sorge. Er ist genau richtig für dich, und ich werde dir nicht wehtun, sondern nur Lust bereiten. Vertraust du mir?“

Ihre Anspannung ließ nach. „Ja, ich vertraue dir.“

Er kniete sich vor sie, zog ihr Schuhe und Strümpfe aus, dann die Jeans. Jetzt befand sich sein Gesicht genau vor ihrem Höschen und er atmete tief ein. Sie roch fantastisch und war bereit für ihn. Er musste sie nicht anfassen, um zu wissen, wie feucht sie war.

Helen erlebte ein heftiges Déjà-vu. Genau so hatte sie Alistair schon einmal vor sich gesehen, bevor er sie in ihrem Flur bis zum Orgasmus geleckt hatte. Damals war sie im Traum gekommen und jetzt konnte aus der Fantasie Wirklichkeit werden.

Alistair stand auf, hob Helen auf seine starken Arme, küsste sie wild und kroch mit ihr aufs Bett. Während seine Zunge mit ihrer spielte, öffnete er mit einer einzigen Bewegung den BH und streifte ihn ab. Er umfing mit den Händen ihre Brüste, seine Daumen fanden die harten Nippel, die sich unter seinen kundigen Fingern noch mehr aufrichteten. Ein Schauer lief durch Helens Körper. Sie keuchte leise in seinen Mund.

Sanft drückte Alistair Helen nach hinten, bis sie vor ihm lag. Bebend und erregt. Ihre Brüste waren groß und fest, ihre

Brustwarzen rosa und einladend. Sie sehnten sich nach seinen Berührungen und genau die würde er ihnen geben.

Alistair kniete sich über Helens Beine, beugte sich vor und küsste ihren Mund.

„Du bist wunderschön“, murmelte er.

Seine Lippen glitten zu ihrem Hals, saugten an ihrer Haut. Dann nahm er sanft ein Stück zwischen die Zähne und biss leicht zu. Helen bäumte sich unter ihm auf, drehte den Kopf zur Seite und bot ihm ihre Kehle dar. Alistair kratzte mit den Zähnen über ihre Schlagader, dann biss er ein wenig fester zu. Helen stöhnte. Er leckte über die gerötete Stelle und blies sachte darüber. Die angenehme Kühle ließ Helen erzittern.

Alistair fuhr mit der Zunge über Helens Schlüsselbein und dann durch das Tal zwischen ihren Brüsten. Seine Hände umfassten ihre Brüste, drückten sie, pressten sie aneinander. Ihre Nippel lockten ihn. Er reizte einen mit den Fingern, zog daran, rollte ihn zwischen Daumen und Zeigefinger und nahm den anderen in den Mund. Er saugte hart und fuhr immer wieder mit der Zungenspitze darüber.

Helen schrie leise auf und das lustvolle Ziehen zwischen ihren Schenkeln wurde stärker.

„Mehr!“, keuchte sie.

Alistair legte sich neben Helen, ließ seine Hand über ihren Bauch wandern und glitt in den Slip.

Ihre Spalte war nass. Er verstrich etwas von ihrem Saft auf ihrem Kitzler, rieb ihn kurz, stimulierte ihn dann mit dem Handballen, während sein Mittelfinger ihre prallen Schamlippen teilte und in sie eindrang. Ganz langsam fickte er sie und Helen stieß ein weiteres Stöhnen aus.

Er zog seine Hand wieder aus dem Höschen und betrachtete seinen feuchten Finger. Alistair sah Helen tief in die Augen, als er ihn sich in den Mund schob und ihn sorgfältig abschleckte. Der Anblick war erregend und Helen hörte, wie sehr er es genoss.

„Ich will dich auch schmecken“, hauchte sie.

Alistair lächelte, kniete sich über Helens Oberkörper, umfasste seinen Schwanz an der Wurzel und hielt ihn ihr hin.

„Nimm ihn, aber nur mit dem Mund. Keine Hände."

Helen nickte, hob den Kopf und leckte über seine große Eichel, saugte die Spitze ein, ließ sie auf der Zunge in ihren warmen, feuchten Mund gleiten. Ihre vollen Lippen schlossen sich fest um seinen Schwanz.

Es zu sehen und gleichzeitig zu fühlen, brachte Alistair fast zum Kommen. Er vergrub die Hände in Helens roten Locken, hielt sie fest und schob sich ein Stück tiefer in sie hinein. Ihre Zunge leckte an seinem Schaft, strich an der Unterseite entlang und Alistair konnte ein kehliges Stöhnen nicht unterdrücken.

„Das fühlt sich so gut an, Helen!"

Sie blickte zu ihm hoch, während sie weiter saugte, härter jetzt. Alistair schob seinen Schwanz langsam vor und zurück. Er musste das Verlangen unterdrücken, ihren Mund hemmungslos zu ficken, bis zum Anschlag in sie einzudringen, sich in ihrer Kehle zu vergraben. Nicht beim ersten Mal. Es würde weitere Gelegenheiten geben, um herauszufinden, wie weit er bei ihr gehen konnte. Nur eine Sache war klar! Wenn er das hier weiterlaufen ließ, würde er sich nicht mehr unter Kontrolle haben und sie mehr schmecken lassen, als sie es vielleicht wollte.

Behutsam zog er seine Erektion aus Helens Mund, beugte sich nach unten und küsste sie.

„Du bist fantastisch, aber du musst meinem Schwanz eine kurze Pause gönnen, sonst ist das alles ganz schnell für mich vorbei."

Helen ließ den Kopf aufs Kissen fallen. Gerne hätte sie länger an ihm gelutscht. Sie hatte die Reaktion darauf in seinem Gesicht ablesen können, und die Macht, die sie über ihn hatte, hatte sie noch mehr erregt, als sie es ohnehin schon war. Sie wusste, dass er sich gezwungen hatte, sich zurückzuhalten, um sie nicht zu überfordern. Ein warmes Gefühl durchströmte sie, das sich sofort wieder in wildes Verlangen verwandelte, als sie spürte, wie Alistair ihr Höschen abstreifte, ihre Beine anwinkelte und weit spreizte. Gleich darauf strich sein warmer Atem über ihre Möse, bevor er sein Gesicht in ihre Spalte drückte und seine Zunge langsam hindurch gleiten ließ.

Helen hob fordernd ihr Becken. Sie wollte mehr. Seine Lippen schlossen sich um ihre Klitoris, seine Zungenspitze rieb sie, umkreiste sie. Als Alistair mit zwei Fingern in sie eindrang, sie dehnte und dann begann, sie gleichmäßig zu stoßen, schrie Helen vor Lust.

„Ja, lass mich hören, wie gut es dir gefällt. Komm für mich. Ich will, dass sich deine Möse fest um meine Finger klammert, wenn du deinen ersten Orgasmus mit mir hast."

Er nahm noch einen Finger dazu, stieß immer schneller zu, und sein Mund saugte unbarmherzig an ihrem Kitzler.

Hitze ballte sich in ihrem Unterleib zusammen. Sie stöhnte lauter, erwiderte seine Stöße. Völlig berauscht richtete sie sich ein Stück auf, um zuzusehen, wie er sie verwöhnte. Dieser unwirklich schöne Mann lag tatsächlich zwischen ihren Beinen und wollte im Moment nichts anderes, als sie zum Höhepunkt zu bringen. Völlig auf sie konzentriert und unglaublich gekonnt. Somit war wohl Bradshaws und Lucys Theorie, zumindest was Mr. Turner anging, hinfällig.

Alistair hatte ihre Bewegung bemerkt und hob den Kopf, ohne aufzuhören, sie mit seinen Fingern zu ficken. Seine Lippen und sein Kinn glänzten von ihrem Saft.

„Willst du sehen, was ich mit dir tue?"

Helen nickte. Ihr Atem ging schnell und wurde noch heftiger, als Alistair seinen Daumen mit dem genau richtigen Druck auf ihren Kitzler presste. Sie keuchte und als sie es kaum noch aushielt, legte sie eine Hand auf seinen Kopf und drückte ihn herunter. Erneut schloss sich sein Mund um ihre geschwollene Lustperle. Er saugte wie besessen daran und sie spürte tief in sich die ersten Zuckungen.

Alistair war es auch nicht entgangen. „Komm, Baby, zeig mir, wie gut ich es dir mache. Zeig mir, dass ich der Grund bin, dass du zum Orgasmus kommst", murmelte er und die Worte vibrierten an ihrer Pussy.

Helen bewegte sich immer schneller, ritt seine Finger, konnte nicht genug bekommen. Sie fühlte Alistairs Zähne an ihrem Kitzler und er biss leicht hinein. Helen schrie ihre Lust heraus, als sie in einen heftigen Orgasmus gerissen wurde. Sie verkrampfte sich um Alistairs Finger. Ihr Höhepunkt schien nie mehr aufhören zu wollen.

Gemächlich zog Alistair seine Finger aus ihr, die sofort von seiner Zunge ersetzt wurden. Er leckte gierig alles auf, was aus ihr herauslief, lutschte an ihrem empfindlichen Fleisch. Helen wimmerte leise und Alistair beendete die süße Qual, legte sich auf sie und küsste sie leidenschaftlich. Sie konnte sich in seinem Mund schmecken.

Alistair löste sich von ihr und fuhr mit seinem immer noch steinharten Schwanz durch ihre nasse Spalte. „Bist du bereit für mich?"

„Ja", flüsterte sie mit bebender Stimme.

Er fasste unter ein Kopfkissen und holte ein Kondom hervor. Mit den Zähnen riss er die Verpackung auf und streifte es sich über, ohne Helen aus den Augen zu lassen.

Helen umschlang ihn fest mit ihren Beinen. Alistair drückte langsam seine Eichel in sie und stöhnte laut auf. Wie sehr hatte er sich danach gesehnt, in ihr zu sein! Es fühlte sich noch besser an, als er es sich erträumt hatte. Als wäre sie für ihn gemacht.

Alistair verharrte einen Moment, dann drang er mit einem kräftigen Stoß bis zur Hälfte in sie ein. Helen rang nach Atem und ihre Fingernägel kratzten über seinen Rücken.

Er zog sich ein Stück zurück, bis nur noch seine Spitze in ihr war. Mit kurzen Stößen vögelte er sie.

„Nicht." Helen riss die Augen auf. „Mehr, ich brauche mehr", flehte sie ihn an. „Bitte."

Obwohl er es besser wusste, obwohl er aus Erfahrung wusste, dass er langsamer vorgehen sollte, brachte Helens Betteln ihn dazu, fast die Kontrolle zu verlieren. Alistair stieß heftiger zu, tiefer. Helen vergrub ihr Gesicht an seinem Hals und biss hinein. Er konnte den unterdrückten Schrei hören, als hätte sie ihn laut ausgestoßen.

„Habe ich dir wehgetan?“, flüsterte er und rieb seine Wange an ihrem Haar, während er innehielt.

Sie schüttelte den Kopf. „Mach weiter. Ich will dich ganz in mir fühlen.“

Mehr Aufforderung benötigte er nicht. Er trieb seinen Schwanz tiefer in sie, Zentimeter für Zentimeter, bis er schließlich bis zum Anschlag in ihr war. Er gab Helen einen Moment Zeit, sich an seine Größe zu gewöhnen. Dann zog er sich bis zur Eichel aus ihr heraus und rammte ihr seinen Schwanz in einer einzigen Bewegung bis zur Wurzel hinein.

Helen schrie, doch dieses Mal war in ihrem Schrei nur Lust zu hören. Ihre Möse schloss sich beinah schmerzhaft eng um seinen Phallus und Alistair konnte sich nicht länger zurückhalten. Er fing an, sie wild zu vögeln, wurde immer schneller dabei. Helen erwiderte seine Stöße leidenschaftlich. Ihre Körper klatschten aufeinander und lautes Stöhnen erfüllte die Kajüte.

Alistair nahm nacheinander Helens Nippel zwischen die Lippen und saugte wild daran, während er sie gründlich durchfickte.

„Gefällt dir mein großer Schwanz? Füllt er dich gut aus?“, Seine Stimme war rau vor Geilheit. „Willst du es härter? Soll ich es dir härter besorgen?“

„Mach schon!“

Das ließ er sich nicht zweimal sagen. Mit einem wilden Knurren drückte Alistair ihre Beine noch weiter auseinander und pfählte sie mit seinem harten Schaft. Er presste sich so eng es ging an sie und streifte bei jedem Stoß ihren überreizten Kitzler. Wie besessen stieß er in sie und ergötzte sich an ihren lustvollen Schreien, die ihn gnadenlos zum Höhepunkt trieben.

Als er spürte, wie sich Helens Atem beschleunigte, packte er ihr Kinn.

„Sieh mich an und zeig mir, wie du kommst."

Er stützte sich mit einer Hand auf, schob die andere zwischen ihre Beine und rieb im Takt seiner Stöße ihre Klitoris.

Helens Augen schimmerten dunkel. Schweißperlen standen auf ihrer Oberlippe, die Alistair gierig ableckte. Als ihre Muskeln sich rhythmisch um seinen Schwanz schlossen, ihn noch enger umfassten, stieß Helen einen einzigen, langgezogenen Schrei aus und krallte ihre Fingernägel in seinen Hintern.

Alistair stöhnte laut auf, sein Gesicht verzerrte sich. Die Ekstase überrollte ihn wie eine Flutwelle und sein Samen schoss pulsierend aus seinem Schaft.

Es schien endlos lange zu dauern, bis er schließlich schwer atmend auf Helen zusammenbrach.

Sie umarmte ihn, strich ihm die nassen Haarsträhnen aus dem Gesicht und küsste ihn zärtlich. Noch nie hatte sie so guten Sex gehabt, war so schnell hintereinander zwei Mal gekommen. Noch nie hatte sie einen Orgasmus so erlebt, hatte sich der Höhepunkt derart intensiv und innig angefühlt. Alistair war der beste Liebhaber, den man sich wünschen konnte.

„Auch auf die Gefahr hin, dass dein Ego jetzt noch größer wird, als es ohnehin schon ist", wisperte sie, „aber wie viele Jahrhunderte machst du das schon?"

Alarmiert sah Alistair auf. „Wie meinst du das?"

„Ich meine nur …" Helen grinste. „… dass du dich ganz gut geschlagen hast."

Alistair rollte sich von ihr herunter, erleichtert, dass sie ihre Frage nicht ernst gemeint hatte, streifte das Kondom ab und warf es achtlos auf den Boden.

Er legte sich auf die Seite, stützte den Kopf auf und betrachtete sie schmunzelnd.

„Hat sich der Ausflug also rentiert?"

„Klar. Wann habe ich sonst schon mal Gelegenheit, auf einer Luxusyacht zu sein und einen gemütlichen Tag zu verbringen?"

„Gemütlich also. Na warte."

Mit einem lauten Lachen schloss er sie in seine Arme und kitzelte sie, bis sie um Gnade flehte und er wieder von ihr abließ.

Völlig außer Atem legte Helen ihren Kopf auf Alistairs Brust und kuschelte sich eng an ihn. Er gab ihr einen Kuss auf die Stirn, seufzte glücklich, schloss die Augen und streichelte zärtlich ihren Rücken. Plötzlich spürte er Helens Fingerspitzen auf seiner Narbe.

„Was ist da eigentlich passiert? Hattest du einen Unfall?"

Er erstarrte unter ihrer Berührung. Die Narbe begann zu pulsieren, als hätte sie einen eigenen Herzschlag. Ein unheilvoller Schauer überlief seine Seele und er drohte in die Vergangenheit abzurutschen, doch er riss sich zusammen.

Sanft nahm er ihre Hand und hielt sie fest.

„So etwas Ähnliches. Es ist eine lange Geschichte, die ich dir ein anderes Mal erzählen werde, aber das ist jetzt nicht wichtig. Nur du bist wichtig."

Er zog sie auf sich, fuhr mit den Händen über ihren Po, ließ seine Finger zwischen ihre Beine gleiten und presste sie an sich.

Helens Augen wurden groß. „Du kannst schon wieder? Wie kann das denn sein?"

„Es ist eine Gabe." Er zuckte grinsend mit den Schultern. „Und du bist noch so nass. Wie wär's?"

Ohne zu zögern beugte Helen sich nach vorne, tastete unter dem Kopfkissen herum, bis sie ein weiteres Kondom fand. Sie öffnete die Packung, rutschte nach hinten auf seine Beine, streifte es ihm über und sah ihn verlangend an.

Alistair setzte sich auf und legte seine Hand auf ihre Wange. „Helen, wenn wir beim nächsten Date Sex haben, verspreche ich dir, dass ich ganz zärtlich mit dir schlafen werde. Ich will dich innig und stundenlang lieben, ich wünsche es mir so sehr … also, falls du das auch willst." Er warf ihr einen unsicheren Blick zu.

Helens Herz klopfte rasend schnell, als bei ihr ankam, was er da gerade gesagt hatte. Sie nickte, lächelte und gab ihm einen Kuss.

„Aber?“ Sie hauchte die Frage an seine Lippen.

„Aber jetzt will ich dich noch einmal ficken. Ich will, dass du dich mir hingibst, ich dich in Besitz nehme. Ich will dich für mich beanspruchen. Ich will, dass du mir gehörst. Nur mir.“

Forschend sah er sie an. Seine leuchtendblauen Augen schimmerten gefährlich. Seine dominanten Worte fuhren ihr direkt zwischen die Beine und ihre Möse zuckte gierig.

„Dann fick mich doch endlich!“, befahl sie.

Mit einer blitzschnellen Bewegung packte er Helen, schob sie auf alle viere, brachte sich hinter ihr in Stellung und mit einem wilden Schrei rammte er ihr seinen Ständer tief bis zum Anschlag hinein.

KAPITEL 12

Helen hakte sich bei Lucy unter. Sie hatten sich nachmittags am Trafalgar Square verabredet und wollten in die National Gallery.

Seit ein paar Jahren besuchten sie einmal im Monat ein anderes Museum, in der Reihenfolge, die sie am Anfang ausgelost hatten. Das war zu einem Ritual geworden und sie versuchten beide, sich den Termin immer freizuhalten. Alistair hätte natürlich am liebsten den ganzen Sonntag mit ihr verbracht, aber er hatte es verstanden, und selbst wenn Helen sich danach sehnte, jede freie Minute bei ihm zu sein, ihre beste Freundin würde sie nicht vernachlässigen. Diesen Fehler hatte sie in ihrer letzten Beziehung gemacht und sich geschworen, dass so etwas nie wieder vorkommen würde.

Langsam schlenderten die beiden mit ihrem Eis in der Hand über den mit Menschen überfüllten Platz und genossen das schöne Wetter. Sie setzten sich auf den Rand eines der Brunnen und Helen hob das Gesicht in die Sonne.

Eine leise Melodie schlich sich in ihr Ohr, und als sie sich suchend umsah, entdeckte sie ein paar Meter vor sich einen jungen Mann mit einem Kontrabass auf der Treppe zum Museum. Er hatte ein Baseball-Cap auf und sah nicht nach einem klassischen Musiker aus und doch spielte er eindeutig die ersten Takte von *Ode an die Freude.*

Lucy stieß sie aufgeregt an, als sich eine Cellistin dazugesellte und mit einstimmte. Die Menschen auf dem Platz wurden ebenfalls aufmerksam und kamen näher. Auch Helen und Lucy standen auf und gingen ein paar Schritte in Richtung Treppe. Mittlerweile waren Geiger und Bläser dazu gestoßen und immer mehr Leute mit verschiedenen Instrumenten folgten. Ein großer Kreis von Zuschauern bildete sich und viele filmten mit ihren Handys.

Helen stand ergriffen da und lauschte der Musik, die immer weiter anschwoll. Als der Chor, gekleidet wie Touristen, sich aus der Menschenmenge löste und *Freude schöner Götterfunken, Tochter aus Elysium* anstimmte, hatte sie Tränen in den Augen. Dieses Lied berührte sie immer tief und erinnerte sie daran, dass es so viel Freude und Schönheit im Leben gab, deshalb hatte sie es auch als Klingelton.

Mit einem fulminanten Schlussakkord endete der Flashmob und alle applaudierten heftig, bevor die Beteiligten sich wieder entfernten, als wäre nichts geschehen.

„Unglaublich!" Lucy war ebenfalls ganz gerührt.

Helen nickte. „In der Tat. Ich hätte nie gedacht, so was mal live zu erleben."

„Äh, ist das dort drüben nicht Alistair?" Lucy deutete hinter Helen.

Sie wandte sich um und sah, wie er etwas abseits dem Dirigenten die Hand schüttelte und ihm auf die Schulter klopfte.

Helen fand ihre Sprache erst wieder, als Alistair sich unauffällig entfernen wollte.

„Was zum …" Sie rannte ihm hinterher und hielt ihn am Arm fest. „Alistair, was machst du denn hier?"

„Jetzt hast du mich doch ertappt. Du solltest mich eigentlich gar nicht sehen."

„Hab ich auch nicht, das war Lucy! Hast du …?"

Sie brach ab, zu absurd war der Gedanke, dass jemand so etwas Fantastisches für sie organisieren würde.

Alistair nahm ihre Hand und küsste sie zärtlich.

„Du bist die tollste Frau, die ich je kennengelernt habe, und ich wollte dir eine Freude machen. *Ode an die Freude* schien das passende zu sein."

Helens Augen weiteten sich. „Du hast also …?"

„Ja." Sein Lächeln wurde breiter.

„Wirklich für mich?"

„Nein, Helen." Er verdrehte die Augen. „Für meinen Chauffeur. Wir haben heute Jahrestag und ich wollte ihn überraschen." Sie sah Alistair verwirrt an, der in lautes Lachen ausbrach. „Natürlich für dich! Was hast du denn gedacht? Auch wenn die anderen Zuschauer es bestimmt ebenfalls genossen haben."

Mit einem kleinen Freudenschrei fiel Helen ihm um den Hals. Lachend hob Alistair sie hoch und wirbelte sie herum, bevor er sie leidenschaftlich küsste. Erst ein Hüsteln unterbrach sie.

„Ich störe nur ungern, aber ich wollte mich nicht ohne Verabschiedung davonstehlen." Lucy lächelte. „Wenn ich das alles richtig interpretiere, haben wir diese irre Nummer dir zu verdanken?"

Alistair schmunzelte. „Hat es dir gefallen?"

„Grandios. Wo hast du das Orchester her?"

„Der Dirigent ist ein Freund von Audrey. Sie hat mir ein bisschen geholfen und den Kontakt hergestellt."

Mit offenem Mund starrten Helen und Lucy ihn an. Niemand, den sie kannten, konnte innerhalb von ein paar Stunden ein riesiges Orchester zu einem Flashmob überreden.

„Und die haben alle einfach so ja gesagt?", brachte Helen heraus.

„Sie waren sowieso gerade in der Stadt und spontan von der Idee begeistert", spielte er die Sache herunter.

„Wieso gerade in der Stadt?", fragte Lucy interessiert.

„Sie nehmen einen Soundtrack für einen Film auf." Bevor sie weitere Fragen stellen konnte, küsste er Helen auf die Wange. „Und jetzt entschuldigt mich bitte. Ihr wolltet doch ins Museum."

Verdutzt sahen die beiden Freundinnen ihn an.

„Oder nicht?"

Lucy grinste breit. „Eigentlich schon, aber ich will euch nicht davon abhalten, die tolle Überraschung sofort zu feiern."

„Das heben wir uns für später auf, nicht wahr, mein Herz?" Alistairs Stimme klang verführerisch, als er sich an Helen wandte.

„Darauf kannst du wetten. Ich bin um acht wieder bei dir." Helen gab ihm noch einen innigen Kuss. „Ich werde mich heute Abend gebührend bei dir bedanken", flüsterte sie an seinem Mund.

„Ich kann es kaum erwarten", murmelte er, bevor sie sich voneinander lösten und er in der Menge verschwand.

***

Alistair stand lässig an den Türrahmen gelehnt, als Helen aus dem Fahrstuhl stieg. Er trug Jeans und ein enges T-Shirt mit V-Ausschnitt, seine Haare waren noch feucht von der Dusche und er sah unglaublich sexy aus. Mit einem sinnlichen Lächeln bat er sie herein.

„Darf ich dir den Mantel abnehmen?", erklang seine tiefe Stimme an ihrem Ohr. Alistair stand hinter ihr und schloss mit einer Hand die Tür, während er sie mit der anderen an sich zog.

„Gerne." Helen drehte sich zu ihm und öffnete langsam die Knöpfe an ihrem auf Taille geschnittenen Mantel, der wie ein Kleid saß. Als sie ihn zu Boden gleiten ließ, atmete Alistair scharf ein.

Helen trug nichts außer sehr verführerischen Dessous in einem dunklen Grün, die perfekt zu den High Heels und ihren Augen passten. Damit hatte er nicht gerechnet, aber er sah keinen Grund, sich zu beschweren. Mit einem lüsternen Grinsen riss er Helen in seine Arme. Er presste seinen Mund auf ihre Lippen und verlangte mit seiner Zunge Einlass.

Willig kam Helen ihm entgegen. Sie küssten sich und ihre Hände glitten über seinen Körper. Er trug sie zum Sofa und sank mit ihr in die weichen Kissen.

Als Helen sich von seinem Mund löste, stöhnte er frustriert, aber als sie sich vor die Couch zwischen seine Beine kniete und seine Hose aufknöpfte, lächelte er.

„Bleib, wo du bist", befahl Helen mit heiserer Stimme. Das hier hatte gar nichts mit Dankbarkeit wegen des Flashmobs zu tun. Sie war geil und wollte ihn.

Mit einem Ruck zog sie Alistairs Jeans ein Stück herunter und sein steinharter Schwanz sprang ihr entgegen.

„Keine Unterwäsche? Da hat es aber jemand eilig."

Alistair bewegte fordernd seine Hüfte.

Langsam leckte sie über seine gesamte Länge. Sie kostete den kleinen Lusttropfen an seiner Spitze, was Alistair erneut zum Stöhnen brachte, und legte dann ihre geschlossenen Lippen an seine Eichel. Während sie seine Augen mit einem lasziven Blick festhielt, öffnete sie ihren Mund und nahm seinen Schwanz langsam in sich auf.

Alistair schloss kurz die Augen. Ihre Zunge spielte mit ihm und ihr warmer, feuchter Mund fühlte sich himmlisch an.

Als ihre linke Hand seinen Schaft ganz zart umfasste und sie gleichzeitig hart zu saugen begann, gab das Alistair fast den Rest. Er war doch kein Teenager mehr, der sich nicht unter Kontrolle hatte, aber seine Selbstbeherrschung bröckelte noch mehr, als sie mit der rechten nach seinen Eiern griff, sie in der Hand rollte und leicht zudrückte.

„Mein Gott, Helen, du machst mich wahnsinnig! Lang halte ich das nicht aus." Seine Stimme war rau.

Sie lächelte, das konnte er an seinem harten Ständer spüren.

Mit einem unschuldigen Augenaufschlag löste sie sich kurz von ihm. „Aber ich habe doch noch gar nicht richtig angefangen."

Mit einem animalischen Laut drückte er sie nach hinten, streckte sie auf dem Teppich aus und glitt selbst vom Sofa. Seine Hände griffen nach ihrem Höschen und zerrten es herunter. Eine Sekunde später drückte er ihre Beine weit auseinander und stieß seine Zunge in ihre nasse Möse. Helen wand sich keuchend unter ihm.

Alistair griff in seine Hosentasche und holte ein Kondom heraus. Schnell streifte er es sich über, ohne seinen Mund von Helens Muschi zu nehmen. Er saugte kurz an ihrer Klitoris, ließ seine Zunge dann über ihren Körper nach oben gleiten und presste sich an sie. Als er ihren Mund erreichte, mit seiner Zunge eindrang und sie beide schmeckte, zuckte sein Schwanz ungeduldig. Mit einer fließenden Bewegung stieß er in Helen hinein.

Sie stöhnte in seinen Mund und umschlang Alistair mit ihren Beinen, um ihn noch tiefer aufzunehmen. Seine Stöße wurden heftiger und Helens Hüften kamen jedem entgegen. Seine Zunge vögelte ihren Mund, während sein Schwanz ihre Möse fickte. Ihre Körper waren so ineinander verschlungen, dass Helen nicht mehr wusste, wo sie aufhörte und er anfing. Mit einem wilden Stoß brachte Alistair sie über den Rand und sie ergab sich.

Er merkte, wie ihre Muskeln sich um seinen Schwanz zusammenzogen und ließ sich von ihr mit in einen gewaltigen Orgasmus reißen.

Glücklich und erschöpft lagen sie nebeneinander auf dem Teppich.

Alistair streichelte ihr Gesicht. „Du bist mir ja eine. Ich hatte nicht mal Zeit, meine Hose ganz auszuziehen."

„Schlimm?" Helen strich träge über seinen nackten Po.

„Nur eine Feststellung. Das ist mir schon lange nicht mehr passiert …" Alistair lächelte und seine Augen blitzten.

Helens Hand wanderte unter sein T-Shirt. „Was hältst du von einer zweiten Runde?" Sie küsste seine Schläfe.

„Allzeit bereit, Mylady. Dabei war ich nicht mal bei den Pfadfindern." Er presste sich an sie und sein schon wieder harter Schwanz unterstrich seine Worte. Er grinste. „Ich habe Kondome in meinem Nachttisch. Wollen wir ins Schlafzimmer gehen? Es sei denn, du hast noch eins irgendwo in diesem

Hauch von Nichts versteckt." Seine Finger fuhren über die Kontur des Spitzenbesatzes zwischen ihren Brüsten.

Helen lachte. „Ich hatte darüber nachgedacht, aber dieser BH ist nicht dafür geeignet."

„Dann ist es entschieden."

Alistair hob sie hoch und trug sie in sein Bett.

KAPITEL 13

Nervös wartete Helen vor Lucas' Büro. Sie wollte dringend mit ihm über ihre Arbeit reden. Mrs. Spencer hatte ihr kurzfristig einen Termin geben können, aber noch war Lucas in einer Telefonkonferenz.

Helen musste sich ablenken, da sie sich vor der Besprechung ein wenig fürchtete. Sie holte ihr Handy hervor und sah sich Fotos an, die sie von Alistair am Wochenende gemacht hatte. Er war so unglaublich schön, so perfekt. Sie dachte an ihre gemeinsame Zeit zurück, an den ersten Sex auf seinem Boot und die Sonntagnacht in seiner Wohnung, die sie genauso wild und leidenschaftlich verbracht hatten.

Alistair hatte zwar immer wieder versucht, sein Versprechen, sie stundenlang zärtlich zu lieben, zu erfüllen, doch bisher war es noch nicht dazu gekommen, weil sie sich beide nicht zurückhalten konnten. Sie waren so gierig aufeinander, so unersättlich. Niemals zuvor hatte Helen sich so frei mit einem Mann gefühlt. Es gab nichts Peinliches zwischen ihnen. Keinen Augenblick der Scham. Keinen Wunsch, der nicht geäußert werden durfte. Sie erforschten sich, schenkten sich einander, konnten nicht voneinander lassen.

Helens Blick fiel auf ein Bild von Alistair in seinem Trainingsraum. Er studierte seit vielen Jahren die Kunst des Schwertkampfes. Bekleidet nur mit dunklen Shorts, hatte er ihr am Morgen nach dem Bootsausflug ein paar Grundtechniken gezeigt, die Kommandos genannt und schon eine Stunde später waren sie in einem kleinen Showkampf gegeneinander angetreten, in dessen Verlauf Alistair sie entwaffnet und seine

‚Beute‘ gleich an Ort und Stelle für sich beansprucht hatte. Mehrere Male.

Helen seufzte leise und war völlig in Gedanken versunken, so dass Mrs. Spencer sie mehrmals darauf hinweisen musste, dass Lucas jetzt Zeit für sie hatte.

Sie klopfte, bevor sie die Tür zu seinem Büro öffnete. Er saß am Schreibtisch und lächelte ihr freundlich entgegen.

„Helen, schön dich zu sehen. Nimm Platz. Was gibt es denn so Dringendes, das nicht warten kann?“

Sie setzte sich ihm gegenüber und atmete tief durch.

„Ich weiß, du bist im Stress, also bringe ich es gleich auf den Punkt. Ich komme mit den Versuchsreihen einfach nicht weiter. Wieder und wieder habe ich die Ergebnisse überprüft, aber die DNS der Substanz ergibt keinen Sinn. Es ist eine Art menschliches Blut, aber die Anzahl der Chromosomenpaare stimmt nicht. Es sind viel zu viele.“ Sie lachte nervös. „Das ist schlichtweg unmöglich, außer wir hätten es mit Mutanten zu tun.“

Lucas‘ Lächeln erlosch. Er musterte sie mit versteinerter Miene und schwieg.

In Helens Magen bildete sich ein heißer Knoten. „Ich meine … also, ich wollte eigentlich wissen, ob das eine Art Test ist? Ein Streich, den ihr jedem Neuling spielt? So eine Art Aufnahmeritus und am Ende muss ich eine Runde ausgeben?“

Lucas sah sie ausdruckslos an. „Es ist weder ein Test noch ein Streich, aber mehr kann ich dir dazu nicht sagen, außer dass es meine eigene Schuld ist. Es war zu früh, dich mit einer so großen Aufgabe zu betrauen. Ich habe zu viele Hoffnungen in dich gesetzt und offensichtlich lag ich falsch. In einer Stunde möchte ich alle Unterlagen, Resultate, Aufzeichnungen und Protokolle zurück haben. Gib sie bei Mrs. Spencer ab. Professor Hayes wird dir eine neue Arbeit zuteilen.“

Helen schüttelte schnell den Kopf. „Bitte, tu das nicht. Ich werde mich mehr anstrengen und ganz bestimmt …“

„Das wäre alles“, unterbrach er sie scharf.

„Kann ich es nicht noch einmal versuchen?" Sie rutschte auf ihrem Stuhl nach vorne. „Bitte."

„Ich sagte, das wäre alles, Helen." Lucas schlug eine der Akten auf, die vor ihm lagen, und begann zu lesen.

„Es tut mir leid, dass ich dich enttäuscht habe", sagte sie leise und erhob sich. Einen Augenblick stand sie unschlüssig da, wartete auf eine Antwort, doch Lucas sah nicht mehr auf. Niedergeschlagen drehte sie sich um und verließ wortlos das Büro.

In der Mittagspause saß Helen auf den Stufen vor Genesis Enterprises, knabberte lustlos an einem Apfel und rief Alistair an.

„Hallo, meine Liebste. So eine schöne Überraschung!"

Helen konnte die Freude in seiner Stimme hören und ihr wurde etwas leichter ums Herz. „Was machst du? Du klingst außer_ Atem?"

„Ich bin im Hyde Park laufen. Jetzt habe ich mich aber hingesetzt, um ganz bei dir zu sein. Wie geht es dir? Du klangst gestern Abend so erschöpft am Telefon, dass ich mir Sorgen gemacht habe. Und die werden gerade nicht weniger, da ich spüre, dass du traurig bist. Was ist los? Kann ich dir irgendwie helfen?"

„Danke, aber du kannst nichts tun." Helen seufzte. „Ehrlich gesagt fühle ich mich ziemlich elend. Ich bin unfähig. Genau genommen so unfähig, dass Lucas mir meine Arbeit weggenommen hat und mich jetzt bei einem anderen Projekt einsetzt. Ich habe ihn enttäuscht und mich auch."

„Süße, das ist bestimmt nicht wahr. Rückschläge gibt es immer mal, das weiß ich aus eigener Erfahrung. Das wird schon wieder. Soll ich schnell zu dir kommen und dich ganz fest in den Arm nehmen?"

Trotz ihres Kummers musste Helen lächeln. „Das ist nicht nötig. Erzähl mir lieber, was du heute noch vorhast."

„Ich habe keine besonderen Pläne. Ich könnte mir allerdings etwas Schönes für dich einfallen lassen, um dich heute Abend auf andere Gedanken zu bringen. Wie wäre das? Du fehlst mir nämlich. Ich habe dich einen Tag nicht gesehen, konnte dich einen ganzen Tag nicht küssen und habe bereits das Gefühl, die Wände hochzugehen."

Ein warmes Gefühl durchflutete Helen. „Ich vermisse dich auch sehr. Und es wäre wundervoll, dich heute noch zu sehen, aber ich will mich in meine neue Aufgabe einarbeiten und werde erst spät nach Hause kommen. Wahrscheinlich fehlt mir danach die Energie, um noch irgendetwas zu tun. Egal was."

„Ich könnte einfach zu dir kommen und zusammen mit dir einschlafen? Wir können schweigen, müssen keinen Sex haben. Ich werde nur bei dir sein, dich streicheln und in meinen Armen halten. Das verspreche ich dir. Was meinst du?"

Alistair klang so besorgt und liebevoll, dass Helen spürte, wie sich alles in ihr danach sehnte, genau so die Nacht mit ihm zu verbringen.

„Willst du das wirklich? Also, auch wenn wir bloß das tun, was du gerade gesagt hast?", flüsterte sie.

Alistair hörte, dass sie unsicher war. Es versetzte ihm einen Stich. Ja, sie kannten sich erst kurze Zeit, aber er war überzeugt gewesen, dass Helen schon längst gespürt hatte, dass er mehr wollte, als sie nur zu vögeln. Offensichtlich musste er ihr sagen, was sie ihm bedeutete und was er für sie empfand.

„Es gibt nichts, was ich nicht für dich tun würde. Weißt du das denn nicht? Ich will mich um dich kümmern, für dich da sein. Ich will auch bei dir sein, wenn du dich mal schlecht fühlst. Ich lege keinen Wert darauf, nur mit dir zusammen zu sein, wenn wir Spaß haben können. Das ist keine Beziehung, die ich mit dir führen will. Ich will dich so, wie du bist und wie du dich gerade fühlst. Die guten und die schlechten Tage. Verstehst du?"

Helens Puls schnellte in die Höhe. Beziehung? Zusammen sein?

„Also, was sagst du?"

„Ja, komm bitte vorbei, Alistair. Ist es okay, wenn ich dich anrufe, sobald ich zuhause bin und wir gehen dann gleich schlafen? Ich kann allerdings noch nicht sagen, wann das sein wird."

„Ich fahre zu dir, egal wie spät es ist. Gib mir einfach Bescheid, ja?"

„Das mache ich. Und Alistair?"

„Hmm?"

„Ich bin auch für dich da. Immer." Sie schwieg einen Moment und ihr Herz hämmerte, als sie fortfuhr. „Du bist mir in kurzer Zeit so wichtig geworden und ich möchte, dass du weißt, dass du mir alles erzählen kannst, was dich bewegt oder beschäftigt. Ich will alles mit dir teilen, dich unterstützen und an deiner Seite sein."

Es gab so viel, was Alistair ihr gerne über sich erzählen würde. Er würde ihr liebend gern all seine Geheimnisse preisgeben, doch er hatte Angst, es würde sie dazu bringen, ihn als verrückt abzustempeln und zu verlassen. Selbst wenn er es ihr beweisen, ihr seine Kräfte offenbaren würde, könnte sie wegrennen. Das Risiko war ihm zu hoch. Es würde ihn zerbrechen.

Alistair schluckte. „Das möchte ich auch. Immer." Er hatte einen Kloß im Hals. „Und jetzt geh zurück an deine Arbeit und zeig allen, was in dir steckt. Wir sehen uns später. Und Kopf hoch, das mit Hunt wird sich schon wieder einrenken."

„Ich hoffe es. Hab noch einen schönen Tag. Bis nachher."

Sie schickte einen Kuss durchs Telefon, den Alistair erwiderte, dann legte sie auf.

***

Als Helen am nächsten Abend mit dem Aufzug zu Alistairs Penthouse hinauf fuhr, war sie noch immer niedergeschlagen wegen der Sache mit Lucas. Die ihr neu zugewiesene Aufgabe war interessant und eine Herausforderung, konnte aber nicht darüber hinweghelfen, dass sie sich trotzdem wie eine Versagerin fühlte.

Die einzigen Stunden, in denen sie sich besser gefühlt hatte, war die letzte Nacht mit Alistair gewesen. Er hatte Wort gehalten, keinen einzigen Annäherungsversuch gemacht, sich nur um sie gekümmert und ihr ein Gefühl von Geborgenheit geschenkt. Sie war ganz ruhig eingeschlafen, während er leise eine fremdartige Melodie gesummt und sie fest in seinen Armen gehalten hatte. Morgens beim Frühstück hatte er ihr vorgeschlagen, nach der Arbeit zu ihm zu kommen und sie hatte sofort zugesagt. In seiner Nähe zu sein tat ihr gut, und sie wusste, dass sie nichts tun musste, er nichts von ihr erwartete, sondern es ihn ebenso glücklich machte, Zeit mit ihr zu verbringen, ohne dass etwas zwischen ihnen passierte.

Während sich die Aufzugstüren öffneten, läutete Helens Handy. Das Display zeigte, dass es Lucas war. Zögernd nahm sie den Anruf entgegen.

„Hallo."

Mehr fiel ihr nicht ein.

„Helen … ich hoffe, ich störe nicht?"

„Nein. Ist schon okay. Was kann ich für dich tun?"

„Nichts … naja, doch, eigentlich eine ganze Menge. Ich war gestern unhöflich und gefühllos und möchte mich dafür entschuldigen. Vorhin habe ich mir deine Ergebnisse angesehen und glaube, du bist auf einem guten Weg. Deshalb habe ich es mir überlegt und möchte, dass du mit den Forschungen weitermachst. Zu gegebener Zeit werde ich dir auch mehr über diese Substanz erzählen, aber jetzt noch nicht. Ich will, dass du unbeeinflusst bist und deine eigenen Schlüsse ziehst. Falls du also interessiert bist und Ideen hast, welche Tests du noch machen könntest, gehört das Projekt wieder dir. Willst du?"

„Natürlich will ich! Vielen Dank, Lucas! Ich werde Tag und Nacht arbeiten, wenn es sein muss, und dich nicht noch einmal enttäuschen."

Er lachte herzlich. „Das weiß ich, aber ich will auf gar keinen Fall, dass du dich zu Tode schuftest. Deshalb habe ich mir gedacht, auch als Wiedergutmachung für mein unmögliches Verhalten, dass dir ein verlängertes Wochenende zusteht. Und da du am kommenden Geburtstag hast, will ich dich am Freitag und am Montag nicht im Labor sehen. Verstanden?"

Helen strahlte. „Ich danke dir. Du bist der Boss und ich beuge mich natürlich ergebenst deinen Anweisungen, aber die freien Tage wären nicht nötig gewesen."

„Doch, Helen, ich denke, sie sind wichtig für dich. Und jetzt will ich dich nicht länger aufhalten. Morgen früh komme ich kurz im Labor vorbei und bringe dir deine Unterlagen wieder. Bis dann also."

„Bis dann, Lucas. Und danke."

„Gern geschehen." Er unterbrach die Verbindung.

Helen grinste immer noch breit, als sie bei Alistair klingelte und er die Tür öffnete.

Amüsiert hob er eine Augenbraue. „Da freut sich aber jemand, mich zu sehen."

Helen warf sich in seine Arme und er fing sie lachend auf. „Das tue ich. Ich bin so glücklich! Du bist wunderbar und wir haben einen Abend und eine ganze Nacht nur für uns."

„Der Himmel auf Erden." Alistair küsste sie zärtlich.

„Und das ist noch nicht alles", sprudelte es aus Helen heraus. „Ich habe gerade mein Projekt zurückbekommen und Lucas schenkt mir zwei Urlaubstage, damit ich ausgiebig meinen Geburtstag feiern kann. Was sagst du dazu? Ist das nicht großartig?"

„Das ist es. Siehst du, ich habe dir doch prophezeit, dass sich das mit Hunt klären wird. Er wäre dämlich, wenn er nicht wüsste, was er an dir hat." Alistair schmunzelte. „Wann genau hast du frei?"

Während sie antwortete und er die Wohnungstür schloss, füllte sich sein Kopf bereits mit Ideen, wie sie ihren Kurzurlaub nutzen und gemeinsam ein paar Tage irgendwohin fahren könnten.

„Und was hast du jetzt mit mir vor?“ Helen sah Alistair neugierig an.

Er lächelte, hob sie hoch und trug sie auf seinen Armen ins Schlafzimmer.

Helen grinste. „Damit wäre die Frage wohl beantwortet.“

„Nicht ganz.“

Alistair betrat sein Badezimmer und Helen riss die Augen auf. Überall standen Kerzen, die ein warmes Licht verbreiteten. Die Wanne war gefüllt und es roch nach wertvollen Ölen.

„Oh Alistair“, hauchte sie.

„Gefällt es dir?“ Er stellte sie auf die Füße, sie schlang die Arme um ihn und gab ihm einen zarten Kuss.

„Und wie! Genau das, was ich brauche. Ich kann mir nichts Schöneres vorstellen, als mit dir zusammen zu baden.“

Er schüttelte den Kopf und lächelte. „Nein, du badest und entspannst dich, und ich bereite eine Kleinigkeit zum Essen vor.“ Er holte sein Handy aus der Hosentasche seiner Jeans. „Ich habe dir eine Playlist mit Musik zusammengestellt, die etwas mit uns zu tun hat. Heute geht es nur um dich. Ich will dich verwöhnen, dir Wellness für den Körper und die Seele bieten. Ich will dir zeigen, wie viel du mir bedeutest.“

Alistair sah sie so voller Zärtlichkeit an, dass Helen unvermittelt Tränen in die Augen schossen. Sie blinzelte sie schnell weg.

„Das ist so lieb von dir.“

„Du hast nur das Beste verdient.“ Er strich ihr eine Locke hinters Ohr. „Ich lasse dich jetzt kurz allein. Soll ich dir nachher ein Glas Champagner mitbringen? Ich habe aber auch schon einen Rotwein dekantiert.“

„Wein wäre genau richtig.“

Helens grüne Augen schimmerten immer noch feucht, und Alistair spürte, wie sein Herz sich weit öffnete. Er fühlte sich, als wäre er angekommen, und das war ihm in all den

Jahrhunderten in dieser überwältigenden Form noch nie passiert.

Mit Helen war alles anders. Neben der körperlichen Anziehung, dem fast zwanghaften Bedürfnis, ihr nahe zu sein, in ihr zu sein, wünschte er sich nichts sehnlicher, als ihr Gutes zu tun, sie zu beschützen und sie glücklich zu machen. Es war, als könnte er nur dadurch ebenfalls vollkommen glücklich werden. Ihr Kummer war sein Kummer, ihre Freude seine. Er wusste ganz genau, was das bedeutete, doch er war sich nicht sicher, ob sie schon bereit war, diese Worte zu hören oder ob er sie damit überfordern würde. Auf gar keinen Fall wollte er sie verschrecken.

Alistair küsste sie sanft, schob sie in Richtung Wanne und gab ihr einen Klaps auf den Hintern.

„Hüpf rein, bevor das Wasser kalt wird."

Sie wandte sich um und salutierte grinsend.

„Zu Befehl. Willst du mir vielleicht beim Ausziehen helfen?"

Alistairs Mundwinkel zuckten. „Verführerisch, aber besser nicht. Wir ahnen doch beide, wohin das führen könnte, und das würde meinen Zeitplan komplett durcheinander bringen. Ich habe noch mehr Überraschungen in petto."

Damit schaltete er die Musik ein und verließ zu den Dudelsack-Klängen von *Scotland the Brave* das Badezimmer.

Schmunzelnd schlüpfte Helen aus ihren Kleidern und hielt vorsichtig eine Hand ins Wasser. Es hatte die perfekte Temperatur. Sie kramte aus ihrer Tasche eine Spange, steckte die Haare hoch und stieg in die Wanne. Mit einem wohligen Seufzer streckte sie sich aus, während sie der Musik aus den Highlands lauschte.

Sie dachte an ihre Fahrt dorthin zurück, an die merkwürdigen Wendungen des Schicksals, die sie zu Alistair geführt hatten, an ihre erste Begegnung und was sie damals über ihn gedacht hatte.

Und jetzt war sie in seiner Wohnung und glücklich wie nie zuvor. Sie standen zwar noch ganz am Anfang, aber es fühlte sich anders an. Eher, als hätten sich ihre Seelen erkannt und endlich gefunden und würden sich nie mehr loslassen, weil es einfach undenkbar war, jemals wieder ohne einander zu sein. Der Gedanke sollte ihr eigentlich Angst machen, aber Helen spürte keine Furcht. Alles fühlte sich richtig an.

Nach einer Weile erschien Alistair mit zwei Gläsern Wein und einer Etagere voller kleiner Sandwiches mit Ei, Gurke, Schinken und Lachs, Scones mit Clotted Cream und Erdbeermarmelade und winzigen Küchlein.

„Ich weiß, es ist ein bisschen spät für den Afternoon Tea und eigentlich ein unverzeihlicher Bruch der Tradition, aber ich hatte so viel Spaß beim Zubereiten."

„Eine tolle Idee, Alistair. Das hast du alles selbst gemacht?"

Er nickte und grinste stolz. „Willst du etwas probieren?"

„Unbedingt!"

Er stellte die Köstlichkeiten vor der Wanne ab, nahm daneben Platz, griff nach einem Mini-Sandwich mit Schinken und hielt es ihr hin. Helen öffnete den Mund und ließ sich von ihm füttern.

„Schmeckt himmlisch", lobte sie und strahlte ihn an.

Während sie aßen und dabei den Wein tranken, fragte Helen Alistair über seine Freunde aus, was ihn in die eine oder andere Zwickmühle brachte, da er ihr nicht über alles die Wahrheit sagen konnte. Es tat ihm weh, sie anlügen zu müssen, deshalb wechselte er das Thema, sobald sich die Möglichkeit dazu ergab, und stellte ihr stattdessen Fragen über Lucy.

„Magst du sie?", wollte Helen wissen, als sie ihm alles über ihre Freundschaft erzählt hatte. „Es ist mir wichtig. Sie mag dich jedenfalls, auch wenn sie dir gegen das Schienbein treten wollte, nachdem du mich anfangs so schäbig behandelt hast."

Alistair sah sie betreten an, aber Helen wischte seine Schuldgefühle mit einem Lachen beiseite.

„Ist schon gut. Das haben wir glücklicherweise inzwischen hinter uns gelassen."

Erleichtert atmete er auf. „Ich mag sie, obwohl ich sie natürlich noch nicht gut kenne, aber ich hoffe, das ändert sich. Und auch all meine Freunde mochten sie."

Neugierig blickte Helen ihn an. „Mochte vielleicht jemand Bestimmtes sie besonders gerne?"

„Wieso fragst du?"

„Ach, nur so. Also?"

„Nun, ich glaube, Ash war sehr angetan und wenn ihn nicht … äh … berufliche Umstände regelrecht gezwungen hätten, schnell abzureisen, könnte ich fast darauf wetten, dass er mich gebeten hätte, dich nach ihrer Telefonnummer zu fragen."

Zufrieden lächelnd nahm Helen einen Schluck Wein. „Er wird doch mal wieder zu Besuch kommen, oder?"

Alistair setzte eine strenge Miene auf. „Helen York, willst du dich etwa als Emma Woodhouse betätigen und Kupplerin spielen?"

Helen wurde warm ums Herz. Er hatte Jane Austen gelesen!

„Natürlich nicht. Ich wollte es nur wissen. Reine Neugierde."

„So, so. Dann will ich dir mal glauben." Alistair grinste. „Und jetzt raus aus der Wanne, bevor du mir noch verschrumpelst."

Er sprang auf, holte ein großes, flauschiges Handtuch und hielt es ihr ausgebreitet hin. Helen stand auf und ließ sich darin einwickeln.

„Wenn du fertig bist, komm rüber ins Schlafzimmer." Er schnappte sich die Weingläser und ließ sie alleine.

Helen trocknete sich ab, nahm die Spange aus den Haaren und ging nackt nach nebenan. Auch hier hatte Alistair inzwischen überall silberne Leuchter mit weißen Kerzen verteilt. Er trug nur noch enge Shorts, die seinen knackigen Hintern betonten, und zeigte einladend auf das Bett.

„Würdest du dich bitte auf den Bauch legen und deine Haare zur Seite nehmen? Ich finde, du hast dir eine Wohlfühlmassage verdient."

Helen folgte seiner Anweisung und Alistair kniete sich über sie. Vom Nachttisch nahm er eine Flasche mit herrlich duftendem Öl, goss es auf seine Handflächen, rieb sie aneinander, um es zu erwärmen, und begann, ihre Schultern zu massieren.

Was seine Finger mit ihr taten, ließ Helen aufseufzen und sie schloss genießerisch die Augen. Es kam ihr vor, als würde er nicht nur vorsichtig ihre Verspannungen wegkneten, sondern auch den Stress der Arbeit. Und sogar Probleme, die immer unbewusst an ihrer Seele nagten, schienen sich ein wenig aufzulösen, wie das komplizierte Verhältnis zu ihren Eltern und ihrer Großmutter, über dem ein Schatten lag, den sie nicht näher definieren, aber stets fühlen konnte.

Hier, in diesem Augenblick, war alles vollkommen und im Einklang.

Wenigstens hatte sie im Gegensatz zu Alistair noch Familie. Er hatte niemanden mehr, wie er ihr erzählt hatte. Mehr hatte er dazu nicht sagen wollen und sie respektierte es. Wenn er soweit war, würde er von selbst das Thema wieder anschneiden.

„Ist es gut so?“ Alistairs Stimme holte sie aus ihren Gedanken zurück.

„Genau richtig“, murmelte sie.

Alistair fuhr mit seinen Daumen ihre Wirbelsäule nach unten, rieb dann mit den Handflächen sanft über ihren Rücken und die Arme entlang.

Als er schließlich ihre Beine massierte und dabei mit den Handrücken immer wieder zwischen ihre Oberschenkel glitt, stöhnte Helen leise auf.

„Ich weiß nicht, ob das bei einer professionellen Massage wirklich angebracht ist.“

„Zum Glück bin ich kein Profi, meine Süße.“ Er beugte sich vor und küsste zärtlich ihre Nasenspitze. „Steht dir der Sinn denn nach etwas anderem? Eigentlich wollte ich mich auch noch um deine Vorderseite kümmern.“

„Das darfst du gerne“, flüsterte sie, „aber auf eine Art, für die du deine Hose loswerden solltest.“

Er drehte sie um und sah auf sie herab. „In Ordnung, Helen, aber heute wird es anders sein. Ich werde dich zärtlich lieben. Es wird nicht wild und gierig sein, sondern innig. Ich will mit dir verschmelzen. Du sollst in jeder Sekunde fühlen, wie ich für dich empfinde. Möchtest du das auch?“

„Ja.“

Er stand auf, zog sich aus und sie konnte sehen, dass sein Schwanz hart und bereit war. Aus der Schublade des Nachttischs holte er ein Kondom und streifte es über. Dann legte er sich auf sie, stützte die Arme auf und nahm ihr Gesicht in beide Hände, streichelte es mit seinen Daumen. Sanft küsste er ihre Stirn, ihre Schläfen, knabberte an ihren Lippen, bevor er sie mit seiner Zunge teilte und auf ihre traf. Sie spielten miteinander, während Helen ihre Beine um seine Hüfte schlang.

Alistair hob leicht den Kopf. „Bevor ich mit dir schlafe, muss ich dir etwas sagen, Helen.“

Neugierig sah sie ihn an. „Was denn?“

„Vielleicht meinst du, es ist zu früh dazu, aber ich kann nicht anders. Ich will, dass du es weißt.“

Er nahm ihre Hand in seine, küsste die Innenfläche und schloss kurz die Augen, als müsste er sich sammeln, bevor er sich ihr wieder zuwandte.

„Ich bin in dich verliebt. Sehr sogar.“

Die Aufrichtigkeit in seinem Blick raubte Helen den Atem. Dieser unglaubliche Mann war in sie verliebt und musste es ihr einfach sagen! Weil er es nicht länger verschweigen konnte! Er bot ihr sein Herz an und legte es voller Vertrauen in ihre Hände, ohne zu wissen, was sie damit tun würde.

Sie konnte ein leises Schluchzen nicht verhindern, lächelte aber dabei.

„Ich habe mich auch in dich verliebt und will nicht mehr ohne dich sein.“

Alistair küsste sie freudestrahlend. „Damit machst du mich zum glücklichsten und beneidenswertesten Mann auf der ganzen Welt."

„Dann geht es dir wie mir. Natürlich andersrum." Sie schmunzelte. „Und jetzt will ich, dass du mich liebst und wir uns dabei die ganze Zeit ansehen."

Er griff mit einer Hand zwischen ihre Beine und streichelte sie. „Du bist schon so feucht", flüsterte er. „Für mich."

„Nur für dich", wisperte sie und umarmte ihn. „Ich gehöre ganz dir. Alles an und in mir gehört dir."

„Helen", stöhnte Alistair und drang mit seiner Eichel in sie ein. Er zog seinen Schwanz immer wieder zurück, bevor er ihn behutsam tiefer in sie schob.

Helen keuchte und ihr Körper stand bereits in Flammen, als er nach einer gefühlten Ewigkeit schließlich ganz in ihr war. Quälend langsam bewegte er sich vor und zurück. Kein einziges Mal lösten sie dabei den Blick voneinander. Sie versank in seinen leuchtend blauen Augen, registrierte jede Regung in seinem Gesicht, während er sich ihr hingab, genau wie sie es tat.

Alistair betrachtete Helen und genoss ihre Weichheit und Wärme, füllte ihre Enge perfekt aus. Sie war in ihn verliebt. Er konnte sein verdammtes Glück nicht fassen und dankte den Mächten, die dem Reiseführer innewohnten, im Stillen dafür, dass sie Helen zu ihm geführt hatten.

Ohne das Tempo zu erhöhen, trieb er seinen Schaft noch weiter in sie hinein, presste sich an sie, bevor er innehielt.

„Helen, ich will, dass du oben bist. Dass du mich benutzt, damit du kommst. Du sollst bestimmen. Ich will dir zur Verfügung stehen und von dir in Besitz genommen werden, weil ich dir gehöre."

Sie nickte und Alistair rollte sich mit ihr herum, bis sie auf ihm saß. Er nahm die Arme nach oben, und Helen beugte sich nach vorne, verschränkte ihre Finger mit seinen und sah ihn an. Langsam glitt sie auf seinem pochenden Schwanz auf und ab, rieb dabei ihren Kitzler an seinem Bauch. Als sie sich streckte, bis nur noch seine Spitze in ihr war, stoppte sie plötzlich.

„Sag es noch einmal, Alistair“, bat sie. „Sag, was du für mich fühlst und was ich tun soll.“

Er befeuchtete seine Lippen und rang nach Atem.

„Ich bin in dich verliebt, und ich will, dass du es dir auf mir machst. Ich will fühlen, wie du kommst und mich damit auch zum Kommen bringst. Ich will mit dir den Höhepunkt erreichen und mich in dir verlieren.“

Helen küsste ihn, während sie sich gleichzeitig wieder auf seinen Schaft sinken ließ, ihn Zentimeter für Zentimeter in sich aufnahm. Alistair stöhnte laut in ihren Mund. Sie spannte ihre Beckenmuskeln im Rhythmus ihrer Bewegungen an und seine Härte pulsierte fordernd in ihr.

Ihre Brüste wippten dabei verlockend, doch Alistair wagte es nicht, den Kopf zu heben und an ihren Nippeln zu saugen, weil er Helen nicht aus den Augen lassen wollte. Er wollte den Moment nicht verpassen, wenn sie auf ihm verging.

Ihre Wangen waren zart gerötet, die Pupillen geweitet. Ihre Bewegungen wurden nicht schneller, aber intensiver, und ihr heftiges Keuchen war Musik in seinen Ohren.

„Du bist so wunderschön. Meine Göttin. Du leuchtest von innen, glühst geradezu.“

Helens Finger verkrampften sich. Die Muskeln in ihrer Möse zuckten und umklammerten seinen Schwanz fest, drückten ihn, bis sie sich beide nicht mehr zurückhalten konnten, es keine Möglichkeit mehr gab, das Ende weiter hinauszuzögern.

Sie starrten sich an und konnten in den Augen des jeweils anderen sehen, wie er die Kontrolle verlor, und mit einem lauten Stöhnen kamen sie gleichzeitig miteinander und füreinander. Alistair vergoss seinen Samen in ihr, rührte sich aber danach nicht, sondern ließ Helen ihren Orgasmus genießen, spürte die letzten Zuckungen an seinem Schaft, und sah fasziniert dabei zu, wie sich ihr Gesichtsausdruck von überwältigender Ekstase zu absoluter Befriedigung veränderte, bevor sie erschöpft auf ihm zusammenbrach.

Er streichelte zärtlich ihren Rücken, umfing sie mit seinen Armen.

„Meine Süße“, murmelte er. „Ich bin dein. Ich bin so sehr dein.“

Sie hauchte seinen Namen und schmiegte sich fest an ihn. Als ihr Atem sich normalisiert hatte, drehte Alistair sich mit ihr auf die Seite und sie blickten sich an.

„Du machst mich unendlich glücklich.“

Helen lächelte. „Du mich auch.“

„Möchtest du etwas trinken?“

Sie nickte und er beugte sich über sie. Als er die Gläser vom Nachttisch nahm, streifte sie das benutzte Kondom ab, was Alistair ein leichtes Keuchen entlockte. Helen grinste, nahm das Glas entgegen, trank einen Schluck und musterte Alistair voller Staunen.

„Stimmt etwas nicht?“, fragte er besorgt.

Sie schüttelte den Kopf, hob die Hand und legte ihre Fingerspitzen sanft auf seine Stirn. Fuhr mit ihnen über seine Augenbrauen, seine Nase, befühlte die Wangenknochen, sein markantes Kinn, berührte am Ende seine perfekt geschwungenen Lippen.

„Ich bin immer noch ein wenig fassungslos, dass du wirklich mich willst. Manchmal kommt es mir wie ein Traum vor.“

Alistair gab ihr einen langen Kuss.

„Wenn du dich nur einen einzigen Moment durch meine Augen sehen könntest, hättest du das eben niemals gesagt. Du hast ja keine Ahnung, welch eine Wirkung du auf mich hast.“

Helens Blick wanderte nach unten. „Was meine körperliche Wirkung auf dich angeht, kann ich es mir ganz gut vorstellen. Wir sind anscheinend für heute noch nicht fertig.“

„Noch lange nicht, Darling.“ Grinsend stellte er die Gläser wieder zur Seite und schnappte sich ein frisches Kondom. „Ich hoffe, du hast Lust auf eine zweite Runde, aber es wird auch dieses Mal nicht wild werden. Diese Nacht nicht. Leg dich auf den Bauch und streck dich aus."

Helen tat, was er verlangte. Alistair spreizte ihre Beine, kniete sich dazwischen und drang mit seinem Ständer behutsam bis zum Anschlag in ihre nasse Möse ein, die ihn bereitwillig aufnahm, bevor er sich der Länge nach flach auf sie legte.

Er schob einen Arm unter ihren Körper und hielt sich an ihrer Schulter fest. Von außen drückte er seine Oberschenkel gegen ihre Beine, presste sie zusammen und begann, Helen langsam zu vögeln. Dabei glitt er bei jedem Stoß über ihren festen Hintern. Helen seufzte bei jeder Bewegung. Alistair tastete mit der freien Hand nach ihrem Kitzler und rieb ihn sanft. Wimmernd zuckte sie unter ihm zusammen.

„Ich weiß, dass du noch empfindlich bist, aber ich werde aufpassen", flüsterte er zärtlich. „Wir haben so viele Stunden Zeit, damit du wieder und wieder kommen kannst, und ich werde erst aufhören, wenn du vollkommen erschöpft bist und mich bittest aufzuhören. Und ich werde dich nicht ficken, sondern lieben."

Ein glückliches Lächeln stahl sich auf Helens Gesicht. „Das hört sich gut an."

KAPITEL 14

„Ich glaube, Lucy hatte etwas für meinen Geburtstag geplant." Helen seufzte und schmiegte sich in Alistairs Arme.

„Wie kommst du darauf?", fragte er neugierig.

„Als ich ihr gesagt habe, dass du mich eingeladen hast, mit dir nach Schottland zu fahren, hat sie einen Moment gezögert, und es sah aus, als ob ihr alles aus dem Gesicht fällt."

„Möchtest du hier bleiben, mo ghràidh?"

Helen liebte es, wenn er ihr gälische Koseworte gab.

Alistair strich ihr zärtlich eine Strähne hinter das Ohr und küsste ihre Schläfe. Er würde sie nie dazu zwingen, ihre Freundin unglücklich zu machen, auch wenn er sich sehr auf das verlängerte Wochenende freute. Es war nicht nur Helens Geburtstag, sondern auch Sommersonnenwende, und er wollte beides mit ihr zusammen feiern.

„Ich weiß nicht", antwortete Helen ehrlich. „Ich möchte Lucy nicht enttäuschen, aber vielleicht habe ich mich auch geirrt. Sie hat sich dann so sehr mit mir gefreut, dass ich möglicherweise ihre Reaktion falsch interpretiert habe, und falls ich nicht fahre und sie doch nichts vorbereitet hat, stehen wir alle blöd da."

Alistair lächelte und nahm sie fester in seine Arme. „Ich freue mich sehr, wenn du mir die Ehre gibst, deinen Geburtstag mit mir in den Highlands zu verbringen."

Helen zog sein Gesicht zu sich. „Ich mich auch."

***

Lucy saß nach Feierabend in einem Straßencafé und genoss die immer noch warme Luft. Sie dachte an Helen, die sich morgen mit Alistair auf den Weg in ein verlängertes Wochenende machen würde. Natürlich freute sie sich für sie und hatte ein breites Lächeln aufgesetzt, ihr immer wieder gesagt, es wäre in Ordnung, wenn sie ihren Geburtstag mit ihm verbrachte, aber tief im Innern fühlte sie sich traurig und allein.

Sie hatte schon vor Monaten Helens Geburtstag bis ins Detail geplant. Einen Ausflug aufs Land organisiert, eine Übernachtung in einem Schlosshotel, eine Wellness-Behandlung – und nun würde sie alleine fahren, denn sie hatte niemanden, den sie wirklich gerne mitnehmen wollte. Oder vielleicht würde sie doch ihre Großmutter oder eine ihrer Cousinen einladen?

Lucy seufzte. Natürlich hätte sie Helen von ihren Plänen erzählen können und bestimmt hätte sie dann Alistair abgesagt, aber sie hatte es nicht übers Herz gebracht, ihr die Freude zu verderben, mit ihm zum Feiern in das Cottage zu fahren, das sie beide so schicksalhaft verbunden hatte.

Sie waren sehr verliebt ineinander und Lucy wusste, wie sich das anfühlte, auch wenn es bei ihr schon eine Weile her war. Kurz dachte sie an Ash, an seine bernsteinfarbenen Augen, die sie so intensiv gemustert hatten, an seinen starken Körper, der sich beim Tanzen eng an sie gepresst hatte. Schnell schüttelte sie die Erinnerung wieder ab.

Wie leicht hätte er an ihre Telefonnummer herankommen können, aber er hatte sich nach der Nacht im Club nicht bei ihr gemeldet. Sie hatte noch ein paar Tage darauf gehofft und dann erfahren, dass er wieder abgereist war. Also war sie für ihn wohl nur ein harmloser Flirt gewesen, dabei hatte sie sich eingebildet, dass da mehr zwischen ihnen …

Eine dunkle Stimme riss sie aus ihren Gedanken.

„Entschuldigung … Lucy? Sie sind doch Lucy, oder?"

Verwirrt sah sie auf. Vor ihr stand Lucas Hunt, der sie freundlich anlächelte. Seine blonden Haare leuchteten im Licht der untergehenden Sonne. Sein schmal geschnittener, dunkelblauer Anzug ließ ihn noch größer erscheinen, als sie ihn in Erinnerung hatte.

Ein Mantel lag über seinem Arm und in der Hand hielt er eine schwarze Aktentasche aus feinstem Leder – und einen Regenschirm. Ein guter Engländer war eben auf alles vorbereitet. Lucy unterdrückte ein Kichern.

„Hallo, Mr. Hunt. Wie schön, Sie wiederzusehen. Wie geht es Ihnen?"

„Sehr gut, aber sagen Sie bitte Lucas zu mir." Er verstummte und blieb unschlüssig stehen.

„Gerne. Also Lucas, möchten Sie sich vielleicht setzen?"

Er atmete auf und grinste. „Vielen Dank. Ich brauche dringend einen dreifachen Espresso, sonst schlafe ich im Stehen ein. Und dazu eine nette Gesellschaft ist mehr, als ich erwarten konnte."

Lucas stellte seine Tasche auf einen freien Stuhl neben Lucy, legte Mantel und Schirm darauf und zog auch sein Sakko aus, das er achtlos auf den Haufen warf, bevor er Lucy gegenüber Platz nahm und die langen Beine übereinanderschlug.

Selbstverständlich war es kein Zufall, dass sie sich hier begegneten. Er hatte gewusst, wo er sie finden würde. Ihr Beobachter hatte es ihm mitgeteilt. Die Gelegenheit, sie alleine anzutreffen und näher kennenzulernen, war einfach zu günstig, um sie zu ignorieren, zumal er wusste, dass sie Alistairs Clan bereits begegnet war. Vielleicht konnte er von ihr Antworten auf einige Fragen bekommen, wenn er es geschickt anstellte.

Während er seine Bestellung aufgab, löste er die Manschettenknöpfe und wickelte die Ärmel nach hinten. Lucy starrte auf seine sehnigen Unterarme und die Härchen, die darauf wie pures Gold schimmerten.

Ein bisschen erstaunt war sie schon darüber, dass er sie wiedererkannt hatte, obwohl sie sich nur einmal kurz gesehen hatten, aber da hatte sie bei ihm wohl einen bleibenden Eindruck hinterlassen, anders als bei Ash.

„Wieso sind Sie so müde? Hatten Sie einen anstrengenden Tag? Helen hat erzählt, wie viel Sie immer arbeiten." Sie stockte kurz. „Äh, sonst erzählt sie mir natürlich nichts, was in Ihrem Gebäude so vor sich geht, damit Sie nicht meine Erinnerung an streng geheime Informationen löschen müssen."

Lucas lachte herzlich, seine hellblauen Augen strahlten und er wirkte auf einmal sehr gelöst und jung. Er sah wirklich ausgesprochen gut aus.

„Keine Sorge, das Gerät zum Blitzdingsen befindet sich noch in der Entwicklung, auch wenn meine Forscher fieberhaft daran arbeiten."

Er zitierte *Men in Black*. Lucy grinste über das ganze Gesicht.

„Und ja, um ehrlich zu sein, die letzten Monate waren unglaublich anstrengend."

„Meine auch", seufzte Lucy.

„Was machen Sie eigentlich beruflich?" Natürlich wusste er es aus dem kürzlich erstellten Dossier über Lucy, aber das musste er ihr ja nicht auf die Nase binden.

„Ich bin Tierärztin und habe meine eigene Praxis gleich hier um die Ecke. Sie ist zwar klein, läuft aber sehr gut."

Lucas nickte. „Das klingt großartig – und nach viel Arbeit … und viel Verantwortung. Das Leben eines Tieres in Händen zu halten und damit auch das Glück ihrer Besitzer, ist bestimmt keine leichte Aufgabe."

„Manchmal zerreißt es mir das Herz, wenn ich alles versucht habe und nichts mehr tun kann", gab Lucy zu. „Aber das Gefühl kennen Sie ja auch. Helfen zu wollen meine ich. Immerhin betätigen Sie sich vor allem im medizinischen Bereich, um neue Heilmittel zu finden."

„Ja, das ist mir das Wichtigste. Wir haben zwar schon unglaubliche Erfolge erzielt, aber mein Hauptanliegen ist, dass in zehn Jahren, oder wenn das Schicksal es gut meint schon früher, niemand mehr an Krebs sterben muss."

Lucy wandte schnell den Blick ab und nahm einen Schluck Cappuccino.

Lucas beugte sich nach vorne und legte leicht seine Hand auf ihren Arm. „Verzeihen Sie, habe ich etwas Falsches gesagt?"

„Mein Vater ist vor zwei Jahren an Krebs gestorben", flüsterte Lucy mit belegter Stimme. Sie blickte auf und Lucas sah unendliche Traurigkeit in ihren großen Augen.

„Es tut mir aufrichtig leid. Das wusste ich nicht." Er hatte es tatsächlich vergessen und ärgerte sich, dass er das Thema zur Sprache gebracht hatte. Nur weil er Pläne verfolgte, die nicht viele gutheißen würden, war er nicht völlig gefühllos und abgebrüht. Sanft drückte er ihren Arm, bevor er sich wieder zurückzog. „Standen Sie ihm sehr nahe?"

Sie nickte. „Er war der beste Vater, den man sich überhaupt vorstellen kann."

„Und ich bin sicher, er war sehr stolz auf seine Tochter."

Lucy richtete sich auf, wischte sich kurz über die Augen und lächelte. „Ja, das war er."

„Möchten Sie mir ein wenig von ihm erzählen?"

„Interessiert Sie das ernsthaft?", fragte sie ihn erstaunt.

Er schmunzelte. „Sonst hätte ich nicht gefragt. Glauben Sie mir, ich überlege mir sehr genau, mit wem und wie ich meine Zeit verbringen möchte. Sie ist zu kostbar, um sie zu vergeuden. Und jetzt gerade würde ich gerne mehr über Sie und Ihren Vater, Ihre Mutter und Ihre restliche Familie erfahren." Nachdenklich fuhr Lucas fort. „Wissen Sie, ich habe niemanden mehr. Keine Verwandten und meine Eltern habe ich verloren, als ich sehr jung war. Ein Teil von mir malt sich immer noch aus, wie mein Leben mit ihnen gewesen wäre."

Betroffen sah Lucy ihn an und Lucas bekam fast ein schlechtes Gewissen. Was er behauptet hatte, war nicht komplett gelogen, aber eben auch nicht ganz die Wahrheit.

Schnell schüttelte er den Kopf. „Ist schon gut. Es ist lange her. Wenn Sie mir aber ein wenig Einblick gewähren, wie es hätte sein können, kann ich es ein bisschen miterleben. Oder ist das zu wirr?"

Lucy lächelte. „Nein, überhaupt nicht. Aber wenn ich Ihnen so viel über mich verrate, müssen wir uns duzen. Sonst geht das nicht."

Lucas hob schmunzelnd eine Augenbraue. „Na, wenn das so ist." Er hielt seine Tasse in die Höhe, Lucy tat es ihm gleich. Sie stießen miteinander an. „Ich bin Lucas."

„Und ich Lucy. Freut mich, Lucas."

„Mich auch."

„Also, wo soll ich anfangen?"

„Was waren die schönsten Erlebnisse in deiner Kindheit?"

Zwei Tassen später, nach vielen wehmütigen Erinnerungen, aber auch viel Gelächter, lehnte sich Lucy in ihrem Stuhl zurück und betrachtete Lucas eingehend. Er war die ganze Zeit über aufmerksam und interessiert geblieben, hatte an den richtigen Stellen gelacht oder verständnisvoll genickt. Sie hatte außer Helen gegenüber noch nie so viel von sich einem anderen Menschen preisgegeben. Schon gar keinem praktisch Fremden.

Sogar über ihre vergangenen Beziehungen hatten sie gesprochen, und Lucas hatte ihr Vertrauen belohnt, indem er selbst ein paar private Geschichten mit ihr geteilt hatte. Nicht ganz so ausführlich wie sie selbst, aber genug, um zu wissen, dass sie es ihm hoch anrechnen konnte.

Seine letzten beiden Freundinnen hatten ihn verlassen, weil sie sich hinter seiner Arbeit immer zurückgesetzt gefühlt hatten. Er verstand es und war ihnen deshalb nicht böse, aber es hatte nichts daran geändert, dass sein Herz gebrochen worden war.

Lucas räusperte sich. „Wieso sitzt eine so schöne Frau wie du eigentlich alleine hier? Vielleicht hast du deine wahre Liebe noch nicht getroffen, aber Verehrer muss es doch massenweise geben."

Ash schlich sich wieder in Lucys Gedanken. Zum Teufel mit ihm!

„Es ist nicht leicht, jemanden kennenzulernen, wenn man beruflich dermaßen eingespannt ist."

„Das kenne ich“, bestätigte Lucas mitfühlend.

Lucy konnte nicht anders und lachte laut. „Entschuldige mal, du hast jede Menge Gelegenheiten umwerfende Frauen zu treffen. Dauernd hängst du auf wichtigen Events herum oder wirst zu Premieren eingeladen.“

Er grinste. „Das stimmt natürlich, aber zwischen jemanden kennenzulernen oder jemanden nur von einer Party abzuschleppen und eine Nacht lang Spaß und wilden Sex zu haben, besteht nun einmal ein himmelweiter Unterschied.“

Prüfend sah er sie an, ob seine Worte sie in Verlegenheit gebracht hatten, doch Lucy schmunzelte nur. „Da hast du vollkommen recht, aber manchmal ist unkomplizierter Sex genau das, was der Arzt verschrieben hat.“

Lucas lächelte. „Sicherlich musst du nie lange nach einem Mann suchen, der nichts lieber täte, als dir diesen Gefallen zu tun.“

„Wenn du es sagst.“

Lucy konnte es nicht fassen. Lucas Hunt flirtete mit ihr und sie wollte darauf eingehen. Vielleicht lag es daran, dass er so umwerfend aussah, charmant und mächtig war. Vielleicht, weil sie sich ohne Helen allein und aus deren Glück ein wenig ausgesperrt fühlte. Vielleicht, weil Ash nicht wirklich an ihr interessiert war und wer weiß was gerade mit einer anderen Frau trieb.

Lucas streckte sich, fuhr sich mit den Händen durch die vollen Haare und verschränkte die Arme hinter dem Kopf. Die Ärmel seines Hemdes spannten sich und Lucy konnte deutlich die harten Muskeln darunter erkennen. Sie fühlte, wie es in ihrem Unterleib zu kribbeln begann, als sie sich vorstellte, seinen Körper auf ihrem zu spüren.

Unwillkürlich schüttelte sie den Kopf. Verdammt, er war Helens Chef! Darüber hinaus hatte sie, bevor Helen Alistair *richtig* begegnet war, das Gefühl gehabt, ihre Freundin wäre durchaus an Lucas interessiert gewesen. Sollte sie sich also besser fernhalten, schnell verabschieden und nach Hause gehen? Oder Helen anrufen und ihre Einwilligung einholen? Nein, sie würde sie auf gar keinen Fall in ihrem Liebeskurzurlaub stören, außer um ihr am Sonntag zum Geburtstag zu gratulieren.

Lucas' Handy klingelte. Er zog es aus seiner Hosentasche und sah auf das Display. „Entschuldige bitte, aber da muss ich rangehen."

Lucy nickte ihm zu.

„Salut, mon ami. Ça va?" Er stand auf und entfernte sich ein paar Schritte von den Tischen, um niemanden der anderen Gäste zu stören.

Das gab ihr eine gute Gelegenheit, ihn unauffällig zu betrachten. Sein weißes Hemd saß so eng, als wäre es aufgemalt. Die Anzughose zeigte sehr deutlich, dass sein Hintern durchtrainiert und knackig war. Zwei Frauen, die an ihm vorbeigingen, warfen ihm einen neugierigen Blick zu und tuschelten dann aufgeregt miteinander. Lucy konnte es ihnen nicht verdenken.

Nach ein paar Minuten kam Lucas langsam wieder auf sie zu. Er bewegte sich geschmeidig und gleichzeitig spürte Lucy die unbändige Energie und Kraft in ihm.

Lächelnd gab er ihr mit den Fingern ein Zeichen, dass das Telefonat nicht mehr lange dauern würde. Schließlich nahm er wieder Platz.

„Oui. Il pourrait me rappeler. Merci, Mathieu. À bientôt!" Lucas legte auf.

„Dein Französisch klingt ziemlich gut."

„Danke. Sprachen liegen mir."

„Wie viele sprichst du denn?"

Er überlegte einen Moment. „Eine Handvoll fließend. In einigen anderen kann ich mich verständigen. Und ich kann ein paar lesen und schreiben, die es nicht mehr gibt."

„Das ist ziemlich beeindruckend." Sie nickte anerkennend.

Er grinste. „Na ja, mein Klingonisch ist ziemlich eingerostet."

Lucy lachte laut.

Lucas stimmte mit ein, sah dann nachdenklich auf sein Handy und fuhr sich müde über die Augen.

„Schlechte Nachrichten?“, fragte Lucy besorgt.

„Nein, im Gegenteil, aber manchmal wird es mir einfach zu viel, rund um die Uhr erreichbar zu sein und Probleme lösen zu müssen. Ich bräuchte dringend mal eine Auszeit. Wenigstens für ein paar Tage.“

„Hast du dieses Wochenende schon etwas vor?“, platzte es aus Lucy heraus, bevor sie sich zurückhalten konnte.

„Nichts, was sich nicht verschieben ließe. Wieso? Willst du mich entführen?“ Er klang belustigt.

Sie zuckte mit den Schultern und ihre Wangen färbten sich vor Verlegenheit zart rosa.

„Es ist nur so … ich wollte eigentlich übers Wochenende mit Helen aufs Land fahren, um ihren Geburtstag zu feiern, und habe bereits alles dafür organisiert. Jetzt kann sie allerdings nicht und ich will die Reise nicht verfallen lassen, aber auch nicht alleine fahren. Und da du Erholung brauchst, dachte ich, ich könnte dich ja mitnehmen. Du darfst es nicht falsch verstehen. Es war nur eine spontane Idee und …“ Sie schüttelte den Kopf. „Nein, vergiss es. Es war eine blöde Idee. Das kann man ja nur falsch verstehen. Was ist nur in mich gefahren?“

Lucas warf ihr einen neugierigen Blick zu. Er wusste natürlich von Helens Wochenendtrip, aber nichts von Lucys Plänen, und jetzt lud sie ihn ein? Eigentlich hatte er nicht vorgehabt, ihr jemals so nahe zu kommen, aber warum nicht? Sie war unglaublich süß, sah so unschuldig und dabei sexy aus. Er fühlte sich wohl mit ihr, sie reizte ihn und darüber hinaus könnte sie eine exzellente Informationsquelle sein.

Er beugte sich verschwörerisch über den Tisch. „Ich finde, das ist eine ganz ausgezeichnete Idee. Die spontanen Ideen sind sowieso immer die besten. Lass es uns tun.“

Sie zweifelte, das war nicht zu übersehen.

„Ach komm, das wird großartig! Und findest du nicht auch, dass ‚Lucy und Lucas fahren aufs Land' fast wie der Titel einer abenteuerlichen Kinderbuchreihe klingt? Wie die ‚Fünf Freunde'. Das bedeutet ganz sicher etwas. Ich meine es ernst. Sag einfach ja."

Lucys nervöser Knoten im Magen löste sich in Nichts auf und sie grinste. „Ja."

„Ausgezeichnet. Und jetzt erzähl mal, worauf ich mich eigentlich eingelassen habe."

Nachdem sie ihm von ihren Plänen berichtet hatte, strahlte Lucas sie an.

„Das wird wundervoll. Du wirst schon sehen. Aber natürlich werde ich mir ein eigenes Zimmer nehmen."

„Das ist sehr ritterlich von dir, aber ich glaube, da wirst du kein Glück haben. Ich selbst habe nur noch das kleinste Zimmer bekommen, weil der Rest völlig ausgebucht war."

Lucas hob spöttisch die Augenbrauen. „Für besondere Gäste wird in teuren Hotels immer eine Suite freigehalten. Lass mich nur machen."

Er ließ sich von Lucy die Telefonnummer geben.

„Lucas Hunt, Genesis Enterprises", meldete er sich und seine Stimme hatte eine Präsenz, die Lucy fast einschüchterte. „Ich hätte gerne für kommendes Wochenende eine Suite. … Ganz recht. Samstag und Sonntag. … Die Royal Suite ist noch frei? Wie passend." Er rückte auf seinem Kopf eine imaginäre Krone zurecht und Lucy lachte laut. „Reservieren Sie sie bitte für mich." Er warf Lucy einen triumphierenden Blick zu. „Es freut mich, dass Sie sich geehrt fühlen. Ihnen auch noch einen schönen Abend." Mit einem selbstzufriedenen Lächeln legte er auf.

„Angeber." Lucy verdrehte die Augen.

„Hart erarbeitet", entgegnete er und grinste.

***

„Wer hätte gedacht, dass ich jemals hierher zurückkommen würde?"

Helen sah aus dem Beifahrerfenster und genoss die Aussicht. Als sie das letzte Mal hier gewesen war, hatte sie etwas anderes zu tun gehabt, als die wundervolle Landschaft zu betrachten.

Alistair streichelte mit einer Hand ihren Oberschenkel, hielt den Blick aber auf die Straße gerichtet.

„Mit Sicherheit keiner von uns beiden, aber ich bin froh, dass du mir die Gelegenheit gibst, dir meine Heimat zu zeigen, ohne dass du denkst, ich würde über dich herfallen." Er hielt einen Moment inne und ließ seine Hand weiter nach oben wandern. „Wobei …"

Helen lachte und legte ihre Hand auf seine. „Diesmal aber auf ausdrücklichen Wunsch und mit Genehmigung der nicht ganz so naiven, unschuldigen Rothaarigen."

Als sie ihre Sachen ausgeladen hatten, parkte Alistair den Range Rover hinter einer riesigen Hecke. Helen stand vor der Haustür und bewunderte die vielen Blumen, die mittlerweile in voller Pracht standen. Sie hielt ihr Gesicht in die Sonne und atmete tief den Duft des beginnenden Sommers ein. Ein lauer Wind umspielte sie und trug eine Verheißung mit sich, die Helen kurz erschaudern ließ. Sie fühlte sich in diesem Moment eins mit der Welt.

Alistair beobachtete Helen mit einem Lächeln, während er auf sie zu schlenderte. Sie wirkte glücklich und strahlte. Es fühlte sich richtig an, mit ihr hier zu sein. Niemals zuvor hatte er auch nur den leisesten Wunsch gehabt, mit einer Frau diesen Ort zu teilen.

Zärtlich zog er sie an sich. Beide bekamen einen heftigen, elektrischen Schlag, als sich ihre Körper berührten. Sie keuchten auf und trennten sich sofort voneinander.

„Was war das denn?", fragte Helen erschrocken.

Alistair stellte sich die gleiche Frage. Es machte den Eindruck, als ob seine Schutzzauber ihm eine Warnung schicken wollten, aber wozu sollten sie das tun?

Er schüttelte den Kopf. „Keine Ahnung, vielleicht falsches Schuhwerk. Oder eine Entladung von aufgestauter sexueller Energie?“ Übertrieben zwinkerte er ihr zu. „Vielleicht versuchen wir es gleich nochmal?“

Stürmisch zog er Helen wieder in seine Arme und diesmal passierte nichts Außergewöhnliches, außer dass sie erregt waren, wie fast immer, wenn sie sich näher als einen halben Meter kamen. Eng umschlungen gingen sie hinein.

Nachdem Alistair ihr das ganze Haus gezeigt hatte, stellte er ihr Thunder vor. Sein Hengst freundete sich schnell mit Helen an. Ein weiterer Punkt für sie. Normalerweise ließ er sich von Fremden nicht anfassen, geschweige denn streicheln.

„Kannst du eigentlich reiten?“, wollte Alistair wissen.

„Als Kind bin ich viel geritten. Primus war ein kleines Shetland-Pony, das unseren Nachbarn gehörte, und wir sind oft unterwegs gewesen. Seit meine Eltern mit mir nach London umgezogen sind, hatte ich keine Gelegenheit mehr.“

Helen hatte ihre Hand in der Mähne des Pferdes vergraben, kraulte es und bot ihm ein weiteres Zuckerstück an. Thunder wieherte leise.

„Möchtest du es mal wieder versuchen?“

„Wahnsinnig gerne!“ Helen strahlte ihn an. „Aber er kann uns doch nicht beide tragen.“

Alistair nahm ihre Hand und zog sie zur nächsten Box. „Das ist Bran, er wird dir zur Verfügung stehen, solange wir hier sind.“

Er lächelte, als Helen einen entzückten Schrei ausstieß. Bran war ebenso wie Thunder ein Friese, allerdings etwas kleiner und deutlich ruhiger. Hingerissen steckte Helen ihrem neuen Freund gleich ein paar Zuckerstücke zu, was Thunder zu wütendem Protestschnauben und Alistair damit zu einem lauten Lachen veranlasste.

Während Helen im Schlafzimmer in die Reitkleidung schlüpfte, die Alistair ihr in weiser Voraussicht besorgt hatte, fühlte sie sich wieder wie ein Kind, das sich auf seinen ersten Ausritt freute.

Übermütig gab sie Alistair einen Klaps auf den knackigen Hintern, als er sich in seiner engen Hose hinunterbeugte, um die Stiefel anzuziehen.

„Willst du reiten oder ausreiten?“ Er grinste.

„Eins nach dem anderen“, kicherte sie und rannte zur Treppe.

„Hast du einen Helm für mich?“ Helen führte den gesattelten Bran aus der Box.

Bedauernd schüttelte Alistair den Kopf. „Tut mir leid, den habe ich vergessen. Ich reite immer ohne, aber Bran ist so brav, er wird dich nicht abwerfen.“

Helen musterte Alistair skeptisch. Er musste sehr von seinem Können überzeugt sein, wenn er nie einen Kopfschutz trug.

Alistair fluchte innerlich. Es wurde doch komplizierter, als er gedacht hatte. Er konnte Helen schlecht sagen, dass er und sein Land niemals zulassen würden, dass ihr etwas passierte. Das würde weitere Fragen aufwerfen, die er nicht beantworten konnte und wollte.

„Wir können einen besorgen und später ausreiten“, schlug er vor.

Helen schüttelte den Kopf. „Nein, ich vertraue dir.“ Sie klopfte den Hals von Bran. „Und dir.“

Es war wundervoll, wieder im Sattel zu sitzen, und Alistair hatte ihr nicht zu viel versprochen. Bran war sanft und reagierte gut auf ihre ungewohnte Hand.

Als Alistair aufstieg, kam Helen mal wieder nicht umhin zu bemerken, wie unglaublich gut und männlich er aussah. Trotz seiner modernen Kleidung wirkte er wie ein Krieger auf einem Schlachtross aus grauer Vorzeit. Von seinen gewienerten Stiefeln, über die enge Reithose bis hin zu dem weißen Rolli, den er trug, betonte alles seinen durchtrainierten Körper. Sein Haar war so schwarz wie das Fell seines Hengstes, mit dem er eine Einheit bildete, die nur durch jahrelanges Vertrauen entstanden sein konnte.

„Wir reiten zum Fluss. Das Gebiet ist eben und ihr könnt euch aneinander gewöhnen." Alistair lenkte Thunder neben sie.

„I will follow you", sang Helen fröhlich.

Nachdem der kleine Weg hinter seinem Haus in eine Wiese übergegangen war, verfielen sie in einen leichten Trab.

„Reiten ist anscheinend wie Fahrradfahren, das verlernt man auch nicht." Helen klopfte Brans Hals. „Oder er ist das perfekte Pferd für mich."

Alistair schmunzelte. „Oder du bist einfach ein Naturtalent."

Thunder tänzelte ungeduldig und versuchte immer wieder auszubrechen.

„Ich glaube, ich muss meinem Freund hier ein bisschen Auslauf gewähren. Er ist es gewöhnt, sich austoben zu dürfen, wenn ich nach Hause komme."

„Nur zu. Ihr seid bestimmt ein atemberaubender Anblick." Helen machte eine einladende Handbewegung.

„Wir sind gleich wieder zurück." Alistair senkte die Hände und Thunder galoppierte sofort los.

Helen hielt Bran zurück, der folgen wollte, und sah den beiden mit offenem Mund hinterher. Wie eine Naturgewalt sprengten sie in perfekter Harmonie über das Moor. Alistairs Lachen wehte über das Donnern der Hufe zu ihr und sie ließ sich anstecken. In nicht ganz so wildem Galopp folgte sie ihm und genoss das Gefühl des Windes in ihren offenen Haaren.

An einem kleinen Birkenhain holte sie ihn ein. Atemlos und mit vor Glück leuchtenden Augen.

„Das war unglaublich. Ich bin noch nie oben ohne geritten. Das ist wie Motorradfahren ohne Helm. Total gefährlich und bescheuert, aber ein umwerfendes Gefühl." Helen sah Alistairs Gesichtsausdruck und stutzte. „Was?"

„Oben ohne?“ Ein anzügliches Grinsen umspielte seine Lippen. „Ich würde dich zu gerne oben ohne auf einem Pferd sehen. Am liebsten natürlich ganz nackt.“

Spielerisch schlug Helen mit der Gerte nach ihm. Aus einem Reflex heraus griff Alistair danach und riss sie ihr aus der Hand.

Völlig überrumpelt von seiner heftigen Reaktion und dem Gesetz der Schwerkraft folgend, stürzte Helen fast aus dem Sattel. Nur fast, weil eine unsichtbare Kraft sie auf dem Rücken des Pferdes hielt.

Überrascht schrie Helen auf. Sie spürte die beiden sich widersprechenden Bewegungen und das Gefühl von unsichtbaren Händen, die sie festhielten.

„Was zum Teufel?“

Alistair sprang sofort ab und hob sie herunter. „Es tut mir so leid! Bitte verzeih mir! Ich bin ein Idiot.“

Er hielt sie dicht an seinen Körper gepresst und streichelte ihren Rücken. Verdammt, er wollte ihr keine Angst machen. Als er gesehen hatte, dass er sie fast von Bran geschleudert hätte, hatte er instinktiv seine Magie genutzt, um sie zu schützen. Er betete zu seinen Göttern, dass sie nichts allzu Außergewöhnliches bemerkt hatte und nur sauer auf ihn war.

„Irgendetwas hat mich im Sattel festgehalten, Alistair. Etwas ist merkwürdig an diesem Ort. Immer wenn ich hier bin, passieren seltsame Dinge.“ Sie schluchzte fast. Ihre ganze Freude war wie weggeblasen.

Sie hatte es also doch wahrgenommen. Verflucht!

Alistair nahm ihr Gesicht in seine Hände und küsste sie zärtlich. „Das war nur der Schreck, mein Liebling. Niemand wird dir hier jemals etwas zuleide tun.“ Er sah Tränen in ihren Augen schimmern. „Niemals werde ich zulassen, dass dir etwas zustößt! Niemals, hörst du?“

Zögernd nickte Helen. Sie glaubte ihm, dennoch war gerade etwas wirklich Beunruhigendes geschehen, und sie hasste es, nicht zu wissen, was das war. Durch Alistairs Nähe und seine Küsse entspannte sie sich jedoch langsam wieder.

„Reiten wir zurück?“, fragte er sanft, als er sich sicher war, dass sie ihre Fassung wiedergewonnen hatte.

„Nein.“ Helen schüttelte bestimmt den Kopf und lächelte wieder. „Ich will noch zum Fluss. Ich hatte mich so darauf gefreut, ein bisschen mehr von der Landschaft zu sehen.“

„Gerne.“ Alistair machte eine formvollendete Verbeugung und half ihr aufzusitzen. Nachdem er selbst wieder im Sattel saß, griff er nach ihrer Hand und hielt sie fest. Im Schritt erreichten sie nach zehn Minuten das Ufer.

Helen war verzaubert. Wie in einem Märchen wirkte der mäandernde Wasserlauf, der das Ende des Tals durchzog. Sie folgte ihm mit den Augen und sah, dass er von dem Berg kommen musste, auf dem sie damals verzweifelt die Kapelle gesucht hatte.

„Gibt es hier auch einen Wasserfall?“, fragte sie begeistert.

„Ein Stück den Berg hinauf ist eine Schlucht, dort strömt das Wasser über fünf Meter in die Tiefe.“ Alistair war erleichtert, dass Helen den kleinen Zwischenfall scheinbar vergessen hatte und wieder ganz sie selbst war. „Wenn du möchtest, bringe ich dich in den nächsten Tagen hinauf.“

„Toll, ich freu mich darauf und auch, endlich die berühmte Kapelle zu sehen.“

Dicht nebeneinander ritten sie zurück.

Nachdem die Pferde versorgt waren, gingen sie nach oben in Alistairs Zimmer. Das angrenzende Bad war nicht ganz so beeindruckend wie das in London, aber auch hier gab es sowohl eine Badewanne als auch eine großzügige, an drei Seiten gemauerte Dusche mit verglaster Schiebe-Tür.

„Keine Psycho-Duschszene also in deinen Wohnungen“, stellte Helen mit einem übertrieben erleichterten Seufzen fest, während sie ihre Sachen auf einem Stuhl ablegte.

Alistairs Lachen klang dumpf, da er gerade seinen Pulli über den Kopf zog. „Ich sehe gerne, was um mich herum geschieht“, sagte er, nur halb scherzhaft, und schob einladend die Tür auf, nachdem er sich auch seiner restlichen Kleidung entledigt hatte.

Helen stellte das Wasser an, ziemlich kalt. „Wir wollen ja nicht auf unzüchtige Gedanken kommen."

„Nicht?", murmelte Alistair enttäuscht. „Na gut, aber ein bisschen wärmer darf es schon sein." Er drehte den Temperaturregler hoch.

Dann nahm er Duschgel, kehrte ihr den Rücken zu und begann, sich seelenruhig einzuseifen.

Helen betrachtete ihn aus schmalen Augen. Hatte er sie etwa ernst genommen? Was sollte das denn werden? Mr. Turner wollte spielen? Das konnte sie auch. Sie griff um ihn herum nach seinem Schwanz und fing an, ihn lasziv zu reiben.

„He, ich dachte, keine unzüchtigen Gedanken", protestierte Alistair halbherzig. Er war noch nicht ganz steif, aber Helen spürte, wie er unter ihrer Hand pulsierte und größer wurde.

„Bringt dich das auf und ab", ihre Bewegungen spiegelten ihre Worte wider, „dieses auf und ab vielleicht auf irgendwelche Ideen?"

Alistairs Ständer zuckte in Helens Hand, aber er versuchte, seine Stimme zu kontrollieren. „Nein, wie kommst du darauf?"

Helen glitt zwischen ihn und die Wand und kniete sich hin. Mit unschuldigem Blick sah sie zu ihm hoch und rieb fester. Ihr nasses Haar hatte sie nach hinten gestrichen und erinnerte ihn an das erste Mal, als er sie gesehen hatte. Auch damals war sie tropfnass gewesen, aber diesmal würde sie nicht nur vom Wasser tropfen.

Er stützte sich mit einer Hand an der Wand ab und griff mit der anderen nach ihrer Hand auf seinem Schwanz. Fest legte er seine Finger auf ihre und gab ihr den Rhythmus vor.

Helen leckte über seine pralle Eichel. Wieder und wieder. Dann saugte sie einen seiner Hoden in ihren Mund und spielte mit ihm, während ihre Hand seinen steinharten Schwanz massierte. Sein tiefes Stöhnen belohnte sie.

Plötzlich entzog er sich ihr, rannte, nass wie er war, nach nebenan und streifte sich auf dem Rückweg ein Kondom über.

Er zog Helen auf die Füße und drehte sie zur Glastür. Mit einer Hand griff er von hinten zwischen ihre Beine, spreizte ihre feuchte Möse und glitt kurz mit zwei Fingern hinein. Jetzt stöhnte Helen auf.

„Ganz schön nass hier", murmelte er zufrieden, bevor er mit seinen Knien ihre Beine auseinanderdrückte und mit einem wilden Stoß tief in ihr versank.

Helen wurde gegen die Glastür gepresst, während Alistair ihre Hände über ihrem Kopf festhielt und sie gnadenlos vögelte. Als er merkte, dass ihre Muskeln heftiger um seinen Schwanz zuckten und sie kurz vor dem Orgasmus stand, zog er ihn heraus, drehte sie zu sich um und hob sie hoch.

„Schling deine Beine um mich!", befahl er keuchend.

Helen tat, was er verlangte, und er ließ sie langsam auf seinen pochenden Schwanz gleiten. Sie legte ihre Arme um seinen Hals und hielt sich an ihm fest. Mit einem erneuten Stöhnen drückte er sie gegen die Wand und rammte seinen großen, harten Schwanz wieder tief in ihre feuchte Pussy. Helen schrie ihre Lust hinaus, als er zusätzlich ihren Kitzler rieb. Sie verkrampfte sich um ihn und nach zwei weiteren harten Stößen war auch Alistair soweit. Er trank ihre Schreie, als er seine Zunge in ihren Mund gleiten ließ, während sein Sperma in heißen Schüben aus ihm spritzte.

Nachdem sie beide wieder normal atmen konnten, lächelte Helen und klammerte sich fester an ihn, als er seinen Griff lockerte. Sie wollte ihn noch nicht loslassen.

„Ich muss das Kondom entsorgen", murmelte Alistair bedauernd und stellte das Wasser ab.

Helen seufzte. Sie fing an, die nützlichen kleinen Dinger zu hassen. Vielleicht war es an der Zeit, mal ein ernstes Gespräch zu führen. Sie ließ sich von ihm wieder auf die Füße stellen und sah zu, wie er das Kondom abstreifte.

„Was hältst du eigentlich davon, einen Test zu machen?", fragte sie beiläufig.

Alistair sah sie verdutzt an. „Was für einen Test?"

„Einen Aids-Test. Ich habe einen machen lassen, bevor wir …“ Helen unterbrach sich. Das hörte sich jetzt wirklich merkwürdig an, so als ob sie dauernd One-Night-Stands gehabt hätte. „Ach, vergiss es.“ Sie lachte. „Wir haben ja auch so unseren Spaß.“

Alistair nahm sie in seine Arme. Wie sollte er erklären, dass er sein Blut nicht untersuchen lassen musste, ohne ihr Misstrauen zu erwecken? Er brauchte keine Kondome, denn er war geschützt vor allen menschlichen Krankheiten. Er würde auch niemals Kinder zeugen – das war einer der Nachteile seiner Unsterblichkeit. Aber das alles konnte er Helen natürlich nicht mitteilen.

„Das ist eine gute Idee“, sagte er deshalb nur.

Das Bett neben ihr war leer, als Helen wach wurde. Es war dunkel draußen, wo mochte Alistair stecken? Im Bad war kein Licht zu sehen, und sie hörte auch keine Geräusche. Plötzlich beunruhigt stand sie auf und machte sich auf die Suche.

Alistair saß in seiner, nur von ein paar Kerzen beleuchteten Bibliothek, ein Buch aufgeschlagen auf den Knien. Er konnte nicht schlafen. Helens Frage beschäftigte ihn immer noch.

Natürlich könnte er ihr einen Aidstest vorlegen, gefälscht, wie alle persönlichen Akten von ihm, aber er wollte sie nicht mehr anlügen. Das Bedürfnis, ihr etwas von sich erzählen zu wollen, wurde immer größer, je inniger ihre Beziehung wurde, und das machte ihm Angst. Er hatte in seinem langen Leben erst ein einziges Mal einer sterblichen Frau die Wahrheit gesagt und die hatte sich entsetzt von ihm abgewandt, obwohl sie beteuert hatte, sie würde ihn immer lieben und er es aus tiefstem Herzen geglaubt hatte.

Danach hatte er sich nie wieder einem Menschen anvertraut und seine Geliebten nach spätestens zehn oder fünfzehn Jahren verlassen, um sein Geheimnis zu wahren, dass er nicht alterte, auch wenn es ihm das Herz gebrochen hatte.

Wie immer, wenn er zutiefst beunruhigt war, hatte er das Buch seines alten Meisters zu Rate ziehen wollen. Dort fand er stets die richtigen Antworten, auch wenn sie manchmal ziemlich kryptisch waren, aber in dieser Nacht blieben die Seiten leer. Fassungslos murmelte er wieder und wieder den Spruch, der Taliesins Worte normalerweise erscheinen ließ.

Helen öffnete die Tür zur Bibliothek, in der sie Alistair leise sprechen hörte. Unterhielt er sich mit jemandem? Und in was für einer Sprache? Sie wollte ihn nicht stören, aber sie machte sich Sorgen. Sie ging hinein.

„Alistair?“, flüsterte sie, um ihn nicht zu erschrecken.

Mit einem Fluch sprang er auf. Das kostbare alte Buch, das auf seinem Schoß gelegen hatte, knallte auf den Boden. Er war vollkommen nackt und seine Narbe schimmerte im Kerzenlicht.

„Helen, was zum Henker machst du hier?“, fragte er unwirsch.

Sie zog eine Augenbraue hoch. „Was ich hier mache? Ich suche dich! Ich habe mich gefragt, wo du bist. Aber wenn ich störe, gehe ich eben wieder.“

Ihre Stimme klang eindeutig gekränkt und sie machte einen Schritt Richtung Flur.

„Nein, bleib. Entschuldige.“ Alistair streckte eine Hand nach ihr aus.

Unschlüssig blieb Helen stehen. Dann sah sie ihm ins Gesicht und ihr Herz setzte für einen Moment aus. Seine wundervollen Augen waren dunkel vor Schmerz. Sein Blick war so unsagbar traurig, dass es ihr die Luft abschnürte.

Mit klopfendem Herzen ging sie zu ihm. Sie wusste nicht, was sie tun, was sie sagen konnte, um ihm zu helfen, aber sie wusste, dass sie sich zu Recht Sorgen gemacht hatte.

Mit einem leisen Seufzer zog er sie in seine Arme. „Es tut mir leid“, murmelte er an ihrem Haar.

„Ist schon in Ordnung.“ Helen streichelte seinen Rücken und versuchte, ihn spüren zu lassen, dass sie es ernst meinte.

Schweigend standen sie eng umschlungen im Schein der Kerzen.

Alistair sog ihren Duft ein und sein Wunsch, ihr die Wahrheit zu sagen, schnürte ihm fast die Luft ab. Er überlegte, ob er alle Vorsicht in den Wind schlagen sollte, als sie sich leise räusperte.

„Bedrückt dich etwas? Kann ich helfen?" Helen sah fragend zu ihm auf.

Alistair lächelte sie liebevoll an. „Es ist nichts."

Er beschloss, mit seiner Beichte noch zu warten. Vielleicht war sie die Richtige, vielleicht konnte sie damit umgehen, aber vielleicht würde er sie auch in der Sekunde verlieren, in der er seinen Mund aufmachte.

Helen wusste, dass er ihr etwas verschwieg, aber sie wollte ihn nicht drängen. Aufmerksam musterte sie ihn, als ihr plötzlich der Atem stockte.

„Was ist mit deinem Auge?"

Alistair bemerkte erstaunt, dass sie nicht vor ihm zurückwich, wie so viele vor ihr, sondern sanft ihre Finger an seine Wange legte. Seit Jahrzehnten trug er im linken Auge eine blaue Kontaktlinse, wenn er in Gesellschaft war, sodass sie ihm fast nicht mehr auffiel. Er nahm sie eigentlich nur heraus, wenn er alleine war oder im Beisein seiner engsten Freunde. Vorhin hatte er sie entfernt, weil er vollkommen *rein* sein musste, um in seinem magischen Buch lesen zu können.

„Es ist Violett", erwiderte er zögernd.

Die Menschen nahmen es als unnatürlich wahr. Seine auffällige Färbung hatte ihm in früheren, abergläubischeren Zeiten oft Ärger eingehandelt, bis er schließlich fast immer eine Augenklappe trug, damit man ihn nicht für einen Teufel oder Dämon hielt. Oder für einen Gott – was auch nicht viel angenehmer war.

„Das sehe ich", murmelte Helen. „Was für eine ungewöhnliche Farbe. Heterochromie. Interessant. Gab es die öfter in deiner Familie?"

Alistair schmunzelte. Die Genetikerin in ihr wollte natürlich die Ursache wissen, aber bei ihm lag der Fall anders. Seine Augenfarbe hatte sich verändert, als seine Kraft geweckt und er ein Hüter wurde. Ihm verging das Lachen, denn natürlich konnte er ihr das nicht erzählen.

„Vielleicht von einem meiner Vorfahren. Meine Eltern hatten beide blaue Augen", sagte er vage.

„Warum versteckst du es?" Helen konnte nicht glauben, dass Alistair sich wegen irgendetwas schämte. Die Welt würde noch verrückter nach ihm werden, wenn sie ihn so sehen könnte. Sie stutzte. Vielleicht war das der Grund?

„Es fällt zu sehr auf und viele haben Angst davor."

Sie nahm seinen Kopf in die Hände und hauchte einen Kuss neben das violette Auge. „Ich habe keine Angst, und ich möchte es ja gar nicht sagen … aber dein Sexappeal verstärkt sich dadurch nur noch." Helen kicherte, als sie Alistairs zufriedenes Grinsen sah. „Bitte lass es so, wenn wir alleine sind", bat sie.

Alistair nickte und hob sie auf seine Arme. „Es ist spät. Wir sollten wieder ins Bett gehen."

Helen hatte nichts dagegen, sich von ihm ins Bett tragen zu lassen, es war ein langer Tag gewesen.

Als Alistair mit ihr auf die Matratze sank, fuhr sie noch einmal hoch. „Wir haben die Kerzen nicht ausgemacht."

„Doch, haben wir."

Alistair sah so überzeugt aus, dass Helen nicht weiter darüber nachdachte und zufrieden einschlief.

Im Stillen schüttelte Alistair den Kopf über sich. Er wurde unachtsam in Helens Beisein. Natürlich hatte er die Kerzen gelöscht, als sie die Bibliothek verlassen hatten. Feuer zu beherrschen war die erste Fähigkeit, die ein Magier erlernte, und eine der letzten, die er jemals verlieren würde.

Albträume plagten Helen. Ein dunkler Schatten versuchte, ihr Alistair zu nehmen und bedrohte sie. So sehr sie sich auch anstrengte, sie konnte nicht ausmachen, wo er herkam und wie sie ihn besiegen konnte. Dazu hatten sich auch noch ihre Versuchsreihen wie Schlangen um ihren Hals gelegt und waren drauf und dran gewesen, sie zu erwürgen.

Wild schlug sie um sich und schreckte hoch, als Alistairs Stimme sie aus dem Schlaf riss.

„Wach auf, Liebes", flüsterte er.

Helen atmete tief durch und schüttelte die beängstigenden Bilder der Nacht ab.

„Möchtest du darüber sprechen?" Alistair zog sie an sich und küsste sie zärtlich.

Helen schüttelte stumm den Kopf. Dieses Wochenende gehörte ihnen und sie war fest entschlossen, es zu genießen. Sie schmiegte sich in seine Arme und schlief wieder ein.

Alistair lauschte ihrem jetzt regelmäßigen Atem. Auch er hatte etwas gespürt. Eine vage Unruhe ergriff ihn. Morgen früh würde er als erstes seine Schutzzauber verstärken und weiße Schafgarbe ins Schlafzimmer stellen, um für gute Träume zu sorgen.

KAPITEL 15

Samstagmorgen wartete Lucy mit einer kleinen Reisetasche aufgeregt vor ihrem Haus, in dessen Erdgeschoss die Praxis untergebracht war. Sie wohnte eine Etage darüber, was ihr sehr gelegen kam, weil sie dann länger schlafen konnte.

Mit klopfendem Herzen dachte sie an das vor ihr liegende Wochenende und kam sich sehr verwegen vor. Sie fühlte sich tatsächlich, als würde ihr ein Abenteuer bevorstehen, auch wenn sie nicht sicher war, wie weit sie mit Lucas gehen wollte, falls sich die Gelegenheit dazu ergeben würde. Ganz abgesehen davon, dass sie nicht wusste, ob er überhaupt wollte.

Das Röhren eines Motors holte Lucy aus ihren Gedanken. Vor ihr hielt ein silberfarbener Aston Martin, aus dem Lucas sprang und auf sie zueilte.

„Ah, pünktlich auf die Minute … Mr. Bond." Lucy grinste, als Lucas ihr Gepäck entgegennahm und es verstaute.

„Ich komme nie zu spät."

Sein süffisantes Lächeln sorgte dafür, dass Lucys Aufregung rapide anstieg. Er hielt die Beifahrertür auf und half ihr einzusteigen, bevor er selbst wieder hinter dem Steuer Platz nahm.

„Bereit?", fragte er.

Lucy nickte. „Drehen Sie den Schlüssel und wecken Sie das Biest, 007!"

Schmunzelnd startete Lucas den Wagen und gab Gas.

***

Der Duft von frischem Kaffee und wilden Blumen weckte Helen. Alistair reichte ihr lächelnd eine große Tasse von dem Tablett, auf dem sie auch einen wundervollen Gartenstrauß entdeckte.

„Das Frühstück steht draußen und das Wetter ist einfach zu schön, um es zu verschlafen", sagte er gut gelaunt, während er die Vase auf dem Nachttisch abstellte.

Helen setzte sich auf und beobachtete ihn, während sie genüsslich ihren Kaffee trank.

„Du strotzt ja vor Energie. Liegt das an mir oder an der Umgebung? Bisher hatte ich nicht den Eindruck, dass du ein ausgesprochener Morgenmensch bist."

Lachend kniete Alistair sich auf das Bett und legte eine Hand an ihre Wange. Zärtlich streichelten seine Finger ihre Haut.

„Das liegt natürlich nur an dir, meine Liebe."

***

Die fast vierstündige Fahrt nach Devon verging wie im Flug. Lucy und Lucas unterhielten sich die ganze Zeit oder sangen lauthals mit, was das Radio ihnen vorgab.

Nie hätte Lucy gedacht, dass sie einmal mit einem attraktiven, mehrfachen Millionär ein Wochenende in einem Schlosshotel verbringen würde, wenn auch in getrennten Zimmern. Zumal mit einem Mann, der so locker und lässig war und ihr das Gefühl gab, sie könnte ganz sie selbst sein.

Als sie über die lange Auffahrt auf das alte Schloss zufuhren, hielt Lucy den Atem an. „Das hätte Helen gefallen", flüsterte sie ehrfürchtig.

Lucas legte kurz seine Hand auf ihre und drückte sie. „Ihr könnt das wiederholen. Das Hotel läuft dir nicht davon … und eure Freundschaft auch nicht, nur weil Helen gerade frisch verliebt ist. Glaub mir."

Sie lächelte ihn dankbar an.

Nachdem sie eingecheckt und sich frisch gemacht hatten, trafen sie sich eine Stunde später im Foyer, um den weitläufigen Park zu erkunden, der zum Anwesen gehörte.

Auf der Fahrt hatte Lucas einen Tweed-Anzug getragen, doch nun hatte er verwaschene Jeans, zerschrammte Boots und einen hellblauen Strickpulli an. Lucy hatte ihren Rock ebenfalls gegen Jeans getauscht und trug dazu ein weißes T-Shirt, eine schwarze Lederjacke und Halbstiefel.

Lucas hielt eine große Flasche Wasser und Sandwiches in der Hand, die er wie auch immer organisiert hatte, und wippte ungeduldig auf den Fußballen auf und ab, als wäre er ein Rennpferd, das endlich starten wollte. Da war er also – der mächtige Mr. Genesis Enterprises, der sich wie ein kleiner Junge auf ihren Ausflug freute. Lucy grinste, als sie zu ihm trat.

„Was gibt es denn zu lachen?"

„Gar nichts. Es geht mir einfach nur gut."

„Mir auch." Er hielt ihr die Tür auf. „Dann kann das Abenteuer ja losgehen."

***

Gegen Mittag sattelten Alistair und Helen die Pferde und ritten den Berg hinauf. Alistair führte sie sicher durch den Wald, der keinen sichtbaren Weg hatte und wie aus alter Zeit wirkte. Moos bedeckte den Boden und lange Farnblätter schienen ihnen zuzuwinken, wenn sie an ihnen vorbeikamen. Einzelne Sonnenstrahlen fielen durch die dichten Baumkronen und tauchten alles in ein wundervolles Licht.

„Es ist so ursprünglich und friedlich hier", stellte Helen erstaunt fest. „Ich hätte nicht gedacht, dass es solche Wälder noch gibt."

Alistair drehte sich zu ihr um. „Das Land ist alt und hat mich schon immer angezogen. Es gibt hier einen besonderen Ort, den ich dir gerne zeigen möchte."

Seine Augen leuchteten geheimnisvoll im Halbschatten und Helen lächelte. Es machte sie glücklich, dass er seine Lieblingsorte mit ihr teilen wollte.

Sie lenkten ihre Pferde um einen der großen Felsblöcke, die überall im Wald verteilt lagen, als hätten Riesen in grauer Vorzeit mit ihnen gekegelt und sie dann einfach vergessen. Dahinter tat sich eine Lichtung auf und Helen hielt Bran verzaubert an.

Eine einzelne mächtige Eiche stand in der Mitte. Der dreifach geteilte Stamm war breit und knorrig und zeugte ebenso von ihrem Alter, wie die riesigen Äste, die wie Arme ausgebreitet waren und den Platz zu beschützen schienen.

Alistair beobachtete Helens Reaktion. Er wünschte sich so sehr, dass sie seine Verbundenheit mit diesem Platz verstehen und nachempfinden konnte, und er wurde nicht enttäuscht.

Sie hatte Tränen in den Augen, als sie ihn ansah. „Wunderschön." Ihre Stimme war nur ein Flüstern.

Sie stiegen ab, Alistair nahm ihre Hand und gemeinsam näherten sie sich seinem Kraftbaum. Wie immer begrüßte Alistair die Eiche still und dankte ihr für die lange Begleitung seines Lebens. Er spürte die Energie, die von ihr ausging, in seinen Körper fließen und nahm sie tief in sich auf. Sofort legte sich seine innere Unruhe, die auch das Ritual, das er heimlich im frühen Morgengrauen durchgeführt hatte, nicht vollständig hatte beseitigen können. Er schloss einen Moment die Augen und verband sich mit der Erde, dem Baum und der Magie, die seit Jahrhunderten hier wachten.

Ehrfürchtig stand Helen unter den gewaltigen Ästen, eine Hand in Alistairs, der glücklich lächelte. Die andere legte sie sanft an den Stamm. Sie wollte die Rinde spüren und fühlen, ob ihr der Baum etwas zu erzählen hatte.

In der Sekunde, in der ihre Fingerspitzen die Borke berührten, stürmte ein Kaleidoskop an Bildern, Farben und Emotionen auf sie ein.

So stark hatte Helen noch nie in ihrem Leben auf etwas reagiert. Meistens waren es eher flüchtige Bruchstücke des Lebens der Gegenstände, die sie wahrnahm. Im Laufe der Jahre hatte sie gelernt, die meisten davon auch noch auszublenden. Nur wenn sie sehr müde oder sehr aufgewühlt war, versuchte sie sich dadurch zu beruhigen, dass sie Dingen lauschte. Dieses Mal war es jedoch völlig anders.

Sie sah Alistair unter dem Baum liegen, nackt bis auf ein paar Symbole, die mit blauer Farbe auf seine Haut gemalt waren. Er schwitzte stark, obwohl es Herbst war, wie ihr das bunte Laub um ihn herum verriet. Alistairs Haare waren zu einem langen Zopf gebunden. Er blutete aus der Narbe, die ihn bis heute zeichnete, litt Höllenqualen und murmelte fieberhaft Worte, die sie nicht verstand. Neben ihm stand ein alter Mann in einem grünen Umhang, der mit den gleichen Symbolen bestickt war, die Alistairs Körper zierten. Auch der Fremde murmelte etwas, aber Helen konnte ihn nicht hören. Als Alistairs Wunde sich langsam schloss, wurde der Mann immer durchscheinender, bis er schließlich ganz verschwunden war.

In schneller Folge wechselten danach die Situationen.

Alistair kniete vor dem Baum, zutiefst verzweifelt. Seine Kleidung, ein mittelalterliches Gewand, war zerrissen, ein Schwert lag in einigem Abstand auf dem Boden.

Alistair fröhlich und unbeschwert im Frühling, wieder nackt, aber diesmal voller Energie, vollzog Rituale.

Immer wieder Alistair, in verschiedenen Jahreszeiten, mit wechselnder Haarlänge und Kleidung. Und der Baum wuchs vor ihren Augen, wurde größer und ausladender und mächtiger.

Helen spürte die Kraft. Sie durchströmte sie, machte sie schwindlig. Mit einem Schrei löste sie schwer atmend die Verbindung zum Baum.

Alistair fing sie auf, bevor sie zusammenbrach, und sank mit ihr zu Boden. Ungläubig betrachtete er Helen. Wie konnte das sein? Er wusste, was sie gesehen hatte, weil sie miteinander verbunden gewesen waren, und er war erschüttert über die

Macht, die sie überrollt hatte. So etwas durfte es eigentlich gar nicht geben! Helen trug keinen Funken Magie in sich – all seine Freunde hatten ihm das bestätigt! Was war hier los?

Verunsichert überlegte er, was er tun sollte. Helen lag, jetzt tief und ruhig atmend, in seinem Schoß und schlief. Es gab keine Anzeichen für eine Verletzung, weder magische noch körperliche.

Alistair lehnte sich mit dem Rücken an den Stamm, streichelte sanft Helens Haar und versuchte, seine rasenden Gedanken zu sortieren.

War das ein Zeichen, dass sie die Richtige war? Dass er ihr von sich erzählen konnte, dass sie ihn verstehen und weiterhin lieben würde? Oder war ihr Zusammenbruch eine Warnung? War es zu früh, zu viel? Helen ließ sein Herz aufblühen und machte ihn glücklich, aber könnte er auch sie glücklich machen? Könnte die Wissenschaftlerin in ihr akzeptieren, mit Magie konfrontiert zu werden, oder würde es sie verrückt machen, es nicht erklären zu können? Oder noch viel schlimmer: Würde sie ihn als Studienobjekt sehen? Als Mutation der Natur und Versuchskaninchen?

Nein, Helen war eine starke, mutige und loyale Frau. Vielleicht sollte er ihr die Entscheidung überlassen und mit dem Ergebnis, wie auch immer es ausfiel, leben?

Alistair seufzte. Er hatte gerne die Kontrolle über sein Leben und die war ihm, eigentlich schon seit seiner ersten Begegnung mit Helen, irgendwie abhandengekommen.

Während er noch über das Für und Wider nachdachte, fiel er in einen tiefen Schlaf.

***

Anderthalb Stunden nach ihrem Aufbruch rasteten Lucy und Lucas auf den Stufen eines kleinen Tempels, der auf einer Anhöhe über einem künstlichen See lag. Der Ausblick auf die

Landschaft war spektakulär. Eine Weile aßen und tranken sie schweigend und genossen die Ruhe.

„Sag mal, wirst du Helen erzählen, dass wir zusammen hier waren?“, wollte Lucas schließlich wissen.

Entschieden schüttelte Lucy den Kopf. „Das muss niemand erfahren. Vor allem Helen nicht. Es ist nichts Persönliches, nichts gegen dich, aber es ist so kompliziert, das alles zu erklären. Und ich will es auch deshalb nicht, weil dann herauskommen würde, welche Überraschung ich für sie hatte. Sie soll kein schlechtes Gewissen deswegen haben. Ist das für dich in Ordnung?“

„Klar, kein Problem. Ganz wie du willst. Und für die Gäste im Hotel spielen wir dieses Wochenende ein Paar, das sich für eine heimliche Affäre davongestohlen hat. Klingt das gut?“

Lucy grinste. „Das klingt verrucht.“

„Dann wäre das geklärt.“ Er lachte. „Wie ist dein Zimmer?“

„Klein, aber trotzdem hübsch. Und deine Suite?“

„Das Übliche.“ Er zuckte mit den Schultern. „Wohnzimmer mit Kamin, eine Terrasse, ein großes Schlafzimmer und ein geräumiges Bad mit Riesendusche und Whirlpool.“

Sie starrte ihn mit offenem Mund an.

„Was denn?“

Lucy räusperte sich. „Nur jemand, für den so etwas Alltag ist, kann derart unbeeindruckt von solchem Luxus sein.“

Verlegen sah Lucas sie an. „Es tut mir leid. Ich wollte nicht überheblich klingen.“ Gleich darauf erhellte sich sein Gesicht. „Ich habe eine brillante Idee! Wir tauschen!“

„Wie bitte?“

„Natürlich. Wieso bin ich nicht schon eher darauf gekommen? Wir tauschen die Zimmer.“

Lucy wollte protestieren, aber er schnitt ihr das Wort ab.

„Doch, so machen wir es. Keine Widerrede. Ohne dich wäre ich jetzt gar nicht hier, und es macht mir wirklich nichts aus, in einem kleinen Zimmer zu schlafen.“

„Lucas, ich weiß nicht …“, stammelte Lucy.

„Bitte. Es ist mein Wunsch."

Sie sah ihm an, dass er es ehrlich meinte. „Wow! Danke. Das ist sehr großzügig von dir."

Er stand auf, zog sie hoch und nahm sie kurz fest in die Arme. „Ich habe zu danken. Danke, dass du mich entführt hast."

Später am Nachmittag löste Lucy den Spa-Gutschein ein und Lucas spielte eine Runde Golf auf dem zum Schloss gehörenden Platz.

Nach einem exzellenten Abendessen, für das sich beide in Schale geworfen hatten, nahmen sie einige Drinks im Kaminzimmer ein, in dem sie sich angeregt mit den anderen Gästen unterhielten.

Lucas war charmant und zuvorkommend zu den anwesenden Damen, verteilte reichlich Komplimente und ließ auch ältere Ladys noch erröten, wenn er ihnen sagte, wie bezaubernd sie aussahen. Die Herren schätzten ihn als kompetenten Gesprächspartner in allen Bereichen, von Geld, Sport und Politik über das Königshaus bis hin zu Pferderennen. Er hatte jeden im Handumdrehen erobert und Lucy war ebenfalls hingerissen.

***

Helen öffnete langsam die Augen. Sie lag in Alistairs Armen und fühlte sich entspannt, beschützt und geborgen. Tief atmete sie seinen Duft ein, der sich mit dem der dunklen Erde, des Grases und des Waldes mischte. Das war genau der Geruch, den sie am Abend der Gala an ihm wahrgenommen hatte.

In der bereits einsetzenden Dämmerung wirkte die Szenerie noch unwirklicher. Thunder und Bran standen friedlich grasend ein paar Meter entfernt, Vögel zwitscherten, sie hörte das Plätschern eines kleinen Baches im Hintergrund und Alistairs regelmäßige Atemzüge.

Ihre Sinne waren wach, aber ihr Gehirn gönnte ihr noch ein paar friedliche Minuten, bevor sie darüber nachdenken musste, was vorhin passiert war. Erst langsam sickerte in ihr Bewusstsein, was sie gesehen und gespürt hatte. Eigentlich hätte es sie in Panik versetzen müssen, aber sie hatte jahrelang trainiert, ihre Gedanken erst zu sammeln, bevor sie vorschnell Schlussfolgerungen zog.

Während sie überlegte, was sie alles erlebt hatte und was passiert war, seit sie Alistair getroffen hatte, kam ihr das Lieblingszitat eines ihrer Professoren in den Sinn, frei nach Sherlock Holmes: Wenn man alle logischen Lösungen eines Problems eliminiert, ist die unlogische, obwohl unmöglich, unweigerlich richtig. Aber was bedeutete das in diesem Fall?

Logisch wäre, dass ihre Sinne ihr einen Streich gespielt hatten. Aber gleich alle zusammen? Sie hatte nicht nur wie sonst etwas gefühlt, sondern auch etwas gesehen und gehört, als sie den Baum berührt hatte. Sogar den metallischen Geruch des Blutes hatte sie gerochen. Gleichzeitig war ihr immer bewusst gewesen, dass sie Alistairs Hand hielt. Sie war weder betrunken noch bekifft gewesen und hatte auch keine halluzinogenen Pilze gegessen, die ihr diese Bilder hätten vortäuschen können. Vielleicht ein giftiges Gas aus einer Erdspalte? Aber die unsichtbaren Hände, die sie gestern im Sattel gehalten hatten, konnten kaum durch das Gleiche hervorgerufen worden sein.

Helen runzelte die Stirn. Wenn sie also die logische Lösung eliminierte, blieb nur übrig, dass sie das wirklich erlebt hatte. Aber bedeutete das auch, dass sie die Wahrheit gesehen hatte? Alistair konnte doch unmöglich …

Er bewegte sich leicht und unterbrach damit ihren Gedankengang. Alistair murmelte etwas und schlug die Augen auf. Der Schlaf hatte ihm Erholung, aber keine Lösung für sein Problem gebracht. Seine Geliebte lag immer noch in seinen Armen, war nicht weggegangen, hatte ihn nicht verlassen. Das war ein gutes Zeichen.

Helen hob den Kopf, sah ihn ernst an und legte eine Hand an seine Wange. „Wer bist du?“

Er streichelte über ihren Handrücken und erwiderte ihren Blick fest. „Ich weiß nicht, ob du das wirklich wissen willst und ob ich bereit bin, es dir jetzt schon zu sagen.“

Alistair hatte Angst, das konnte Helen spüren. Sein Herzschlag hatte sich bei ihrer Frage beschleunigt und sie sah eine Ader an seinem Hals pulsieren, als ob er einen Marathon gelaufen wäre. Sie stellte leicht verwundert fest, dass sie selbst ganz ruhig war und nur den Wunsch hatte, ihm seine Angst zu nehmen.

„Ich kenne dich noch nicht lange und es sind viele merkwürdige Dinge seither passiert, aber dennoch bist du ein Teil von mir geworden.“ Sie suchte nach den passenden Worten. „Ich möchte alles von dir wissen, alles mit dir teilen, in guten und in schlechten Tagen. Das hast du zu mir gesagt und es gilt auch für mich. Ich möchte wissen, wem ich mein Herz geschenkt habe. Ich möchte wissen, ob wir eine Zukunft haben.“ Ihre Hand glitt zu seinem Herzen. „Ich kann dir nicht versprechen, wie ich reagieren werde, wenn du mir alles erzählst. Ich kann dir aber versprechen, dass ich dich nicht aufgeben werde, nur weil ich vielleicht etwas erfahre, das nicht in mein Weltbild passt.“

Alistair nahm ihre Hand und drückte einen zarten Kuss in ihre Handfläche. „Ich danke dir für dieses Geschenk. Ich verspreche dir, dass ich deine Entscheidung, wie immer sie ausfallen wird, wenn du alles weißt, akzeptieren werde. Vorher möchte ich dir aber noch etwas sagen.“ Er verschränkte seine Finger mit ihren. „Ich habe nicht damit gerechnet, jemals einer Frau wie dir zu begegnen. Ich dachte, ich hätte in meinem Leben keinen Platz dafür …“

Er stockte kurz, immer noch unsicher, ob das der richtige Augenblick war, aber er wollte ihr über alles die Wahrheit sagen. Es war Zeit, den ersten Schritt zu wagen.

„Ich liebe dich, Helen.“

Helens Augen strahlten und ihr Lächeln ließ ihn seine Zweifel vergessen.

„Und ich liebe dich, Alistair."

Eine Woge von Glück durchströmte ihre Herzen und sie versanken in einem tiefen Kuss, voller Hoffnung, Versprechen und Liebe.

Alistair legte all seine Gefühle in diesen Kuss, denn eine verzweifelte Stimme in seinem Hinterkopf schrie immer wieder, dass es vielleicht der letzte war, wenn Helen die Wahrheit kannte und Zeit hatte, über alles gründlich nachzudenken.

Als sie sich langsam voneinander lösten, strich er mit dem Daumen über ihre Unterlippe und prägte sich ihr Gesicht mit diesem unendlich zärtlichen Ausdruck ein.

Der Schrei einer Eule und das Schnauben der Pferde brachen den Zauber des Momentes.

„Lass uns nach Hause reiten, meine Geliebte. Es wird gleich dunkel und das ist eine lange Geschichte."

Helen entspannte in der Badewanne. Ihr ganzer Körper kribbelte. Es hatte begonnen, nachdem sie die Lichtung mit der Eiche verlassen hatten. Als hätte sie eine unsichtbare Grenze überschritten. Es war nicht direkt unangenehm, eher wie eine Mischung aus Vorfreude und extremer Erregung. Sie fühlte sich wie aufgeladen, wusste allerdings nicht, ob es an der Umgebung lag oder daran, was sie heute noch von Alistair erfahren würde.

Er hatte ihr Wasser eingelassen, selbst nur kurz geduscht und sich danach zurückgezogen, um sich um das Abendessen zu kümmern. Helen wusste, dass er ein bisschen Zeit allein brauchte, um sich zu sammeln, und sie ließ sie ihm. Er hatte versprochen, ihr alles zu erzählen, und sie war gespannt, es zu hören.

Eine halbe Stunde später gesellte sie sich zu ihm in die Küche. Er hatte sie gebeten, etwas Bequemes anzuziehen, und da sie nichts Passendes mitgebracht hatte, trug sie eine Pyjamahose und ein Hemd von ihm, beides mehrfach umgekrempelt. Sie zog das Hemd zur Seite wie ein Kleid und machte einen Knicks.

„Hast du dir das in etwa so vorgestellt?"

„Etwas weniger verführerisch", gab Alistair lachend zu. Helen sah hinreißend aus, selbst in seinen viel zu großen Klamotten. Soviel zu seinem Plan, sich nicht ablenken zu lassen.

Er servierte das Essen, und plötzlich lag eine derart nervöse Spannung in der Luft, dass sie es beide nicht richtig genießen konnten. Helen, weil sie nicht wusste, was sie erwartete. Alistair, weil er erwartete, dass etwas Schlimmes passieren würde.

Nachdem sie das Mahl schweigend beendet hatten, führte Alistair Helen in die Bibliothek. Vor dem brennenden Kamin lud ein breites Sofa zum Kuscheln ein und dutzende Kerzen erhellten zusätzlich das Zimmer.

„Ziemlich gewagte Kombination, offenes Feuer und Bücher allein zu lassen", murmelte Helen.

Alistair lächelte schwach. „Ich kann damit umgehen."

Helen nickte und stand etwas verloren in der Mitte des Raums. Sie wusste auf einmal nicht mehr, wie sie sich verhalten sollte. Das Kribbeln war verschwunden und hatte einem vagen Gefühl von Unruhe Platz gemacht.

Alistair räusperte sich. „Möchtest du dich setzen?"

„Was ist bloß los mit uns?" Helen lachte und brach damit die angespannte Stimmung. „Natürlich will ich mich setzen." Sie zog ihn mit sich und ließ sich mit ihm auf das Sofa fallen.

Sofort richtete Alistair sich wieder auf. Er griff nach ihren Armen und hielt sie fest.

„Helen", begann er sehr ernst, „ich habe eine Bitte an dich, bevor ich mit meiner Geschichte beginne."

„Ja?"

„Egal was passiert, egal was du nachher von mir denkst, ich bitte dich aus tiefstem Herzen, dass nichts von dem, was ich dir erzähle, dieses Zimmer verlässt. Bitte erzähle niemandem davon, nicht einmal Lucy."

Helen wollte etwas sagen, aber Alistair sprach schon weiter.

„Ich weiß, dass dir das schwer fallen wird, aber es ist nicht nur für meine Sicherheit wichtig, es ist auch für dich und für sie sicherer."

Ungeordnete Gedanken schossen Helen durch den Kopf. War Alistair in einem Zeugenschutzprogramm? Hatte er sich mit den falschen Leuten angelegt? Aber das hätte dann ja nichts mit dem Baum zu tun. Was konnte das für ein Geheimnis sein, dass allein das Wissen darum Gefahr bedeutete? Sie holte tief Luft. Wenn sie ihm ihr Einverständnis gab, würde sie sich auch daran halten. Sie war niemand, der Versprechen brach.

„Ich werde nicht leichtfertig mit deiner Sicherheit oder der von Lucy und mir umgehen und verspreche dir, dass ich nichts weitergeben werde, was du mir heute erzählst."

Helen hatte ihr Kinn erhoben und sah aus wie eine Königin, die einen Eid leistete.

Alistair lächelte erleichtert und machte es sich mit ihr auf dem Sofa bequem. Helen saß auf seinem Schoß, sodass er ihr Gesicht und ihre Reaktionen sehen konnte.

Alistair spielte mit einer Haarsträhne von ihr. „Ich weiß nicht so recht, wo ich beginnen soll."

Helen legte eine Hand auf seine Brust. „Vielleicht am Anfang?", schlug sie vor.

Nachdenklich nickte er und begann unvermittelt zu sprechen. „Ich wurde am 12. Januar im Jahre des Herrn 1021 als Sohn einer Seherin und eines Schmieds auf der Insel Skye geboren."

Helen suchte in seinem Gesicht nach einem Hinweis, dass er sich einen Scherz mit ihr erlaubte, aber er sah todernst aus.

„Willst du mir sagen, dass du …", sie rechnete kurz nach, „994 Jahre alt bist?" Sie lachte unsicher. „Das ist doch verrückt. Es gibt keine Unsterblichkeit. Niemand ist unsterblich! So etwas existiert nur in Mythen und Legenden."

„Das glaubte ich auch, bis meine Mutter mich kurz vor ihrem Tod, in meinem zehnten Sommer, an Taliesin übergab, der mich zu einem Druiden ausbildete." Alistairs Stimme war ruhig und gefasst. „Taliesin war der Legende nach der Lehrer von Merlin und hätte bereits seit Jahrhunderten tot sein sollen. Er hätte natürlich auch ein Scharlatan sein können, jemand, der nur den Namen benutzte“, sprach er Helens Gedanken aus, „aber in den zwanzig Jahren meiner Ausbildung alterte er nicht, während ich und Gael, sein anderer Schüler und mein Blutsbruder, heranwuchsen und älter wurden.“

Helen lauschte mit angehaltenem Atem.

„Am Tag der Wintersonnenwende des Jahres 1051 eröffnete Taliesin uns, warum er uns ausgesucht hatte. Er brauchte einen Hüter. Das Gleichgewicht der Kräfte war bedroht. Die christlichen Mönche hatten mit ihrem Glauben überall auf der Welt uralte Rituale unterbunden, die notwendig waren, um das Böse in Schach zu halten. In der festen Überzeugung, der Welt etwas Gutes zu tun, hatten sie sie in ernste Gefahr gebracht. Taliesin stellte uns für jede der folgenden Rauhnächte eine Aufgabe, die wir lösen mussten. Nur wer alle bestand, war würdig, ein Hüter zu werden.“

Alistairs Blick wurde dunkel, als er sich an die Prüfungen seines Meisters erinnerte, von denen eine der leichtesten gewesen war, sich der Wilden Jagd zu stellen und zu entkommen. Er würde Helen nicht die Qualen schildern, die damit einhergegangen waren.

„Wir sind beide nur knapp mit dem Leben davongekommen“, fuhr er fort. „Gael hatte sich dabei allerdings schwarzer Magie bedient und wurde von Taliesin verstoßen. Also wurde ich als Hüter auserwählt.“

„Schwarze Magie?“ Helen konnte sich nicht mehr zurückhalten. „Heißt das, ihr habt zaubern gelernt?“

„Wir sind Druiden“, erwiderte Alistair, als würde das die Frage beantworten.

„Ich dachte immer, das wären nur Priester gewesen, die Zeremonien abhalten. Weiße Bärte, viele Gesänge und Misteln und so.“ Helen schluckte. Alistair erzählte so überzeugend und selbstverständlich davon, dass sie ihm eigentlich glaubte, aber sie brauchte einen Beweis. „Also kannst du zaubern. Zeigst du mir etwas?“, fragte sie neugierig.

Alistair hatte sich vor dieser Frage gefürchtet. Das war der Punkt, an dem es das letzte Mal komplett aus dem Ruder gelaufen und seine Gefährtin schreiend vor ihm geflüchtet war. Er schloss die Augen.

Helen sah seinen gequälten Gesichtsausdruck.

„Du musst es nicht tun, wenn du nicht möchtest. Es ist nur so – ich will dir glauben, aber es ist nicht einfach, das alles zu akzeptieren. Verstehst du?“

Das Verlangen zu lachen stieg in ihr hoch und sie kicherte, als sie daran dachte, wie Lucy darauf reagieren würde. Sie wäre begeistert, würde tanzen und laut rufen, sie hätte schon immer gewusst, dass es Magie wirklich gab.

Als Alistair die Augen wieder öffnete, waren seine Pupillen geweitet und sein violettes Auge wirkte fast schwarz.

„Lachst du mich aus?“, fragte er verblüfft.

Helen schüttelte schnell den Kopf. „Nein, ich lache über die Situation.“

Er stutzte. Sie fand das alles lustig. Also glaubte sie ihm kein Wort. Vielleicht sollte er es dabei belassen? Vielleicht sollte er sagen, er hätte sie nur aufgezogen? Aber er wollte, dass sie ihm glaubte. Er wollte nicht, dass sie dachte, er wäre ein durchgeknallter Spinner.

Alistair unterdrückte den Impuls, ihr seine ganze Macht zu zeigen. Er griff nach ihren Händen und hielt sie vor seiner Brust fest, damit sie sie sehen konnte. Dann umarmte er sie mit seiner Magie.

Helen keuchte auf. „Von wegen, das war nur der Schreck gestern. Etwas *hat* mich auf Bran gehalten und das warst du“, sprudelte es aus ihr heraus.

Sofort löste Alistair den Zauber und ließ auch ihre Hände frei. „Du wärst sonst gestürzt“, sagte er schlicht.

Völlig perplex rückte Helen ein Stück von ihm ab und betrachtete ihn aufmerksam.

Alistair spürte einen Stich in seinem Herzen. Es hatte begonnen. Die Ungläubigkeit war dem Erkennen gewichen, als nächstes würde die Angst kommen. Er hatte es gewusst. Warum hatte er sein Glück leichtfertig aufs Spiel gesetzt? Der Schmerz war so heftig, dass er kaum bemerkte, wie sie sich wieder an ihn schmiegte.

Helen hatte seinen Schmerz gespürt, als wenn es ihrer gewesen wäre. Was immer er in seinem, möglicherweise wirklich so langen Leben erlebt hatte, hatte offensichtlich nicht nur körperliche, sondern auch tiefe seelische Narben hinterlassen.

„Ich liebe dich, Alistair."

Ihre Stimme drang nur leise zu ihm durch. Alistair konnte nicht glauben, was sie gerade gesagt hatte. Zweifelnd sah er in ihre tiefgrünen Augen. Sah die Liebe in ihnen. Staunte über sein unfassbares Glück. Behutsam legte er seine Arme um sie.

„Ich liebe dich, Helen. Ich liebe dich so sehr, dass es mir fast den Atem raubt", flüsterte er in ihr Haar.

Schweigend hielten sie sich gegenseitig, genossen die Nähe und Liebe des anderen.

„Wie funktioniert es?", fragte Helen schließlich.

Alistair lächelte. „Es ist Magie."

„Magie ist nach allen bisherigen wissenschaftlichen Erkenntnissen nicht möglich. Fast alles ist nachweislich ein Trick, bei dem die Aufmerksamkeit des Betrachters abgelenkt wird", zog Helen ihn auf und schmunzelte, als sie die Empörung in seinem Blick sah.

„Bitte vergleiche mich nicht mit den lächerlichen Gestalten, die als Zauberer vor einem staunenden Publikum auftreten und weiße Kaninchen aus Hüten ziehen oder angeblich durch Wände gehen können. Meine Magie ist keine Spielerei." Alistair setzte sich auf. „Magie ist älter als die Zeit und eine ernsthafte Angelegenheit. Es braucht Jahre, um sie zu erlernen, und Jahrhunderte, um sie zu perfektionieren."

Das brachte Helen auf einen anderen Gedanken. „Wie ist Unsterblichkeit möglich?"

Alistair stöhnte und schüttelte innerlich den Kopf. Er hatte nicht damit gerechnet, Erklärungen liefern zu müssen, weil er davon ausgegangen war, dass sie sich von ihm abwenden würde. Er versuchte, es so einfach wie möglich zu beschreiben.

„Jeder Unsterbliche hat einen besonderen Ort, eine Kraftquelle, der er seine Unsterblichkeit verdankt. Er muss regelmäßig dorthin zurückkehren, um sich aufzuladen."

„Der Baum …", hauchte Helen und strich unbewusst über seinen Siegelring, der ihr schon bei ihrem ersten Date aufgefallen war.

Alistair nickte. „Ja, die Eiche ist meine Quelle. Wir wurden gemeinsam stärker, beziehen voneinander Kraft."

„Ich habe euch zusammen gesehen."

„Ich weiß."

Erstaunt starrte Helen ihn an. „Wie kann das sein?"

„Du hast mich und den Baum gleichzeitig berührt, wahrscheinlich war das eine Übertragung."

Helen schwirrte der Kopf. Tausend Fragen stürmten auf sie ein und sie wusste nicht, welche sie als nächste stellen sollte. Ihr Gehirn war mit den Informationen überfordert.

Bis gestern war sie eine rational denkende Wissenschaftlerin gewesen, die auf fast alles eine logische Erklärung gefunden hatte. Und mit ein paar Sätzen stellte der Mann, den sie liebte, alles auf den Kopf.

Andererseits wusste sie, dass es auch nicht normal war, Gefühle von Gegenständen zu empfangen.

„Ich muss hier raus", keuchte Helen.

Alistair zuckte zusammen. Hatte er es doch vermasselt? Wollte sie gehen?

„Bring mich bitte kurz an die frische Luft", bat Helen, die kaum noch atmen konnte.

Sofort kam Alistair ihrer Bitte nach und trug sie auf die Terrasse. Helen sah erstaunt, dass die Tür sich von selbst öffnete und die Kerzen erloschen, als sie den Raum verließen. Tief sog sie die frische Nachtluft ein und der Druck auf ihrer

Brust ließ nach. Dafür kam das Kribbeln wieder. In seine Arme geschmiegt, unter dem weiten Sternenhimmel, sortierten sich auch ihre Gedanken wieder.

„Das war gerade alles ein bisschen viel auf einmal“, entschuldigte sie sich.

Alistair hielt sie fest und strich sanft mit seinen Lippen über ihre Schläfe, bevor er leise in ihr Ohr murmelte.

„Du bist die wundervollste Frau der Welt. Meine Geliebte. Mein Herz. Du ahnst nicht einmal ansatzweise, was für ein Geschenk du mir heute gemacht hast. Dabei ist doch dein Geburtstag.“

Helen versuchte sich zu entspannen, aber das Kribbeln wurde stärker. Ihre Sinne waren geschärft. Sie hörte das Klopfen seines Herzens. Sie roch die Erde, die Nacht und die Magie dieses Ortes. Sie spürte mit jeder Faser Alistairs Körper an ihrem … und sie sah den Schatten, der durch die Nacht schwebte, bevor er, wie von einem unsichtbaren Schild aufgehalten, zerstob.

„Was war das?“ Helen klammerte sich ein bisschen fester an Alistair.

Er hob den Kopf. Er hatte ihn gespürt, bevor er ihn gesehen hatte.

„Ein Dunkelwesen. Sie versuchen immer wieder, sich an der Magie dieses Ortes zu laben, aber meine Zauber sind stark und sie werden es niemals schaffen, sie zu durchbrechen.“ Helen wollte etwas sagen, doch Alistair winkte ab. „Das ist eine Geschichte für eine andere Nacht. Du musst aber keine Angst haben, niemand kann dir hier etwas tun.“

Helen vertraute ihm und nickte.

„Geht es dir besser? Gehen wir wieder hinein?“

„Ja.“ Ihr kam plötzlich ein neuer Gedanke. „Wieso bist du in Gefahr, wenn jemand von dir weiß? Ist es wie bei Highlander? Jagen dich die anderen Unsterblichen und wollen deinen Kopf und deine Kraft? Trainierst du deshalb mit Schwertern?“ Gespannt wartete sie auf seine Antwort.

Alistair lachte leise. „Nein, mein Herz. Es ist nicht so, dass sie mich jagen, aber auch wir haben Feinde und natürlich können wir sterben, wenn wir unseren Kopf verlieren oder andere lebenswichtige Teile des Körpers. Aber mir das Leben zu nehmen, würde sie nicht stärker machen."

„Was ist mit Krankheiten?"

„Ich kann weder welche bekommen noch weitergeben. Die Kondome waren also völlig überflüssig."

Sie grinsten beide.

Alistair trug Helen zurück zum Sofa und schloss die Tür hinter sich. Auch die Kerzen brannten wieder und wie aus dem Nichts tauchten ein gefüllter Champagnerkühler und zwei Gläser auf.

Helen lachte entzückt. „Wie praktisch."

Alistair zwinkerte ihr zu, stand auf und verneigte sich vor ihr. „Bevor ich den Rest deiner Fragen beantworte, möchte ich mit dir anstoßen." Er reichte ihr ein gefülltes Glas und hob seines. „Auf dich. Die fantastischste Frau des Universums. Auf deinen Geburtstag, an dem die Götter gelächelt haben müssen. Mögen alle Heiligen dich auf ewig beschützen und dich durch dein Leben begleiten. Möge dich die Kraft meiner Liebe in den Himmel tragen und dir ewiges Glück schenken. Ich liebe dich, Helen York, mit jeder Faser meines Seins, und verspreche dir mein Leben."

Er hatte es getan. Er hatte einer sterblichen Frau sein Leben anvertraut. Es war spontan und ohne nachzudenken passiert, und sie wusste nicht einmal, was es bedeutete, dass er die letzten Worte ausgesprochen hatte. Aber es fühlte sich richtig an, sich mit ihr zu verbinden.

Helen war sprachlos und hatte Tränen in den Augen. Noch nie hatte jemand so etwas zu ihr gesagt. Die Formulierung klang alt, aber schließlich war ihr Geliebter alt. Uralt sogar. Sie lächelte.

„Ich liebe dich, Alistair Turner, mit jeder Faser meines Seins und verspreche dir mein Leben“, wiederholte sie seine Worte wie unter einem inneren Zwang.

Verwundert sah sie, dass Alistair leichenblass wurde, das Glas fallen ließ, auf die Knie fiel und die Hände vors Gesicht schlug.

„Was habe ich getan?“, stieß er verzweifelt aus. „Das hätte nicht passieren dürfen. Helen, wieso hast du die Worte wiederholt?“

Sie rutschte vom Sofa, kniete sich vor ihn, nahm seine Hände in ihre und brachte ihn dazu, sie anzusehen.

„Weil ich es wollte, weil sie richtig klangen, weil es sich richtig anfühlte. Weil es so ist.“

Sie klang bestimmt. Kein Funken von Unsicherheit oder Angst war in ihren Augen zu erkennen.

Alistair zwang sich, seinen Blick nicht abzuwenden. „Du hast mir dein Leben versprochen, Helen, das bedeutet Körper, Geist und Seele. Das ist ein Bund, der nur durch den Tod gebrochen werden kann.“

„Verstehe ich das richtig, dass du mir dein Leben versprechen kannst, aber ich nicht das Recht habe, das gleiche zu tun?“ Ihre Stimme klang kühl. Rational. Zu ruhig.

„Du verstehst nicht … du wusstest doch nicht, was das bedeutet. Du hättest die Wahl haben sollen. Du ahnst ja nicht einmal …“

Helen unterbrach ihn. „Ich habe meine Wahl getroffen, als ich dir meine Liebe geschenkt habe. Glaubst du, ich mache so etwas leichtfertig? Sage das einfach so dahin?“ Ihre Stimme wurde weicher, sie hob seine Hände an ihr Herz. „Ich liebe dich, Alistair. Noch nie zuvor habe ich jemanden so sehr geliebt. Ich will bei dir sein. Ich will mein Leben, mein Herz, meinen Körper, meinen Geist und meine Seele mit dir teilen. Und das war schon so, bevor ich versehentlich einen Bund vollendet habe, den du begonnen hast.“

Alistair starrte sie an. Es war ihr voller Ernst.

„Ich liebe dich so sehr … und deshalb werden wir nie wieder Sex miteinander haben."

Seine Worte waren zärtlich, aber Helen verstand den Sinn nicht.

„Ich denke, wir sind jetzt ein Leben lang verbunden?", fragte sie.

Alistair lächelte traurig. „Ja, mo ghràidh, das sind wir. Aber solange wir den Bund nicht körperlich vollenden, hast du die Chance, wenigstens ein halbwegs normales Leben zu führen, wenn du nicht in meiner Nähe bist. Vielleicht wirst du irgendwann Kinder haben wollen und ich kann dir keine schenken. Die Unsterblichkeit hat auch Schattenseiten."

Helen schnaubte. „Schon mal was von künstlicher Befruchtung gehört? Das ist doch albern. Alistair, was passiert denn, wenn wir den Bund vollenden?"

Seine Mundwinkel zuckten unwillkürlich. „Du bist wirklich einmalig. Also gut. Die Wahrheit ist, keiner kann vorher sagen, was geschieht. Es ist äußert selten, dass sich Druiden verbinden. Und noch seltener, dass sie es mit Sterblichen tun."

Helen hob abwartend die Augenbrauen.

„Bei manchen Verbindungen entstand eine mentale Verbundenheit. Sie konnten die Gedanken des anderen lesen." Alistairs Stimme wurde leiser. „Es gibt auch Geschichten, dass sie die Gefühle des anderen spürten. Jeden Schmerz, jeden Ärger, jede Wut."

„Aber doch bestimmt auch Freude, Lust und Liebe?", fragte Helen zurück.

Alistair nickte.

„Was kann noch passieren?"

„Es soll einen Fall gegeben haben, bei dem die beiden Liebenden sich nicht mehr weiter als ein Dorf voneinander entfernen konnten, ohne körperliche Schmerzen zu erleiden."

„Das ist extrem." Helen schluckte. „Eine Frage habe ich noch. Hat jemals die Liebe unter der Verbindung gelitten?"

Alistair überlegte, bevor er antwortete. „Merkwürdigerweise nicht."

„Warum glaubst du dann, es könnte bei uns passieren?"

Er seufzte. „Die meisten der Paare kannten sich Jahre, hatten lange überlegt, ob sie den Schritt wagen sollten. Wir kennen uns erst so kurze Zeit."

„Und doch hast du mir heute nicht nur dein Geheimnis anvertraut, sondern auch dein Leben mit deinem Versprechen … Moment mal, was, wenn ich die Worte nicht wiederholt hätte? Wäre dann irgendetwas passiert?"

„Nur ich wäre daran gebunden, solange dein Herz für mich schlägt."

Alistair wählte seine Worte sehr sorgfältig. Nicht nur würde er nie wieder lieben, er würde auch mit keiner anderen Frau mehr schlafen, solange Helen lebte. Selbst, wenn sie sich von ihm trennen sollte. Und da er Helen auf keinen Fall das gleiche Schicksal zumuten wollte, durfte er nie wieder mit ihr Sex haben.

Helen stand auf und zog Alistair mit sich. Sie hatte genug gehört. Sie glaubte an ihre Liebe und war bereit, das Risiko einzugehen.

„Falls wir uns nicht mehr voneinander trennen können, wirst du ganz nach London ziehen und dir ein Büro in der Nähe von Genesis Enterprises suchen müssen."

Ungläubig sah Alistair sie an. „Hast du mir nicht zugehört, Helen? Wir werden den Bund nicht vollenden!"

„Ich habe dir sehr wohl zugehört. Du bist edel und willst mich schützen, aber ich will nicht beschützt werden, ich will von dir geliebt werden."

Sie ging zum Kamin und dem davor liegenden dicken Teppich, ließ ihre Hose herabgleiten und begann das Hemd aufzuknöpfen. Sie fühlte sich voller Energie und wusste, dass sie das richtige tat. Nackt drehte sie sich zu ihm und streckte ihm auffordernd ihre Hand entgegen.

Alistair schüttelte stur den Kopf. „Du weißt nicht, was du tust. Keiner von uns kann abschätzen, was passieren wird."

„Liebst du mich?"

„Mehr als mein Leben."

„So wie ich bin oder hast du noch mittelalterliche Vorstellungen davon, wie eine Frau zu sein hat?"

Ihre Frage brachte ihn aus dem Konzept. „Was? Nein, ich liebe dich für deinen starken Willen, für deine Intelligenz und für alles, was dich ausmacht."

„Betrachtest du mich als ebenbürtig?"

„Ich bin ein Druide mit magischen Fähigkeiten und tausend Jahren Lebenserfahrung."

„Was soll das denn heißen? Du glaubst also, nur weil ich nicht zaubern kann und keine läppischen 994 Jahre Lebenserfahrung habe, kenne ich meine Gefühle nicht und kann keine Entscheidungen treffen? Das ist nicht das, was ich unter einer gleichberechtigten Beziehung verstehe. Beantworte meine Frage! Sind wir ebenbürtig?"

„Ja, das sind wir, aber ich versuche doch nur, dich vor einer Entscheidung zu schützen, deren Auswirkungen du nicht abschätzen kannst."

„Die keiner abschätzen kann, wie du vorhin gesagt hast", korrigierte sie ihn. „Hast du Angst?"

Alistair wurde blass. Sie hatte seinen wunden Punkt getroffen. Ja, er hatte Angst.

„Du weißt so wenig über mich, mein Leben, was ich alles getan habe. Vielleicht wirst du mich irgendwann hassen."

„Vielleicht werde ich dich auch nur noch mehr lieben. Das werden wir nur zusammen herausfinden können." Sie hielt ihm weiter ihre Hand hin.

„Wir sind dann für immer miteinander verbunden. Bis zum Tod. Ist dir wirklich klar, was das bedeutet, Helen?"

Sie lächelte und breitete einladend ihre Arme aus. „Heute ist mein Geburtstag und ich wünsche mir, dass du mich liebst. Für immer."

Wie unter Zwang bewegte er sich einen Schritt auf sie zu. All seine Lebenserfahrung konnte ihm jetzt nicht helfen und er wollte sie so sehr. Wollte so sehr, dass sie für immer ein Teil von ihm wurde und er ein Teil von ihr.

Alistair gab seinen Widerstand auf. Er würde ihrer Liebe vertrauen.

Er brauchte eine Sekunde, sich seiner Kleidung zu entledigen, und eine weitere, bis Helen unter ihm auf dem dicken Teppich lag.

„Endlich", murmelte sie an seinen Lippen, bevor ihre Zungen sich in einem wilden Kuss fanden.

KAPITEL 16

Lange nach Mitternacht half Lucas dabei, Lucys Sachen aus ihrem Zimmer zu holen und sie in die Suite zu bringen.

Staunend sah Lucy sich um, inspizierte jeden Raum und fühlte sich wie eine Prinzessin, während Lucas packte. Am Schluss ihrer Runde öffnete sie die Tür zur Terrasse. Ein Holztisch mit Stühlen und zwei gepolsterte Liegen standen darauf. Die Sterne funkelten am Himmel und Lucy atmete tief die frische Luft ein.

Hinter ihr räusperte Lucas sich. „Ich wäre dann soweit. Schlaf gut und träum schön. Soll ich dich morgen so gegen zehn abholen und wir gehen gemeinsam frühstücken?“

Sie drehte sich zu ihm um. „Willst du mich schon verlassen? Ich bin gar nicht müde. Wir könnten hier draußen noch etwas zusammen trinken. Es ist so eine schöne Nacht.“

„Die Nacht ist fast zu schön. Ich denke, es ist besser, wenn ich gehe.“

„Was meinst du damit?“ Lucy war verwirrt.

Lucas breitete die Arme aus. „Was wohl? Die Nacht ist lau, ich bin mit einer bezaubernden Frau in einem romantischen Hotel. Das Himmelbett im Zimmer nebenan ist so breit, dass man sich darin verlaufen könnte … und du bist wunderschön und deine Lippen sind so verführerisch und du siehst mich gerade so unschuldig an, dass ich am liebsten dafür sorgen würde, dass sich der Ausdruck in deinen Augen in etwas Neues, etwas Wildes und Verlangendes verwandelt. Und weil das so ist, muss ich jetzt sofort weg von hier. Von dir.“

Er wandte sich um, doch Lucy hielt ihn am Arm fest und stellte sich ihm in den Weg.

„Nicht. Ich will es auch."

Lucas' hellblaue Augen wurden dunkler. „Du weißt nicht, was du da sagst. Dir ist der Alkohol zu Kopf gestiegen. Ich glaube nicht, dass dir gefallen würde, was ich mit dir vorhätte."

„Was würdest du denn mit mir tun?", fragte Lucy mit bebender Stimme.

„Willst du das wirklich wissen?" Er klang fast bedrohlich und ein Schauer der Erregung lief über Lucys Körper.

„Ja", flüsterte sie.

Er packte sie im Nacken und zog sie eng an sich heran, presste sich an sie, so dass sie spürte, wie hart er war.

„Ich würde dich an die Pfosten des Bettes fesseln, mit weit gespreizten Beinen, und deinen zarten Körper benutzen, wie ich es will. Ich werde es dir gut besorgen, aber dich erst kommen lassen, wenn es mir gefällt, und dich bestrafen, falls du dich nicht beherrschen kannst. Und ich ficke dich. Deine tropfende Spalte, deinen feuchten, warmen Mund, und wenn ich Lust darauf habe, schiebe ich meinen Schwanz auch noch in deinen kleinen, süßen Arsch."

Lucy zuckte zusammen.

Abrupt ließ Lucas sie los und wich ein paar Schritte zurück. Was hatte er sich nur dabei gedacht, ihr so etwas ins Gesicht zu sagen? Er war überzeugt davon, dass er sie abgeschreckt hatte und zu weit gegangen war, aber in Wahrheit hatten seine Worte in Lucy ein Feuer entfacht. Feuchtigkeit sammelte sich in ihrem Slip und die Entscheidung war gefallen.

Sie streckte ihre Arme nach vorne, überkreuzte die Handgelenke, als wären sie bereits gefesselt, und senkte den Kopf. „Nimm mich."

Er zögerte. „Lucy, überleg es dir gut. Es wird nur hemmungsloser Sex sein. Sonst nichts. Mehr kann ich im Moment nicht geben. Niemandem."

„Ich weiß und es spielt keine Rolle, weil ich zu mehr gerade auch nicht bereit bin“, wisperte sie. „Also nimm mich.“

Immer noch war er unsicher. „Ich werde dich nicht mit Samthandschuhen anpacken, sondern mit dir tun, was mir gefällt. Ich werde dominant sein und du musst dich darauf einlassen können.“

Lucy sah ihm tief in die Augen. „Zeig es mir.“

Mit einem Knurren warf er sie sich über die Schulter und lief mit ihr ins Schlafzimmer. Vor dem Bett stellte er sie wieder auf die Füße, öffnete den Reißverschluss ihres fließenden, langen Abendkleides aus schwarzer Seide und zog es ihr über den Kopf. Dann trat er in die Mitte des Raumes und sah sie an.

Lucy trug einen trägerlosen BH und ein winziges Höschen, beides ebenfalls schwarz, keine Nylons. Sie gefiel ihm ausnehmend gut.

„Zieh deine Pumps aus und komm einen Schritt nach vorne.“

Lucy tat, was er verlangte.

Langsam ging er um sie herum, betrachtete sie ausgiebig und fühlte, dass sich Lucy unter seinen Blicken wand, es sich aber nicht anmerken lassen wollte. Er erlaubte sich ein kleines Lächeln. Als er wieder hinter ihr stand, zog er die Nadeln aus ihrer Hochsteckfrisur und ihre blonden Haare fielen bis über die Schultern.

„Bleib so stehen“, flüsterte er in ihr Ohr und sein heißer Atem sorgte für eine Gänsehaut auf Lucys Körper. Ihre Brustwarzen wurden so hart, dass es fast schmerzte.

Lucas holte seinen Koffer aus dem Wohnzimmer, stellte ihn auf den Boden und öffnete ihn.

„Ich werde improvisieren müssen, da ich nicht damit gerechnet habe, dass sich der Abend so entwickeln könnte.“

Er fischte eine dunkle Krawatte heraus, wickelte sie sich um die Hände und zerrte fest daran, bevor er nickte, dann stopfte er sie in die Hosentasche. Er schlüpfte aus seinem Sakko, warf es auf einen Sessel in der Nähe und zog sein Hemd aus.

Lucas war schlank und sehnig. Er hatte kein Gramm Fett am Körper und seine Brust- und Bauchmuskeln zeichneten sich deutlich unter seiner hellen Haut ab.

Kurzerhand riss er die Ärmel seines zweifellos maßgeschneiderten Hemdes ab, ließ den Rest fallen und trat auf Lucy zu.

„Hast du so etwas schon mal gemacht? Bist du dir wirklich sicher?“ Er streichelte sanft mit dem Handrücken über ihre Wange.

„So noch nicht, aber ich will es.“

„Wenn es dir zu viel wird, rufst du laut Stopp. Dann höre ich sofort auf. Es ist nur ein Spiel und soll dir ebenso gefallen wie mir. Wir müssen uns gegenseitig vertrauen. Verstanden?“

„Verstanden.“

Lucas richtete sich auf. Seine gesamte Haltung änderte sich. Als wäre er plötzlich um zwanzig Zentimeter gewachsen. Seine Augen glitzerten gefährlich.

„Leg dich aufs Bett. Auf den Rücken. Nimm die Hände über den Kopf und spreiz deine Beine.“

Lucy gehorchte. Sie zitterte ein wenig, folgte aber seinem Befehl aufs Wort.

Lucas holte ein paar Kondome aus einer Seitentasche seines Koffers, die er achtlos auf den Nachttisch warf, schlüpfte aus Schuhen und Socken und kletterte zu ihr aufs Bett.

„Du hast Kondome mitgebracht?“, fragte Lucy.

„Die stammen noch von meiner letzten Reise. Und ab jetzt sprich nur, wenn ich es dir erlaube. Ist das klar?“

Sie schwieg und nickte stattdessen.

„Gut.“

Er lächelte, kniete sich über ihre Brust und fesselte ihre Handgelenke mit der Krawatte. Dabei konnte Lucy direkt vor ihrem Gesicht deutlich seinen harten Schwanz sehen, der sich unter der Hose abzeichnete. Sie spürte, wie es verlangend in ihr zuckte, so dass sie am liebsten ihre Beine aneinander gerieben hätte, aber sie tat es nicht. Sie würde sich auf Lucas' Spiel einlassen.

Als er die Krawatte fest am Kopfteil des Bettes befestigte, stöhnte Lucy leise auf. Sie ahnte, dass sich die Knoten noch mehr zusammenziehen und sie sich ihre Gelenke wundscheuern würde, wenn sie daran riss. Und sie war davon überzeugt, dass Lucas sie dazu bringen könnte.

Er ließ seine Zunge über ihre Lippen gleiten, doch als sie sie willig öffnete, ignorierte er sie. Er drehte sich um, riss die Hemdsärmel noch einmal der Länge nach auf und fesselte ihre Fußgelenke an die Bettpfosten aus massivem, dunklem Holz. Lucy konnte sich kaum noch bewegen. Das Gefühl des kompletten Ausgeliefertseins war ungewohnt, aber berauschend.

Lucas kam zurück, griff unter Lucys Rücken, öffnete ihren BH und warf ihn auf den Boden. Ihre Brüste waren klein und fest, die Nippel aufgerichtet. Sie waren wie gemacht, um genüsslich daran zu saugen … und mehr. Kurz bedauerte er, dass er keine Klammern dabei hatte, verwarf den Gedanken aber wieder. Er sollte bei ihr sowieso nicht zu weit gehen.

Er kletterte wieder über Lucy, stützte sich mit einer Hand am Kopfteil ab und beugte sich zu ihr herunter.

„Ich werde dir jetzt einen Finger in den Mund schieben, und ich will, dass du mir zeigst, was du mit meinem Schwanz tun wirst, um mir zu gefallen."

Er erwartete keine Antwort, sondern klopfte mit seinem Zeigefinger auffordernd an ihre Lippen. Sofort umschloss Lucy ihn fest und lutschte an der Fingerspitze, leckte darüber, fuhr auf der Innenseite entlang, bewegte ihren Kopf vor und zurück, bevor sie ihn soweit es ging einsaugte.

Der Anblick war geil und Lucas atmete schneller. Er konnte es kaum erwarten, seinen Schaft in ihren Mund zu versenken. Wahrscheinlich würde sie ihn nicht ganz aufnehmen können, aber einen Versuch wäre es wert.

Lucas zog seinen Finger heraus und streichelte Lucy übers Haar. „Gut gemacht“, lobte er, bevor er nach hinten zwischen ihre Beine rutschte. Unter dem engen Slip konnte er die Konturen ihrer bereits prallen Schamlippen erkennen. Er drückte seine Hand dagegen und Lucy hob ihr Becken, drängte sich ihr entgegen.

Streng sah Lucas sie an. „Nicht bewegen. Du willst doch nicht, dass ich dich bestrafe?“

Sie schüttelte den Kopf, obwohl sie sich gleichzeitig fragte, was er dabei im Sinn hatte. Aber das könnte sie später immer noch herausfordern und wenn es ihr nicht gefiel, einfach Stopp sagen.

Lucas hakte seine Finger in die seitlichen Bändchen, dehnte sie soweit es ging und ließ sie dann auf ihre Haut zurückschnellen. Lucy keuchte erschrocken auf.

„Zu viel Stoff. Ich will deine Möse sehen.“ Ohne zu zögern riss er ihr das Höschen vom Körper und hielt es sich vor die Nase. „Ich kann deine Erregung riechen“, er atmete tief ein, „und sehen. Der Stoff ist ganz feucht. War das schon so, als wir uns begegnet sind, oder erst, seit ich dir beschrieben habe, was ich mit dir tun will? Sag’s mir! Aber ich warne dich, ich merke es, wenn du mich anlügst.“

„Vorher schon“, flüsterte sie.

Seine Lippen verzogen sich zu einem amüsierten Lächeln. „Wann?“

„Im Café“, gab sie zu und wandte schnell den Blick ab.

„Kein Grund, sich zu schämen. Ich habe im Café auch daran gedacht. Als ich bemerkt habe, wie du mich angesehen hast, als du dachtest, es wäre unauffällig, habe ich mir vorgestellt, dich auf den Tisch zu drücken, deinen Rock hochzuschieben, deinen Slip zur Seite zu ziehen und dich vor allen Leuten hart von hinten zu nehmen. Hätte dir das gefallen?“

Lucy stellte es sich vor und obwohl sie es nie im Leben tun würde, wollte sie dennoch nicken. Lucas‘ Fantasie machte sie unglaublich an. Er schien es jedoch zu mögen, wenn sie sich ein wenig zierte, deshalb presste sie die Lippen aufeinander, schwieg und war neugierig, wie er darauf reagieren würde.

Blitzschnell war er über ihr, krallte eine Hand in ihre Haare und zwang sie, ihn anzusehen.

„Ich habe dich etwas gefragt“, zischte er. „Hätte es dir gefallen, wenn ich dich auf offener Straße gefickt hätte, während uns alle dabei zusehen und die Männer mich anfeuern, es der kleinen Schlampe richtig zu besorgen? Sag’s mir gefälligst!“

Lucas wartete gespannt. Er wusste nicht, wie hart er verbal mit Lucy umspringen konnte und ob sie darauf eingehen oder die Sache sofort beenden würde.

Lucy beschloss, nicht mehr nachzudenken, sich einfach fallen zu lassen, mitzuspielen und ließ ihre Unterlippe zittern, bevor sie antwortete.

„Ja, es hätte mir gefallen.“

Lucas ließ sich seine Erleichterung nicht anmerken, sondern starrte sie grimmig an.

„Und was genau hätte dir daran gefallen? Raus damit!“

Sie schluckte. „Dass du mich einfach nur benutzt hättest.“

„Und warum hätte ich das getan?“, fragte er streng.

Lucy kämpfte ihre Verlegenheit nieder. „Weil meine Pussy für deinen Schwanz einfach nur etwas gewesen wäre, in dem du kommen kannst“, wisperte sie.

Lucas‘ Ständer pochte schmerzhaft, als er ihre Worte hörte und sie ihn dabei so scheu ansah.

Er ließ sie los und küsste sanft ihre Stirn. „Oh Kleines, ich werde heute Nacht noch viel mehr Wahrheiten aus dir herauslocken. Du wirst mir Sachen gestehen, die du noch niemals laut ausgesprochen hast.“

Mit einer geschmeidigen Bewegung stand er auf, hielt sich mit einer Hand an einem der Querbalken des Baldachins fest und rieb mit der anderen seine Erektion, während er seinen Blick ausgiebig von oben nach unten über Lucy wandern ließ.

Vorhin hatte er sich ihre Muschi gar nicht genau ansehen können, dafür hatte er jetzt einen guten Ausblick. Sie war glatt rasiert und Lucas leckte sich über die Lippen. Er konnte es kaum erwarten, sie zu kosten und zu vögeln, aber er würde sich noch ein wenig gedulden.

Lucy blickte zu ihm auf. Sie wollte so gerne von ihm berührt werden. Wollte seinen harten Körper auf ihrem spüren, seine warme, nackte Haut auf ihrer fühlen. Sie sehnte sich nach einem Kuss. Irgendetwas. Oder wenigstens, sich selbst anzufassen. Sie zerrte an ihren Handfesseln.

„Nicht ungeduldig werden“, tadelte Lucas. „Ich gebe dir gleich etwas zu tun.“

Er stieg über ihre Beine, kniete sich wieder über ihren Oberkörper und öffnete den Knopf seiner Anzughose. Langsam zog er den Reißverschluss nach unten und holte seinen harten Schwanz heraus. Lucy konnte den Blick nicht abwenden. Er war groß, größer als bei einem durchschnittlichen Mann, aber nicht zu riesig, dass er ihr zu sehr damit wehtun könnte. An der dicken Eichel hing ein Tropfen klarer Flüssigkeit.

Lucas umklammerte das Kopfteil mit beiden Händen, bewegte die Hüfte nach vorne und sein Schwanz zuckte genau vor Lucys Lippen.

„Jetzt sei schön artig und lass mich deinen Mund benutzen. Du willst doch sowieso, dass ich jede Körperöffnung ficke, die du zu bieten hast.“

Sie öffnete ihren Mund und Lucas schob seine Eichel auf ihre Zunge. Lucy lutschte zuerst den Tropfen ab und begann dann zu saugen und zu lecken. Lucas stöhnte und drang tiefer ein, vögelte ihren Mund ganz langsam. Während ihre Lippen auf und ab glitten, sah sie zu ihm hoch. Sein Gesicht war vor Lust verzerrt.

Lucas stieß kräftiger zu und hielt kurz inne, genoss das Gefühl der Wärme und Feuchtigkeit und Enge. Als er seine Eichel noch tiefer schob, weiteten sich Lucys Augen plötzlich und sie holte hektisch Luft durch die Nase. Sofort zog er sich wieder ein Stück zurück. Jetzt waren die Grenzen klar und er würde sie kein weiteres Mal überschreiten.

„Streng dich mehr an!“, befahl er dennoch. „Enttäusch mich nicht, das kannst du besser. Ich werde mich nicht um deine triefende Möse, deine Titten und deinen Arsch kümmern, wenn du das hier nicht gut machst.“

Lucy saugte härter, bewegte ihren Kopf schneller. Ihre Zunge leckte gierig seinen Schwanz, und ein Keuchen, tief aus seiner Kehle, entfuhr Lucas. Sein Herz raste wie verrückt. Wie gerne würde er jetzt loslassen und sein Sperma in ihren Mund pumpen, ihr dabei zusehen, wie sie alles schluckte, aber er wusste, dass er das nicht einfach so machen konnte. Eine Belohnung hatte sie sich trotzdem verdient.

Er zog sich aus ihr zurück, legte sich auf sie und presste seinen Mund auf ihren. Er teilte ihre Lippen mit seiner Zunge und küsste sie leidenschaftlich.

Lucy seufzte dankbar, gab sich ihm hin, ließ es zu, dass er ihren Mund eroberte. Sie wollte so gerne ihre Beine um ihn schlingen und sich an ihm reiben, aber konnte sich nicht rühren. Frustriert stöhnte sie auf.

Prompt stoppte Lucas, richtete sich auf sah sie tadelnd an. „Was ist denn? Habe ich dich nicht großzügig meinen Schwanz saugen lassen und ist dir mein Kuss jetzt etwa nicht genug? Was willst du denn noch?“

Lucy sah ihn stumm an. Ihr ganzer Körper stand in Flammen und sie konnte keinen klaren Gedanken fassen.

„Wenn du es mir nicht sagst, hole ich mir sofort vor deinen Augen einen runter, spritz auf dir ab und lasse dich hier die ganze Nacht gefesselt liegen, während ich in dein Zimmer gehe und friedlich schlafe.“ Er schloss drohend die Hand um seinen Schwanz.

„Nicht … ich brauche …“ Sie brach ab.

„Was brauchst du? Wenn du dich nicht klar ausdrückst, kann ich dir nicht folgen, liebste Lucy.“

„Ich will von dir angefasst werden. Ich brauche deine Finger und deinen Mund und deine Zunge. Und ich will von dir gefickt werden."

Er lächelte. „Das verstehe ich. Du brauchst es so sehr. Soll ich die anderen Gäste dazu holen, damit wir ein wenig Publikum haben? Du scheinst ja drauf zu stehen und ich habe versprochen, dafür zu sorgen, dass du auch auf deine Kosten kommst. Und wenn ich in dir gekommen bin, könnte ich dich ihnen überlassen und dabei zusehen, wie dich mehrere gleichzeitig von allen Seiten nehmen. Ein Schwanz tief in deinem Hals, einer in deiner triefnassen Möse und einer in deinem Arsch. Das wäre bestimmt ein geiler Anblick. Wollen wir es so machen, meine Kleine?"

Lucy schüttelte schnell den Kopf. „Nein, bitte nicht. Ich will nur dich."

Er streichelte über ihre Haare. „Ist gut. Dann heben wir uns das für ein anderes Mal auf. Hast du einen Gürtel?"

Der abrupte Themenwechsel verwirrte Lucy für einen Moment. „Ja, in meiner Reisetasche", stotterte sie.

Lucas stand auf und ihm entging nicht, dass sie ihn ängstlich ansah. „Keine Sorge, ich werde dich nicht damit schlagen. Ich brauche ihn für etwas anderes. Aber vielleicht versohle ich dir später trotzdem noch den Hintern, wenn du mir nicht gehorchst. Dafür reicht aber meine Hand."

Er zog Hose und Shorts aus, holte den Gürtel und kam zu Lucy zurück. Sein harter Schwanz wippte bei jedem Schritt und das Ziehen zwischen ihren Beinen wurde stärker.

Lucas band ihre Hände los, richtete Lucy auf und stellte sie am Fußende des Bettes auf die Matratze.

„Nimm die Arme nach oben, breite sie aus und halte dich am Balken fest."

Sie gehorchte. Lucas stellte sich hinter sie und fesselte ihre Handgelenke mit der Krawatte und dem Gürtel. Dabei ließ er seinen Schaft einmal in ganzer Länge durch ihre Muschi gleiten.

Lucys Stöhnen gefiel Lucas so gut, dass er es gleich nochmal machte.

Danach öffnete er die Knoten der Fußfesseln. Die improvisierten Stricke hätten ihr für diese neue Position zu viel Spielraum gegeben. Er spreizte ihre Beine soweit es ging und fesselte sie erneut.

Schließlich ging er um das Bett nach vorne, stellte sich vor Lucy und betrachtete sein Werk, das ihm ausnehmend gut gefiel. Das Gestell und die Matratze hatten die perfekten Maße, sodass ihre Brüste in Augenhöhe waren. Doch um die würde er sich später kümmern. Jetzt stand ihm der Sinn nach etwas anderem.

Er ging auf die Knie und spreizte Lucys Schamlippen. Ihre Möse befand sich über seinem Mund und ihr rosiges Fleisch glänzte. Mit seiner Zungenspitze leckte er einmal genüsslich durch ihre Spalte.

„Ganz nass für mich. Braves Mädchen. Halt schön still."

Er begann, an ihrem Kitzler zu saugen und schob gleichzeitig seinen Zeige- und Mittelfinger tief in sie hinein.

„So eng. Das ist gut, sonst hätte ich heute Nacht nur deinen Arsch gefickt, aber ich glaube, das werden wir trotzdem noch tun. Ich bin sicher, der ist so eng, dass er mir das Blut im Schwanz abschnürt."

Lucas' Kommentare, seine raue Stimme, seine Zunge und Finger machten Lucy unendlich geil. Sie klammerte sich an dem Balken fest und stöhnte laut. Als sie hörte, dass Lucas ihren Saft aufschleckte, konnte sie sich nicht zurückhalten. Sie bewegte ihre Hüfte und presste sich gegen seinen Mund.

Sofort ließ Lucas sie los und stand auf. „Das hättest du besser nicht getan." Er klang eisig.

„Es tut mir leid. Ich wollte doch nur …"

Lucas schnitt ihr das Wort ab. „Ich weiß genau, was du wolltest, aber es geht darum, was ich will und dass du machst, was ich dir sage."

Ohne sie noch einmal anzusehen, drehte Lucas sich um und ging ins Wohnzimmer. Lucy konnte durch die offenen Türflügel beobachten, wie er die Champagnerflasche, die das Hotel am Abend als Begrüßungsgeschenk in der Suite hinterlassen hatte, aus dem Eiskübel nahm und sie öffnete. Er goss sich ein Glas ein, holte aus dem Humidor von der Anrichte eine Zigarre, schnappte sich ein Feuerzeug und verschwand auf der Terrasse.

Lucy konnte es nicht fassen. Er stand in aller Ruhe nackt da draußen, rauchte und trank? Jetzt? Während sie hier gefesselt und geil und mit pochender Muschi ausharren musste? Sie verstand es natürlich, kannte den Grund. Er wollte ihr zeigen, dass er mit ihr machen konnte, was er wollte, aber sie konnte nicht verhindern, frustriert aufzuschluchzen.

Lucas stand an der Brüstung und sah in die Nacht hinaus. Er wollte Lucy zappeln lassen und sie gefügig machen, aber er brauchte auch den Moment für sich alleine, um das Verlangen, sie sofort zu nehmen, wieder unter Kontrolle zu bekommen.

Sie erregte ihn und das, was sie ihm erlaubte, mit ihr zu tun, gab ihm noch einen zusätzlichen Kick. Er fühlte sich lebendig wie lange nicht. Aber er musste darüber nachdenken, was er Lucy alles zumuten konnte. Sie war nicht so erfahren in diesen Dingen und er wollte sie nicht schockieren, sie jedoch wenigstens zum Betteln bringen.

Nach einer Viertelstunde ging er ins Schlafzimmer zurück. Lucy hing sprichwörtlich in den Seilen und hatte den Kopf gesenkt. Es war mühsam, in dieser Haltung zu stehen. Ihre Arme und Beine schmerzten und sie schwitzte vor Anstrengung. Sie blickte nicht auf, als er wieder vor ihr stand.

Sanft hob Lucas ihr Kinn an. Lucys Gesicht glänzte, ein Schweißtropfen lief über ihre Schläfe und ihre Augen schimmerten feucht. Oh ja, sie würde sich ihm nicht mehr widersetzen.

Lächelnd hielt er ihr ein gefülltes Glas vor den Mund. „Hast du Durst?“

Sie nickte und er hob es an ihre Lippen, flößte ihr den Champagner langsam ein, bis sie alles ausgetrunken hatte.

„Danke“, flüsterte sie.

„Gern geschehen.“

Er ließ das leere Glas einfach auf den weichen Teppichboden fallen und stieg aufs Bett. Er stellte sich hinter sie, schob ihre Haare nach vorne und streichelte ihren Rücken. Sie bog ihn durch und er leckte ihre Wirbelsäule nach oben bis zu ihrem Nacken.

„Du bist ganz verschwitzt“, murmelte er dicht an ihrem Ohr. „Dabei habe ich noch gar nicht richtig angefangen.“

Sie wimmerte und er presste sich an sie, umarmte sie, ließ seine Hände über ihren flachen Bauch gleiten, bevor er ihre harten Brustwarzen zwischen Daumen und Zeigefinger nahm, sie rollte und langsam an ihnen zog.

„Ich wünschte, ich hätte Nippelklemmen mitgebracht. Sie wären perfekt für dich. Hast du das schon einmal ausprobiert?“

Lucy schüttelte den Kopf.

Lucas lachte leise. „Es würde weh tun“, er drückte mit den Fingern zu und Lucy schrie auf, „aber es würde dir ganz sicher auch gefallen. Es ist so ein süßer Schmerz. Ich würde eine Kette zwischen ihnen befestigen und immer wieder daran ziehen oder dich daran im Schlafzimmer herumführen. Oder ich würde dich zwingen, ein enges Oberteil zu tragen, so dass sich die Klemmen darunter deutlich abzeichnen, und dann mit dir ausgehen. Und jeder würde wissen, was ich alles mit dir tun kann. Erregt dich das?“

Wieder schüttelte Lucy den Kopf.

Lucas glaubte ihr keine Sekunde. Ganz sicher hatte sie die Vorstellung angemacht, selbst wenn sie sie nie in die Realität umsetzen würde. Er fuhr mit einer Hand zwischen ihre Beine und drang sanft mit zwei Fingern in sie ein, bewegte sie aber nicht.

„Ich glaube aber schon, dass es dich erregen würde. Ich kenne in London einen noblen Privatclub, in dem jeder mit jedem Sex haben oder den anderen dabei zusehen kann. Es gibt dort Räume, die für alle möglichen Fantasien zur Verfügung stehen. Ich habe schon einige ausprobiert, aber dich, meine unschuldige Lucy, würde ich zuerst mit in den Hauptsalon nehmen, wo sich die meisten aufhalten und etwas trinken, sich in Stimmung bringen. Dort steht in der Mitte ein großer Marmortisch mit Lederschnallen. Du bist nackt und kniest darauf auf allen Vieren. Die Brustkette befestige ich auf der Platte an einem Haken. Ich schnalle deine Handgelenke fest, spreize deine Beine weit und fixiere sie. Alle können dich sehen, Lucy. Alle können alles von dir sehen."

Sie hielt den Atem an.

„Und dann bin ich hinter dir. Ich wickle deine Haare um meine Hand, reiße deinen Kopf in den Nacken, während ich gleichzeitig meinen harten Schwanz in dich ramme und dich gnadenlos durchficke. Alle stehen um uns herum, geilen sich an uns auf und stimmen laut darüber ab, wer als nächster an der Reihe ist, dich auf seinen Schaft zu pfählen. Und dann, wenn du kurz davor bist zu kommen und dich aufbäumst, wirst du die Klammern spüren, die an deinen Nippeln zerren, und laut vor Lust schreien, weil es dir gefällt."

Ohne dass Lucy es verhindern konnte, zuckte ihre Muschi.

„Wusste ich es doch." Lucas lachte und fickte sie jetzt mit seinen Fingern. „Sag es, Lucy. Gib es endlich zu."

„Ja, es würde mir gefallen", stöhnte sie. „Ich will, dass du all das mit mir tust. Dass du mich mit in diesen Club nimmst und mich benutzt, wie es dir gefällt. Allen zeigst, dass ich dir gehöre und dir jeden Wunsch erfülle, den du hast. Ganz egal, was es ist."

„So ist es gut." Er biss kräftig in ihre Schulter und sie erzitterte unter seinem Angriff. Ein paar Mal stieß er dabei in sie, dann zog er seine Finger heraus und hielt sie vor ihren Mund. „Mach sie sauber. Sie sind ganz nass."

Lucy leckte sie ab, und als Lucas zufrieden war, nahm er ihr Kinn und bog ihren Kopf nach hinten. „Und was soll ich jetzt mit dir tun?“

Sie schloss die Augen und atmete tief durch. „Alles, was du willst.“

Ihre Stimme war nur ein Flüstern und dieses Flüstern klang nach Kapitulation. Ein triumphierendes Gefühl breitete sich in Lucas‘ Brust aus. Jetzt hatte er sie soweit.

„Ich will dich jetzt von hinten nehmen und ich will hören, wie gut es dir gefällt. Ich will, dass du vor Lust schreist, aber denk daran, dass du nicht kommen wirst, bevor ich es dir erlaube.“

Lucy nickte. Sie war zu allem bereit. Sie wollte endlich seinen Schwanz in sich spüren!

Lucas ließ ihren Kopf los, der kraftlos nach vorne fiel. Er holte ein Kondom und streifte es sich über. Als er wieder hinter ihr stand, presste er eine Hand in ihren Rücken. Sie machte ein Hohlkreuz und bot sich ihm dar. Einen Moment genoss er den Anblick, dann drang er mit seiner Eichel in sie ein und Lucy stöhnte laut, bot alles an Willenskraft auf, sich nicht zu bewegen, sich nicht auf ihn zu spießen.

Lucas packte sie mit einer Hand an der Hüfte und hielt sich mit der anderen oben am Balken fest.

„Ich werde nicht sanft mit dir umgehen. Das ist dir doch klar, oder?“ Er bewegte seinen Schwanz nur millimeterweise vorwärts. „Willst du, dass ich dich so hart ficke, wie es niemand zuvor getan hat? Willst du das?“

„Bitte“, schluchzte sie leise.

Das Flehen in ihrer Stimme brachte ihn zum Lächeln. Er zog seinen Schwanz zurück, bis nur noch die Spitze in ihr war, dann rammte er seinen Schaft bis zum Anschlag rein und fing an, Lucy wie besessen zu ficken. Sie war eng und nass und heiß! Er klatschte bei jedem Stoß so hart gegen sie, dass seine Eier an ihre Möse schlugen. Lucys Keuchen wurde immer lauter. Er ließ ihre Hüfte los, griff nach vorne, verstrich den Saft aus ihrer Spalte auf ihrem Kitzler und fing an ihn zu reiben.

„Schrei meinen Namen!“, zischte Lucas. „Los! Das ganze Hotel soll hören, wie gut ich es dir besorge, aber du darfst nicht kommen. Vergiss das nicht.“ Er stieß noch fester zu.

„Lucas!“, schrie Lucy immer wieder und erbebte unter den Sinneseindrücken, die gleichzeitig auf sie einstürmten. Sein großer Schwanz tief in ihr, sein Keuchen hinter ihr, seine Finger, die sie rieben, ihre schmerzenden Arme und Beine, wie devot sie sein konnte, die Fantasien, von denen er ihr erzählt hatte, die Geräusche, wenn sein Körper auf ihren traf. In Lucys Kopf drehte sich alles, ein warmes Gefühl breitete sich in ihrem Unterleib aus, wurde stärker und stärker.

Lucas wusste, dass sie kurz vor dem Orgasmus stand. Er hörte es an ihren atemlosen Schreien und ihrem Stöhnen, spürte die Zuckungen an seinem Schwanz. Obwohl er auch kurz davor war, zog er sich aus ihr heraus. Er bestimmte, wie das laufen würde.

„Nein!“, schrie Lucy gequält auf. „Nein, nein, nein!“

Lucas zwang sie, ihn anzusehen. Ihr Gesicht war gerötet und verschwitzt, ihre Pupillen geweitet.

„Wolltest du etwa unartig sein?“, knurrte er.

Das Verlangen nach Erlösung war so groß, dass Lucy Tränen in die Augen schossen. „Es tut mir leid. Bitte, Lucas. Es tut mir leid.“

„Ich will dich erst vollständig unterwerfen, bevor ich dich kommen lasse. Verstehst du das denn nicht?“ Er klang zärtlich. „Aber keine Sorge, ich werde dich danach auffangen und mich um dich kümmern. Das verspreche ich. Aber jetzt muss ich dich bestrafen.“

Sie schluchzte auf.

Er griff nach oben und löste die Fesseln an den Handgelenken. Lucy fiel kraftlos in seine Arme. Er hielt sie fest und ließ sie sanft auf die Matratze sinken. Dann band er auch ihre Fußgelenke los.

Lucy war zu erschöpft, um sich zu bewegen. Lucas strich ihr die nassen Haarsträhnen aus dem Gesicht und küsste sie innig. Er glitt mit dem Mund zu ihren Brüsten und saugte abwechselnd zart an ihren Nippeln, spielte mit seiner Zunge an ihnen. Lucy entspannte sich und seufzte leise.

Mit einem Ruck setzte Lucas sich auf, rutschte an die Bettkante und zog Lucy quer über seinen Schoß. Er hielt mit einer Hand ihre Handgelenke zusammen und legte die andere auf ihren Arsch.

„Du weißt, dass ich dich bestrafen muss, aber es war deine eigene Schuld. Das siehst du doch ein, oder? Sag's mir, kleine Lucy, wieso muss ich das tun?"

Sie drehte ihren Kopf und blickte zu ihm hoch. „Weil ich ungehorsam war."

Er nickte. „Du warst ein schamloses, gieriges Mädchen, das sich nicht an meine Anweisungen gehalten hat. Ist es nicht so?"

„Ja. Es tut mir leid." Sie ließ den Kopf wieder sinken.

„Ich weiß. Das nächste Mal machst du es besser." Er holte aus und mit der flachen Hand schlug er ihr fest auf die linke Pobacke.

Lucy schrie auf. Es tat nicht so weh wie erwartet, aber ihre Haut brannte und sie fühlte sich gedemütigt.

Lucas streichelte die gerötete Stelle, auf der schwach der Abdruck seiner Hand zu sehen war. Wieder holte er aus und schlug zu. Rechts und noch einmal links. Und das Ganze dann nochmal von vorne.

Lucy zuckte bei jedem Schlag zusammen und wimmerte leise, doch das änderte sich schnell in heftiges Stöhnen, als Lucas ihre Beine auseinander schob und anfing, mit seinen Fingern in ihre Möse zu stoßen. Lucy rührte sich nicht, auch wenn alles in ihr danach drängte, sich zusammen mit seiner Hand zu bewegen. Sie spürte seinen harten Schwanz, der an ihrem Bauch zuckte, und sie hoffte, dass Lucas es auch nicht mehr lange aushalten würde. Aber nur weil er kam, würde das ganz sicher nicht zwangsläufig bedeuten, dass sie es auch tun durfte.

Plötzlich erstarrte sie. Lucas ließ einen nassen Finger zwischen ihre Pobacken gleiten, bis er ihre andere Öffnung gefunden hatte. Während er leicht Druck ausübte, beugte er sich zu ihr herunter.

„Willst du, dass ich deinen kleinen Arsch ficke? Hast du das gern? Brauchst du es?“, flüsterte er in ihr Ohr. „Willst du, dass ich meinen dicken Schaft reinschiebe, damit wir alle Löcher durchhaben?“

Er presste, drang mit seiner Fingerspitze ein und wartete auf eine Antwort. Er wollte es, aber es war in Ordnung, wenn sie ablehnen würde. Es war so schon der beste Sex, den er seit Monaten hatte.

Lucy konnte nicht mehr, konnte keine Entscheidungen mehr treffen, war zu überreizt und geschwächt. Sie gab auf.

„Alles, was du willst.“

Lucas hörte an ihrer Stimme, wie es ihr ging. Er ließ von ihr ab, drehte sie um, hielt sie in seinen Armen und sah sie an.

„Sag mir die Wahrheit, meine Kleine. Willst du es wirklich?“

Sie schüttelte den Kopf. „Nicht jetzt, aber wenn du es willst … ich tue alles, um dir zu gefallen und damit du mich kommen lässt.“ Eine einzelne Träne lief über ihre Wange und Lucas beschloss, dass es genug war.

Er hob sie hoch, küsste ihre Träne weg, legte sie auf die Seite in die Mitte des Bettes und schmiegte sich in ganzer Länge hinter sie. Den linken Arm schob er unter ihrem Kopf hindurch, legte ihn eng um ihren Hals und sie zuckte erschrocken zusammen.

„Keine Angst, es gehört nur zum Spiel“, murmelte er und sie entspannte sich.

Er hob ihr rechtes Bein, winkelte es an und hielt es fest, platzierte seine Eichel an ihrer Pussy. Hart stieß er zu.

Lucas spürte, wie sich ihre Muskeln fest um seinen Schwanz schlossen, während er sie fickte.

Lucy stöhnte bei jedem Stoß laut auf und geriet in einen regelrechten Rausch, als Lucas ihr ins Ohr keuchte, was er gerade mit ihr tat und wie sie sich anfühlte. Dann beschrieb er in allen Einzelheiten, in welche Räume er sie in dem Sexclub überall mitnehmen würde und was sie da an Ausschweifungen zu erwarten hatte. Sie war in seinem Bann, und um sie und in ihr gab es nur Lucas. Nur er existierte im Moment und sie gehörte ihm.

Lucas spürte, dass er kurz davor war zu kommen, doch er wollte das Tempo steigern und noch tiefer in sie eindringen. Rasch ließ er Lucy los, zog seinen Schwanz heraus und drehte sie auf den Rücken. Er legte ihre Beine auf seine Schultern und beugte sich zu ihr hinunter. Er umfasste ihren Kopf, presste seine Lippen auf ihre, küsste sie verlangend und drang wieder in sie ein.

Lucy krallte ihre Finger in seine Haare, stöhnte in seinen Mund. Lucas vögelte sie so heftig, dass sie bestimmt blaue Flecken bekommen würde, aber es war ihr egal. Sie war kurz davor, der Orgasmus so nah.

Bebend nahm sie sein Gesicht in ihre Hände. „Bitte, darf ich kommen?“, keuchte sie. „Lässt du es zu? Bitte. Ich war doch brav, oder?“

Die Art, wie sie ihn ansah, flehend, bettelnd, gab Lucas den Rest. „Das warst du. Du darfst kommen.“

Kaum hatte er es ausgesprochen, spürte er, wie sich ihre Muskeln um seinen Schwanz verkrampften, ihn eng umschlossen. Lucy schrie seinen Namen, als sie den Höhepunkt erreichte, die Anspannung sich entlud, sie weggerissen wurde von ihrer Lust, und Lucas kam mit ihr, küsste Lucy gierig und trank ihren Schrei, fühlte wie er in ihr abspritzte und brach dann auf ihr zusammen.

Für einen Moment erfüllte nur heftiges Atmen das Zimmer, dann legte Lucas sich neben Lucy, holte sie in seine Arme und drückte sie fest an seine Brust. Sanft strich er über ihre Haare und gab ihr federleichte Küsse auf die Stirn.

„Geht es dir gut?“

Lucy nickte. „Ich habe nur Durst und bin so müde.“

Lucas stand auf und besorgte ein Glas Wasser. Als Lucy getrunken hatte, rollte sie sich auf der Seite zusammen.

Lucas kroch hinter sie, deckte sie beide zu und schmiegte sich an ihren Rücken.

„Schlaf jetzt“, flüsterte er. „Und schöne Träume.“

„Danke, du auch“, murmelte sie und schloss die Augen. „Gute Nacht, Lucas.“

„Gute Nacht, meine Kleine.“ Er küsste ihre Schulter und streichelte Lucy, bis sie eingeschlafen war.

KAPITEL 17

Im flackernden Licht des Kamins liebten Helen und Alistair sich langsam und zärtlich. Stundenlang, konnten nicht genug voneinander bekommen. Flüsterten sich immer wieder Worte der Liebe zu. Ihre Vereinigung fühlte sich vollkommen an. Sie waren überwältigt von ihrem Glück.

Zwischendurch tranken sie einen Schluck Champagner und naschten ein paar Erdbeeren, die Alistair aus der Küche geholt hatte, natürlich ohne aufzustehen.

„Es ist so schön, dich hier bei mir zu haben, meinen Forgotten Place mit dir zu teilen“, murmelte er an ihrem Mund zwischen zwei Küssen.

Helen räkelte sich wohlig unter ihm, stutzte aber bei seinen Worten. „Forgotten Place? Warte mal.“ Sie nahm sein Gesicht in ihre Hände und hielt ihn davon ab, sie weiter zu küssen. „Der Reiseführer von Alassë hieß genauso. Nach allem, was bisher passiert ist, glaube ich kaum, dass das ein Zufall ist.“

„Ist es auch nicht.“ Alistair lächelte. „Die Reiseführer sind magisch und finden zu Menschen, die ihre Hilfe brauchen. Sie zeigen ihnen den Weg zu einem Forgotten Place, der ihnen helfen kann. Der ihnen etwas gibt, was ihnen fehlt.“

Helen runzelte die Stirn. „Wie meinst du das?“

„Nun, ist jemand unglücklich, wird er an einen magischen Ort, einen Forgotten Place geführt, der ihn glücklich machen wird. Oder jemand sucht Trost oder Schutz oder Inspiration, dann kommt er an einen Ort, wo er genau das findet. Und manchmal geben Menschen auch den Forgotten Places etwas, das sie brauchen.“

„Dann gibt es also mehr als deinen?“, fragte Helen fasziniert.

„Unendlich viele. Es sind besondere Plätze, an denen sich Magie manifestiert. Sie liegen auf Kraftlinien und sorgen für ein Gleichgewicht der Mächte. Wundervolles, Gutes und Schönes behüten und bewahren sie, unterstützt von den Reiseführern, die mit ihnen verbunden sind.“

„Wieso habe ich darin die Kapelle gesehen, wenn der Baum die Quelle deines Forgotten Places ist?“ Helen setzte sich auf. „Und ist jeder, der einen solchen Platz bewohnt, unsterblich?“

Alistair zog sie in seine Arme. „Nein, nicht jeder, der auf einem Forgotten Place lebt, ist automatisch unsterblich, aber jeder Unsterbliche hat einen Forgotten Place. Und zu der Frage nach der Kapelle. Die haben wir uns auch gestellt. Normalerweise tauchen die Forgotten Places der Hüter nämlich nie in den Reiseführern auf, weil ihre Magie nur uns gehört.“

„Aber ich dachte, die Eiche …?“ Helen brach verwirrt ab.

„Ich bin der Hüter der Kapelle, die ein eigener Forgotten Place ist und sehr viel mächtiger als meine Kraftquelle, die Eiche.“

„Ah, zwei in einem sozusagen. Es wäre wohl auch schwierig gewesen, mich zu einem einzelnen Baum mitten in Schottland zu lotsen“, kicherte Helen.

Alistair wickelte zärtlich eine Locke um seinen Finger. „Richtig.“

„Da der Reiseführer mich hierher gebracht hat, hast du mir wohl gefehlt, ohne dass ich es wusste.“ Sie schmunzelte.

„Und ich habe dich gebraucht.“

Helen umarmte ihn. „Das klingt fast so, als wäre es Bestimmung gewesen.“

„Ja, das sehe ich auch so.“ Alistair zog sie enger an sich und küsste sie leidenschaftlich.

Erst in den frühen Morgenstunden schliefen sie erschöpft ein.

***

Als Lucy gegen zehn Uhr erwachte, konnte sie sich kaum bewegen. Die Anstrengungen der letzten Nacht machten sich bemerkbar, doch sie hatte nicht vor, sich zu beklagen, denn dafür waren die Erfahrungen mit Lucas zu aufregend und gut gewesen. Sie drehte sich um, aber das Bett war leer. Ob er gegen Morgen das Zimmer gewechselt hatte? Unwahrscheinlich, sein Koffer lag noch aufgeklappt da.

Langsam stand sie auf und ächzte leise. Lucas hatte sie wirklich hart rangenommen. Sie ging ins Bad, machte sich frisch und betrachtete ihren nackten Körper in dem wandhohen Spiegel. Wie erwartet zierten blaue Flecken die Innenseiten ihrer Oberschenkel. Mit dem Anblick kamen die Erinnerungen zurück und ein warmes Gefühl breitete sich zwischen ihren Beinen aus. Ihre Hand wanderte von ganz alleine dorthin, als es plötzlich an der Tür klopfte und sie ertappt zusammenzuckte.

„Lucy, ich bin's. Ich habe Frühstück auf der Terrasse servieren lassen. Kommst du? Das Wetter ist herrlich."

„Äh … ja. Bin gleich da, Lucas. Einen Moment."

„Alles klar."

Schnell schöpfte sie sich kaltes Wasser ins Gesicht. Zum Glück hatte sie am Abend zuvor wasserfeste Mascara benutzt, so dass sie nach den nächtlichen, schweißtreibenden Aktionen nicht halb so furchtbar aussah wie befürchtet. Sie wickelte mit einem Gummiband ihre Haare zu einem Knoten und schlüpfte in einen weißen, flauschigen Bademantel, der an der Tür hing.

Lucas lehnte mit dem Rücken an der Brüstung, als sie nach draußen kam. Er trug nichts außer hellblauen Badeshorts und sah unverschämt gut aus.

„Warst du schwimmen?", fragte Lucy.

„Noch nicht, aber ich wollte nachher mal den Hotelpool ausprobieren und erst fragen, ob du mitkommen willst."

Lucy warf ihm einen verlegenen Blick zu. „Das würde ich wirklich gerne, aber ich kann nicht."

„Keinen Bikini dabei?"

„Doch, aber … wie soll ich es sagen … du hast mich markiert. Meine blauen Flecke würden sicherlich bei den anderen Gästen für Gesprächsstoff sorgen.“ Sie hielt inne. „Obwohl sie vielleicht unser Geschrei und Gestöhne letzte Nacht gehört haben und sich nicht wundern würden.“

Lucas grinste, sah sie aber gleich darauf schuldbewusst an. „Das mit den blauen Flecken tut mir leid.“

„Mir nicht, aber deshalb musst du leider ohne mich gehen.“

Lächelnd schüttelte er den Kopf. „Wenn du schwimmen gehen willst, gehst du schwimmen. Lass mich das nur regeln.“

„Das ist nicht nötig. Es ist okay.“

„Ist es nicht. Wozu bin ich Multimillionär, wenn ich das nicht gnadenlos ausspielen kann?“

Er rückte ihr den Stuhl zurecht und Lucy nahm Platz. Lucas goss ihr Kaffee ein und sie ließen sich Rühreier mit Bacon schmecken.

„Hast du gut geschlafen?“, wollte er wissen.

Sie lächelte. „Tief und fest.“ Als ihr ihre Wortwahl auffiel und sie Lucas‘ Mundwinkel zucken sah, verdrehte sie die Augen. „Ich meine, ich habe sehr gut geschlafen. Du auch?“

Er nickte. „Ehrlich gesagt, so gut und lange wie schon ewig nicht mehr. In letzter Zeit schlafe ich meistens nur drei, höchstens vier Stunden …“ Schnell brach er ab. Fast hätte er ihr erzählt, warum er nachts kaum noch schlief. Er räusperte sich. „… aber die gute Landluft und unsere Aktivitäten letzte Nacht haben mich scheinbar mehr erschöpft, als ich erwartet hatte. Kann ich dich dazu etwas fragen?“

„Klar.“

„Was wir miteinander getan haben, hast du es dir vorher so vorgestellt?“

Lucy schüttelte den Kopf. „Ich hatte natürlich eine gewisse Ahnung, was mich erwarten könnte, aber es zu erleben, statt es in einem Film zu sehen oder nur darüber zu lesen ist etwas völlig anderes.“

Fragend hob er eine Augenbraue. „Und hat es dir gefallen oder bereust du es?“

Lucy lachte. „Habe ich den Eindruck gemacht, dass es mir nicht gefallen hat?“

Lucas schmunzelte. „Wenn dein lautes Keuchen und Betteln Indizien waren, dann nicht.“

Als sie bei Scones mit Marmelade und Clotted Cream angelangt waren, fragte er sie unauffällig über Alistair aus. Lucy erzählte ihm von der Nacht im Club und Alistairs Freunden, und davon, wie Helen und Alistair sich kennengelernt hatten.

Er erfuhr nichts Neues, nur die seltsame Sache mit dem Reiseführer war interessant. Ob sich der Ausflug aus diesem Grund schon gelohnt hatte, konnte er bislang nicht abschätzen, aber in anderer Hinsicht waren seine Erwartungen längst übertroffen worden.

Und sie hatten noch ein paar Stunden, die er für Angenehmes mit Lucy nutzen konnte, bevor sie sich auf den Heimweg machen mussten.

***

Helen erwachte im Bett. Alistair musste sie hochgetragen haben. Sie lag halb auf ihm. Er hatte einen Arm um sie geschlungen und lächelte im Schlaf. Helen fühlte sich ausgeruht und voller Energie, ansonsten bemerkte sie keine Veränderung durch ihren vollendeten Bund. Vielleicht waren die ganzen Geschichten von Gedankenlesen und Gefühle spüren auch nur eine druidische Legende, um die Männer davon abzuhalten, sich länger an eine Frau zu binden.

„Du denkst zu viel“, murmelte Alistair verschlafen und sah sie an.

Helen zuckte zusammen und blickte ihn fassungslos an. Hatte er etwa doch ihre Gedanken gehört? Wieso konnte sie es dann nicht bei ihm?

Er lachte. „Nein, ich kann deine Gedanken nicht lesen, aber deinen Gesichtsausdruck."

Helen schnappte sich ein Kissen und schlug auf ihn ein. „Mach das nie wieder!"

Halbherzig wehrte er sich, immer noch lachend. „Die Versuchung war einfach zu groß." Dann hielt er das Kissen fest und wurde plötzlich wieder ernst. „Spürst du etwas Ungewöhnliches?"

Helen legte den Kopf schief und horchte in sich hinein. „Ich fühle mich stark und voller Energie. Und du?"

„Ich bin ein bisschen erschöpft. Aber das liegt wahrscheinlich daran, dass ich gestern Nacht die ganze Arbeit gemacht habe." Alistair grinste glücklich und verhinderte ihren Protest mit einem langen Kuss. „Ansonsten ganz normal."

***

Lucas hatte nach einem kurzen Telefonat mit dem Hoteldirektor dafür gesorgt, dass sie den Pool eine Stunde ganz für sich alleine hatten.

Während Lucy sich im Wasser treiben ließ, beobachtete sie Lucas dabei, wie er kraftvoll eine Bahn nach der anderen schwamm. Besonders die Wende am Ende der Strecke und die lange Tauchphase danach sahen sehr geschmeidig aus.

Als er genug hatte, kam er zu ihr, drängte sie an den Beckenrand und hielt sie dort mit seinem Körper fest. Lucy umschlang ihn mit den Beinen und drückte sich eng an ihn. Wassertropfen perlten über sein Gesicht und sie wischte sie weg, bevor sie ihn umarmte und leidenschaftlich küsste. Lucas erwiderte den Kuss ungeduldig, schob eine Hand in ihr Bikinihöschen und rieb ihren Kitzler. Sie stöhnte in seinen Mund.

Er löste seine Lippen von ihr, schob ihr Oberteil zur Seite und saugte gierig an ihren harten Nippeln. Lucy legte den Kopf in den Nacken und keuchte laut.

Lucas kam wieder nach oben und biss in ihre Schulter. „Ich würde dich am liebsten auf der Stelle hier im Wasser vögeln, aber ich habe kein Kondom mitgenommen. Wenn du willst, mache ich es dir mit den Fingern."

Sie lächelte. „Deine Finger sind äußerst geschickt, aber ich will deinen Schwanz. Also lass uns zurück nach oben gehen. Ich muss nur zuerst Helen anrufen und ihr zum Geburtstag gratulieren, bevor du mich erneut zum Orgasmus bringst."

Kurz darauf stand Lucy in ein Handtuch gewickelt im Schlafzimmer und wählte Helens Nummer. Nach vier Mal Läuten wurde abgenommen.

„Lucy!"

„Liebes, herzlichen Glückwunsch zum Geburtstag! Ich wünsche dir alles Glück dieser Welt, denn du hast es verdient. Wenn du wieder zurück bist, feiern wir zusammen, und bis dahin soll Alistair dich auf Händen tragen."

Ihre Freundin lachte. „Oh, das tut er. Und noch viel mehr."

Während Helen von ihrem Ausritt und der Landschaft schwärmte, stellte Lucas sich hinter Lucy und löste ihr Handtuch. Sie warf ihm einen warnenden Blick zu, den er schulterzuckend ignorierte. Stattdessen dirigierte er sie zum Bett, setzte sich und zog sie auf seinen Schoß. Er drückte ihren Rücken an seine Brust und mit seinen Knien ihre Beine weit auseinander.

„Nicht", wisperte sie und hielt das Handy weg. „Warte kurz."

„Ich habe keine Lust zu warten", flüsterte er heiser in ihr Ohr. „Schön weiter telefonieren. Denk daran, dass Helen dir nichts anmerken darf, weil sonst alles herauskommt und das wollen wir doch nicht."

Er ließ seine Finger über ihre Möse wandern und schob dann ohne Vorwarnung einen Finger hinein. Lucy zuckte zusammen und presste sich die Hand vor den Mund. Lucas lachte leise und drang mit einem weiteren Finger ein, dehnte sie, bis sie bereit für ihn war. Er streifte sich ein Kondom über und stieß seinen Schwanz tief hinein.

„Oh Gott!“, entfuhr es Lucy.

„Wie bitte?“ Helen klang verwirrt.

„Äh … oh Gott, das ist ja toll, wie Alistair dich verwöhnt.“

„Das stimmt. Er ist wundervoll.“ Helen erzählte weiter, während Lucas Lucy mit langsamen Stößen fickte, dabei ihre Brüste umfasste und mit den Handflächen ihre Nippel reizte. Sie konnte ein gequältes Keuchen nicht verhindern.

„Ist alles in Ordnung mit dir?“, fragte Helen besorgt. „Du klingst so außer Atem.“

„Alles gut. Ich war nur gerade beim Sport … schwimmen, ich war schwimmen … und ich bin ganz schön fertig.“

Lucy ächzte leise, als Lucas sich auf dem Bett ausstreckte und sie weit nach vorne drückte. Sie musste sich mit einer Hand auf seinem Knie abstützen, um nicht das Gleichgewicht zu verlieren.

„Dein Arsch und deine Möse sehen von hier so geil aus“, stöhnte Lucas, lauter als beabsichtigt, als er ihre Pobacken spreizte, um besser sehen zu können, wie sein Schwanz in sie eindrang.

„Ist jemand bei dir? Wer spricht denn da?“, fragte Helen.

„Niemand. Der Fernseher läuft … irgendeine Doku. Keine Ahnung.“

Lucy biss sich auf die Unterlippe, um nicht aufzuschreien, als die Stöße immer härter wurden. Sie versuchte von Lucas wegzurutschen, doch er krallte seine Finger in ihre Hüften und drückte sie stärker auf sich. Sie musste schnell Schluss machen, weil sie sich nicht länger zusammenreißen konnte.

„Geh jetzt wieder zurück zu deinem Herzblatt. Grüß Alistair von mir. Wehe, er beschert dir nicht den besten Geburtstag deines Lebens.“

„Ich richte es ihm aus.“ Helen lachte. „Bis dann, Liebes. Und ruh dich aus. Du klingst echt überanstrengt.“

„Mach ich. Bis bald!“ Mit zitternden Fingern unterbrach Lucy das Gespräch. „Unfair, Lucas“, stöhnte sie und wandte den Kopf nach hinten. „Das war die reinste Folter.“

Er leckte sich über die Lippen. „Und ich fange gerade erst an.“

KAPITEL 18

Helen beobachtete Alistair von einer breiten Sonnenliege im Garten aus. Er hatte ihr verboten, in die Küche zu kommen, und schleppte jetzt den größten Kuchen, den sie je gesehen hatte, heraus.

„Hast du den selbst gebacken?"

„Natürlich. Ich hatte ziemlich viel Zeit, meine kulinarischen Künste zu perfektionieren. Vor ein paar Jahren hatte ich mit Armand eine Konditorei in Sydney."

Er stellte das Tablett auf den Tisch neben Helen. Dreißig Kerzen waren um ein wundervoll verziertes *Happy Birthday* aus Zuckerguss gesteckt.

„Welche Jahre genau?" Helen überlegte, wann sie sich daran gewöhnen würde, ihren Geliebten danach fragen zu müssen, von welchem Jahrzehnt oder Jahrhundert er sprach.

„In den 1950ern." Alistair lachte, beugte sich zu ihr hinunter und gab ihr einen Kuss. „War das Lucy vorhin?"

„Ja, ich soll dich schön grüßen und dir ausrichten, dass du mir den besten Geburtstag meines Lebens bescheren sollst." Helen griff nach ihm und zog ihn näher. „Was ich bisher nur bestätigen kann." Sie legte ihre Arme um seinen Hals. „Aber lenk nicht ab. Wenn das in den Fünfzigern war, dann ist Armand also auch unsterblich. Wie knapp hundert oder so sieht er nämlich ganz und gar nicht aus. Und was ist mit den anderen As?"

„Sie sind schon lange meine Familie", sagte Alistair leise.

„Was die Frage nur indirekt beantwortet. Ich kann verstehen, dass es ungewohnt für dich ist, nach all den Jahren des Versteckspielens, aber du kannst mir vertrauen."

„Ja, sie sind auch unsterblich."

„Sind sie auch Hüter? Und haben alle magische Kräfte?"

Alistair ließ sich neben sie auf die Liege sinken. „Jeder hat eine außergewöhnliche Fähigkeit, aber ich glaube, das sollten sie dir lieber selbst sagen. Es steht mir nicht zu, sie zu offenbaren."

Helen beließ es dabei und stellte eine andere Frage, die sie beschäftigte. „Was ist mit deiner Kapelle? Habe ich sie damals wegen eines Zaubers nicht gefunden?"

„Nein. Sie ist zwar ein sehr besonderer Ort, aber für jeden sichtbar. Du musst dich wohl wirklich verlaufen haben. Ich werde sie dir nachher zeigen, wenn du magst."

„Sehr gerne." Helen küsste ihn zärtlich.

Sie wollte so vieles wissen, hatte so viele Fragen im Kopf, aber sie wusste auch, dass sie dafür alle Zeit der Welt hatten. Alistair sogar im wahrsten Sinne des Wortes. Ihr war klar, dass das irgendwann ein Problem werden würde, aber es war zu früh, sich darüber Gedanken zu machen. Jetzt wollte sie nur ihr Glück mit ihrem Traummann genießen.

Mit einem Lächeln lösten sie sich voneinander und Helen kuschelte sich in seine Arme.

Als Alistair eine lässige Bewegung mit der Hand in Richtung des Kuchens machte, stutzte er plötzlich. „Eigentlich sollten die Kerzen jetzt brennen."

Helen kicherte. „Musst du dafür vielleicht mit den Fingern schnipsen?" Sie machte es vor und sofort loderten die Dochte auf. Entgeistert starrte sie erst die Kerzen, dann Alistair an, der ebenso verwirrt wirkte wie sie.

„Seltsam." Er runzelte nachdenklich die Stirn. „Vielleicht liegt das an unserem Bund. Vielleicht teilen wir unsere Kräfte, wenn wir uns berühren. Oder ich habe den Funken in dir geweckt."

„Was für einen Funken?"

„Magie ist ein Teil des Lebens. Allen Lebens. Und jeder Mensch besitzt die Fähigkeit dazu. Meistens bleibt sie aber unentdeckt und verkümmert im Laufe der Zeit. Es ist wie bei einem Feuer, das gehegt und gepflegt werden muss. Anfangs, um es zu schüren, danach, um es unter Kontrolle zu halten.“

Alistair streichelte Helens Handfläche mit seinem Daumen. Eine Zeitlang saßen sie einfach still da. Jeder in seine eigenen Gedanken versunken.

„Wie stellen wir fest, woran das gerade lag?“, fragte Helen unvermittelt. Sie war aufgeregt und spürte das Kribbeln wieder. Stärker als zuvor.

Alistair lächelte. „Meine kleine Wissenschaftlerin, das werden wir gleich herausfinden. Als Erstes …“

Eine schneidende Stimme, die aus dem Nichts zu kommen schien, unterbrach ihn. „Als Allererstes solltest du dich von ihr fernhalten, Alistair. Sie ist nicht das, was sie vorgibt zu sein.“

Helen schrie erschrocken auf und auch Alistair zuckte zusammen, während er suchend seinen Kopf hob.

„Was zum Teufel machst du hier?“, blaffte er.

Helen riss die Augen auf. Trotz aller Dinge, die sie an diesem Wochenende erfahren und erlebt hatte, konnte sie nicht fassen, was sie sah.

Aidan schwebte über ihnen. Mächtige Flügel spannten sich hinter seinem Rücken, deren Federn rot leuchteten. Als er langsam zu Boden sank, spürte sie den Luftzug, der die Kerzen löschte, bevor die riesigen Schwingen verschwanden, als hätten sie niemals existiert. Helen schüttelte verwundert den Kopf.

„Ich komme, um dich vor einer großen Dummheit zu bewahren. Dein Herzblatt ist *die* Hexe.“ Aidan kam auf sie zu und wollte nach Helens Arm greifen. Sofort sprang Alistair auf und stellte sich schützend vor sie.

„Was fällt dir ein?“, schnauzte er Aidan an, der ihn jedoch einfach packte und von Helen wegzog. Während Helen ebenfalls aufstand und versuchte zu verstehen, was gerade passierte, hörte sie Autotüren knallen. Eine Sekunde später war sie vom Rest des Clans umringt. Vier Augenpaare musterten sie grimmig.

Helen lachte unsicher. „Wenn das eine Geburtstagsüberraschung werden sollte, dass ihr alle hier auftaucht, ist sie euch gelungen. Aber ich verstehe nicht, warum ihr so aufgebracht seid. Was habe ich …"

„Schweig!"

Alassës Stimme verlangte Gehorsam und Helen bekam kein Wort mehr heraus. Ängstlich sah sie zu Alistair, der seine Freunde aus schmalen Augen beobachtete, während er sich von Aidan losriss.

„Wenn ihr mir nicht sofort erklärt, was hier vor sich geht, werde ich …"

Alistair verstummte und Helen erkannte, dass Alassë auch ihn zum Schweigen gebracht hatte. Mit einer wütenden Geste versuchte er sich von dem Bann zu befreien, schaffte es aber nicht.

Helen sah Furcht in seinen Augen aufblitzen. Was zum Teufel ging hier vor? Sie streckte ihre Hände nach ihm aus und machte einen Schritt in seine Richtung, aber bevor sie wusste, wie ihr geschah, lag sie auf der Erde.

Audrey verdrehte ihr schmerzhaft die Arme auf dem Rücken und hielt sie fest. „Du wirst ihn nicht bekommen!", fauchte sie.

Als Helen zu Boden ging, schrie Alistair innerlich.

Er sollte sie beschützen. Er musste sie beschützen. Warum fühlte er sich so kraftlos? Nicht einmal Alassës Gedankenkontrolle konnte er abschütteln. Er wollte zu Helen, aber seine Freunde stellten sich ihm in den Weg. Waren sie alle verrückt geworden?

Aber selbst ohne Magie war er immer noch ein Krieger. Er ging in Kampfstellung, bereit seinem Clan Schmerzen zuzufügen, um seine Frau zu verteidigen.

„Sie ist die Letzte des Geschlechts der Bluthexen." Ash bemühte sich ruhig zu sprechen, aber Alistair sah, dass der Wolf durchbrechen wollte. Seine Augen loderten wild und glühten golden, seine Eckzähne waren spitz und scharf wie Rasierklingen.

Alistair wurde blass. Das konnte nicht sein. Unwillkürlich ließ er seine Hände ein wenig sinken.

Helen schwirrte der Kopf und eine Mischung aus Angst und Zorn durchströmte sie. Was schwafelte Ash von einer Bluthexe? Vergeblich versuchte sie, sich aus Audreys Griff zu lösen.

„Armand, stell sie ruhig", bat Audrey und stand auf.

Er fuhr leicht mit den Fingerspitzen über zwei seiner Tattoos am Unterarm und sie verbanden sich, bildeten ein neues, verschlungenes Muster.

Helen keuchte, als sofort Wurzeln aus der Erde schossen und sie wie Stahlbänder umklammerten. Sie konnte sich nicht mehr rühren und wurde hart auf den Boden gepresst.

Audrey stellte sich neben die anderen. Wie eine Mauer standen sie zwischen Helen und Alistair. Helen konnte den Ausdruck von tiefster Verzweiflung auf seinem Gesicht sehen, als Aidan auf ihn einsprach. Sie atmete tief durch, um nicht in Panik zu geraten, und lauschte aufmerksam. Es musste irgendeinen Grund haben, dass sie wie eine Verbrecherin behandelt wurde.

„Kilian Mandrake ist tot." Aidans Stimme klang brüchig. „Richard hat mich vor fünf Tagen angerufen und mir erzählt, dass er verschwunden ist. Audrey und ich haben vorgestern seine Leiche gefunden. Auf einem Berg aus Schutt und Asche, der früher einmal sein Forgotten Place gewesen war. Es sah aus wie nach einem Bombeneinschlag. Kilian ist erschossen worden, aber das hätte ihn nicht töten dürfen."

Audrey legte ihm tröstend eine Hand auf den Arm. „Richard erzählte uns, dass Kilian letzten Monat Besuch von Lucas Hunt hatte. Er wusste nicht, worum es ging, aber Kilian war danach sehr aufgeregt und fahrig." Sie warf Helen einen giftigen Blick zu. „Also hat Ash sich eingeschaltet und die Ermittlung aufgenommen und gestern stellte sich heraus, dass Kilian nicht der einzige Unsterbliche war, der Besuch von Hunt hatte und danach auf seltsame Weise ums Leben kam. Wir wissen von mindestens zwei weiteren."

„Und da es eine eindeutige Übereinstimmung mit Helens Arbeitsbeginn bei Genesis Enterprises gibt, habe ich mich noch einmal intensiver mit ihrer Familiengeschichte befasst." Ash war kaum zu verstehen. Er klang mehr wie ein knurrendes Tier als ein Mensch. „Ich könnte mich schlagen, dass ich das vorher übersehen habe. Sie stammt mütterlicherseits aus der Linie der Lancaster-Hexen, auch wenn es seit Generationen keine Magie mehr bei ihnen gab. Oder sie, wie Helen offensichtlich auch, gelernt haben, sie zu verbergen."

Helen wollte protestieren, erklären, dass das alles nicht wahr sein konnte. Sie war keine Hexe, sie war Wissenschaftlerin! Verdammt! Aber sie brachte immer noch kein Wort heraus, und was noch viel schlimmer war, sie sah jetzt Zweifel in Alistairs Blick, als er sie ansah. Wild schüttelte sie den Kopf.

Alistair ließ die Hände sinken, als hätte er alle Kraft verloren. Alassë löste den Bann von ihm.

„Ich möchte hören, was Helen dazu zu sagen hat." Alistairs Stimme war tonlos.

Seine Freunde verständigten sich schweigend und traten einen Schritt zur Seite.

Er ließ sich neben Helen auf die Erde sinken. „Gib sie frei, Armand. Und auch du, Alassë." Die beiden sahen ihn skeptisch an. „Bitte."

Helen spürte, dass die Wurzeln sich von ihr zurückzogen und räusperte sich. Am liebsten hätte sie die versammelte Mannschaft angeschrien und sie zum Teufel geschickt, gleichzeitig wollte sie, dass Alistair sie einfach festhielt und ihr sagte, dass alles nur ein böser Traum war.

Sie setzte sich ächzend auf, rieb sich kurz die schmerzenden Stellen und legte ihre Hand auf Alistairs Bein. Sie brauchte Körperkontakt.

Alistair fühlte sich ausgelaugt. Sein schlimmster Albtraum schien gerade Wirklichkeit zu werden. „Helen, die

Versuchsreihen, an denen du arbeitest … was genau machst du für Hunt?“

„Was hat das damit zu tun, dass ihr plötzlich denkt, ich sei eine Hexe? Herrgott nochmal, ihr seid alle magische Wesen, was wäre so schlimm daran, falls ich eine wäre? Was ich nicht bin! Ich würde ja wohl wissen, ob ich zaubern kann, oder nicht?“

„Es gibt einen Fluch“, begann Alistair leise.

„Das weiß sie doch“, schnaubte Aidan verächtlich.

„Sag uns, was du für Hunt untersuchst!“ Alassës Stimme war ein Befehl.

Helen antwortete wie unter Zwang. „Ich arbeite an verschiedenen Blutproben, die sehr seltsame Eigenschaften aufweisen, aber das ist ein Betriebsgeheimnis. Ich habe eine Verschwiegenheitsklausel unterschrieben.“

Armand trat einen Schritt vor. „Was hast du mit den Morden zu tun?“

„Nichts.“ Helen wurde wütend und versuchte sich mit aller Macht gegen den Zauber zu wehren.

Instinktiv verstärkte Alassë ihre Kräfte.

Bevor jemand eine weitere Frage stellen konnte, brach Helen schreiend zusammen und hielt sich mit schmerzverzerrtem Gesicht den Kopf.

„Du bringst sie noch um!“, brüllte Alistair. „Sie hat doch gesagt, sie hat nichts damit zu tun!“

Blitzschnell zog Audrey Helen auf die Füße, fort von Alistair, und brüllte zurück. „Nichts damit zu tun? Eine ihrer *reizenden* Vorfahrinnen hat dich verflucht. Du wirst deinen Tod ihrem Geschlecht verdanken. Und schau mal an, du verliebst dich ausgerechnet in sie. Was für ein Zufall!“ Jetzt zitterte ihre Stimme vor Zorn. „Und dann wird ein Hüter erschossen, was nicht hätte passieren dürfen, und die einzige Spur, die wir haben, führt zu Genesis Enterprises und zu Hunt und damit zu Helen. Auch andere Unsterbliche wurden getötet und wieder führt die Spur zu ihr und Hunt. Ash wurde verfolgt und beobachtet, seit sie in dein Leben getreten ist, und das, wie sich gerade herausgestellt hat, von jemandem, der von ihrem guten Freund und Chef bezahlt wird! Merkst du was?“

Alistair wurde leichenblass und lächelte Helen traurig an, bevor er ohnmächtig umkippte.

Helen wollte auf ihn zustürzen, wurde aber sofort aufgehalten. Das letzte, was sie wahrnahm, bevor Audrey sie außer Gefecht setzte, war Ashs Gesicht, das nicht mehr menschlich aussah.

***

Lucy saß erschöpft auf dem Beifahrersitz. Es war kurz vor sieben, als sie am Abend die Heimfahrt antraten. Lucas hatte sie den ganzen Nachmittag über nicht geschont und jetzt fielen ihr dauernd die Augen zu. Sie versuchte noch eine Weile, sie offen zu halten, schließlich gab sie nach und schlief ein.

Lucas sah immer wieder zu ihr hinüber und beobachtete sie. Wenn die Umstände anders wären, könnte er sich durchaus vorstellen, mehr Zeit mit ihr zu verbringen. Nicht nur, weil sie so ein mitfühlendes und fröhliches Wesen hatte, sondern auch, weil sie sich ihm voll und ganz hingegeben und bedingungslos beim Sex unterworfen hatte. Aber er hatte keine Zeit, etwas mit ihr anzufangen.

Stur blickte er wieder auf die Straße, doch er konnte die flüsternde Stimme in seinem Inneren nicht überhören.

Und weil sie schreiend vor dir weglaufen würde, wenn sie wüsste, was für ein Monster du bist und wozu du fähig bist.

***

Es war stockdunkel, als Helen mit rasenden Kopfschmerzen aufwachte. Sie atmete langsam ein und aus, um ihre aufsteigende Panik zu unterdrücken, und versuchte sich zu orientieren. Sie war gefesselt, ein Knebel steckte in ihrem Mund und ihre Augen waren verbunden.

Empörung und Wut kämpften gegen Verzweiflung und Hoffnungslosigkeit. Wo war sie? Was hatten diese Wahnsinnigen mit ihr vor? Was war mit Alistair?

Helen schluchzte auf. Sie war nicht darauf vorbereitet, mit solchen Situationen umzugehen. Konflikte löste sie mit Worten, nicht mit Gewalt.

Leise aufgeregte Stimmen waren plötzlich nebenan zu hören und sie spitzte die Ohren. Sie konnte die Sprecher nicht auseinanderhalten und verstand nicht alles, aber genug, um Angst zu bekommen.

„Wir müssen sie unschädlich machen."

„Nicht bevor wir wissen, was Hunt noch vorhat und wie viele die beiden schon auf dem Gewissen haben."

„Wir müssen sie loswerden. Das Risiko, dass sie Alistair tötet, ist zu hoch."

„Wahrscheinlich hat die Kapelle sich damals vor ihr versteckt."

Dann hörte sie eindeutig Alistair sprechen. „Als wir am Freitag hier ankamen, hatte ich das Gefühl, dass meine Magie mich vor etwas warnen will. Vorgestern konnte ich Taliesins Buch keinen einzigen Buchstaben entlocken. Helen hatte Visionen von mir, als sie die Eiche berührte. Und sie kann Dunkelwesen sehen."

„Wie viele Beweise brauchst du denn noch? Sie ist eine Gefahr!" Das war Ash. Helen erkannte das dunkle Grollen wieder.

Sie schnaubte. Alistair würde ihnen gleich sagen, dass sie sich alle irrten und sie hier herausholen.

„Vielleicht habt ihr recht. Vielleicht habe ich mich in ihr getäuscht." Er klang hart und die Worte trafen Helen wie ein Schlag ins Gesicht.

Alistair sprach weiter, aber sie konnte nichts mehr hören. Blut rauschte in ihren Ohren, ihr Herz verkrampfte sich und sie hatte das Gefühl, ihre Seele würde sich vor Kummer auflösen. Alistair zweifelte an ihr. An ihrer Liebe. An allem.

Heiße Tränen rollten über ihre Wangen, bis sie eine tiefe Stimme hörte, die beruhigend auf sie einsprach. Es war jemand bei ihr im Raum. Zu Tode erschrocken hörte sie schlagartig auf zu weinen.

„Mein Kind, nicht alles ist, wie es zu sein scheint. Und nicht alles scheint zu sein, wie es ist." Die Stimme klang alt und fremdartig, aber freundlich. „Du bist eine Tochter von Hekates Blut. Bringe es zum Leuchten."

Helen wollte sprechen, ihn fragen, was er meinte, aber der Knebel hinderte sie daran. Ungeduldig zerrte sie an ihren Fesseln und war plötzlich frei. Verdutzt nahm sie das Tuch aus dem Mund, riss sich die Augenbinde ab und sah sich suchend um. Sie war allein. Wer immer bei ihr gewesen war, war verschwunden.

Mit wackligen Knien stand Helen auf. Der Clan hatte sie in die kleine Abstellkammer neben der Küche gesperrt und beriet in der Bibliothek über ihr weiteres Schicksal.

Helens Schmerz verwandelte sich in Wut. Sie würde nicht hierbleiben und sich weitere Anschuldigungen anhören und darauf warten, dass Alistair ihr sagte, es wäre vorbei. Oder dass Audrey ihr das Genick brach. Helen strich mit den Fingern über die pochenden Male, die Audreys Spock-Griff hinterlassen hatten, dann drehte sie vorsichtig den Knauf der Tür. Zum Glück war sie unverschlossen. Wahrscheinlich dachten sie, es wäre völlig ausreichend, sie zu fesseln.

Helen ging ihre Optionen durch. Auto? Zu laut. Sie würden sie hören, bevor sie von der Ausfahrt runter wäre. Laufen? Es war weit bis zur Straße, die Strecke hatte wenig Deckung und Aidan konnte fliegen – der Bastard! Aber sie musste hier weg. Schnellstens. Ehe irgendjemand merkte, dass sie nicht ergebenst auf ihr Urteil wartete.

Ihr Blick fiel auf die Reitstiefel, die sie gestern hier ausgezogen hatten. Leise nahm sie ihr Paar und huschte durch den Flur. Wenn sie es bis zur hinteren Stalltür schaffte und die

Tiere ruhig blieben, könnte es vielleicht klappen. Eine andere Möglichkeit gab es sowieso nicht.

Helen setzte alles auf eine Karte und schlich mit klopfendem Herz zu den Pferden. Thunder und Bran wieherten freudig, aber nicht allzu laut, als spürten sie, dass etwas Wichtiges im Gange war. Sie zog die Stiefel an, zäumte Bran auf und öffnete seine Box.

Thunder scharrte mit den Hufen und beobachtete sie. Helen streichelte ihn kurz. „Dein Herr hat den Verstand verloren, ich kann nicht hierbleiben“, schluchzte sie.

Als hätte das Tier sie verstanden, hob es den Kopf und nickte mehrfach. Helen lächelte unter Tränen, dann führte sie Bran so leise wie möglich nach draußen, weg vom Cottage. Da sie auf einen Sattel verzichtet hatte, benutzte sie einen Baumstumpf um aufzusitzen und trieb Bran zur Eile an.

Helen hatte nur eine ungefähre Vorstellung davon, wie groß Alistairs Land war und welche Schutzzauber er verwendete. Im Stillen fragte sie sich, ob er sie damit aufhalten konnte und betete, dass es nicht so war.

Die Sonne versank blutrot am Himmel, als sie ungehindert den Fluss erreichte, an dem sie Alistairs Kräfte das erste Mal gespürt hatte. Tränenüberströmt lenkte sie Bran hindurch und hoffte, dass sie bald eine freundliche Seele treffen würde, die ihr helfen könnte.

Alistair stöhnte und ging auf die Knie. „Sie ist weg.“

Seine Freunde waren sofort an seiner Seite.

„Welche Richtung?“ Aidan war bereits an der Tür.

Alistair schüttelte den Kopf. „Das weiß ich nicht, aber sie hat eine der Grenzen überschritten.“

Aidan nickte Ash zu, der sich seiner Kleidung entledigte, sie sorgfältig auf einen Stuhl legte und sich dann streckte. Alassë und Audrey waren so daran gewöhnt, dass sie nicht einmal mehr einen Blick auf seinen nackten Körper warfen.

Eine Sekunde später nahm der riesige Wolf die Witterung auf und machte einen Satz in die Dämmerung.

Aidan folgte ihm nach draußen, breitete im Laufen seine Flügel aus und schwang sich in die Luft.

Die Jagd hatte begonnen.

***

Mitternacht war gerade vorbei, als Lucas vor Lucys Haus anhielt. Er stellte den Motor ab und weckte sie sanft.

„Wir sind da“, wisperte er und streichelte ihre Wange.

Lucy rieb sich müde die Augen und setzte sich auf. „Ich habe die ganze Zeit geschlafen. Entschuldige bitte.“

„Das macht doch nichts.“ Er lächelte, stieg aus und holte ihr Gepäck.

Schweigend standen sie auf dem Gehsteig voreinander und sahen sich einen Moment lang an.

„Also dann, Lucas. Es war wirklich ein schönes … und interessantes Wochenende mit dir.“ Sie schmunzelte. „Und ab jetzt wieder Mr. Hunt, falls wir uns zufällig begegnen und Helen dabei ist.“

Lucas schüttelte den Kopf. „Nein, dass wir uns im Café getroffen haben und uns jetzt duzen, kannst du ihr ruhig erzählen. Nicht, dass sich einer von uns mal verplappert.“

„Dass wir beide dabei Sexfantasien hatten, lasse ich aber besser weg.“

Lucas nickte grinsend. Ihm war es in den letzten zwei Tagen mit ihr so gut gegangen, wie schon lange nicht mehr, dennoch musste er einen Schlussstrich ziehen.

„Es war wirklich ein ganz besonderes Wochenende und du bist eine Traumfrau … in allen Belangen. Aber … es gibt vieles über mich, das du nicht weißt und ich dir nicht erzählen kann – und das hält mich davon ab, mir zu erlauben, dich noch näher kennenzulernen. Was ich sagen will … wären meine persönlichen Umstände anders, dann …“

Schnell legte Lucy ihm einen Finger auf die Lippen. „Sag es nicht. Ich danke dir und ich fühle mich geschmeichelt, aber wir haben beide von Anfang an gewusst, dass wir nur ein Wochenende Spaß miteinander haben wollen und genau das haben wir getan. Und wie wir das getan haben! Es ist alles gut zwischen uns."

Sie nahm ihre Tasche, küsste seine Wange und lächelte ihn an. „Leb wohl, Lucas. Das war ein tolles Abenteuer mit dir. Ich werde es nicht vergessen."

„Ich auch nicht. Pass auf dich auf, Lucy."

„Du auch."

Und damit wandte sie sich um und ging zur Haustür. Obwohl Lucas einer der aufregendsten Männer war, die sie jemals getroffen hatte, und es so einfach wäre, sich Hals über Kopf in ihn zu verlieben, spürte sie, dass sie nicht füreinander bestimmt waren.

Der Richtige wartete irgendwo da draußen auf sie. Ganz sicher.

***

Helen sah sich immer wieder ängstlich um. Sie war völlig erschöpft, ebenso wie Bran, aber sie hielten nicht an.

Ab und zu hörte sie das Heulen eines Wolfes in der Ferne und vermutete, dass es Ash war. Einmal glaubte sie, Aidan in der Luft zu erkennen und wäre beinahe in hysterisches Lachen ausgebrochen. Sie wurde von magischen Wesen gejagt, die glaubten, dass sie, Helen York, einem tausend Jahre alten Druiden gefährlich werden könnte!

Dann kam ihr die Ausweglosigkeit ihres Vorhabens wieder in den Sinn und sie spürte erneut Tränen in sich hochsteigen. Wie sollte sie ihnen jemals entkommen?

Plötzlich stolperte Bran und Helen wäre beinahe gestürzt. Entsetzt keuchte sie auf. Sie fing an zu halluzinieren, denn sie glaubte Hände zu spüren, die sie festhielten. Das konnte nicht sein. Alistair war meilenweit entfernt und sie bezweifelte stark, dass er ihr helfen würde, falls er es könnte.

Vorsichtig spähte sie nach allen Seiten, aber sie sah nur dichten Wald. Beruhigend klopfte sie dem Pferd den Hals und beschloss, erneut die Richtung zu ändern.

Die letzten Stunden waren sie schon relativ ziellos kreuz und quer durch die Gegend geritten. Wenn sie wenigstens ihr Handy dabei hätte, könnte sie Lucy anrufen, auch wenn sie nicht wusste, was sie ihr erzählen sollte. Sie wünschte sich so sehr, ein freundliches Wort zu hören.

„Es ist nicht mehr weit."

Helen konnte sich nicht beherrschen und kreischte.

„Folge den Glühwürmchen." Es war dieselbe Stimme, die sie in der Kammer gehört hatte.

„Wer bist du?"

„Ein Freund. Ich werde dir keinen Schaden zufügen."

Sie wusste nicht warum, aber sie vertraute dem Unbekannten.

„Welche Glühwürmchen?", fragte sie und sah im gleichen Moment eine Handvoll zwischen den Bäumen aufblinken.

„Folge ihnen. Sie bringen dich sicher ans Ziel." Mit einem leisen Lachen verwehte die Stimme.

Da Helen sowieso keinen anderen Plan hatte, folgte sie den leuchtenden Käfern. Der langsame und sichere Schritt von Bran lullte sie ein und sie schloss für einen Moment die Augen.

Die Sonne schien, als sie sie wieder aufschlug. Bran stand neben ihr und graste friedlich. Helen konnte sich nicht daran erinnern, abgestiegen zu sein, aber als sie das Kissen aus Moos sah, auf dem sie geschlafen hatte, wusste sie, dass sich jemand um sie gekümmert hatte.

Verwirrt blickte sie sich um. Die Gegend kam ihr bekannt vor. Schlagartig war sie hellwach, als sie das kleine Häuschen hinter der Buchenhecke sah.

„Wie hast du das gemacht?“, flüsterte sie und dankte im Stillen der körperlosen Stimme, denn eine andere Erklärung gab es nicht.

Sie waren über Nacht, auch wenn es schier unmöglich war, an den einzigen Ort gelangt, der Helen im Moment sicher erschien.

Sie schwang sich auf Brans Rücken und ritt zum Haus ihrer Großmutter.

KAPITEL 19

Helen hatte sich in die Arme ihrer Oma geworfen und ihr schluchzend geschildert, was passiert war. Dafür, dass Rose ihre Enkelin jahrelang nicht gesehen und nur wenig von ihr gehört hatte, nahm sie nicht nur ihr plötzliches Auftauchen auf dem Rücken eines Pferdes, sondern auch die Geschichte dazu erstaunlich gelassen hin.

Helen fühlte sich schuldig, dass sie ihr Versprechen Alistair gegenüber gebrochen hatte, niemandem etwas zu erzählen, aber andererseits hatte sie gestern auch noch nicht gewusst, dass sie wegen ihrer Ahnenreihe angeklagt werden würde. Und ihre Großmutter war die einzige Person, die vielleicht etwas Licht in die Sache bringen konnte.

Rose stand seufzend auf. „Ich glaube, wir könnten jetzt beide etwas zu essen vertragen. Ein paar Pfannkuchen mit Holundergelee?“

Trotz der schlimmen Ereignisse musste Helen lächeln. Das war als Kind ihr Lieblingsessen gewesen.

„Wahnsinnig gerne. Ich bin am Verhungern. Kann ich dein Telefon benutzen?“

„Natürlich Kindchen. Es steht im Flur. Ich geh schon mal in die Küche.“

***

Lucas saß entspannt beim Frühstück in seinem Loft und blickte aus den hohen Fenstern hinüber zum Regent’s Park, in dem

Blumen in allen Farben blühten und Bäume im satten Grün miteinander wetteiferten, wer der Schönste von ihnen war.

Am Himmel zeigte sich kein einziges Wölkchen. Ein wunderbarer Tag wartete nach einem wundervollen Wochenende darauf, erobert zu werden.

Zufrieden lehnte Lucas sich auf seinem Stuhl zurück und schlug die Tageszeitung auf. Als er einen Schluck Tee nehmen wollte, fing seine Hand plötzlich an, unkontrollierbar zu zittern. Die Tasse glitt ihm aus den Fingern und zerschellte klirrend auf dem hellen Marmorboden.

Schweiß trat auf Lucas‘ Stirn, er bekam kaum Luft und ein heißer Schmerz breitete sich in seiner Brust aus. Für einen Moment glaubte er, ihn nicht aushalten zu können, doch dann ließ er langsam nach und zurück blieb nur ein dumpfes Pochen.

Lucas atmete tief durch, schleppte sich ins Wohnzimmer und ließ sich auf die Couch fallen. Sein Verfall schritt schneller voran, als er geglaubt hatte.

Hastig griff er in die Tasche seines Morgenmantels und zog den ungeschliffenen Glasstein hervor. Er war dunkel, fast schwarz, bis auf einen kleinen roten Punkt im Innern, der schwach pulsierte.

Lucas presste den Stein auf sein Herz und schloss die Augen. Was hatte er getan? Nur weil er zu gierig war, hatte er sein Ende selbst eingeläutet.

Er dachte an den Tag vor über einem Jahr zurück, der sein Leben so drastisch verändert hatte. Er sah die Ereignisse vor sich, als würde in seinem Kopf ein Film ablaufen …

„Danke, dass Sie solange geblieben sind. Sie können dann für heute Feierabend machen. Bis morgen früh.“

Lucas schenkte Mrs. Spencer ein Lächeln und wartete, bis sie in den Aufzug gestiegen war, bevor er sein Büro wieder betrat und abschloss. Schnell durchquerte er das Zimmer und öffnete neben einem Regal die Tür zu einem weiteren Bereich, in dem sich ein Schlafzimmer mit Bad und eine Teeküche befanden.

Offiziell hatte er sich das einbauen lassen, falls er zu müde war, um nach der Arbeit nach Hause zu fahren. Alle Angestellten wussten davon und die Vermutungen, was er in dem großen Bett anstellte, außer zu schlafen, waren zahlreich. Doch keiner hatte eine Ahnung, dass hinter einer Wand verborgen noch zwei Räume existierten: ein voll ausgestattetes Labor und ein privates Studierzimmer.

Lucas setzte sich an den mit Büchern übersäten Schreibtisch und brütete über der alten, in einem geheimen Code verfassten Schrift, an deren Übersetzung und Entschlüsselung er bereits seit vielen Monaten arbeitete. In ihr sollte ein Zauber verborgen sein, der es jedem Unsterblichen ermöglichte, seine Kraftquelle zu verstärken und somit selbst an Macht zu gewinnen.

Bisher war er allerdings keinen Schritt weitergekommen. Immer, wenn er dachte, der Lösung nahe zu sein, einzelne Symbole enträtselt zu haben, ergaben sie im Zusammenhang mit den nächsten keinen Sinn mehr.

Nach mehreren ergebnislosen Stunden griff Lucas nach einem Apfel und einem Messer, während er das Pergament um hundertachtzig Grad drehte, um so vielleicht einen neuen Blickwinkel zu erhalten, auch wenn er das natürlich schon vorher unzählige Male ausprobiert hatte.

Er bemerkte erst, dass er sich beim Schälen in den Daumen geschnitten hatte, als Blut auf das alte Dokument tropfte, das es gierig wie Löschpapier aufsaugte. Als Lucas nach einem Taschentuch griff, um weiteren Schaden zu verhindern, hielt er inne und holte scharf Luft.

Das Papier reagierte auf sein Blut. Es verschob die Symbole, veränderte und vervollständigte sie!

Ohne zu zögern fügte Lucas sich mehrere tiefe Wunden in den Unterarm zu, ließ das Blut auf die Schrift fließen und beobachtete fasziniert, wie die Magie wirkte und schließlich zum Stillstand kam.

Er beugte sich über das Blatt und ein Lächeln breitete sich auf seinem Gesicht aus. Es war geschafft! Er konnte jetzt alles lesen und lachte laut, während er ins Bad ging, um die Schnitte zu säubern. Wieso war er nicht früher darauf gekommen, dass das Blut eines Unsterblichen den Bann brechen würde, da die Schrift für ihre Art bestimmt war? Es war so logisch.

Er verarztete sich, schnappte das Pergament, warf sich seinen Mantel über und eilte in die Tiefgarage.

Zwei Stunden später parkte er den Aston Martin. Er war an seinem Forgotten Place angekommen, einem weitläufigen Landsitz in der Nähe von Salisbury in Wiltshire, der ihm schon lange gehörte, auch wenn auf der Besitzurkunde der Name alle paar Jahrzehnte wechselte, sobald er sich eine neue Identität zugelegt hatte.

Mit einer Taschenlampe beleuchtete Lucas den schmalen Weg, der zu einem kleinen Hain führte, in dem, verborgen von dichten Bäumen, ein hoher Monolith stand. Die Leute in der Umgebung erzählten sich, er würde aus Stonehenge stammen, aber Lucas hatte dafür keine Beweise gefunden. Doch ein Geheimnis barg der Stein auf jeden Fall, denn er war die Quelle von Lucas' Unsterblichkeit.

Lucas entzündete die Fackeln, die im Boden steckten, und lehnte sich gegen den Fels. Sofort durchströmte ihn eine wohlige Wärme, die jede Faser seines Körpers erfüllte. Dies waren die einzigen Augenblicke in seinem langen Leben, in denen er stets das Gefühl hatte, nach Hause zu kommen. Er murmelte die uralten Begrüßungen, genoss die Kraft, die ihn durchflutete, bevor er sich löste, die magische Schrift hervorholte und begann, das geschilderte Ritual zu vollziehen und den Zauber zu sprechen.

Als er die letzte Silbe gesagt, die letzte Rune mit der dunklen Erde seines Landes auf den Fels gemalt hatte, ertönte ein schrilles Kreischen, das von überall und nirgendwo herzukommen schien. Es erfüllte die Luft, erstickte jedes andere Geräusch, und Lucas presste sich die Hände auf die Ohren. Seine Beine gaben nach und er krümmte sich schreiend auf dem Boden zusammen. Er hatte das Gefühl, von tausend Schwertern durchbohrt zu werden, und es wurde immer schlimmer. Endlos lange lag er wie festgenagelt da.

Als der Lärm abrupt endete, öffnete Lucas die Augen, stand zitternd auf und erstarrte.

Der Monolith war verschwunden.

An seiner Stelle lag auf der Erde nur ein Glasstein, der schwach in einem roten Licht leuchtete, während er an den Rändern langsam schwarz wurde.

Lucas verstand. Er verstand nur zu gut.

Selbstsüchtige Magie hatte immer ihren Preis, zog immer eine unmittelbare Strafe nach sich, und er hatte sich von seiner unstillbaren Begierde nach Macht leiten lassen. Er war zu blind gewesen vorauszusehen, dass seine Kraftquelle ihm den Wunsch, mächtiger zu werden, nicht abschlagen würde. Aber dadurch, dass sie voneinander abhängig und eine Einheit waren, ein geschlossenes System, hatte Lucas seine neugewonnene Kraft auch wieder an den Monolithen abgegeben, der dadurch stärker geworden war und wiederum Lucas noch mehr stärken konnte.

Das Ganze wurde zu einem Teufelskreis, hatte sich aufgeschaukelt, bis es zu viel wurde. Um zu verhindern, dass sie sich gegenseitig vernichten und so viel Energie freisetzen würden, um damit eine Kettenreaktion auszulösen, die in einer Katastrophe enden könnte, hatten die alten Mächte, die die Forgotten Places einst geschaffen hatten, eingegriffen. Sie hatten den Prozess umgekehrt und gleichzeitig ein Urteil gefällt.

Lucas nahm den kleinen Stein, schloss die Faust darum, fiel auf die Knie und barg das Gesicht in den Händen. Die Bestrafung, die er nun zu tragen hatte, spürte er in jeder einzelnen Zelle.

Er war sterblich, und seine Lebenskraft schwand mit jedem Schlag, den sein Herz tat …

Lucas erwachte aus seinen Erinnerungen wie aus einem Traum. Er ließ den Stein fallen, stand stöhnend auf, schwankte ins Badezimmer, zog sich aus und kroch auf allen Vieren in die Dusche. Er stellte warmes Wasser an, lehnte sich an die Kacheln und versuchte, seine Atmung wieder unter Kontrolle zu bekommen.

Er war sterblich und so wie es aussah, würde er nicht mehr lange durchhalten.

Nach der verhängnisvollen Nacht vor über einem Jahr hatte er natürlich wochenlang probiert, mit Hilfe von Magie alles rückgängig zu machen. Seine Zauberkräfte waren immer noch stark, aber nichts hatte geholfen.

Also hatte er es mit der modernen Magie, der Wissenschaft, versucht, die sowieso sein Spezialgebiet war. Er hatte mit seinem Blut und dem Stein experimentiert, aber nichts hatte funktioniert.

Lucas musste schließlich einsehen, dass er mit seinem Blut nichts anfangen konnte, da es keine Merkmale eines Unsterblichen mehr aufwies. Deshalb hatte er seit Monaten andere Unsterbliche, die er schon lange kannte, besucht und sie um eine Blutprobe gebeten. Es war bei den meisten nicht schwer gewesen, sie zu überzeugen. Er hatte ihnen erzählt, er hätte seine Unsterblichkeit durch ein Virus verloren, mit dem auch seine Kraftquelle infiziert worden war. Sie selbst wären ebenfalls in Gefahr und er versuchte, schnell ein Heilmittel finden. Da alle spüren konnten, dass er sterblich war, hatten sie bereitwillig zugestimmt.

Dann hatte er die hellsten Köpfe bei Genesis Enterprises auf das Blut angesetzt, in der Hoffnung, dass sie etwas finden würden, was für die Unsterblichkeit verantwortlich war. Leider hatten die Untersuchungen bisher keine Resultate gebracht, sondern lediglich neugierige Fragen seiner Mitarbeiter hervorgerufen, und Lucas' Zeit lief ab.

Das bemerkte er nicht nur täglich, wenn er seinen Stein betrachtete, dessen Leuchten stetig schwächer wurde, sondern spürte es auch am eigenen Leib. Äußerlich sah er genauso aus wie vorher. Er wirkte nicht älter, war fit und seine Präsenz war nach wie vor beeindruckend. Doch innerlich fühlte er, wie ihn etwas auffraß und seine Kräfte ihn verließen. Jeden Tag ein bisschen mehr.

Das Wochenende mit Lucy hatte ihm anscheinend den Rest gegeben, auch wenn er sich gut und vorhin noch erholt gefühlt hatte. Lange würde er seinen Zustand nicht mehr verbergen können. Er wusste, dass Helen schon aufgefallen war, wie erschöpft er aussah, auch wenn sie ihn darauf nicht angesprochen hatte.

Helen … auf sie hatte er im Labor neue Hoffnungen gesetzt, aber selbst wenn sie in den nächsten Wochen einen Durchbruch erzielen würde, wäre es für ihn zu spät.

Lucas richtete sich mühsam auf, drehte das Wasser ab, wankte zum Waschbecken und besah sich im Spiegel. Er war aschfahl und seine Augen waren blutunterlaufen. Zumindest klangen langsam der Schwächeanfall und das Pochen in der Brust ab, was aber nicht darüber hinwegtäuschen konnte, dass es mit ihm zu Ende ging.

Vielleicht sollte er es einfach akzeptieren? Er war über dreihundert Jahre alt, hatte wunderbare Leben gelebt, war immer wieder in unterschiedlichste Persönlichkeiten geschlüpft, hatte sich stets neu erfunden, wenn es Zeit war zu verschwinden, bevor Fragen gestellt wurden, wieso er nicht alterte.

Aber noch während er das dachte, wusste er, dass er nicht sterben wollte. Und er musste sich eingestehen, dass er nicht ehrenhaft genug war, seinen Tod hinzunehmen, wenn es unter Umständen eine winzige Möglichkeit gab, ihn zu verhindern. Seit Wochen reifte bereits ein Plan in ihm, trug eine Idee langsam Früchte, bis er so davon erfüllt war, dass er an kaum etwas anderes denken konnte.

Er würde einen Hüter des Lichts töten – mit der Gegenseite wollte er sich lieber nicht anlegen.

Wenn er dies schaffen würde, wäre das Gleichgewicht zwischen Gut und Böse derart gestört, dass Lucas davon ausging, die Mächte der Forgotten Places müssten sofort dafür sorgen, dass ein anderer Unsterblicher den Platz des Hüters einnahm und dessen Kräfte bekam, um die Balance zu wahren – und höchstwahrscheinlich wäre der nächstbeste Ersatz derjenige mit Magie, der dem vorigen Hüter den Platz streitig gemacht hatte. Das wäre dann er und somit wäre er wieder unsterblich. Zumindest waren dies seine Theorie und die verzweifelte Hoffnung, an die er sich klammerte.

Das einzige Problem war allerdings, dass nur die Hüter selbst einander kannten und kein normaler Unsterblicher eine Ahnung hatte, wer sie waren. Selbst wenn er unbegrenzt Zeit hätte, standen die Chancen gering, jemals einen Hüter zu finden. Er wusste aber, dass Alistair mindestens siebenhundert Jahre alt war, und seit Lucas ihn auf der Gala in einem derart altertümlichen gälischen Dialekt hatte fluchen hören, hatte ihn das Gefühl nicht mehr losgelassen, er könnte noch ein paar Jahrzehnte, wenn nicht sogar Jahrhunderte draufschlagen. Somit wäre er der älteste Unsterbliche, von dem Lucas wusste, was ihn zu dem Schluss brachte, dass Alistair wahrscheinlich ein Hüter war.

Wenn Lucas weiterleben wollte, musste er es riskieren, ihn auszuschalten. Natürlich konnte dabei einiges schiefgehen. Vielleicht war Alistair gar kein Hüter, oder falls er einer war, war nicht sicher, ob die Übernahme seiner Kräfte überhaupt stattfinden würde. Oder Lucas starb im Kampf gegen Alistair.

Im besten Falle rettete er also sein Leben und wenn er es verlor, war es auch egal. Er würde in den nächsten Tagen sowieso sterben, wenn seine Lebenskraft aufgebraucht und der Stein erloschen war. Dass er jetzt schnell handeln musste, konnte er spüren, und auch, dass er gerade endgültig seine Entscheidung gefällt hatte.

Lucas wusste, dass er mit Alistairs Tod Helen furchtbares Leid zufügen würde. Er war kein kaltblütiger Killer, aber sein Plan stand fest und es ging um sein Leben. Er würde sich einreden, er hätte aus Selbstschutz gehandelt, wenn alles vorbei und Alistair tot wäre. Jetzt musste er nur den richtigen Zeitpunkt finden, ihn möglichst bald alleine zu erwischen.

Während Lucas sich ankleidete, klingelte sein Handy. Es war eine unbekannte Nummer.

„Ja?“, fragte er knapp.

„Lucas, ich bin’s, Helen. Es tut mir leid, dich so früh zu stören … aber ich brauche noch ein paar Tage frei.“

„Um deinen Liebesurlaub zu verlängern? Hör mal, ich gönne dir wirklich dein Glück, aber …“

„Nein, so ist es nicht“, unterbrach sie ihn mit zitternder Stimme und fing an zu weinen.

„Oh Helen, was ist denn passiert? Kann ich irgendwie helfen?“

„Ich danke dir, aber du kannst nichts tun. Es ist etwas … Familiäres dazwischen gekommen und ich muss mich darum kümmern.“ Sie schluchzte laut auf.

„Das tut mir sehr leid, Helen. Natürlich kannst du deine Angelegenheiten regeln. Nimm dir die Zeit, die du brauchst.“

Schon unter normalen Umständen hätte Lucas ihr bei einem Notfall freigegeben. Sie jetzt aber auch möglicherweise weg von Alistair zu wissen, wäre seinem Plan immens nützlich.

„Ist wenigstens dein Freund bei dir, um dich zu unterstützen?“, wollte er beiläufig wissen.

„Wir sind nicht mehr …“ Wieder heftiges Schluchzen. „Nein, ich bin allein.“

Lucas horchte auf. Sie waren getrennt? Umso besser.

„Okay, Helen, falls du irgendetwas brauchst, zögere nicht mich anzurufen. Ich bin für dich da.“

„Das werde ich. Ich melde mich wieder, sobald ich weiß, wann ich zurückkomme.“

„Tu das, aber mach dir bitte keine Sorgen wegen der Arbeit. Meine Firma wird es überstehen, auf dich noch ein wenig länger zu verzichten.“

„Danke, Lucas. Das vergesse ich dir nie.“ Er hörte die Erleichterung in ihrer Stimme.

„Kein Problem. Pass auf dich auf. Versprich es mir.“

„Versprochen. Ich muss jetzt Schluss machen. Bis bald, Lucas.“

„Bis bald.“ Er legte auf.

Es war soweit. Der Kampf um Leben und Tod konnte beginnen.

Sofort suchte er einen Kontakt aus seinem Adressbuch und wählte die Nummer. „Wo ist Turner?“

KAPITEL 20

Nachdem Helen mit Lucas gesprochen hatte, ließ sie sich von der Auskunft die Nummer von Lucys Praxis geben.

Sorgfältig überlegte sie, was sie sagen konnte, ohne Lucy zu viel zu verraten und sie in Gefahr zu bringen, denn höchstwahrscheinlich würde der Clan dort als erstes nach ihr suchen.

Als sie eine einigermaßen glaubwürdige Geschichte im Kopf hatte, riss sie sich zusammen, unterdrückte die Tränen, die schon wieder aufstiegen, und wählte. Zum Glück ging der Anrufbeantworter dran, denn Helen hätte es bestimmt nicht geschafft, persönlich mit Lucy zu sprechen, ohne heulend zusammenzubrechen.

„Hallo Liebes, entschuldige, dass ich in der Praxis anrufe, aber ich habe mein Handy verloren. Ich wollte dir nur kurz Bescheid geben, damit du dir keine Sorgen machst. Und mit Alistair und mir ist es vorbei. Er ist nicht der, der er vorgab zu sein. Ich habe mich so sehr in ihm geirrt. Um ein bisschen Abstand zu bekommen, verlängere ich meinen Urlaub ein paar Tage. Ich bin bei Rose. Es geht ihr nicht so gut und ich will mich ein bisschen um sie kümmern. Außerdem dachte ich, es wäre langsam an der Zeit, mich meiner Vergangenheit zu stellen und mich mit meiner Oma auszusprechen, wie du es mir immer geraten hast. Falls Alistair oder seine Freunde nach mir fragen, sag ihnen bitte, du wüsstest nicht, wo ich bin, egal welche rührselige Geschichte sie dir vielleicht auftischen. Dass Alistair mich wieder zurück will oder so etwas. Ich will ihn nie mehr sehen. Ich hab dich lieb und melde mich in den nächsten Tagen wieder bei dir."

Das Piepen signalisierte, dass die Zeit abgelaufen war, aber Helen hatte Lucy auch alles Wichtige mitgeteilt. Sie wollte ihre Freundin nicht in diesen Wahnsinn ziehen, der ihr Leben gerade war.

Traurig starrte sie den Hörer an, bis Rose zu ihr trat und ihn ihr sanft aus der Hand nahm. „Komm mit in die Küche."

Helen nickte und folgte ihr.

Rose kochte Wasser, goss den Tee auf und begann, den Teig auszubacken. Die ganze Zeit über schwieg sie und kehrte Helen den Rücken zu. Sie wollte ihr nicht zeigen, wie erschüttert sie war. Still verfluchte sie ihre Tochter dafür, die Ereignisse in Gang gesetzt zu haben, die jetzt das Leben ihrer Enkelin bedrohten. Eine Träne rollte ihr über die Wange.

Entschlossen wischte sie sie weg und drehte sich um.

„Helen, es gibt so vieles, was du nicht weißt, was du nicht verstehen kannst."

„Was du nicht sagst. Ich habe das Gefühl, in einem Roman gelandet zu sein, den Lewis Carroll und Edgar Allan Poe zusammen unter Drogen geschrieben haben. So vieles ergibt überhaupt keinen Sinn."

Helen verschränkte die Arme auf dem Tisch und legte ihren Kopf darauf. Sie war emotional so erschöpft, wie nie zuvor in ihrem Leben.

Ihre Großmutter servierte die Pfannkuchen und setzte sich neben Helen auf die Bank.

„Du isst jetzt erst mal was und ich erzähle dir eine Geschichte."

Sie nickte Helen aufmunternd zu, die hungrig zugriff.

„Wir stammen aus einer sehr alten Familie. Das Blut der Hexen wurde seit unzähligen Generationen weitergegeben. Wir lebten im Verborgenen und auch die Scheiterhaufen konnten uns nichts anhaben. Die Frauen, die das Feuer geholt hat, waren gar keine echten Hexen. Die waren zu schlau und zu mächtig, um sich von tumben Männern fangen zu lassen."

Helen hob den Kopf. Warum wusste sie nichts davon? Sie hatte noch nie etwas darüber gehört.

„Seit meiner Urgroßmutter hat es keine mächtige Hexe mehr gegeben, auch wenn wir alle ausgebildet wurden." Rose sprach weiter, ehe Helen eine Frage stellen konnte. „Alle, auch deine Mutter. Elisabeth hatte aber keine Lust auf den alten Kram, wie sie die Gabe der Hexen nannte, und verschloss sich komplett dem bisschen Magie, das in ihr war. Sie hasste ihr Erbe und wollte nichts damit zu tun haben. Sie glaubte nicht an den Fluch."

Helen konnte sich nicht mehr zurückhalten. „Also gibt es tatsächlich einen Fluch?"

„Ja, es hat etwas mit einem uralten Dolch zu tun. Er wird seit vielen Generationen in unserer Familie weitergegeben und mit ihm die Warnung."

„Welche Warnung?"

„Heloise, die Hexe, die damals den Fluch ausgestoßen hat, wusste nicht alles über den Druiden, den sie verdammt hatte." Rose schwieg einen Moment. Sie wollte Helen nicht noch mehr wehtun, aber sie musste die ganze Wahrheit erfahren.

Seufzend stand Rose auf und holte eine kleine Truhe. Helen bewunderte die Intarsien und wollte sie anfassen, aber ihre Großmutter hielt ihre Hand fest.

„Der Tag deiner Geburt war ein Freudentag für uns alle, und genau ein Jahr später war klar, dass du eine mächtige Hexe werden könntest. Du hattest bereits Kräfte, die alles überstiegen, was ich bis dahin gesehen hatte. Deine Mutter wollte davon nichts hören. Sie verbot mir, dich auszubilden, versuchte dir die Flausen auszutreiben, aber sie konnte nicht alles unterdrücken. Du hast die Gabe, Dinge zu fühlen, die geschehen sind. Alles, was du berührst, kann dir eine Geschichte erzählen."

Helen nickte langsam. Das wusste sie, aber hatte es ihrer Mutter zuliebe immer verdrängt.

„Jetzt, wo deine Kräfte voll erwacht sind, wird das noch stärker werden und du musst erst lernen, die Magie unter Kontrolle zu halten, sonst kann sie dich fortreißen."

Vorsichtig öffnete Rose die Truhe und hob einen schmalen, in altes Tuch gewickelten Gegenstand heraus. Sie schlug den Stoff zur Seite und enthüllte einen silbernen Dolch. Die Klinge funkelte, als wäre sie nagelneu. Am Griff waren verschlungene Symbole und Zeichen eingearbeitet.

Wie in Trance griff Helen danach. Ein stechender Schmerz durchzuckte sie und plötzlich stand sie auf einem Schlachtfeld …

Länger als ein Leben hatte Alistair für sein Land gekämpft, hatte zahllose Schlachten überlebt und Siege errungen. Auch dieses Mal hätte keine Ausnahme sein dürfen. Der König hatte ihn und seine Männer beauftragt, einen gestohlenen Dolch, der angeblich Heilkräfte besaß, wiederzubeschaffen und sicher zurückzubringen.

Er war mit sechzig Mann in das kleine Dorf gekommen und sie hatten mit keinerlei Widerstand gerechnet. Nur Frauen und Kinder, hatte der Späher gesagt. Was er nicht wusste und Alistair zu spät bemerkt hatte … diese Frauen waren keinesfalls hilflose Wesen. Diese Frauen waren mächtig. Sie besaßen eine Kraft, die seiner ebenbürtig war.

Eisiger Wind umtoste ihn und seine Krieger, bis sie nichts mehr sehen konnten. Und dann fielen die Frauen mit allem, was sie hatten, über sie her. Fünf seiner besten Kämpfer waren sofort tot. Ein paar schafften es wenigstens, eine oder zwei der Hexen umzubringen, bevor Alistair zum Rückzug rief. Aber wenn er dachte, sie würden ihn einfach abziehen lassen, hatte er sich getäuscht.

Sie verfolgten ihn und plötzlich kamen noch mehr Verfolger dazu. Schreckliche Wesen, einem Albtraum entsprungen, die ihnen bedingungslos gehorchten, machten Jagd auf Alistair und seine Männer. Gnadenlos zersprengten sie die Formation der Krieger, die nur noch um ihr Leben liefen.

Alistair blieb stehen. Wild entschlossen, sich nicht demütigen zu lassen, stellte er sich dem Kampf. Ohne dass er wusste woher, trafen ihn ein Fluch und ein Messer, schlitzten seine Lederrüstung auf wie Papier und fuhren tief in sein Fleisch.

„Niemals wird ein Krieger unser Dorf betreten. Auch dann nicht, wenn sie von dir geführt werden. Wir wissen, wer du bist. Was du bist. Sieh mir in die Augen, wenn du stirbst."

Die Stimme gehörte einer Frau und klang kalt, ruhig, hypnotisch.

Alistair zwang sich, ihrem Befehl nicht zu folgen. Ohne einen Blick auf sie zu werfen und mit zusammengebissenen Zähnen griff er nach der Hand, die den Dolch hielt, und drückte mit aller Macht zu. Ein gellender Schrei, das Geräusch von brechenden Knochen. Die Welt verlangsamte sich.

„Höre, Druide! Du hast das Blut meiner Schwestern vergossen. Unschuldiges Blut. Eines Tages, wenn du am wenigsten damit rechnest, wenn du glaubst alles zu haben, das absolute Glück zu erfahren, wird eine von uns dein Untergang sein!"

Ihre Worte hallten in seinen Ohren, als er sich losriss und ebenfalls um sein Leben rannte.

Mit letzter Kraft schleppte Alistair sich Richtung Norden. Er stolperte über zahlreiche Leichen, seine Männer, bevor er zu einem kleinen Bach kam, der selbst hier noch rot von Blut gefärbt war. Er konnte sich nicht erinnern, wann er das letzte Mal solche Schmerzen gehabt hatte. Lange würde er nicht mehr durchhalten.

Halb ohnmächtig ließ er sich auf die Knie sinken und presste seine rechte Hand auf die tiefe Wunde an seiner Seite. Mit der linken schöpfte er ein bisschen Wasser, von dem er nur einen winzigen Schluck probierte, bevor er das ungenießbare Nass wieder ausspuckte.

Ein wilder Fluch verschaffte ihm ein wenig Genugtuung, auch wenn durch den heftigen Ausbruch die Wunde stärker zu bluten begann. Alistair schloss die Augen. Das war also sein Ende.

Helen hörte einen Schrei, voller Verlust und Trauer, ein abgrundtiefes Wehklagen, verbunden mit so viel Qual, dass es kaum zu ertragen war. Sie sah, wie zwei Männer Alistair von dem Bach forttrugen, und wollte ihnen folgen, wurde aber mit einem Ruck zurückgerissen.

Entsetzt starrte sie die Hexe an, die ihn verletzt hatte. Sie sah ihr ins Gesicht, das ihr eigenes Spiegelbild war, und sie mit grimmiger Genugtuung anlächelte.

„Du wirst uns rächen."

Erst jetzt bemerkte Helen, dass sie selbst es war, die schrie.

Helen schrie immer noch, als die Vision ebenso schnell verblasste, wie sie erschienen war. Ihre Hand schmerzte und sie warf den Dolch auf den Tisch. Entsetzt starrte sie ihre Großmutter an.

„Weißt du, was geschehen ist? Ich habe es gesehen. Ich war dort. Ich war Alistair, aber irgendwie auch nicht. Ich habe Heloise gesehen. Sie sah aus wie ich. Ich will keine Rächerin sein."

Helen schluchzte wieder, langsam wurde ihr das alles zu viel.

Rose nahm sie in die Arme und wiegte sie. Ließ sie weinen. Teilte ihre Tränen. Nach einer Weile räusperte sie sich.

„Heloise wusste, dass Alistair eine ausgebildete Hexe sofort erkennen und sie entweder töten oder sich fernhalten würde. Sie setzte also darauf, dass eines Tages eine unschuldige, eine unausgebildete, eine nicht vorbereitete Hexe seinen Untergang herbeiführen würde."

„Aber wieso ist das nicht schon vor Jahrhunderten passiert, sie hätte doch einfach niemanden mehr ausbilden müssen?"

„Das hat sie versucht. In jeder Generation sollte es ein Mädchen geben, das ahnungslos in die Welt entlassen wird. Aber Heloise war nicht die einzige mächtige Frau in ihrem Zirkel, und während sie von Hass und Kummer über den Tod ihrer Schwestern zerfressen wurde, haben die anderen herausgefunden, dass Alistair nicht nur ein mächtiger Druide und unsterblich ist, sondern auch ein Hüter des Lichts."

„Das hat er mir erzählt", flüsterte Helen.

„Dann weißt du ja, dass es auch Hüter der Dunkelheit gibt", stellte Rose fest, aber Helen schüttelte den Kopf.

„Nein, das wusste ich nicht."

„Die Anzahl auf beiden Seiten ist ausgeglichen, weil sonst das Gefüge der Welt in ernster Gefahr ist."

Helen verstand, worauf Rose hinaus wollte. „Wenn Alistair stirbt, ist das Gleichgewicht gestört."

„Es wäre gewaltig gestört. Das Ende von allem Guten." Rose schauderte, aber riss sich schnell wieder zusammen. „Die anderen Hexen wollten es nicht riskieren, die Waagschale zu Gunsten der dunklen Mächte zu neigen und suchten nach einer Lösung. Rückgängig machen konnten sie den Fluch nicht, aber sie sprachen eine Warnung aus. ‚Unschuldiges Blut wurde vergossen. Unschuldiges Blut soll es rächen. Aber nur wer vergeben kann, nur wer lieben kann, nur wer Wissen und Macht annimmt, kann das Böse aufhalten'."

„Das hört sich ziemlich vage an." Helen runzelte nachdenklich die Stirn.

„Im Gegenteil. Wir dachten natürlich immer, es bedeutet, dass alle Frauen mit magischen Fähigkeiten ausgebildet werden müssen, die Schöpfung achten und nicht in Hass leben sollen, damit Heloises Verwünschung keine Macht hat. Niemand konnte vorhersehen, wie der Fluch sich erfüllen würde. Aber jetzt, da es so aussieht, dass eure Liebe das Ganze erst in Gang gesetzt hat, ist klar, dass diese Warnung gleichzeitig eine Prophezeiung ist. Du wirst deine Kraft und Gabe annehmen müssen, und wenn du Alistair aus tiefstem Herzen liebst und ihm vergibst, dann kannst du ihn retten."

„So einfach soll das sein? Ich werde eine Hexe, lasse mich ausbilden, vergebe Alistair, dass er denkt, ich will ihn töten, und Abrakadabra alles ist wieder gut? Ganz abgesehen davon, dass ich ihn und seinen mordlüsternen Clan erst einmal überzeugen muss, dass ich den Fluch nur versehentlich ausgelöst habe, ich aber möglicherweise auch die Einzige bin, die ihn brechen kann."

Helen wusste jetzt, dass Alistairs Freunde recht hatten. Sie hatte ungewollt Ereignisse entfesselt, die katastrophale Auswirkungen haben könnten. Ihr kam ein neuer Gedanke.

„Wie könnte ich Alistair überhaupt töten? Ich würde ihm nie etwas antun. Ich liebe ihn aus tiefstem Herzen. Dann ist doch alles bestens. Damit hat sich die Sache doch erledigt, oder?“

„Ich fürchte nein.“ Rose streichelte ihre Hand. „Du hast mir erzählt, dass ihr den Bund eingegangen seid. Niemals hätte er das getan, wenn du nicht sein absolutes Glück wärst. Damit hat er den Fluch endgültig erfüllt und seinen eigenen Untergang heraufbeschworen. Alistair wirkte danach schwächer, er konnte nicht einmal die Kerzen anzünden, richtig?“

„Aber das hatte vielleicht nichts mit mir zu tun?“, erwiderte Helen verzweifelt.

„Du hast gesehen, dass er ohnmächtig wurde. Was glaubst du könnte ihn so viel Kraft kosten, dass er auf seinem eigenen Grund und Boden, auf seinem Forgotten Place einen Schwächeanfall hat?“

„Naja, wir hatten eine lange Nacht …“ Helen wurde rot.

Rose lächelte verständnisvoll. „Was ihr vorher nicht hattet?“

„Äh … doch“, gab Helen zu.

„Du hast dich von Ketten befreit. Bist mit einem Pferd über Nacht dreihundert Meilen gereist und dabei unglaublich mächtigen Unsterblichen entkommen. Wie wahrscheinlich ist das?“

„Yoda geholfen mir hat.“ Helen grinste kurz, als sie das fragende Gesicht ihrer Großmutter sah, winkte dann aber ab. „Die fremde Stimme.“

Rose nahm die Hände ihrer Enkelin und drückte sie fest. „Ich bin davon überzeugt, dass deine Kräfte durch euren Bund erwacht sind und du Alistairs Magie stiehlst, wenn du in seiner Nähe bist … vielleicht bis zu seinem Untergang. Wenn du ihn retten willst, musst du dich erst einmal von ihm fernhalten und deine Hexenkräfte annehmen.“

Helen nickte und schluckte tapfer die Tränen herunter. „In Ordnung. Ich glaube, du hast recht. Womit fangen wir an?“

„Am besten testen wir, wie stark deine Magie schon ist.“

Helen versuchte zu ignorieren, wie sehr ihr die Trennung von Alistair das Herz brach, und sich stattdessen darauf zu freuen herauszufinden, ob sie wirklich zaubern konnte.

„Wie?“

„Wir fangen mit einfachen Dingen an.“ Rose deutete auf das Kästchen auf dem Tisch. „Öffne es.“

Helen wollte automatisch nach dem Deckel greifen.

„Nein, denk nur daran, dass er sich hebt.“

Helen tat es und zuckte zusammen, als er aufsprang.

Rose nickte anerkennend. „Und jetzt schließe ihn wieder.“

Auch das funktionierte ohne Probleme.

Nachdem seine Freunde sich in den frühen Morgenstunden in alle Winde verstreut hatten, um Helen zu suchen, und Alistair endlich Zeit hatte, in Ruhe nachzudenken, fühlte er sich dumpf und leer. Helen hatte ihn verlassen. Sie war weggelaufen. Wieder einmal. Auch wenn sie diesmal allen Grund dazu gehabt hatte, so wie sie von seinem Clan und auch von ihm selbst behandelt worden war.

Alistair hatte mit Engelszungen auf alle eingeredet, hatte ihnen gedroht, sie angebrüllt, mit ihnen argumentiert, ihnen geschmeichelt und schließlich gewonnen. Zumindest erwogen sie jetzt die Möglichkeit, dass sie tatsächlich unschuldig war.

Fakt war allerdings, dass sie für Hunt arbeitete, der etwas mit den Todesfällen zu tun hatte, und Fakt war auch, dass sie geflohen war, bevor sie etwas klären konnten.

Er sehnte sich danach, mit ihr zu sprechen, aber sie hatte ihr Handy nicht mitgenommen und zuhause ging auch niemand ans Telefon. Wo war sie nur? Er liebte und vermisste sie so sehr!

Alistair schwankte vor Müdigkeit. Erschöpft ließ er sich auf den Teppich sinken, auf dem Helen und er ihren Bund besiegelt hatten, und schlief ein.

Den ganzen Tag über testete Rose die erwachten Kräfte ihrer Enkelin. Zuerst behutsam, um sie nicht zu überfordern, aber je stärker Helen ihre Macht spürte, desto mehr wollte sie davon. Sie war berauscht von der Magie, vergaß alles um sich herum und ließ sich hinreißen, immer mächtigere Zauber zu sprechen, immer mehr zu wagen.

Die Bedenken ihrer Großmutter tat sie mit einem Schulterzucken ab. Die Magie brannte in ihr wie eine Flamme und sie würde sie nie wieder löschen.

Im weichen Licht des Abends stand Helen auf dem Hügel hinterm Haus, hatte die Arme erhoben und ließ die Kraft durch ihren Körper fließen. Durch ihre nackten Fußsohlen sog sie Energie aus der Erde und fühlte sich wie eine Göttin.

Rose kämpfte mit den Tränen, als sie Helen anschrie. „Hör auf! Hör endlich auf! Du weißt nicht, was du tust! Sieh dich um! Sieh doch, was du anrichtest!“

Wie aus weiter Ferne drang die Stimme zu Helen durch. Nur langsam kam sie zu sich. Als sie sich umsah, gefror ihr Herz.

Das Gras, heute Morgen noch grün und saftig, war vertrocknet, soweit das Auge reichte.

Alistair erwachte am Abend mit brennenden Augen und Kopfschmerzen. Beides Empfindungen, die er seit Jahrhunderten nicht mehr kannte, außer nach einer Schlacht und vielen Tagen ohne Schlaf.

Mühevoll richtete er sich auf. Sein Mund war völlig ausgetrocknet und er hatte höllischen Durst. Während er die Nachrichten vom Clan auf seinem Telefon abhörte, dass die Suche nach Helen bisher ergebnislos geblieben war, schleppte er sich in die Küche. Er leerte eine Flasche Wasser in drei langen Zügen und schraubte gerade die nächste auf, als sein Telefon klingelte. Ohne auf die Nummer zu achten nahm er ab.

„Ja?“

„Alistair, geht es dir gut?“ Helens Stimme klang besorgt.

Er zuckte zusammen. „Wo bist du? Wir suchen dich schon die ganze Zeit.“

„Ich bin bei meiner Großmutter in Pendle Hill. Alistair, es tut mir so leid, aber deine Freunde haben recht. Heloise, die Frau, die dich damals verflucht hat, ist eine Vorfahrin von mir."

Alistair schluckte hart. Das aus ihrem Mund bestätigt zu bekommen war schlimmer, als es von seinen Freunden zu hören.

„Aber ich konnte das nicht wissen und da ist noch mehr."

Helen erzählte ihm alles, was sie herausgefunden hatte, und sein Herz wurde leichter, bis sie zu der Stelle kam, dass sie den Verdacht hatte, Magie von ihm abzuziehen.

„Magie kann man nicht stehlen." Alistair wollte sie mit einem Lachen beruhigen, das aber in einen schmerzhaften Hustenanfall überging.

„Das ist nicht komisch. Wir sind miteinander verbunden, Alistair. Möglicherweise ist der Fluch dadurch überhaupt erst … aktiviert worden. Ich weiß es doch auch nicht, aber etwas ist dabei passiert." Ihre Stimme wurde kläglich. „Ich habe mich heute irgendwie mitreißen lassen und viel mehr gezaubert, als gut gewesen wäre. Eigentlich dürfte ich gar nicht in der Lage sein, solche Magie anzuwenden, sie müsste mich völlig auslaugen, aber ich fühle mich immer noch so voller Energie, als stünde ich unter Strom."

„Das würde allerdings erklären, warum ich mich fühle, als wäre ich unter einen Zug geraten", gab Alistair leise zu.

Helen schluchzte, als ihr bewusst wurde, dass das bedeutete, dass sie ihm selbst über weite Entfernungen die Kraft raubte.

„Bitte verzeih mir! Ich wollte das nicht. Ich würde dir niemals Schaden zufügen! Ich werde nie wieder Magie anwenden, dann wirst du dich bestimmt schnell erholen. Ich liebe dich."

„Und ich liebe dich, Helen."

Sein Lächeln verschwand schlagartig bei ihren nächsten Worten.

„Du verstehst doch, dass ich dich nicht wiedersehen kann, Alistair?"

„Was? Warum?“

„Ich werde keine Magie mehr anwenden, weil du deine damit verlierst, also kann ich mich nicht ausbilden lassen und meine Gabe nicht annehmen. Aber der Fluch besagt, dass eine unausgebildete Hexe dein Untergang sein wird. Ich werde das nicht zulassen. Ich kann das nicht zulassen, verstehst du? Es bricht mir das Herz, aber wir müssen uns trennen, bis ich weiß, wie ich den Fluch aufheben kann.“

„Meinst du nicht, dass wir das vielleicht zusammen überlegen sollten?“ Seine Stimme klang bitter.

„Ich darf nicht in deiner Nähe sein.“

„Hast du eine Ahnung, wie lange es dauern kann, einen Gegenfluch oder irgendwas in der Richtung zu finden?“

„Nein, aber ich werde nicht aufgeben, bis ich eine Lösung gefunden habe.“ Helen schluchzte immer noch. „Leb wohl, Alistair. Du wirst immer die Liebe meines Lebens sein.“

„Helen! Nein, warte!“ Alistair schrie ins Telefon, aber sie hatte bereits aufgelegt.

Der Schmerz kam so plötzlich, dass er ihm den Atem nahm. Keuchend ging Alistair zu Boden. Sein Herz krampfte sich zusammen, schlug wild und hektisch. Er bekam Angst.

Schleppend ging er in die Bibliothek zurück. Zum ersten Mal spürte er die Last seines langen Lebens in voller Härte auf seinen Schulter liegen.

Er hatte seine Entscheidung getroffen. Allein. So wie Helen ihre.

Sie hätte es nie überwunden, wenn er ihr gesagt hätte, dass sie mit ihrer Kraft nicht nur seine Magie in sich aufnahm, sondern auch Stück für Stück seine Lebensenergie. Helen würde ihre Magie nicht einfach abstellen können, jetzt da sie einmal geweckt worden war. Sie musste heute wahrlich mächtige Zauber gesprochen haben, so erschöpft, wie er sich bereits fühlte. Und er spürte, dass er mit jeder Stunde schwächer wurde.

Alistair schrieb dem Clan, wo Helen war, und dass sie sich aus Liebe zu ihm fernhalten wollte. Er bat seine Freunde, um seinetwillen auf sie aufzupassen und verbot ihnen, sein Land zu betreten.

Dann bereitete er das Ritual vor, von dem er hoffte, sich und Helen damit ein bisschen Zeit verschaffen und das Unvermeidliche aufhalten zu können.

„Dieser Vollidiot!", brüllte Alassë.

Audrey verlor fast die Kontrolle über das Motorrad. „Was ist?"

„Erzähl ich dir später. Wir müssen nach Pendle Hill!"

Audrey stellte keine Fragen. Sie beschleunigte, während Alassë sicherstellte, dass sie die anderen dort treffen würden. Sie mussten sich beeilen.

Der Dolch lag wie ein Damoklesschwert vor Helen auf dem Tisch und sie weinte heftig. Sie hatte nicht gewusst, dass sie so viele Tränen hatte. Sie vermisste Alistair so sehr und wünschte sich, sie könnte die Zeit zurückdrehen. Wenn sie diesen blöden Bund nicht eingegangen wären, hätten sie vielleicht einfach friedlich miteinander weiterleben können. Glücklich sein können.

Aber sicher war sie sich nicht. Vielleicht hätte es auch gar nichts geändert und der Fluch hätte sich so oder so erfüllt.

Hilflos streichelte Rose über Helens Rücken und murmelte beruhigende Worte. Quietschende Bremsen hinter dem Haus ließ beide hochschrecken.

„Ich gehe nachsehen." Rose stand auf.

Als Helen sich zu wundern begann, wo sie blieb, erschien sie wieder in der Küche. Und hinter ihr standen, wie Racheengel, Alistairs Freunde. Alle fünf.

Helen sprang auf die Füße, griff nach dem Dolch und stellte sich ihnen entgegen. „Ich wollte das nicht! Lasst mich in Ruhe!"

Alassë versuchte, sie mit einem Blick zum Schweigen zu bringen, aber Helen stoppte sie mühelos. Verwundert sah Alassë ihr in die Augen und was sie darin erkannte, ließ sie einen hastigen Schritt zurückweichen.

„Wir haben keine Zeit für Spielchen." Armand wedelte ungeduldig mit der Hand. „Alistair stirbt!"

Der Dolch fiel klappernd zu Boden. Helen bückte sich mechanisch nach ihm, aber Audrey hatte schon ihren Fuß darauf gestellt. Helen schob ihn beiseite, was Audrey aus dem Gleichgewicht brachte.

Als Helen sich wieder aufrichtete, blickte sie in fassungslose Gesichter. „Was ist?"

„Du hast gerade …! Egal. Hast du gehört, was ich gesagt habe?", fragte Armand eindringlich.

„Alistair stirbt nicht. Ich werde nicht mehr zaubern und damit kann er seine Magie wieder zurückhaben." Helen klang trotzig.

„So funktioniert das leider nicht." Ash schüttelte bedauernd den Kopf. „Du hast gerade Magie angewendet. Und das völlig unbewusst. Du kannst das noch nicht willentlich abstellen."

Aidan nickte. „Alassë zu blockieren und Audrey aus dem Gleichgewicht zu bringen ist ohne starke Magie nicht möglich", erklärte er.

„Alistair verliert nicht nur seine Magie an dich, er verliert auch seine Lebenskraft." Alassë versuchte ruhig und gelassen zu klingen, aber ihre Stimme zitterte. „Dieser Idiot ist zu edelmütig, um dir das zu sagen. Was auch immer du heute gemacht hast, muss ihn zu Tode erschöpft haben."

„Er hat nicht mehr viel Zeit und wird versuchen, sich mit der Macht seiner Kapelle aufzuladen. Wir haben Angst, dass ihn das töten wird." Audreys Augen waren feucht. „Er hat uns mitgeteilt, dass wir sein Land nicht mehr betreten können, um ihn nicht aufzuhalten. Wir glauben aber, dass du es kannst, Helen … und vielleicht kannst du ihn auch retten. Deine Großmutter hat uns von der Prophezeiung erzählt."

„Wieso die Kapelle? Wieso nicht sein Baum?“, fragte Helen automatisch, während sie versuchte, den Rest der Worte auszublenden.

„Sein Baum ist mittlerweile genauso schwach, wie er selbst.“ Armand holte tief Luft. „Alistair ist der Hüter der Kapelle und sie hat Mächte, die weit über seine hinausgehen. Für das Ritual ist jedoch so starke Magie nötig, dass ihn das wahrscheinlich seine letzte Kraft kosten wird.“

Helen weigerte sich immer noch zu glauben, was sie im Inneren längst als Wahrheit erkannt hatte.

Alle starrten sie an. Minutenlang.

Schließlich ergriff ihre Großmutter das Wort. „Vielleicht ist es jetzt Zeit, die Prophezeiung zu erfüllen und den Fluch zu brechen. Du musst es versuchen, Helen. Alistair ist nicht nur für dich wichtig. Er ist für die ganze Welt wichtig.“

Wie aus einem Traum erwacht, kam plötzlich Bewegung in Helen. „Wie kommen wir am schnellsten zum Cottage?“

Ihre Oma lächelte. „Elfentore.“

KAPITEL 21

Als Lucas seinen Wagen am späten Abend zu Alistairs Cottage lenkte, fürchtete er, von Schutzzaubern angegriffen zu werden, aber nichts geschah.

Nachdem er ausstiegen war, überprüfte er seine Waffen. Das Schwert hing griffbereit an seiner linken Seite, hinten im Hosenbund steckte eine Pistole.

Da Licht im Haus brannte, näherte er sich vorsichtig der Tür und drückte leise die Klinke nach unten. Unverschlossen. Er betrat den Flur und lauschte. Völlige Stille.

„Hallo? Ist jemand hier?“, rief er und wartete gespannt auf eine Antwort. Nichts.

Nach ein paar Minuten begann Lucas, das Haus zu durchsuchen. Er fand keine Spur von Alistair, doch in der Küche standen noch die Reste eines hastigen Abendessens. Wo steckte Turner nur? Seine Beobachterin beharrte darauf, dass er das Tal nicht verlassen hatte.

Frustriert verließ Lucas das Cottage, lehnte sich gegen sein Auto und sah sich um. Es war wunderschön hier, so friedlich. Ihn überkam eine seltsame Ruhe, er fühlte sich im Einklang mit allem und hatte plötzlich das Gefühl, dass es in Ordnung war, wenn er diese Welt jetzt verlassen würde. Sein Leben war erfüllt gewesen. Er würde zu seinem Forgotten Place fahren und auf das Ende warten.

Einen Augenblick bedauerte er es, alleine sterben zu müssen, aber andererseits musste jeder die nächste Reise ins Unbekannte alleine antreten, selbst wenn er von seinen Liebsten umgeben war.

Seufzend stieg er in den Aston Martin, um sich nach Wiltshire aufzumachen. Als er Richtung Schotterweg abbiegen wollte, nahm er aus dem Augenwinkel von der Spitze eines Berges in der Nähe ein Flackern wahr, als wären mehrere Feuer entzündet worden. Er wusste, dass dort Alistairs Kapelle stand, auch wenn er selbst nie dagewesen war. Ob er ihn da finden würde?

Während er überlegte, was er tun sollte, fuhr ein Schmerz, schlimmer als alles, was er jemals erlitten hatte, durch seinen Körper. Mit zitternder Hand holte Lucas seinen Stein hervor. Das rote Leuchten war kaum noch zu sehen.

Ihm wurde klar, dass er nicht einmal mehr die neun Stunden Fahrt nach Salisbury überstehen würde. Verzweiflung und Todesangst stiegen in ihm auf.

Er wollte nicht sterben! Alistair hatte mehr als doppelt so lange gelebt. Wieso sollte ausgerechnet er weiterexistieren dürfen?

Lucas gab entschlossen Gas und fuhr auf die Lichter zu. Der Weg endete an einem Parkplatz, auf dem ein Range Rover stand. Turners Wagen.

Lucas zog eine Taschenlampe aus seiner Lederjacke und folgte dem Pfad, der nach oben führte. Jede Bewegung tat ihm weh, doch er schleppte sich immer weiter, Schritt für Schritt, bis er am Ziel angelangt war.

Er gönnte sich ein paar Minuten Pause, um wieder zu Atem zu kommen, dann betrat er eine Lichtung, auf der eine kleine Kapelle aus dunklem Stein stand. Auf dem Platz davor waren neun Feuer entzündet. In der Mitte des Kreises kniete Alistair mit nacktem Oberkörper.

Als er den Kopf hob, erschrak Lucas. Alistair sah noch schlechter aus, als er selbst. Sein Gesicht war kreidebleich und schweißüberströmt und unter den Augen konnte man dunkle Schatten erkennen.

„Ich hätte nie gedacht, einen Hüter so geschwächt zu sehen“, rief Lucas.

„Was willst du hier, Hunt?“, knurrte Alistair. „Woher weißt du, dass ich …?“ Er verstummte abrupt, verärgert, dass er auf so einen billigen Trick hereingefallen war.

„Bis eben wusste ich es nicht sicher. Danke für die Bestätigung.“ Lucas lächelte. „Und ich bin hier, um dich zu töten.“

Alistair kämpfte sich auf die Füße. „Wieso? Hast du nicht schon genug angerichtet, du Mörder!“

„Ich bin kein Mörder. Jedenfalls noch nicht. Natürlich weiß ich, wie du darauf kommst. Ein Freund hat mich gewarnt, dass du und dein Clan mich verdächtigt, die anderen Unsterblichen getötet zu haben, aber damit habe ich nichts zu tun.“

„Aus deinem Mund kommen nur Lügen. Alle Spuren führen zu dir. Dass du Ash und wahrscheinlich uns alle beobachten lässt, ist ein weiterer Beweis.“ Alistair brach ab, kniff die Augen zusammen und erstarrte. „Du besitzt starke Magie. Wie kann das sein? Wieso haben wir es nie bemerkt?“

„Ein Duftstoff, den ich entwickelt habe, um als gewöhnlicher Mensch durchzugehen, und normalerweise benutze. Es ist von Vorteil, nicht jedem gleich auf die Nase zu binden, was man ist. Es gibt zu viele auf der dunklen Seite, die einem nach dem Leben trachten.“ Lucas‘ Gesicht wurde ernst. „Und um auf die Morde zurückzukommen. Es ist reiner Zufall, dass einige der Unsterblichen, zu denen ich Kontakt hatte, unter den Opfern sind. Sie waren meine Freunde. Niemals hätte ich ihnen etwas angetan. Ich war lediglich bei ihnen, um ihnen Blut abzunehmen und es zu untersuchen, damit ich meine eigene Unsterblichkeit zurückbekomme.“

„Was redest du da?“

„Ja, ich war auch einmal unsterblich und bin jetzt nicht nur sterblich geworden, sondern sterbe auch bald. Sehr bald.“ Lucas zuckte mit den Schultern. „Ist eine lange Geschichte und spielt jetzt keine Rolle mehr. Wichtig ist nur, dass ich vielleicht wieder unsterblich werde, wenn ich dich töte. Möglicherweise gehen deine Kräfte auf mich über und ich bin im Handumdrehen wie früher."

Alistair lachte spöttisch. „Du bist ja irre. Das wird niemals funktionieren."

„Ich bin gewillt, es auf einen Versuch ankommen zu lassen. Zwei Sachen gibt es allerdings, die du wissen solltest. Helen hat mit all dem nichts zu tun. Sie hat keine Ahnung, worauf ich sie im Labor angesetzt habe. Sie ist unschuldig und liebt dich aufrichtig."

„Ich weiß, aber die Sache ist noch viel komplizierter, als du denkst." Lucas sah ihn fragend an. Alistair winkte ab und griff nach dem Schwert, das neben ihm lag. „Es ist egal. Ich habe sie für immer verloren. Was war die andere Sache, die du sagen wolltest? Mach was draus, denn es werden deine letzten Worte sein."

Einen Moment war Lucas verunsichert, aber er überspielte es mit einem Grinsen. „Mut hast du, das muss ich dir lassen. Du siehst so geschwächt aus, als würde dich ein laues Lüftlein zu Fall bringen. Also dann, was ich noch sagen wollte … es tut mir wirklich leid, dir das antun zu müssen. Wenn es einen anderen Weg gäbe, würde ich ihn wählen, aber es gibt keinen. Und bevor du es vorschlägst – nein, ich bin nicht gewillt, dein Leben zu schonen und meines aufzugeben, wenn es eine minimale Chance gibt, es zu verlängern. Ich hänge einfach zu sehr daran. Aber ich verspreche, dir einen fairen Kampf zu liefern, statt dich feige über den Haufen zu schießen und dir den Kopf abzuschlagen."

Lucas holte die Pistole hervor und warf sie beiseite. Adrenalin pumpte durch seine Adern, als er sein Schwert zog und den Feuerkreis betrat.

Mit einem Stöhnen ging Alistair in Angriffsstellung und hob seine Waffe.

Helen hörte das Klirren von Schwertern schon aus der Ferne.

„Schneller, Aidan! Da stimmt etwas nicht!“, rief sie panisch über das Rauschen des Windes hinweg und klammerte sich fester an ihn.

Die Reise durch das Elfentor hatte nur den Bruchteil einer Sekunde gedauert. Einen Augenblick später waren sie auf einer Waldlichtung in der Nähe des Flusses aufgetaucht.

Sofort hatte Aidan seine Flügel erscheinen lassen, Helen auf die Arme genommen und sich mit ihr in die Lüfte erhoben. Normalerweise wäre Helen davon absolut begeistert. Auch hätte sie sich an seinen mächtigen Schwingen, die dieses Mal wie flüssige Lava glühten, nicht sattsehen können. Aber die Sorge um Alistair war einfach zu groß.

Unter sich entdeckte sie die anderen. Ash jagte in Wolfsgestalt den Berg hinauf. Ihm folgte ein Motorrad in halsbrecherischem Tempo, auf dem sich Alassë an Audrey festhielt. Armand stand wie ein Surfer auf einer Windböe und ließ sich den Pfad empor tragen.

Sie waren hier, damit sie gemeinsam einen Weg fanden, um Alistair zu retten, aber irgendetwas geschah bereits, womit sie nicht gerechnet hatten. Angst machte sich in Helen breit.

Als die Lichtung mit der Kapelle schließlich auftauchte, blickte sie fassungslos auf die Szenerie.

Alistair kämpfte gegen Lucas. Immer wenn ihre Klingen aufeinander trafen, sprühten Funken. Alistair taumelte plötzlich, stürzte und Lucas hob sein Schwert.

„Nein!“, schrie Helen.

Ohne zu überlegen riss sie sich von Aidan los und fiel mehrere Meter in die Tiefe. Doch statt sich alle Knochen zu brechen, kam sie unversehrt auf den Füßen auf und stieß Lucas zur Seite, bevor sie sich schützend vor Alistair stellte.

„Was tust du da? Ich dachte, du bist mein Freund!“

Verblüfft starrte Lucas sie an. Dieser Moment wurde ihm zum Verhängnis, denn einen Augenblick später wurde er zu Boden gerissen. Der größte Wolf, den er jemals gesehen hatte, stand über ihm und fletschte drohend die Zähne.

Ein Motorrad heulte auf. Alassë sprang herunter und zog den Wolf zurück, dessen Kopf ihr bis zur Brust reichte.

„Noch nicht, Ash“, mahnte sie.

Plötzlich landete Aidan vor ihnen. Seine Flügel hatten sich blutrot gefärbt und waren zu voller Größe ausgebreitet. Drohend richtete er einen Säbel auf Lucas‘ Kehle.

Armand und Audrey rannten zu Alistair. Helen kniete neben ihm, hatte seinen Kopf in ihren Schoß gebettet und strich ihm zärtlich die schweißverklebten Haare aus dem Gesicht.

„Helen … es tut mir so leid, dass wir dich verdächtigt und so furchtbar behandelt haben“, flüsterte er.

Seine Augen, die gerade noch fiebrig gewesen waren, wurden unter Helens Berührungen klarer, und er spürte, dass er sich nicht mehr ganz so schwach fühlte.

Helen lächelte. „Es ist alles gut. Mach dir darüber keine Sorgen. Aber ganz vom Haken bist du noch nicht. Ich weiß über alles Bescheid.“ Sie sah ihn streng an. „Wie kommst du auf die dämliche Idee, so ein gefährliches Ritual alleine durchführen zu wollen? Und deine Freunde anzulügen, dass sie dein Grundstück nicht mehr betreten können?“

Alistair sah sie schuldbewusst an.

Helens Blick wurde weicher. „Ich liebe dich und wir werden gemeinsam eine Lösung finden. Was immer der Fluch auch ausgelöst und was immer unser Bund damit zu tun hat – ich würde lieber mein Leben geben, als dir deines zu nehmen.“

„Andere scheinen damit ja keine Schwierigkeiten zu haben.“ Aidan deutete auf Lucas. „Was ist hier überhaupt los?“

Alistair kam mühsam auf die Füße. Er erzählte, was Lucas war, was er getan und was er vorgehabt hatte.

Während Helen noch verarbeitete, dass Lucas kein normaler Mensch war, und schließlich verstand, woran sie im Labor geforscht hatte, erholte sich der Clan schneller von der neuen Information.

„Ich reiß den Arsch in Stücke!“, brüllte Armand wütend.

Lucas lächelte matt. „Nur zu, aber du kannst dir die Mühe auch sparen. In Kürze bin ich sowieso tot. Ihr könnt einfach abwarten und mir dabei zusehen."

Helen legte Alistair eine Hand auf den Arm und sah ihn bittend an. „Lasst ihn. Wir wollen wegen ihm nicht zu Mördern werden und es gibt im Moment Wichtigeres zu tun. Wir müssen unser Problem lösen!"

„Du hast recht." Er nickte. „Alassë, hast du die magischen Fesseln dabei?"

„In meinem Rucksack, zusammen mit Ashs Klamotten."

„Die bringst du am besten auch gleich mit." Alistair sah den Wolf an. „Ich brauche dich zurück, mein Freund."

Alassë legte die Kleider hinter ein paar Büsche und ging zu Lucas, der sich ohne Gegenwehr die Ketten anlegen und an einen Baumstamm fesseln ließ.

„Normalerweise bin ich der dominante Typ, der andere festbindet", scherzte er, bevor er laut keuchte, als erneut ein glühender Schmerz seine Brust durchbohrte.

Für einen kurzen Moment glaubte Lucas Besorgnis in Alassës Gesicht zu erkennen, doch schnell hatte sie sich wieder im Griff.

„Du liebst es also, Frauen wehrlos zu machen. Kriegst du sie sonst nicht ins Bett, Hunt?" Sie lächelte spöttisch. „Wenn dein Schwanz so mickrig wie dein Gefühl für Ehre ist, kann ich es nur zu gut verstehen, wenn sie vor dir weglaufen."

Lucas brach in ein heiseres Lachen aus. „Oh, Süße, wie gerne hätte ich dich gezähmt. Du wärst eine echte Herausforderung gewesen. Aber wie sieht es denn bei dir aus? Kriegst du die Männer nur herum, wenn du deine Gabe benutzt? Du bist zwar wunderschön, aber möglicherweise ein bisschen langweilig zwischen den Laken. Du wirkst auf mich nicht gerade sehr leidenschaftlich … Eiskönigin."

Sie beugte sich dicht zu ihm herunter und ihre tiefblauen Augen funkelten. „Du würdest danach Männchen machen, damit du mich wenigstens noch ein einziges Mal in deinem Leben berühren darfst."

„Überschätz dich nicht." Er grinste trotz seiner Qualen. „Ich wette, es wäre genau anders herum. Ich sehe es direkt vor mir, was du alles für mich tun würdest, damit ich dich so richtig …"

„Halt endlich die Klappe!", herrschte sie ihn an. „Oder ich beende dein armseliges Leben gleich auf der Stelle. Ob du nun eine halbe Stunde früher oder später draufgehst, ist mir wirklich völlig egal."

„Wäre es dir nicht."

Alassë warf Lucas einen irritierten Blick zu.

„Alles in Ordnung?", fragte Ash, der gerade sein Jackett überstreifte und mit gerunzelter Stirn an einigen Schmutzflecken rieb.

„Alles bestens. Ich bin fertig hier. Wir können zu den anderen gehen."

„Also, was machen wir jetzt?", fragte Armand gerade. „Wir müssen einen Weg finden, wie Helen es schafft, Alistairs Magie zurückzugeben, und gleichzeitig verhindern, dass sie sie ihm wieder aussaugt."

Audrey fing an zu kichern und Armand verdrehte die Augen.

„Ich meinte natürlich, dass wir verhindern müssen, dass sie ihm seine Magie abzapft."

Erneutes Gekicher und jetzt stimmten alle mit ein.

„Seid ihr zwölf oder was? Also, wie verhindern wir, dass es wieder passiert?"

„Da es mir besser geht, seit Helen wieder da ist, habe ich keine Bedenken, dass wir das alles irgendwie hinkriegen werden." Alistair legte seine Wange an ihr Haar und lächelte glücklich.

„Hey!", rief Lucas. „Ich will eure rührende Wiedervereinigung und euer pubertäres Geplänkel ja nicht unterbrechen, aber das dort drüben sieht ziemlich merkwürdig aus." Er deutete mit dem Kinn hinter sie und alle fuhren herum.

Nebelschwaden waren aufgezogen, krochen aufeinander zu und verwirbelten miteinander. Sie wuchsen zu einer Säule an, die sich immer höher in den Nachthimmel empor schraubte.

Helen legte den Kopf schief. „Was ist das?“

„Keine Ahnung“, erwiderte Alistair. „Aber wir sollten uns besser kampfbereit machen.“

Sie stellten sich in einer Linie auf und hoben ihre Waffen. Helen trat hinter Alistair und starrte fasziniert auf das Naturschauspiel.

In dessen Mitte konnte man auf einmal den schemenhaften Umriss eines Mannes erkennen, der sich in dem immer schneller drehenden Nebel wie unter Schmerzen wand. Dann fielen die Schleier in sich zusammen und langsam wurde die Gestalt von unten nach oben sichtbar.

Sie sahen polierte Schuhe aus feinstem, schwarzem Leder, einen dunklen Anzug. Der Mann trug kein Hemd, stattdessen war fast unnatürlich blasse Haut zu sehen, von zahlreichen Narben in seltsam verschlungenen Mustern überzogen. Über den Schultern lag lässig ein schwerer, grauer Militärmantel.

Endlich lösten sich die letzten Nebelfetzen auf und sie konnten das Gesicht erkennen.

Es war fein geschnitten, mit scharfen Zügen, ausgeprägten Wangenknochen, einem kantigen Kinn und schmalen, arroganten Lippen. Der Mann mochte Anfang dreißig sein, aber sein Haar war weiß, floss ihm glatt bis über die Brust und bildete einen faszinierenden Kontrast zum Rest seiner Erscheinung.

Als er die Augen öffnete, erstrahlten sie in einem herrlichen, hellen Silber, doch sie waren kalt und zeigten keinerlei Gefühl.

Helen musste mit allem, was sie an Willensstärke aufbringen konnte, gegen den überwältigenden Instinkt ankämpfen, sofort zu fliehen und erst anzuhalten, wenn sie am anderen Ende der Welt war.

Alistair ließ sein Schwert sinken und taumelte einen Schritt zurück.

„Gael“, hauchte er fassungslos.

„Hallo Bruder.“ Gael lächelte. „Es ist viel zu lange her.“

„Du lebst? Wo warst du? Was ist mit dir passiert? Deine Augen, dein Haar …“

Gael winkte ab. „Sagen wir einfach, dass ich, nachdem mich unser verehrter Lehrer Taliesin verbannt hatte, einen neuen Weg gesucht habe, um an Macht zu gelangen. Durch unglückliche Umstände landete ich in einer Höllendimension und nach einem halben Jahrtausend in Dunkelheit mit Folter und Pein verändert man sich eben ein wenig.“ Für einen kurzen Moment huschte ein Schatten über Gaels Gesicht, bevor er erneut lächelte. „Aber es hatte auch etwas Gutes, denn mit der Zeit habe ich dort neue Freunde und ein neues Ziel gefunden und bin schließlich zum Anführer aufgestiegen.“

Verstehen blitzte in Alistairs Augen auf. „Du warst das. Du hast die Unsterblichen des Lichts getötet in der Hoffnung, einen Hüter zu erwischen, damit sein Forgotten Place mit ihm erlischt und das Gleichgewicht zwischen Gut und Böse gestört wird. Zum Glück war es bisher nur einer, der erst seit kurzem Hüter war, und dabei bleibt es. Wir werden verhindern, dass es dir jemals wieder gelingt!“

„Immer den Helden spielen. Das sieht dir ähnlich.“ Gael seufzte genervt. „Ihr habt aber keine Chance, dazu ist der Plan zu grandios. Übrigens muss ich dafür unserem Freund Hunt danken, der mir den entscheidenden Hinweis gegeben hat.“

Lucas sah ihn verblüfft an. „Wieso ich?“

„Ich hatte von deinem kleinen Experiment gehört, mit dem du deine Kraftquelle versehentlich … geschrumpft hast. Ich habe nur den Zauber dafür ein wenig abgeändert und verstärkt, damit ich genau das anderen Unsterblichen antun konnte.“

„Das ist eine Lüge!“, schrie Lucas. „Niemals kannst du an meinen Zauber herangekommen sein!“

Gael hob spöttisch eine Augenbraue. „Du meinst, weil du ihn in deinem kleinen Tagebuch verborgen hast? In dem Tagebuch, das in deinem geheimen Studierzimmer im Safe liegt?

In dem Safe, dessen Kombination meine liebe Mrs. Spencer entwendet hat?"

„Mrs. Spencer?", flüsterte Lucas ungläubig.

„Oh ja. Jeder hat seinen Preis, wie du sehr wohl weißt, und ihrer ist ihre Familie. Es ist schon tragisch, was alles passieren kann. So viele Unfälle, böse Verletzungen. Tod." Gael schmunzelte. „Um das zu verhindern war sie nur allzu bereit, ihren verehrten Boss zu betrügen. Sie hat mir eine Kopie von dem Tagebuch gemacht. Dass die Eintragungen auf Aramäisch waren, ist nun wahrlich kein Hindernis für mich. Und danke auch dafür, dass du mich zu Unsterblichen des Lichts geführt hast."

Lucas sackte entsetzt zusammen.

Gael grinste. „Es gelang mir, ihre Kraftquellen und Forgotten Places auf einen Schlag zu zerstören. Dabei wurden die Unsterblichen sterblich und schwach. Nur der Teil der Kraftquelle, den jeder Unsterbliche bei sich trägt, hielt sie noch am Leben. Sie zu töten war ein Kinderspiel. Glücklicherweise funktioniert es auch bei Hütern."

Er wandte sich wieder an Alistair.

„Und seit ich das weiß – Kilian Mandrake hat übrigens wie ein Hund um sein Leben gewinselt – stehst du als erster und mächtigster natürlich ganz oben auf meiner Abschussliste. Mit deinem Tod wird das Gleichgewicht für immer verändert, so dass es kein Zurück mehr gibt."

Gael musterte Alistair und verzog den Mund zu einem höhnischen Grinsen.

„Erfreulicherweise kann ich mir das komplizierte Ritual schenken und muss nur abwarten. Die Liebe richtet dich von ganz allein zugrunde. Ich kann regelrecht sehen, wie die Magie aus dir herausströmt."

Schüsse hallten durch die Nacht. Audrey kniete auf dem Boden, hielt Lucas' Pistole in der Hand und feuerte das Magazin auf Gael leer, doch die Kugeln blieben dicht vor ihm in der Luft hängen, als wären sie gegen eine unsichtbare Wand geprallt, bevor sie harmlos zu Boden fielen.

„Glaubst du wirklich, es wäre so einfach?“

Gael sah Audrey tadelnd an, als hätte er es mit einem kleinen Kind zu tun, das bei einem Streich erwischt worden war, ehe er Alistair anlächelte und weitersprach, als wäre nichts geschehen.

„Wenn du tot bist, wird die Welt dunkel, die Tore zu meiner Dimension werden sich öffnen. Wir werden einer Sintflut gleich über die Erde kommen und sie uns untertan machen, und ich werde euer Gott sein, wie es mir von Anfang an bestimmt war.“ Er hob die rechte Hand und drückte auf einige seiner Narben. „Aber jetzt muss ich mich verabschieden. Es gibt so viel zu tun und ich kann leider nicht überall gleichzeitig sein. Ein paar meiner Schergen werden gleich hier sein, um euch zu erledigen.“ Er nickte Alistair zu. „Ich danke dir und deiner kleinen Hexe, dass dein Forgotten Place mittlerweile so geschwächt ist, wie du selbst, und ich dadurch einen Riss öffnen kann. Es war ein Vergnügen, dich wiederzusehen. Genieß die letzten Minuten deines Lebens, wenn du kannst.“

Gael sah noch einmal in die Runde, dann zerflossen seine Konturen und er verschwand.

Alle begannen gleichzeitig zu reden, bis Alistair sie mit einem lauten Befehl zum Schweigen brachte.

„Uns steht eine Schlacht bevor. Gael wird sicherlich mehr als eine Handvoll Krieger schicken, also müssen wir uns darauf einstellen. Es geht nicht nur um unser Leben, sondern um das Schicksal dieser Welt. Wenn wir verlieren, wenn wir meinen Forgotten Place verlieren, wird die Welt, wie wir sie kennen, nicht mehr existieren. Sie wird im Chaos versinken und ewige Nacht wird regieren.“ Er nahm Helen in den Arm, drückte sie an sich und sah seinen Clan fest an. „Ihr seid meine Familie. Ihr seid die mächtigsten Kämpfer, die ich kenne. Lasst uns Gaels Truppe vernichten. Keiner von ihnen darf entkommen. Es wird ein Gemetzel werden. Wir müssen gnadenlos sein. Wir wissen, dass das in uns steckt, auch wenn wir es stets verdrängen, doch manchmal ist das Schlechteste in uns das Beste für eine bestimmte Situation."

Alle nickten.

„Und danach gehen wir ins Cottage zurück", fuhr Alistair wie selbstverständlich fort. „Es sind genug Getränke kaltgestellt."

„Wie sieht es in deiner Speisekammer aus?", wollte Armand wissen.

Alistair grinste. „Bis zum Rand gefüllt."

„Sehr gut. Mein Magen knurrt nämlich schon. Dann wollen wir uns mal vorbereiten und den Kampf möglichst schnell hinter uns zu bringen."

Lucas räusperte sich vernehmlich und Alistair drehte sich zu ihm um.

„Ich weiß, du hast keinen Grund mir zu vertrauen, nachdem was geschehen ist, aber jetzt haben wir einen gemeinsamen Feind. Ich lege wirklich keinen Wert darauf, dass sich dieser durchgeknallte Irre die Welt unter den Nagel reißt und Gott spielt. Also lass mich frei und gib mir mein Schwert zurück, damit ich wenigstens noch ein paar Bastarde töten kann, bevor ich sowieso draufgehe."

Alistair überlegte einen Moment. Ein Mann mehr würde nicht schaden und Hunt war gut, wie er vorhin am eigenen Leib erfahren hatte.

Er gab Alassë ein Zeichen, Lucas' Ketten zu lösen, und wandte sich an Helen. „Du schließt dich in der Kapelle ein. Sie wird versuchen, dich zu schützen."

Helen schüttelte energisch den Kopf. „Ich will helfen."

„Ich kann mich aber nicht auf den Kampf konzentrieren, wenn ich mir die ganze Zeit Sorgen um dich mache." Er legte eine Hand an ihre Wange. „Bitte, mo ghràidh."

Widerstrebend nickte Helen und küsste Alistair zärtlich. „Wage es bloß nicht zu sterben, jetzt wo ich dich wiederhabe, sonst bringe ich dich eigenhändig um", flüsterte sie mit Tränen in den Augen.

„Abgemacht.“ Alistair lachte und küsste ihre Stirn. „Und jetzt geh.“

Er sah ihr nach, bis Aidan zu ihm trat und ihn sorgenvoll betrachtete. „Bist du kräftig genug für die bevorstehende Schlacht?“

Alistair nickte. „Helens Anwesenheit, ihre Liebe, hat mir ausreichend Energie zurückgegeben.“

„Was ist mit Hunt? Ich glaube nicht, dass er länger als fünf Minuten durchhält. Er wird uns keine große Hilfe sein, auch wenn wir ihn gut gebrauchen können.“

Einen Moment überlegte Alistair, dann hellte sich sein Gesicht auf und er rief seine Freunde zusammen.

Lucas hielt sein Schwert mit beiden Händen. Sie zitterten und kalter Schweiß brach auf seiner Stirn aus. Er fühlte sich schwach und das Stechen in seiner Brust war kaum auszuhalten. Es kostete ihn große Mühe, sich seinen Schmerz nicht anmerken zu lassen.

„Besonders fit siehst du nicht aus.“ Armands Blick war spöttisch. „Ein gegnerischer Schlag und du fällst um.“

„Für dich würde es immer noch reichen, Bouché“, ätzte Lucas wütend.

„Klar.“ Armand lachte. „Da wir aber auf einen Kämpfer mehr nicht verzichten wollen, wurde beschlossen, dass ich dir einen Teil meiner Kraft abgebe.“

„Und wie soll das gehen?“

„Ich werde mich auf das Element Erde verlassen und meine Stärke des Windes nicht allzu sehr beanspruchen. Du bekommst etwas davon, damit du kämpfen kannst, aber es wird nicht lange anhalten.“ Er verengte drohend die Augen. „Und denk nicht mal daran, diese Kraft gegen Alistair zu verwenden. Sie würde dich sofort zerstören und von innen heraus zerreißen, bis nur noch blutiges Konfetti von dir übrig ist.“

Lucas hob abwehrend die Hände. „Würde mir nicht im Traum einfallen. Also, fang an. Ich bin bereit.“

„In Ordnung." Armand schob den linken Ärmel seines Pullovers nach hinten und fuhr mit der rechten Hand leicht über einige Tätowierungen. „Ach ja, eine Sache habe ich allerdings vergessen zu erwähnen."

„Und die wäre?"

„Es wird höllisch wehtun." Mit einem schadenfrohen Grinsen legte er seine Hände an Lucas' Schläfen und drückte fest zu.

Lucas schrie.

KAPITEL 22

Als das Flirren in der Luft begann, stand Helen zitternd in der Kapelle und sah durch ein Fenster nach draußen. Alle hatten sich strategisch verteilt und warteten mit angespannten Mienen auf die erste Angriffswelle.

Alistair, Lucas und Audrey hatten Schwerter erhoben. Ash hatte sich wieder in einen Wolf verwandelt. Aidan schwebte mit ausgebreiteten Flügeln, die mittlerweile tiefschwarz, schwärzer als die Dunkelheit selbst waren, über ihnen und hielt zwei Säbel in den Händen. Armand kniete auf dem Boden und hatte die Finger in der Erde vergraben. Alassë zog einen Stab aus Metall auseinander, dessen Enden in tödlichen Spitzen endeten, und ließ ihn locker an der Seite herumwirbeln.

Es war ein unglaublicher Anblick! Wie ein Team aus Superhelden, das gegen den finsteren Erzschurken antritt. Trotz ihrer Angst stahl sich ein stolzes Lächeln auf Helens Gesicht.

Das Warten war fast unerträglich, doch schließlich ertönte ein infernalisches Brüllen. Das Flirren verschwand und wie aus dem Nichts öffnete sich ein Spalt mitten in der Luft, dem eine Eiseskälte entströmte, die Helen selbst durch die Mauern spüren konnte. Einer dunklen Welle gleich sprangen widerliche schwarze Gestalten heraus. Sie waren über zwei Meter groß, mit langen Krallen und spitzen Schnauzen, gefüllt mit rasiermesserscharfen Zähnen, von denen Geifer tropfte. Der flackernde Schein der Feuer machte die Szenerie noch unheimlicher.

„Gargoyles der Mitternachtskathedrale!“, schrie Alistair. „Einer von uns muss die Öffnung verschließen, sonst werden wir überrannt und sind verloren.“

„Ich mach das!“, rief Audrey. „Ash, halt mir die Biester vom Leib!“

Sie rammte ihr Schwert in den Boden und rannte auf den Riss zu, während ihre Hände uralte Zeichen in die Luft schrieben. Ihre Bewegungen waren so schnell, dass man ihnen mit den Augen kaum folgen konnte. Der Wolf war an ihrer Seite und biss jeden zu Tode, der sich Audrey näherte.

Auch alle anderen stürzten sich mit grimmiger Entschlossenheit in die Schlacht. Bald war die Luft erfüllt vom Klirren der Waffen und den Schreien der Kämpfer.

Aidan stieß immer wieder wie ein todbringender Racheengel nach unten und hieb mit seinen Klingen auf die Feinde ein.

Armand hob die Arme und ließ sich von einer Windböe nach oben tragen. Dort richtete er seine Hände auf die umstehenden Bäume. Sofort ertönte ein Knirschen, als dicke Wurzeln in Sekundenschnelle zu doppelter Größe anwuchsen, in rasender Geschwindigkeit durch den Boden pflügten und dabei ein Ungeheuer nach dem anderen durchbohrten.

Alassë trieb ihren Speer erbarmungslos in die Körper der Feinde. Sie bewegte sich dabei so leichtfüßig und elegant, als würde sie ein Solo auf einer der großen Bühnen der Welt tanzen.

Alistair und Lucas kämpften mittlerweile Rücken an Rücken. Sie gaben sich gegenseitig Deckung, stachen unablässig auf die Wesen ein. Köpfe und Körperteile flogen und Pfützen aus schwarzem Blut bedeckten bald die Erde.

Helen konnte einen kleinen Jubel nicht unterdrücken, als die Kreaturen immer weniger wurden und sich der Spalt langsam zu schließen begann. Er war immer noch groß genug, dass sich Monster durchzwängen konnten, aber es war ein Anfang.

Doch plötzlich entdeckte sie voller Entsetzen, wie sich ein zweiter Riss auf der gegenüberliegenden Seite bildete. Schon sah sie, wie die ersten Gargoyles herausstiegen.

Alistair und die anderen waren so damit beschäftigt, die tödlichen Angriffe abzuwehren, dass sie es nicht bemerkt hatten. Helen beobachtete voll Grauen, dass das Glück sich gegen sie wandte.

Eines der Monster sprintete los, nutzte den Rücken eines zweiten als Sprungbrett, stieß sich ab und prallte mit einem grauenerregenden Knurren gegen Aidan. Sofort umklammerte es seine Flügel und gemeinsam stürzten sie ab. Federn fielen wie dunkler Schnee auf die Erde, während Aidan sich verzweifelt wehrte und versuchte, den Gargoyle abzuschütteln.

Armand sah seinen Freund zu Boden gehen, konnte ihm aber nicht helfen, weil jetzt mehrere Feinde gleichzeitig mit ihren langen Krallen auf ihn einstachen.

Unterdessen konzentrierte Audrey sich darauf, das erste Dimensionstor zu schließen, beschützt von Ash, der sich einen brutalen Kampf mit zwei Gegnern lieferte und sich davon auch durch seine heftig blutenden Wunden nicht abhalten ließ.

Alistair holte gerade zu einem Schlag aus, als sein Widersacher strauchelte und ihm im Fallen einen Dolch in den Oberschenkel rammte.

Helen musste etwas tun! Mit einem lauten Schrei riss sie die Tür der Kapelle auf und rannte auf die neu entstandene Öffnung zu. Sie fühlte keine Angst, stattdessen brannte heißer Zorn durch ihre Adern, der ihr ganzes Sein erfüllte. Das Glühen in ihr war so stark, dass die Luft um sie herum zu flimmern begann. Die Feuer, die Alistair entzündet hatte, loderten hoch in die Nacht, als hätte jemand Benzin hineingeschüttet. Sie lief an Audreys Motorrad vorbei, dessen Metall sich ächzend und knirschend verbog.

Helen folgte einem uralten Instinkt, als sie ihre Hände hob, die Finger spreizte und die Arme nach vorne stieß. Eine unsichtbare Welle alles versengender Hitze raste auf den Spalt zu, verwandelte jedes Ungeheuer, das im Weg stand, sekundenschnell in einen Aschehaufen, und traf schließlich den Riss.

Als wäre glühende Lava schlagartig abgekühlt, hing mitten in der Luft auf einmal nur noch eine große Scheibe aus dunklem Obsidian, durch die nie mehr irgendetwas hindurch kommen würde. Bewusstlos brach Helen zusammen.

Lucas hatte eben einen Gegner erledigt, als er Alassë vor Wut brüllen hörte. Er wirbelte herum und sah, wie sie verbissen gegen drei Ungeheuer gleichzeitig kämpfte. Ein paar Meter hinter ihr tauchte ein weiteres auf, das wurfbereit eine scharfe Axt in der Klaue hielt.

Ohne zu zögern rannte er los und hechtete in dem Augenblick durch die Luft, als die Klinge auf Alassës Hals zuflog. Sie bohrte sich tief in seinen Bauch, bevor Lucas mit einem dumpfen Aufprall auf dem Boden aufkam und bewegungslos auf der Seite liegenblieb.

„Helen! Wach auf, bitte!“

Sie spürte, wie starke Arme sie sanft hochhoben und zärtliche Küsse ihr Gesicht bedeckten.

Langsam öffnete sie die Augen. „Haben wir gewonnen, Alistair?“, murmelte sie.

„Und wie wir gewonnen haben! Vor allem dank dir. Was hast du nur gemacht? Wie hast du es gemacht?“ Er lachte glücklich, dann sah er sie streng an. „Hatte ich nicht ausdrücklich gesagt, du sollst in der Kapelle bleiben?“

„Ich konnte euch ja wohl kaum eurem Schicksal überlassen.“ Helen grinste. „Und … keine Ahnung, wie ich das geschafft habe. Ich war einfach wütend. Du solltest es dir also besser nicht mehr mit mir verscherzen.“

„Werde ich nicht, mein Liebling.“

Helen hob den Kopf und versuchte, über Alistairs Schulter zu sehen. „Geht es allen gut?“

„Nur ein paar Fleischwunden und wir heilen schnell … aber Lucas wird es nicht überstehen. Er hat mit seinem Körper eine Axt abgefangen, die Alassë sonst geköpft hätte."

Er setzte Helen ab und zusammen gingen sie zu den anderen, die betreten um den Verletzten herum standen. Alassë kniete neben Lucas und hielt seine Hand, während sie mit der anderen fest ein Tuch auf seine Wunde drückte. Immer wieder rief sie seinen Namen.

Endlich schlug er die Augen auf. „Gut, du hast überlebt. Damit habe ich wohl meine Ehre wiederhergestellt." Lucas lächelte schwach.

„Darüber lässt sich streiten", brummte Alassë. „Wieso hast du das getan? Du bist doch sonst nicht der ritterliche Typ."

„Du warst es wert, eine Ausnahme zu machen, Eiskönigin." Lucas hustete und Blut lief über seine Lippen. „Mein Stein …", flüsterte er und nickte in Richtung seiner Hosentasche.

Alassë holte ihn heraus und gab ihn Lucas. Das Leuchten war kaum noch zu sehen.

„Ich wünschte zwar, ich könnte alles rückgängig machen, aber dann wäre ich nicht hier gewesen, um dir das Leben zu retten. Und darüber bin ich froh." Lucas holte Atem, es war ein hässliches, nasses, gurgelndes Geräusch.

„Wir hätten es ohne dich nicht geschafft", sagte Alistair. „Du hast geholfen, die Welt zu retten. Das werden wir dir nie vergessen."

Er ging in die Hocke und drückte Lucas' Hand, die den Stein hielt. Er blitzte auf und begann, schwach zu pulsieren.

„Alistair, was ist das?" Helen beugte sich nach unten.

„Ich weiß es nicht."

„Mach es nochmal", drängte sie ihn.

Dieses Mal berührte Alistair den Stein selbst. Ein sanftes, helles Strahlen ging von ihm aus, wanderte über Lucas' Körper und hüllte ihn komplett ein.

Aidan zog Alassë zur Seite, als ein unsichtbarer Wind Lucas in die Höhe hob.

Er stand in der Luft, schwebte über ihnen in einem Wirbel aus Licht. Alle sahen verblüfft zu, wie goldene Fäden sich aus Lucas‘ Stein wanden und in die Bauchwunde eindrangen. Lucas krümmte sich. Die Sehnen an seinem Hals traten deutlich hervor. Er glühte von innen heraus, schien bei lebendigem Leib zu verbrennen und schrie wie von Sinnen. Voller Qual riss er die Augen auf – und dann war es vorbei. Der Wind ließ nach und Lucas wurde behutsam zurück auf den Boden gelegt.

Seine Wunde war verschwunden, er atmete tief und gleichmäßig und starrte in den Nachthimmel.

Eine Minute lang sagte keiner ein Wort. Sie warteten.

Erst als Alassë sich Lucas vorsichtig näherte, setzte er sich plötzlich auf und sah fassungslos an sich herunter. „Was war das denn?“

Alistair grinste. „Es scheint, dass sich der Ort ebenfalls bei dir bedankt und dir dein Leben geschenkt hat.“

„Das heißt, ich bin wieder unsterblich?“ Hoffnung flackerte in Lucas‘ Blick auf.

Zweifelnd schüttelte Alistair den Kopf. „Davon gehe ich nicht aus. Das hier ist nicht dein Forgotten Place.“

Lucas sah auf seinen Stein, der wie ein gesundes Herz pulsierte und vollkommen klar war. Kein schwarzer Fleck war mehr zu sehen. „Na ja, ein paar gute Jahre könnte ich noch haben.“

Alassë trat zu ihm. „Auch wenn ich das nur ungern zugebe … ich stehe in deiner Schuld, Hunt.“ Ernst sah sie ihn an. „Und weil ich meine Schulden immer bezahle, biete ich dir an, gemeinsam nach einer Möglichkeit zu suchen, dir deine Unsterblichkeit wieder zu beschaffen.“

Er schmunzelte. „Ich wusste, dass du mich wiedersehen willst. Dann hat es sich doch gleich doppelt gelohnt, den Helden zu spielen.“

Bevor Alassë etwas erwidern konnte, unterbrach Armand sie. „Wir sollten hier ein bisschen aufräumen und dann wäre ich sehr an deinem Vorschlag mit den kalten Getränken interessiert, Alistair."

Alle grinsten und nickten. Sie hatten sich eine Stärkung verdient.

Zuerst suchten sie nach den Überresten der Gargoyles, die nicht durch Helens Magie verbrannt worden waren, und türmten sie zu einem Haufen.

„Widerliche, schleimige, abartige …", murmelte Audrey angewidert vor sich hin.

Ash fiel mit ein. „Verdammte, stinkende …"

„Höllenbrut!", beendete Alistair den Satz.

„Was machen wir jetzt damit?" Helen starrte auf den ekelhaften Berg.

„Am liebsten würde ich sie Gael als Andenken zurückschicken." Alassës Augen wurden schmal und Helen sah sie erschrocken an. „Keine Sorge, die Tore sind vorerst fest verschlossen. Und das hier", sie klopfte anerkennend an die Scheibe aus Obsidian, „wird sich nie mehr öffnen."

„Sind wir Gael auch für immer los?", fragte Helen.

Alistairs Blick wurde hart. „Ich bin sicher, dass wir ihn wiedersehen werden, sobald er sich einen neuen Schlachtplan zurechtgelegt hat. So leicht wird er nicht aufgeben. Dafür kenne ich ihn zu gut."

„Lass ihn nur kommen!", knurrte Ash und alle nickten grimmig.

Nachdem sie die Gargoyles magisch entsorgt, die Feuer gelöscht, den Platz mit einem Ritual von allem Dämonischen gesäubert und die Obsidianscheibe mit einem Zauber verborgen hatten, machten sie sich auf den Weg zum Cottage.

Im Licht der ersten Sonnenstrahlen erschien Helen das Geschehen der Nacht noch surrealer. „Jetzt müssen wir nur noch den Fluch brechen und verhindern, dass ich dir deine Lebensenergie zusammen mit der Magie aussauge …" Sie seufzte und legte einen Arm um Alistair, damit er sein verletztes Bein entlasten konnte.

„Wir haben die Gargoyles der Mitternachtskathedrale besiegt, dann schaffen wir das andere auch", munterte Alistair sie auf. „Außerdem geht es mir schon viel besser, seit du wieder bei mir bist."

„Trotzdem will ich das ein für alle Mal geklärt haben. Nicht auszudenken, was alles passieren könnte, wenn wir das nicht in den Griff bekommen."

Alistair nickte lächelnd. Zusammen würden sie alles schaffen.

„Noch irgendwelche Wunden, die versorgt werden müssen?" Alassë sah fragend in die Runde.

„Nein, aber ich könnte ein kaltes Bier vertragen." Aidan saß auf einem der Küchenstühle und reinigte, mit Audreys Hilfe, seine Flügel von dem Angriff. Einen hatte er angelegt, der andere war ausgebreitet und nahm fast die Hälfte des Raumes ein. Die verlorenen Federn wuchsen bereits nach und die zerfetzten heilten schnell.

„Hier." Ash warf ihm eine Flasche zu, die Armand allerdings in der Luft abfing.

„Nichts von meinen Kräften eingebüßt", stellte er mit einem Blick auf Lucas zufrieden fest.

„Es tut mir leid, dass ich dir dein Leben nehmen wollte." Lucas hielt Alistair die Hand hin, der sie ohne zu zögern ergriff.

„Du warst verzweifelt. Ich weiß, wie sich das anfühlt. Wir haben einiges zu klären, aber vorerst reicht mir dein Versprechen, uns in Ruhe zu lassen und niemandem zu erzählen, dass ich ein Hüter bin."

„Ich schwöre auf meine Kraftquelle", er hob seinen Stein sichtbar für alle in die Höhe, „und meinen Forgotten Place, dass niemand von mir erfahren wird, dass du ein Hüter bist. Ich werde sofort alle Beobachter abziehen und eure Akten vernichten. Wenn jemals einer von euch Hilfe braucht, dann lasst mich wissen, was ich tun kann."

Die Freunde sahen, wie ernst es ihm war, und einer nach dem anderen besiegelte Lucas‘ Schwur mit einem Handschlag.

Helen rang mit sich, ob sie ihm vergeben konnte. Er hatte versucht, Alistair zu töten.

Schließlich schüttelte sie seine Hand. „Ich kündige“, sagte sie ohne Bedauern.

Lucas nickte. „Das ist verständlich. Wohin soll ich deine Sachen schicken? Zu dir oder zu Alistair?“

„Wir bleiben eine Weile, also am besten hierher, oder vielleicht kann Lucy sie …“ Helens Augen weiteten sich plötzlich. „Verdammt, ich muss Lucy anrufen. Sie wird vor Sorge ganz krank sein! Was soll ich ihr nur erzählen? Ich habe ihr auf den Anrufbeantworter gesprochen, dass es aus ist mit Alistair und ich bei meiner Großmutter bin.“ Verzweifelt verknotete sie die Finger ineinander.

„Überlass das mir.“ Alassë lächelte warm. „Sie wird sich nicht daran erinnern.“

„Danke. Aber spiel bitte nicht zu viel mit ihrem Gehirn herum. Ich mag Lucy so, wie sie ist.“

„Natürlich nicht. Sie wird lediglich den Anruf vergessen und deine Nachricht vom Gerät löschen.“

KAPITEL 23

Es war schon Mittag, als Alistair und Helen endlich erschöpft ins Bett fielen.

„Wir sind mit der Lösung des Problems immer noch nicht weitergekommen." Vorsichtig streichelte Helen Alistairs Narbe.

Er legte seine Hand auf ihre. „Wir werden einen Weg finden, mein Herz. Aber erst einmal brauche ich ein bisschen Ruhe. Ich bin so müde, dass ich …"

Bevor Alistair den Satz beendet hatte, war er eingeschlafen. Helen deckte sie beide zu und schloss ebenfalls die Augen.

„Ihr müsst eure Kraftquellen vereinen." Taliesin saß würdevoll neben der Eiche auf dem Waldboden.

„Wovon sprichst du?" Verwundert starrte Alistair ihn an.

„Helen und du, ihr müsst eure magischen Plätze vereinen. Ihr seid dazu bestimmt, das Gleichgewicht durch den Verlust des ermordeten Hüters wieder herzustellen und die Seite des Lichts zu stärken."

„Aber Helen hat keine …" Alistair verstummte nachdenklich. „Du hast mir immer gesagt, ich muss die richtigen Fragen stellen, dann würden die Antworten sich früher oder später offenbaren."

Aufmunternd nickte sein Lehrer ihm zu.

„Wirst du mir Antworten geben?"

„Das habe ich schon getan, aber wenn du die richtigen Fragen stellst, bekommst du vielleicht noch mehr."

„Also gut, fangen wir von vorne an. Warum hat Helen einen Reiseführer bekommen?"

„Weil es ihre Bestimmung war."

„Das ist keine sehr detaillierte Antwort." Alistair fuhr sich frustriert durch die Haare. „Dann stelle ich die Frage anders. Warum hat sie einen Reiseführer bekommen, der sie zu meinem Forgotten Place geführt hat? Niemals vorher sind die Plätze der Hüter in einem aufgetaucht."

„Die uralten Mächte des Lichts spürten eine Bedrohung des Gleichgewichts und mussten handeln."

„Gael?"

Taliesin verzog schmerzhaft das Gesicht und Alistair wusste, dass er richtig lag. Und er konnte sehen, wie sehr sein Lehrer sich für den Weg, den Gael eingeschlagen hatte, verantwortlich fühlte. Schnell stellte Alistair seine nächste Frage.

„Warum Helen? Sie stammt aus der Linie der Hexen, die meinen Untergang herbeizuführen versuchen. Ist es nicht ein bisschen leichtsinnig von euch, in Kauf zu nehmen, dass sie damit Erfolg haben könnte?"

„Helen ist nicht nur der Schlüssel zu deinem größten Glück und deinem Untergang, sie ist auch die Lösung."

„Aber wie? Sie müsste ihre Magie ausbilden, was sie nicht kann, weil sie damit meine schwächt. Und nicht nur das, durch den Bund entzieht sie mir auch noch Lebenskraft."

Taliesin verdrehte die Augen. „Ist irgendetwas von dem, was ich als Einstieg gesagt habe, bei dir angekommen?"

Alistair schwieg. Er fühlte sich wieder wie zehn, als er ganz am Anfang seiner Ausbildung gestanden hatte. Energisch schüttelte er sich, um das Gefühl loszuwerden, und versuchte sich an die ersten Worte seines alten Meisters zu erinnern.

„Wieso hat Helen jetzt eine Kraftquelle und was ist es?"

„Ah!" Taliesins Gesicht hellte sich auf. „Fragen wir sie doch am besten selbst. Vielleicht ist sie schon weiter als du." Er machte eine kleine Handbewegung und Helen erschien aus dem Nichts. Verwirrt sah sie sich um.

Alistair nahm sie in die Arme. „Alles ist gut, mein Liebling. Wir machen eine Traumreise."

Helen schmiegte sich an ihn. „Und wer ist das?" Sie deutete auf den alten Mann, der ihr freundlich zulächelte.

„Würdest du Alistair bitte deine Kraftquelle zeigen?"

„Yoda!“, keuchte Helen überrascht, als sie die Stimme erkannte.

„Eigentlich Taliesin, aber du kannst mich nennen, wie du möchtest. Ich hatte viele Namen im Laufe meines Lebens.“

Er lachte, während Alistair verblüfft zwischen den beiden hin und hersah.

„Als ich von hier geflohen bin, hat mich seine körperlose Stimme geführt. Da er ziemlich rätselhaft gesprochen hat, habe ich ihn Yoda getauft“, erklärte Helen und schüttelte ihrem Retter die Hand. „Danke für die Hilfe.“

„Helfen ich gerne, wenn ich kann.“

Helen kicherte.

„Ich möchte meine Frage wiederholen. Würdest du Alistair bitte die Quelle deiner Kraft zeigen?“

„Habe ich eine?“ Verblüfft sah sie Taliesin an.

„Wie gut ihr doch zusammenpasst.“ Er seufzte theatralisch.

Helen ignorierte seine Spitze, schmiegte sich noch enger an Alistair und dachte nach. „Das einzige, was mit mir und mit Magie verbunden ist, ist die Scheibe aus Obsidian, die das Tor versiegelt hat.“

Taliesins Augen blitzten, aber er schwieg. Die Erkenntnis war größer, wenn sie aus einem selbst kam.

„Natürlich!“ Alistair schlug sich mit einer Hand vor die Stirn. „Was immer du getan hast, es sind enorme magische Kräfte freigesetzt worden.“

Unsicher sah Helen ihn an. „Aber hast du nicht gesagt, dass die Kraftquellen an Unsterbliche gebunden sind?“

„Und sie ihre Macht teilen. Es muss so sein. Die Mächte des Lichts haben Lucas das Leben geschenkt als Dank für seine Hilfe. Ohne dich wären wir überrannt worden, also ist es nur logisch, dass sie dich auch belohnen.“

Helens Augen wurden groß. „Das würde bedeuten …“

„Dass du unsterblich bist“, flüsterte Alistair.

Gleichzeitig drehten sie sich zu Taliesin um. Staunend. Fragend.

„Die Mächte des Lichts haben Helen für würdig befunden, eine Hüterin zu sein. Und da wir einen Hüter verloren hatten, brauchten sie Ersatz. Die Theorie von Lucas war also gar nicht so falsch.“ Seine Stimme klang feierlich.

„Äh … und was hüte ich jetzt?" Helen sah ihn fragend an.

„Das wirst du erfahren, wenn die Zeit dafür reif ist." Taliesin lächelte. „Um auf deine Kraftquelle zurückzukommen, du hast sie dir selbst geschaffen, als du nicht nur Alistair, sondern auch die Welt gerettet hast."

Ehrfürchtig legte Alistair eine Hand an Helens Wange. „Du bist die Liebe meines Lebens."

„Ich liebe dich für immer." Helen streichelte seine Hand.

„Eine letzte Aufgabe ist noch zu erledigen." Taliesin räusperte sich. „Ihr müsst eure Kraftquellen vereinen, sonst werden sie sich gegenseitig zerstören, weil nicht zwei an einem Ort existieren können. Sie müssen einen Bund eingehen, wie ihr es getan habt, um den Fluch endgültig zu brechen."

Er deutete auf die Obsidianscheibe, die plötzlich auf der Lichtung neben der Eiche schwebte.

„Euch wird bestimmt etwas einfallen. Zusammen seid ihr stärker als allein, aber ihr solltet euch beeilen. Mehr kann ich nicht für euch tun."

Lächelnd umarmte er sie beide und verschwand.

Mit einem Ruck setzte Helen sich im Bett auf und schüttelte Alistair. „Ist das wahr?"

Schlagartig war er hellwach und zog sie an sich. Er hielt sie fest in seinen Armen und sah ihr tief in die Augen. „Ich wünsche es mir so sehr."

Als er sie zärtlich küsste, kamen ihm Taliesins letzte Worte wieder in den Sinn.

Alarmiert packte er Helen an den Schultern. „Wir müssen sofort los!"

Helen verstand und sprang auf.

Sie hinterließen den anderen eine kurze Nachricht, wo sie hinwollten, holten die Pferde und galoppierten den Berg hinauf.

Der Wald schien Helen mit seinen wispernden Blättern wie eine alte Freundin zu begrüßen. Ihre Aufregung stieg mit jedem Schritt. Was würde sie in ihrem neuen Leben erwarten? Sie hatte bisher noch nicht einmal Zeit gehabt, um sich daran zu gewöhnen, dass sie eine Hexe war und magische Kräfte hatte und mit ihrem roten Haar und den grünen Augen ein wandelndes Klischee – jetzt war sie womöglich sogar wirklich und wahrhaftig unsterblich! Falls sie ihre letzte Prüfung schaffen würden!

Sie spürten die gewaltige Kraft, lange bevor sie ihr Ziel erreichten.

„Wir lassen die Pferde am besten hier. Sie werden nervös." Alistair hob Helen aus dem Sattel.

„Ich habe Angst", gab sie zu.

„Ich auch." Alistair legte einen Arm um sie und gemeinsam gingen sie ihrem Schicksal entgegen.

Als sie die Lichtung betraten, schoss ihnen eine Welle aus purer Energie entgegen. Die Obsidianscheibe schwebte neben dem Stamm der Eiche, genau wie in ihrem Traum, und begann zu glühen.

Unbändige Freude überkam Helen, als sie instinktiv ihre Quelle erkannte und still begrüßte.

Alistair lächelte traurig, als er sah, wie sehr sein Baum in den letzten zwei Tagen gelitten hatte, aber dass sich auch neue zarte Triebe empor kämpften.

Sie waren nur noch wenige Schritte entfernt, als plötzlich Flammen aufloderten. Der Baum brannte lichterloh.

„Nein!" Alistairs Schrei zerriss Helens Herz.

Das konnte nicht sein! Das durfte nicht sein! So grausam durften die Mächte nicht mit ihnen umgehen! Wozu bekam sie Unsterblichkeit geschenkt, wenn sie sie nicht mit Alistair teilen konnte? Helen dachte fieberhaft nach. Taliesin hatte gesagt, sie müssten ihre Kraftquellen vereinen.

Alistair ging zu Boden und wand sich in Qualen, er spürte den Schmerz des Baumes, aber Helen durfte keine Zeit verlieren. Sie öffnete sich ihrer Macht, und das Wissen, was zu tun war, erfüllte sie. Der Dolch von Heloise materialisierte sich vor ihr, während sie auf den brennenden Baum zulief. In einer einzigen fließenden Bewegung ergriff Helen ihn, schnitt sich in die Handfläche und rammte die blutige Klinge in den Obsidian.

Der Stoß war so heftig, dass die Scheibe an den Stamm genagelt wurde. Die Flammen erloschen sofort.

Erleichterung durchflutete Helen, bis sie bemerkte, dass sie den Dolch nicht loslassen konnte.

„Alistair!“

Helens Aufschrei drang durch den rasch abklingenden Schmerz. Alistair sprang auf und rannte zu ihr.

„Was ist passiert?“

„Meine Hand ist wie festgeklebt. Ich kann sie nicht lösen.“ Helen versuchte ruhig zu bleiben, aber die Panik wurde immer größer.

Alistairs Arme schlossen sich von hinten um sie und seine Liebe umfing sie wie ein Kokon.

„Angst ist niemals ein guter Begleiter“, murmelte er in ihr Ohr und legte seine Hand auf ihre.

Gemeinsam hielten sie den Dolch, der ihre Kraftquellen miteinander verband. Alistair schloss die Augen und konzentrierte sich auf die Energie der Erde, auf die Magie seines Baumes. Leise begann er eine alte Melodie zu summen, das Lied seines Forgotten Place.

Helen entspannte sich. Sie spürte die Macht mit jeder Faser ihres Seins. Alistairs Liebe zu diesem Ort und zu ihr floss wie ein warmer Strom durch ihren Körper, füllte jede Zelle, verband ihr Innerstes mit ihm.

Eine tiefe Freude überkam sie, als sie einstimmte und begann, mit ihm zu singen. Helen kannte die Worte, ohne zu wissen woher. Ihre Stimmen harmonierten perfekt und gemeinsam erschufen sie einen hypnotischen Klangteppich, der aus Liebe, Licht und Magie gewebt war.

Eine Träne lief über Alistairs Wange, als er sah, dass sich ein schimmerndes Netz, gesponnen aus ihren für immer verbundenen Leben, von ihren Händen löste und den Baum verwandelte.

Ausgehend von Heloises Dolch, der ihre Schicksale miteinander vereint hatte, legte sich ein sanftes Strahlen über den Obsidian und die Eiche. Sie verschmolzen miteinander und mit dem Dolch, der sich in ihnen auflöste.

Die Intensität des Liedes steigerte sich, während Helen und Alistair einen Schritt zurücktraten, um das Wunder zu betrachten, dessen Zeuge sie wurden.

Der tiefschwarze Stein begann zu pulsieren und wuchs mit dem Baum zu etwas Neuem, Lebendigem, Fantastischem zusammen.

Als sie ihren Gesang beendeten, hielten Alistair und Helen sich fest an den Händen und hatten beide Tränen in den Augen.

Sie schwiegen eine Weile.

„Das ist unglaublich. Ich bin fast tausend Jahre alt, aber von so etwas habe ich noch nie gehört“, sagte Alistair schließlich staunend.

„Ich bin Wissenschaftlerin und …“ Ehrfürchtig berührte Helen den Stamm des Baumes. „Und habe keine Ahnung, wie das möglich sein kann. Ich fühle die Kraft und das Leben, aber ich spüre einen Stein.“

„Die Obsidianeiche.“

Helen und Alistair fuhren erschrocken herum.

Hinter ihnen stand Taliesin mit einem zufriedenen Lächeln. „Gut gemacht, Kinder. Der Fluch ist gebrochen, die Zukunft beginnt.“

Er nickte ihnen zu, und bevor sie etwas sagen oder fragen konnten, war er wieder verschwunden.

Alistair schüttelte den Kopf und Helen lachte. „Das ist alles? Keine Erklärung, wie es weitergeht? Kein Hinweis? Nicht einmal eine kryptische Bemerkung? Wir können jetzt einfach so zusammen sein, für immer?“

„Offensichtlich haben wir alles richtig gemacht, mo ghràidh.“ Alistair wirbelte Helen glücklich herum.

Als er sie absetzte, wurde sein Gesicht wieder ernst. „Zeig mir deine Hand“, bat er.

Helen streckte sie ihm entgegen. „Sie ist schon wieder geheilt.“ Nur eine feine Narbe zog sich quer über die Handfläche.

„Du bist unsterblich, das hat seine Vorteile.“ Alistair lächelte. „Allerdings wird die hier für immer bleiben.“ Er küsste die Narbe. „Heloises Dolch hat uns beide gezeichnet.“

„Jetzt kann er nie wieder Schaden anrichten.“ Helen zog Alistair näher zu sich. „Andere tragen Klamotten im Partnerlook, wir tragen beide eine Narbe von einem bösen Dolch. Das macht optisch viel mehr her.“ Sie grinste, schlang ihre Arme um seinen Nacken und küsste ihn. „Ich liebe dich.“

„Und ich werde dir jetzt zeigen, wie sehr ich dich liebe.“ Alistair vertiefte den Kuss.

Erfüllt von Glück und überwältigt von ihrer Liebe sanken sie unter der Obsidianeiche, ihrer gemeinsamen Kraftquelle, zu Boden.

Sie liebten sich bis zum Sonnenuntergang, und Helen bemerkte, dass ihre neue Unsterblichkeit auch bedeutete, dass sie viel mehr Ausdauer hatte. Die Sache wurde immer besser!

Als sie sich schließlich erschöpft und völlig befriedigt wieder anzogen, um nach Hause zu gehen, hörten sie, dass die Pferde sich näherten. Und sie waren nicht allein. Audrey und Alassë saßen auf ihnen, Armand, Aidan und Ash liefen nebenher. Ihre Gesichter waren besorgt.

„Was zum Teufel habt ihr so lange hier getrieben?“, fragte Armand verärgert. Er sah ihre unordentlichen Kleider. „Abgesehen von dem Offensichtlichen.“

„Wir haben unseren Auftrag erfüllt.“ Helen ging einen Schritt auf sie zu, aber Alistair griff nach ihrer Hand. Er drehte sich zur Lichtung zurück und ließ magische Lichter tanzen, die die Vereinigung des Baumes und der Scheibe in die Abendluft malten.

„Wow, das muss ich unbedingt lernen.“ Helen lächelte.

Die anderen holten hörbar Atem.

„Ihr habt das Problem gelöst!“, rief Aidan und klatschte sich mit Audrey ab. Alle redeten freudig durcheinander und beglückwünschten Alistair und Helen. Einzig Alassë war still. Sie wandte den Blick nicht von der Lichtung.

„Alles in Ordnung mit dir?“ Alistair stellte sich zu ihr und Thunder.

„Der Baum aus Stein“, hauchte sie. Fragend sah er sie an. „Es gibt eine alte, sehr alte Prophezeiung in meinem Volk …“ Nachdenklich murmelte sie vor sich hin. „Größtes Glück und größtes Leid, zusammen vereint im neuen Kleid. Der Baum aus Stein, voll Stärke und Macht, beendet einst die Niedertracht.“ Sie brach ab. „Das ist alles, woran ich mich im Moment erinnere. Unzählige Strophen voller Mord und Totschlag, heldenhaften Taten und verzweifelten Frauen, die sich außer den Skalden niemand merken konnte. Ich werde nachsehen, ob ich eine Kopie auftreiben kann.“ Sie lachte, als sie Alistairs alarmierten Blick sah. „Mach dir keine Sorgen, am Ende geht alles gut aus.“

„Ich weiß.“

„Wo ist Lucas?“ Helen trank einen Schluck Wein aus Alistairs Glas und sah in die Runde.

„Der ist gleich nach dem Ausschlafen abgereist.“ Ash lehnte am Türrahmen der Bibliothek. Er hatte seinen Mantel an.

„Hast du eine Verabredung?“, fragte Alistair.

„Während ihr euch und eure Kraftquellen vereint habt, hat Armand Macy einen kurzen Besuch abgestattet, und sie bestand darauf, dass wir alle heute Abend bei ihr essen.“ Audrey stand auf und zog Aidan mit sich.

„Wie schön, dann lerne ich sie auch kennen.“ Helen lächelte, bis sie die verlegenen Gesichter der anderen sah. „Was ist?“

„Also … wir … äh …“, stammelte Audrey.

„Wir wollten euch eigentlich ein bisschen allein lassen“, half Armand aus.

„Ihr müsst so vieles klären, da stören wir nur." Aidan zwinkerte ihnen zu.

Lachend verabschiedete sich der Clan und verließ das Haus.

„Also …" Verblüfft sah Helen ihnen hinterher.

„Sie meinen es nur gut, mein Liebling." Alistair erhob sich und ging zu seinem Schreibtisch. Er kam mit einer kleinen Kiste zurück.

„Wir haben tatsächlich noch einiges zu klären", sagte er.

Dann sah er Helen tief in die Augen und ging feierlich auf ein Knie. Helens Herz schlug wie verrückt. Sie hatte in den letzten Tagen so viel Wunderbares und Unfassbares erlebt, sollte das etwa weitergehen?

Alistair nahm ihre linke Hand in seine und drückte einen Kuss in die Handfläche.

„Helen, Liebe meines Lebens. Du bist mit mir den Bund eingegangen, ohne zu wissen, was dich erwartet. Du hast dich bedingungslos auf mich eingelassen und mich zum glücklichsten Mann der Welt gemacht. Durch dich habe ich fast mein Leben verloren, es aber auch wieder gewonnen, und nur mit dir ist mein Leben vollkommen. Ich weiß, dass es eine unfaire Frage ist, weil ich um so viele Jahre älter bin als du und weiß, was es heißt, unsterblich zu sein, während du dich gerade erst an den Gedanken gewöhnen musst. Die Ewigkeit ist eine lange Zeit und trotzdem werde ich dich fragen: Würdest du mir die Ehre geben, meine Frau zu werden?"

Stumm sah Helen ihn an.

Alistair schluckte. War es nach allem, was sie gerade durchgemacht hatten, vielleicht doch noch zu früh? Er versank in ihren grünen Augen und las die Antwort darin, bevor sie sie aussprach.

„Durch dich habe ich nicht nur wahre Liebe, sondern auch die Magie entdeckt. So vieles, was für mich bisher unvorstellbar war, kam durch dich in mein Leben, und das gebe ich niemals mehr her. Und dich auch nicht. Ich liebe dich, Alistair Turner, mit jeder Faser meines Seins, und verspreche dir mein Leben."

Alistair strahlte, als er hörte, dass sie noch einmal die Worte sagte, die ihren Bund besiegelt hatten. Er öffnete das Kästchen. Ein schlichter goldener Ring lag darin.

„Dies ist der Ehering meiner Mutter. Durch alle Zeiten und Gefahren hinweg habe ich ihn bei mir getragen, in der Hoffnung, irgendwann die andere Hälfte meiner Seele zu finden und ihn verschenken zu können. Er ist dein. Ich bin dein. Ich liebe dich, Helen York, mit jeder Faser meines Seins, und verspreche dir mein Leben.“

KAPITEL 24

Die Sonne schien ins Schlafzimmer, als Helen erwachte. Wohlig seufzend drehte sie sich um.

Alistair lag neben ihr. Er hatte seinen Kopf aufgestützt und strahlte sie an. „Endlich bist du wach. Es ist schon früher Nachmittag."

Helen gähnte. „Daran bist nur du schuld. Wer hat mich denn bis in die Morgenstunden nicht schlafen lassen?"

Alistair grinste. „Sie sind eben zu sexy, Mrs. York-Turner." Er beugte sich zu ihr hinunter und küsste sie zärtlich.

Helen lächelte. „An den Namen muss ich mich erst gewöhnen, auch wenn er schön ist, aber …" Sie verstummte und Alistair konnte Trauer in ihren Augen erkennen.

„Was aber, meine Schöne?"

Helen seufzte. „Aber in fünfzehn oder zwanzig Jahren werden wir sowieso einen anderen haben, wenn wir verschwinden müssen, damit keinem auffällt, dass wir nicht älter werden."

Sanft streichelte er ihre Wange. „Denkst du an deine Eltern und an Lucy? Was wir vielleicht inszenieren müssen, damit unser Abtauchen glaubhaft wird?"

Helen nickte.

Alistair setzte sich, zog sie auf seinen Schoß und nahm ihr Gesicht in beide Hände. „Bis dahin haben wir jede Menge Zeit. Lass uns jetzt nicht daran denken, mo ghràidh. Wie sollen wir glücklich miteinander unser Leben verbringen, wenn der Schmerz des Abschieds ein ständiger Begleiter in deinem Herzen sein wird? Wir werden eine Möglichkeit finden, es so schmerzlos wie möglich zu machen und es so lange hinauszuzögern, wie es geht. Glaub mir, ich habe viel Erfahrung damit."

Ihre Augen füllten sich mit Tränen. „Ich weiß."

Alistair sah sie prüfend an. „Bereust du es, dass alles so gekommen ist? Wärst du mir lieber nicht begegnet?"

Helen schüttelte energisch den Kopf. „Ich liebe dich. Du bist das Wundervollste, das mir jemals passiert ist, und ich will die Ewigkeit mit dir verbringen." Sie kicherte. „Sogar im wahrsten Sinne des Wortes."

Erleichtert atmete Alistair auf. „Und ich liebe dich." Er strich ihre Haare zur Seite und knabberte an ihrem Hals.

„Sag mal, ist Alistair überhaupt dein richtiger Name?" Helen sah ihn neugierig an.

„Ja, damals wurde er nur anders geschrieben."

„Du bist also immer bei deinem Vornamen geblieben?"

Alistair schüttelte schmunzelnd den Kopf. „Ich hatte auch manchmal andere Namen."

„Wirklich? Welche denn?"

„Das, meine Liebste, werde ich nur häppchenweise verraten. Ich muss mir noch ein paar Überraschungen aufheben, damit ich die nächsten Jahrhunderte interessant bleibe und dir nicht langweilig werde."

Helen grinste und tätschelte seine Wange. „Brav, dass du mitdenkst."

Alistair gab ihr einen Kuss. „Freust du dich auf heute Abend?"

Helen sah hinüber zum Schrank, an dem ihr Hochzeitskleid hing. Es war lang, aus cremeweißer Seide, nur von zwei dünnen Trägern gehalten. Der Saum war aufwändig bestickt und mit Perlen besetzt. Es war schlicht und elegant und hatte ein Vermögen gekostet. Alistair hatte ihre Einwände, dass er nicht so viel Geld ausgeben sollte, einfach beiseite gewischt.

Ihre standesamtliche Trauung hatte vor ein paar Tagen in London im Geheimen stattgefunden, und nur ihre Eltern, Rose und Lucy waren dabei gewesen. Die Presse hatte zum Glück nichts mitbekommen.

Helen dachte an die Wochen vor der Heirat zurück. Der allererste Mensch, dem sie von Alistairs Heiratsantrag und der Verlobung erzählt hatte, war natürlich Lucy gewesen. Ihre Freundin hatte sich kein bisschen darüber gewundert, wie schnell es so weit gekommen war, sondern sich von ganzem Herzen gefreut. Auch dass Helen ihren Job bei Lucas gekündigt hatte, hatte sie nicht hinterfragt. Da hatte Alassë also ganze Arbeit geleistet.

Der Antrittsbesuch bei Helens Eltern war ebenfalls problemloser vonstattengegangen, als sie beide befürchtet hatten. Alistair hatte sie mit seinem Charme im Sturm erobert, und die Tatsache, dass er eine extrem gute Partie war und ihre Tochter ganz offensichtlich über alles liebte, hatte ihr Übriges getan.

Alistair und sie hatten den Antrag auf Eheschließung gestellt und waren, um die Bearbeitungszeit zu überbrücken, für drei Wochen verreist. Zuerst nach Paris und Florenz, wo sie selbstverständlich in den Präsidentensuiten von Alistairs Luxushotels residiert hatten. Die letzte Woche hatten sie in seinem Apartment in New York mit Blick auf den Central Park verbracht.

Sich an seinen Reichtum zu gewöhnen, fiel Helen deutlich schwerer als an ihren neuen Nachnamen. Sie hatte einige teure Präsente abgelehnt, weil sie sich unwohl dabei fühlte.

Nicht widerstehen konnte sie jedoch seinem Hochzeitsgeschenk. Ein hypermodernes Labor in Schrankkoffer-Format, damit sie arbeiten konnte, wo immer sie sich gerade aufhielten, da er nicht davon ausging, sie würde mit einem Leben als Hexe und Hausfrau zufrieden sein. In ihrer überschwänglichen Freude hatte sie Alistair so stürmisch umarmt und geküsst, dass sie beide gegen den Koffer getaumelt waren und der Inhalt fast zu Bruch gegangen wäre. Aber Helen hatte schnell einen Zauber gewirkt, damit er nicht umkippte.

Alistair war so stolz auf seine Frau gewesen, dass er sie noch an Ort und Stelle vernascht hatte.

Und bei ihrem Ehering, den er ihr zusätzlich zu dem seiner Mutter geschenkt hatte, hatte Alistair ihre Einwände einfach nicht gelten lassen. Er war aus Silber mit einem Smaragd in der Farbe ihrer Augen, der von kleinen Diamanten umgeben war. Alistair selbst hatte sich einen breiten Ring aus Weißgold ausgesucht.

Helen hatte lange überlegt, was sie ihm schenken sollte, denn was schenkte man einem Mann, der sich alles leisten konnte? Schließlich hatte sie sich für ein schwarzes Bakelit-Telefon entschieden und es ihm mit der Anmerkung überreicht, dass es vielleicht Zeit für einen Festnetzanschluss im Cottage wäre. Falls die Handys nämlich wieder einmal ausfallen würden und sie Lust hätte, mit Lucy zu sprechen, könnte sie ja wohl kaum die Kommunikation per Wasserschüssel anwenden. Auf seinen vorsichtigen Hinweis, dass es gar keine Leitung gab, hatte sie ihm fröhlich auf die Schulter geklopft und gesagt, dass er dafür eben ein paar Scheinchen locker machen müsste. Offensichtlich gewöhnte sie sich doch schneller als gedacht an ein Leben in Luxus. Alistair hatte laut gelacht und sie amüsiert gefragt, ob sie eine Vorstellung davon hätte, wie teuer das werden würde. Bevor ihr eine schlagfertige Antwort eingefallen war, hatte er bereits zu seinem Handy gegriffen und Luke einen Eilauftrag erteilt.

Helen schmunzelte, nahm seine Hand und küsste den Ehering. Heute würden sie auf Alistairs Land einen symbolischen Bund vor all ihren Freunden schließen.

„Ich kann heute Abend kaum erwarten“, antwortete Helen. „Es wird bestimmt wunderschön.“

„Nichts kann jemals so wunderschön sein, wie du es bist“, murmelte Alistair und ließ sich mit ihr aufs Bett sinken. Er legte sich auf sie und seine Lippen glitten zwischen ihren Brüsten hindurch.

„Lass das, Alistair", protestierte Helen. „Du weißt, dass in einer Stunde Lucy, dein Clan und deine Freunde aus Braemar hier eintreffen, um alles vorzubereiten, und sie haben uns befohlen, uns aus dem Staub zu machen, damit wir bloß nicht auf die Idee kommen, ihnen zu helfen."

Alistair rutschte zwischen ihre Oberschenkel und streichelte sie, drang langsam mit seinem Daumen in sie ein.

Helen stöhnte leise.

„Dein Körper will gar nicht, dass ich aufhöre. Und außerdem muss ich meine ehelichen Pflichten erfüllen."

„Das kannst du später auch noch", widersprach Helen halbherzig und drängte sich gleichzeitig seiner Hand entgegen.

„Okay, du hast recht." Alistair stand auf. „Geh du doch schon mal ins Bad, ich mache inzwischen den Picknickkorb fertig, damit wir nicht verhungern und verdursten, bis man uns ein Zeichen gibt, dass wir zurückkommen dürfen."

Helens Augen blitzten. „Wenn ich gewusst hätte, wie gemein du sein kannst! Mich erst heiß zu machen und dann einfach liegen zu lassen. Aber gut, dann gehe ich jetzt unter die Dusche und mache es mir dabei selbst. Es ist sowieso besser, wenn ich dich schone, denn du bist ja immerhin ein alter, ein wirklich sehr, sehr alter Mann."

Sie sprang lachend aus dem Bett und rannte ins Badezimmer.

Alistair sah ihr einen Moment verdutzt nach, dann jagte er ihr mit einem lustvollen Knurren hinterher.

Am Ufer des Flusses lag Helen in Alistairs Armen auf einer Decke. Er hatte die Augen geschlossen und ein glückliches Lächeln umspielte seinen Mund. Sie kuschelte sich an ihn und sah hinüber zu Thunder und Bran, die friedlich grasten.

Bran war ihr Geburtstagsgeschenk gewesen, das sie eigentlich hätte bekommen sollen, bevor sich die Ereignisse überschlagen hatten. Aber auch drei Tage später hatte sie sich noch riesig gefreut, genau wie über den Anhänger, den sie an einer Kette um ihren Hals trug. Darin befand sich, wie in Alistairs

Siegelring, ein Teil ihrer jetzt gemeinsamen Kraftquelle, der sie mit Energie versorgte, auch wenn sie tausende Meilen entfernt waren.

Helen streichelte Alistairs Brust, als ihr wieder eine Frage in den Sinn kam, die sie schon lange hatte stellen wollen.

„Sag mal, wenn es Hexen, Druiden, Gestaltwandler, Dämonen, Gargoyles und alles andere gibt, was ist eigentlich mit Vampiren und Werwölfen?"

Alistair schmunzelte und öffnete die Augen. „Auf so eine Frage habe ich seit einer ganzen Weile gewartet. Ja, es gibt sie, nur anders, als du denkst. Es sind magische Kreaturen. Das Ganze hat nichts mit einem Fluch oder so zu tun. Und es gibt Gute und Böse unter ihnen, wie bei Menschen eben auch."

„Die Sache mit dem Blut und dem Vollmond ist aber wahr, oder?"

„Nicht ganz. Viele Vampire sind heutzutage auf Tierblut vom Metzger umgestiegen oder haben einen Deal mit jemandem, der ihnen Blutspenden aus dem Krankenhaus besorgt. Oder sie holen sich ein Schlückchen bei freiwilligen Sterblichen, die sich ihnen darbieten, was gar nicht so selten ist, denn es ist für beide eine äußerst erotische Begegnung."

Helen grinste. „Das habe ich irgendwie schon vermutet."

Alistair lachte. „Und sie können einen Menschen nur in einen Vampir verwandeln, wenn dieser einverstanden ist und ein kompliziertes Ritual dabei durchgeführt wird. Da die Zutaten dafür selten geworden sind, passiert das nicht mehr oft. Die Sache mit den Kruzifixen, dem Silber und Weihwasser, dass sie erst irgendwo hereingebeten werden müssen oder dass sie sich in Fledermäuse verwandeln können, gehört ins Reich der Legenden."

„Und der Vollmond?"

„Werwölfe in der Art, wie du es meinst, gibt es nicht. Es sind Gestaltwandler wie Ash, allerdings werden sie nicht zu einem richtigen Wolf, sondern nur wolfsähnlich und können weiterhin auf zwei Beinen laufen. Sie sehen ungefähr so aus wie die aus den alten Filmen. Und sie müssen sich bei Vollmond nicht zwingend verwandeln, aber es ist Tradition. Dass sie einen Menschen durch einen Kratzer oder Biss zu einem der ihren machen können, ist ebenfalls ein Mythos. Man muss so geboren werden."

„Einhörner?"

„Ausgestorben, soweit ich weiß."

Helen verzog traurig das Gesicht. „Wie schade. Was ist mit Drachen?"

„Drachen gibt es nicht, aber Gestaltwandler, die sich in Drachen verwandeln können. Sie sind jedoch fast ausgerottet worden, da die Mächtigen immer Angst davor hatten, sie könnten ihnen eines Tages ihre Reiche streitig machen."

„Hast du mal einen gesehen?"

Alistair nickte. „Ich habe in anderen Welten Seite an Seite mit ihnen gekämpft. Sie sind wirklich beeindruckend, unglaublich starke Krieger auch in ihrer menschlichen Form, aber schwer einzuschätzen, nicht ganz durchschaubar. Du solltest ihnen mit Vorsicht begegnen, falls du einen triffst."

„Ich werde daran denken. Sag mir nur rechtzeitig, wie ich sie erkenne." Helen richtete sich auf. „Wie viele Welten existieren eigentlich?"

Alistair schmunzelte. „Zu viele, um sie alle aufzuzählen. Du kannst dich jetzt schon auf so manch interessante und wundersame Begegnung freuen."

„Was ist mit Engeln?"

Alistair sah den vorbeiziehenden Wolken hinterher. „Ja. Es gibt sie. Ich habe schon einige getroffen. Sie sind mächtige Wesen aus einer anderen Dimension. Früher sind sie öfter in unsere Welt gekommen und manche haben Nachkommen gezeugt. Die Nephilim." Er schmunzelte. „Armand kann sie nicht ausstehen. Nicht nur, weil er sie für überheblich hält, sondern weil sie sehr gut aussehen und ihm ein paar Mal in die Quere gekommen sind, als es um Frauen ging."

„Der Ärmste." Helen lachte. „Und wie sind Engel? So, wie man es sich vorstellt? Gütig? Beschützend? Und haben sie große weiße Flügel?"

„Das mit den Flügeln stimmt. Ihre Farbe kann variieren. Ich habe allerdings nie nach dem Grund gefragt. Ich weiß nicht, ob das etwas mit ihrem Rang zu tun hat oder mit ihrer Persönlichkeit, ob es nur Zufall ist oder stimmungsabhängig wie bei Aidans Federn oder vielleicht etwas Genetisches. Das wäre dann eher etwas für deine Forschung." Er lächelte. „Und ihr Charakter … die meisten sind so, wie du es dir vorstellst. Einige jedoch sind nicht sehr wohlwollend und haben durchaus ihre eigene Agenda. Sie können uralt werden und damit geht immer die Gefahr einher, dass sie sich über alle anderen stellen, weil sie sich zu überlegen fühlen. Ein Problem, das ich auch schon hatte."

Helen sah ihn neugierig an.

Alistair schüttelte den Kopf. „Ein anderes Mal. Ich habe ein paar dunkle Zeiten durchgemacht, in denen ich nicht der Mann war, der ich heute bin. Was die Engel angeht, die nicht so freundlich sind … ich weiß, dass Taliesin sich immer ein wenig gefürchtet hat, dass sie eines Tages in unsere Welt eindringen und die Herrschaft an sich reißen könnten."

Helen dachte an Bücher und Filme, in denen die Apokalypse der Engel vorkam, und ein kalter Schauer lief ihr über den Rücken. Sie schluckte. „Dann existieren also auch Gott und Satan?"

„Wenn Satan Luzifer und somit ein gefallener Engel ist, dann ist das meiner Meinung nach ziemlich sicher. Es sei denn, er ist nur eine Legende."

„Aber Gael sagte, er käme aus einer Höllendimension."

„Aus einer. Richtig. Es gibt viele Dimensionen, die unseren Vorstellungen der Hölle gleichen. Irgendwer wird in jeder davon das Sagen haben, so wie Gael jetzt in seiner, und möglicherweise ist es in einer davon jemand, der bei uns als

Satan bekannt ist. Vielleicht ist er aber auch nur der Inbegriff aller Herrscher in diesen Welten.“

Helen schmiegte sich enger an Alistair. „Und Gott?“

„Ich weiß es nicht. Eventuell ist er nur eine Idee oder tatsächlich der Boss von allen Engeln. Ich kann es dir nicht sagen.“

„Es gibt also keinen Himmel? Meinst du das damit?“

Alistair zuckte mit den Schultern. „Wer weiß das schon? Vielleicht entsprechen die Dimensionen der Engel unserer Version des Himmels und vielleicht kommen wir tatsächlich dorthin, wenn wir sterben. Denkbar wäre, dass nur unsere Seelen diese Tore durchschreiten können, was auch erklären würde, wieso es nicht einmal den mächtigsten Magiern gelungen ist, dorthin zu gehen. Auch Taliesin nicht.“

„Was ist mit Göttern, Titanen, Zentauren und solchen Wesen?“

„Sie leben alle in ihren eigenen Welten. Ihre Besuche bei uns haben die Geschichtenerzähler weitergetragen … und natürlich ausgeschmückt und verändert. Man darf nicht alles glauben. Ich bin ein paar der alten Götter begegnet und habe mit ihnen getrunken. Dieser Dionysos zum Beispiel verträgt nur halb so viel, wie alle annehmen. Ich musste ihn zusammen mit Loki auf sein Zimmer tragen, weil er nicht mehr laufen konnte.“

„Loki und Dionysos. Klar.“ Helen starrte Alistair staunend an, bevor sie die Stirn runzelte. „Du veralberst mich doch, oder?“

Er schüttelte lächelnd den Kopf.

„Gibt es Trolle und Kobolde?“

„Natürlich.“

„Was ist mit Kreaturen wie einem Succubus oder Incubus?“

„Die besten Liebhaber, die man sich vorstellen kann. Da nimmt man gerne in Kauf, dass man danach tierische Kopfschmerzen hat.“

Helen hob eine Augenbraue. „Sprichst du aus eigener Erfahrung?“

„Na ja, meine Süße, ich lebe schon sehr lange.“

Seine Stimme klang entschuldigend und Eifersucht stieg in ihr auf, doch Helen versuchte, sie zu ignorieren. Es gab keinen Grund, eifersüchtig zu sein. Sie hatten beide schon andere Liebhaber und Beziehungen gehabt.

Okay, Alistair ganz sicher mehr als sie. Wie viele das sein könnten, wollte sie aber gar nicht erst nachrechnen und sie würde ihn auch niemals danach fragen. Manchmal war Unwissenheit ein Segen und außerdem konnte er sich bestimmt nur noch schemenhaft an viele erinnern und hatte genauso viele sicherlich bereits vergessen.

Nachdenklich sah sie ihn an. „Werde ich dir immer genügen? Ich meine, du hast im Gegensatz zu mir schon so viele Wunder gesehen und so viel erlebt … wobei ich jetzt nicht nur deine sexuellen Erfahrungen meine. Wird es dir nicht vorkommen, als müsstest du einem Kleinkind die Welt erklären?“

Sanft streichelte Alistair ihr Gesicht. „Mit dir erlebe ich jeden Tag neue Wunder und sehe die Welt wieder mit anderen Augen. Dass unsere Kraftorte nun vereint sind, ist etwas, womit ich niemals gerechnet hätte. Und du öffnest mein Herz und zeigst mir, was Liebe wirklich ist. Du lässt mich alten Mann wieder fühlen, als wäre ich ein von Hormonen völlig überwältigter Teenager.“

Helen kicherte. „Dann ist es ja gut.“ Sie legte ihren Kopf wieder auf seine Brust. „Was ist eigentlich mit Zombies?“

„Gibt es nicht. Man kann zwar durch schwarze Magie Tote wieder zum Leben erwecken, aber es hält nicht lange und sie schlurfen auch nicht durch die Gegend auf der Jagd nach menschlichen Gehirnen.“

„Dass es Elfen gibt, weiß ich, weil ich ihre Tore passiert habe und Aidan von einem ihrer Völker abstammt. Aber die ursprünglichen Elfen – ich gehe davon aus, dass sie keine winzigen Tinkerbells sind, oder?“

Alistair lachte. „Sie sehen wie Menschen aus, wie atemberaubend schöne Menschen. Sie sind ein sehr stolzes

Geschlecht und ziemlich arrogant. Ich habe bisher keinen getroffen, dem ich bedingungslos vertraut hätte. Es gibt allerdings kaum noch reinrassige Elfen. Die Völker haben sich miteinander vermischt."

„Haben sie wenigstens spitze Ohren?"

Er nickte. „Wie Spock, aber sie sind bei weitem nicht so bezaubernd wie deine." Alistair beugte sich zu Helen, nahm ihr Ohrläppchen zwischen die Zähne und biss leicht hinein.

Sie wehrte ihn lachend ab und setzte sich auf ihn. „Ich bin gespannt, was du mir alles von deiner Welt zeigen wirst."

„Das verstehe ich, aber im Moment möchte ich dir eigentlich nur zeigen, wie sehr ich dich will", flüsterte Alistair heiser und bewegte seine Hüften.

Helen spürte seinen harten Schwanz zwischen ihren Beinen und rieb sich leicht an ihm.

„Wartest du auf eine schriftliche Einladung?"

Es dämmerte bereits, als der Anruf kam, dass alles für die Party bereit war. Sie ritten nach Hause. Nachdem Alistair und Helen die Pferde versorgt hatten, wurden sie von Lucy abgefangen, die ihnen auftrug, sich erst umzuziehen, bevor sie in den Garten kommen durften.

Als sie fertig waren, gingen sie Hand in Hand hinters Haus und blieben abrupt stehen. Sie waren in einem Märchen gelandet. In den Bäumen hingen unzählige weiße Ballons und Papierlaternen, die ein zauberhaftes Licht verbreiteten. Eine große Festtafel war ganz in Weiß eingedeckt und mit silbernen Kerzenleuchtern und Heidekraut geschmückt. An der Seite war eine Bar aufgebaut und daneben Tische mit Schüsseln und Platten voller Leckereien, die Macy zubereitet hatte. Ein Pfad aus weißen Blütenblättern führte zu einem Spalier, das über und über mit pinken Rosen verziert war. Davor standen ihre Freunde.

Links hatten sich Ash, Armand und Aidan aufgereiht, ihnen gegenüber Lucy, Alassë und Audrey. Auch Macy, Scott und Henry, Alistairs engste Freunde aus dem Dorf, waren da.

Alistair bot Helen seinen Arm an und gemeinsam schritten sie unter den Bogen aus Rosen. Er nahm Helens Hände in seine und wandte sich an die Gäste.

„Helen und ich sind überglücklich, dass ihr alle heute bei uns seid, um mit uns unsere Liebe zu feiern und unsere Gelöbnisse zu bezeugen."

Er wandte sich an seine Frau und sah ihr tief in die Augen.

„Helen, ich danke dir, dass du mich erwählt hast. Nie hätte ich gedacht, so tief lieben zu können. Ich verspreche dir, dass ich dich immer ehren werde. Ich werde dir immer den Rücken stärken, bei allem, was du vorhast. Ich gelobe dir, dein Mann und dein Geliebter zu sein, dein Beschützer und dein Freund. Du kannst mir vertrauen, so wie ich dir vertraue. Ich werde deine Stütze sein, so wie du meine bist. Ich werde danach streben, dir jeden Tag meine Liebe zu beweisen und dir nie das Gefühl zu geben, du wärst nicht das Wichtigste in meinem Leben. Denn das bist du. Wenn du jemanden brauchst, mit dem du Abenteuer erleben kannst, dann bin ich für dich da. Wenn du Ruhe und Geborgenheit suchst, dann bin ich für dich da. Von nun an wird die Aufgabe, dich glücklich zu machen, meine Lebensaufgabe sein. Ich will dir meine Liebe in allem zeigen, was ich tue. Damit meine ich nicht nur, dass ich dich mit kostspieligen Geschenken überschütten werde …" Alle lachten und Helen schmunzelte. „Ich meine damit die kleinen Dinge. Dich in den Arm zu nehmen, wenn du Halt brauchst. Dir immer das letzte Stück Kuchen zu überlassen. Einfach kurz stehen zu bleiben und dich zu küssen, wenn ich an dir vorbeilaufe. Mit dir spontan zu tanzen, während wir in der Küche sind und gemeinsam kochen. Dir Nachrichten zu hinterlassen, in denen steht, wie sehr ich dich liebe, wenn wir einmal getrennt sind. Ich hoffe von ganzem Herzen, ich gebe dir niemals Anlass, die Entscheidung zu bereuen, meine Frau zu werden. Und sollten doch einmal dunkle Wolken aufziehen, dann vergiss nie, dass Liebe alles überwinden kann. Unsere Liebe kann es ganz bestimmt. Ich liebe dich, Helen. Jetzt und für immer."

Helen stiegen Tränen in die Augen, die sie schnell wegblinzelte. Sie streichelte Alistairs Wange und lächelte.

„Alistair, ich liebe dich. Du hast mich nicht nur in deine Welt gelassen und sie mir gezeigt, sondern bist auch meine Welt geworden. Du bist mein Mann, mein Freund, mein Liebhaber, mein Partner. Du forderst mich heraus, wenn es notwendig ist. Du bestärkst mich, wenn ich zweifele. Du bringst mich dazu, Dinge zu hinterfragen und von meinen vorgefassten Meinungen abzuweichen. Du lehrst mich so viel Neues und bringst das Beste in mir zum Vorschein. Du hast mir dein Herz geschenkt und deine Liebe. Etwas Kostbareres und Zerbrechlicheres kann man einem anderen Menschen nicht anvertrauen. Ich verspreche dir, dass ich behutsam damit umgehen werde. Ich will dir nie Leid bereiten. Ich werde mit dir bis ans Ende der Welt gehen und darüber hinaus. Du bist alles, was ich jemals vom Leben wollte, und noch viel mehr. Du bist so viel mehr, als ich mir jemals vorgestellt und erträumt habe. Ich könnte tausend Worte sagen, die beschreiben, wie ich für dich fühle. Ich könnte die Worte von Poeten benutzen, die so viel weiser waren als ich. Doch am Ende läuft es nur auf eine einzige Sache hinaus. Ich liebe dich, Alistair. Mit allem, was ich habe und was ich bin und was ich dir geben kann. Ich gehöre zu dir und du zu mir und niemals soll dieses Band wieder getrennt werden."

Alistairs Augen glitzerten verdächtig, als er Helen an sich zog und sie zärtlich küsste, bevor er sie schwungvoll über seinen Arm bog, sich hinunter beugte und gleich noch einmal küsste.

Die Gäste applaudierten und gingen nach vorne, um den Vermählten zu gratulieren. Es gab Umarmungen und es wurde viel gelacht. Macy erklärte schließlich das Büffet für eröffnet und alle stürzten sich auf die Leckereien.

Als sie fürs Erste satt waren, warf Aidan die Musikanlage an. Helen und Alistair tanzten einen Walzer, bevor die Rhythmen schneller wurden, und ihre Freunde dazu stießen.

„Hier, dein Champagner."

Audrey reichte Alassë ein Glas und setzte sich neben sie, während sie gemeinsam die anderen beobachteten, die sich immer noch auf der Wiese, die als Tanzfläche diente, austobten.

„Sag mal, wie geht es jetzt eigentlich mit dir und Lucas weiter? Wann fangt ihr an, nach einer Lösung zu suchen, wie er wieder unsterblich wird?"

Alassë nahm einen kleinen Schluck. „Wir werden uns nächste Woche treffen, um einen der Reiseführer zu befragen und herauszufinden, wo er uns hinschickt."

„Gute Idee." Audrey räusperte sich. „Ich beneide dich nicht darum, mit ihm unterwegs zu sein. Er ist eine gefährliche Kombination aus Charmeur und Macho. Du musst dich vor ihm in Acht nehmen."

„Ich weiß, aber vielleicht wird es gar nicht so schlimm? Immerhin hat er mir völlig selbstlos das Leben gerettet. Und ich habe auf seine Bitte hin seiner Sekretärin die Erinnerungen an ihren Verrat genommen. Das sind zwei Taten, die definitiv für ihn sprechen, oder?"

Audrey hob spöttisch eine Augenbraue.

„Ja, es ist mir klar, dass ich ihm keinesfalls blind vertrauen kann." Alassë seufzte und drehte gedankenverloren ihr Glas. „Ich werde einfach nicht schlau aus ihm, und wirklich ärgerlich an der ganzen Sache ist, dass ich ihn aus mir unerfindlichen Gründen nicht im Mindesten beeinflussen kann."

Audrey verschluckte sich fast an ihrem Drink. „Was? Niemals!"

„Doch, leider. Ich habe es vor dem Kampf an der Kapelle versucht, als er mir mit seinen Sprüchen auf die Nerven gegangen ist, aber er hat auf meinen Befehl zu schweigen überhaupt nicht reagiert, nicht einmal irritiert innegehalten und versucht mich magisch abzuwehren, sondern einfach weiter gesprochen."

„Aber wie kann das sein? Völlig ohne Magie?"

Alassë verzog das Gesicht. „Ist wohl eine Laune der Natur."

„Na, das kann ja heiter werden. Wann warst du das letzte Mal in so einer Situation?"

„Ich kann mich nicht mehr erinnern. Es macht mich nervös, ausgerechnet ihn nicht lenken zu können, wie ich es will."

Audrey konnte ein Grinsen nicht unterdrücken. „Das ist doch genau, was du dir so oft gewünscht hast. Endlich mal ein Mann, bei dem du dir sicher sein kannst, dass seine Gefühle für dich, welcher Art auch immer, echt sind und kein Zauber auf ihm liegt."

Alassë stöhnte. „Hätte es nicht jemand anderes sein können."

„Das wird höchst interessant werden."

Schmunzelnd stieß Audrey mit ihrer Freundin an, die die Augen verdrehte und ihr Glas in einem Zug leerte.

Lange nach Mitternacht baute Armand eine Karaoke-Maschine auf, die er mitgebracht hatte. Weil keiner als erster singen wollte, brach er selbst das Eis mit *Paradise City* von Guns N' Roses, was er ziemlich sexy und unter vollem Körpereinsatz darbot.

Henry und Scott trauten sich als nächste und sangen die inoffizielle Fußballhymne *You'll never walk alone*, in die alle einstimmten und den Refrain selbst ohne Musik noch ein paar Mal wiederholten.

Ash, Alistair und Aidan entschieden sich für *Wild Boys* von Duran Duran. Ein Auftritt, der besonders den anwesenden Frauen mächtig unter die Haut ging.

Helen, Lucy, Audrey und Alassë folgten mit *Wannabe* von den Spice Girls.

Danach schnappte Armand Macy und zog sie eng an sich. Er wusste, dass sie immer ein Faible für Patrick Swayze gehabt hatte und sang mit ihr *Time of My Life*. Ihr Dirty Dancing sorgte bei Macy für knallrote Wangen und erntete begeisterte Pfiffe.

„Hey, das ist mein Mädchen!“, rief Scott empört, bevor er in lautes Lachen ausbrach.

Am Schluss hob Armand seine Partnerin hoch über seinen Kopf in die Waagrechte, bis Ash und Alistair helfend eingreifen mussten, als Armand drohte, mit seiner Last nach hinten zu kippen.

Später holte Henry seinen Dudelsack hervor und spielte einen schottischen Reel. Auch Helen und Lucy tanzten fröhlich mit, obwohl sie die Schritte nicht konnten und es dadurch zu mehreren Zusammenstößen kam.

Als einige ruhige Klänge aus den Highlands angestimmt wurden, ging Lucy völlig außer Atem zum Büffet und besah sich die Reste.

„Greif ruhig zu. Es geht auf mich.“

Lucy drehte sich um und sah Ash schmunzelnd an. Die Haare hingen ihm ins verschwitzte Gesicht und seine bernsteinfarbenen Augen blitzten.

„Du weißt schon, dass wir alle eingeladen sind.“

Er lachte und zuckte mit den Schultern. „An der guten Absicht ändert das nichts.“

Sie nahm eine Pastete, biss genießerisch hinein und schloss kurz die Augen.

„Das ist ein wunderbares Fest, nicht wahr?“ Ash lächelte sie an.

Lucy nickte bestätigend. „Das schönste, auf dem ich jemals war.“

Ash blickte zu den Frischvermählten hinüber, die sich fest umschlungen hielten und strahlten, als würden sie von innen leuchten. „Alistair hätte keine Partnerin finden können, die besser zu ihm passt. Ich habe ihn noch nie so glücklich erlebt.“

„Das will ich ihm auch geraten haben. Helen hat nur das Beste verdient.“

Ash wandte sich wieder Lucy zu. Er zupfte an seinem Jackett und strich sich die Haare aus der Stirn.

Lucy neigte den Kopf zur Seite. „Du siehst aus, als hättest du etwas auf dem Herzen?“

„Ja. Stimmt. Ich wollte dir etwas sagen.“

Er klang nervös, was ihr nicht entging. Sie unterdrückte ein Grinsen und runzelte stattdessen die Stirn. „Wollte? Ach, du hast es dir also anders überlegt?“

„Was? Äh … nein.“

Gespannt sah sie zu ihm auf. „Na, dann schieß mal los.“

„Also, ich weiß ja, dass wir alle in Macys B&B übernachten, um das junge Paar im Haus allein zu lassen, und morgen mit ihnen noch ein ausgedehnter Brunch geplant ist, aber ich muss leider gleich fahren, um eine heiße Spur in einem Fall zu verfolgen, an dem ich gerade arbeite.“ Ash konnte die Enttäuschung in Lucys Gesicht sehen und sein Herz schlug schneller. „Und weil das so ist, ich dich aber gerne wiedersehen möchte, wollte ich … also, es wäre mir eine Ehre, wenn du mit mir essen gehen würdest, wenn ich das nächste Mal in London bin.“

Lucy schwieg und hatte nun ein Pokerface aufgesetzt, sodass Ash nur raten konnte, was in ihr vorging. Ihr Duft verriet ihm ebenfalls nichts. Er fühlte sich unsicher. Kein Zustand, der häufig bei ihm vorkam.

„Natürlich nur, falls du Lust hast“, fügte er hinzu und schluckte. „Oder bist du mit jemandem zusammen?“

Ash spürte, wie allein der Gedanke daran, dass ein anderer Mann sie für sich beanspruchte, den Wolf in ihm weckte, wie damals im Club. Mit einer erneut so heftigen Reaktion hatte er nicht gerechnet. Er versuchte, sich zu beruhigen.

Lucy musterte Ash neugierig. Seine rechte Hand umklammerte das Glas so fest, dass sie Angst hatte, er würde es gleich zerbrechen. Die linke war zu einer Faust geballt. Ashs Augen loderten.

Die Hitze seines Körpers traf Lucy unvermittelt. Erregung stieg in ihr auf und sie hatte das Bedürfnis, sich in seine Arme zu werfen und sich ihm hinzugeben. Was passierte hier? Irritiert wich sie einen Schritt zurück.

Jetzt witterte Ash den Aufruhr, der in Lucy tobte. Vorsichtig sog er noch einmal ihren Duft ein. Er war unwiderstehlich und er wünschte sich, bei ihr bleiben zu können.

„Lucy?“, flüsterte er. „Alles in Ordnung?“

Sie schüttelte kurz benommen den Kopf, bevor sie zu Ash aufblickte. „Ja, ich bin okay. Mir war nur gerade … ein bisschen flau. Vielleicht der Wein.“

Er nickte. „Also, möchtest du irgendwann mit mir essen gehen?“

Lucys Herz machte kleine Freudensprünge und sie strahlte ihn an. „Sehr gerne.“

Ash legte eine Hand an ihre Wange und beugte sich langsam zu ihr herunter, als plötzlich Leuchtraketen mit lautem Getöse in den Himmel stiegen. Beide zuckten zusammen und der romantische Moment war vorbei.

Helen kam auf sie zugerannt, packte Lucy und zog sie mit sich, um mit ihr das Feuerwerk zu genießen.

Ash folgte ihnen lächelnd. Es würde sich eine andere Gelegenheit ergeben, um Lucy näher zu kommen. Und er würde dafür sorgen, dass es bald geschehen würde.

Im Morgengrauen machten sich die Gäste auf den Heimweg. Vor der Feier hatte sich Henry als Fahrer angeboten und war nüchtern geblieben. Alle quetschten sich in seinen alten VW-Bus und fuhren unter Gelächter davon, als Armand lauthals und völlig schief *Morning has broken* anstimmte.

Alistair und Helen sahen ihnen nach und winkten, bis sie verschwunden waren.

„Bist du müde?“, flüsterte er und zog seine Geliebte fester an sich.

„Noch nicht *zu* müde, falls du verstehst, was ich meine“, erwiderte Helen grinsend.

„Na, dann muss ich wohl noch einmal ran.“

Alistair stieß einen tiefen Seufzer aus, hob sie schmunzelnd auf seine Arme und rannte mit ihr hoch in sein Schlafzimmer, das jetzt auch ihres war.

Er stellte sich hinter sie und öffnete den verdeckten Reißverschluss an ihrem Rücken. Mit seinen Händen fuhr er unter ihr Kleid, fasste nach vorne und spielte mit seinen Fingern an ihren Nippeln, die sich unter seinen erfahrenen Berührungen sofort aufrichteten.

Helen drehte ihren Kopf und seine Lippen streiften ihre, bevor er seine Zunge in ihren Mund gleiten ließ und begann, mit ihrer zu spielen. Der Kuss wurde leidenschaftlicher und Helen fühlte, wie sich Hitze in ihrem Unterleib sammelte.

Sie löste sich von Alistair, streifte ihm Jackett und Hemd ab und stieß ihn aufs Bett.

„Was genau hast du vor, meine Liebste?“

„Ich will dich, Alistair. Alles von dir.“

Helen öffnete seine Hose und schob sie mit seinen Shorts und den Socken herunter. Dann zog sie ihr Kleid aus, schlüpfte aus ihren Dessous und kniete sich zwischen seine Beine.

„Du hast schon alles von mir“, antwortete Alistair mit heiserer Stimme, bevor er laut aufstöhnte, als sie seinen harten Schwanz in den Mund nahm und ihre Lippen sich fest um ihn schlossen. Helen begann zu saugen und zu lecken. Alistair krallte seine Finger in die Decke, die unter ihm lag, und hob seine Hüften an, um tiefer einzudringen. Helen erfüllte seinen Wunsch. Alles war feucht und eng und warm und Alistair wurde noch härter.

„Ich weiß nicht, wie lange ich das durchhalte, wenn du so weiter machst“, keuchte er.

Helen steigerte das Tempo.

Alistair hob den Kopf und sah dabei zu, wie Helens Lippen sich auf und ab bewegten. Sie umfasste mit ihren Händen seine

Eier und massierte sie. Die Erregung wurde so groß, dass Alistair seine Finger in ihren langen Haaren vergrub und immer wieder nach oben stieß.

„Ich bin gleich soweit. Mehr."

Es war mehr Flehen als Befehl und Helen kam seinem Wunsch nach. Sie leckte an der Unterseite seines pulsierenden Schwanzes und saugte ihn noch tiefer ein.

Bei keiner anderen Frau war Alistair jemals so hart gewesen. Sein Atmen wurde lauter. Es wurde immer schwerer, nicht die Kontrolle zu verlieren. Als Helen die Augen öffnete und ihre Blicke sich trafen, war es um ihn geschehen. Er schrie auf und sein Samen schoss durch seinen Schaft. Sein Sperma füllte Helens Mund und sie schluckte gierig. Ein genießerisches Lächeln stahl sich dabei auf ihr Gesicht.

Es war beim ersten Mal eine ziemlich große Überraschung gewesen, als Helen bemerkt hatte, dass es einige Vorteile hatte, mit einem Druiden zusammen zu sein. Den Geschmack seines Samens zu verändern war einer davon.

Helens Lippen massierten seinen Schwanz weiter und Alistair zwang sich, den Kopf nicht in die Kissen sinken zu lassen. Er wollte den Blick nicht abwenden, sondern zusehen, wie sie seinen Saft trank.

Am Schluss saugte sie zart an seiner Eichel, bis die Empfindungen zu stark wurden und er Helen nach oben zog. Er küsste sie innig und lächelte.

„Jetzt bist du dran. Ich will dich schmecken."

„Wirst du mir den Zauber für verschiedene Geschmacksrichtungen auch beibringen?"

„Das will ich nicht. Deine Muschi schmeckt unvergleichlich köstlich. Knie dich über mein Gesicht."

Alistair drückte ihre tropfende Spalte auf seinen Mund, drang mit der Zunge in sie ein und fickte sie mit kleinen Stößen, erforschte sie, während seine Nase an ihrem Kitzler rieb.

„Bitte!", stöhnte Helen und bewegte ungeduldig ihr Becken vor und zurück.

Er packte ihren Hintern mit beiden Händen und hielt sie fest.

Helen verstand und rührte sich nicht mehr.

Sanft drückte er sie ein Stück nach oben, kostete ihre nasse Möse, fand mit der Zungenspitze ihren Kitzler und spielte mit ihm.

„Ich will nicht, dass du jetzt kommst, Helen“, keuchte er. „Du wirst erst kommen, wenn ich auf dir liege und mein Schwanz tief in dir steckt.“

Seine Worte verstärkten die Hitze in Helens Körper und sie nickte.

Unerbittlich schloss Alistair die Lippen um ihre Klitoris, saugte daran und leckte die glatte Haut. Seine Hände tasteten dabei nach oben und seine Finger reizten die harten Nippel.

„Alistair“, wimmerte Helen.

„Noch nicht. Mein Schwanz ist aber schon wieder bereit für dich. Dreh dich um und nimm ihn dir.“

Helen gehorchte und schloss gleich darauf erneut ihre Lippen um seinen heißen, seidigen Schaft, während Alistair mit seinem Daumen ihren Kitzler rieb und kurz drei Finger in sie versenkte. Ihr verlangendes Stöhnen ließ seinen Schwanz pulsieren.

Er sah nach oben, sprach leise einen Zauberspruch und die Zimmerdecke über dem Bett verwandelte sich in einen Spiegel. Der Anblick raubte ihm den Atem.

Helens schlanker Körper, der auf ihm lag. Ihr Kopf zwischen seinen Beinen bewegte sich auf und ab. Ihre langen, roten Haare fluteten bis über ihre schmale Taille. Er umfasste ihren Arsch und beobachtete sich dabei, wie er Helen leckte. Sie drückte ihren Rücken durch, spreizte ihre Schenkel noch weiter und presste sich gierig an seinen Mund.

Alistair wollte nicht länger warten. „Ich will dich lieben, Helen. Komm zu mir.“

Sie legte sich neben ihn auf den Rücken und zog ihn in ihre Arme. Er stützte sich auf, strich ihr ein paar feuchte Strähnen aus der Stirn und blickte sie zärtlich an. Ihre Wangen waren gerötet, ihr Mund halb geöffnet und ihre Lippen so sinnlich, dass Alistair fast explodierte, ohne seinen Schwanz anzufassen.

„Meine Frau", flüsterte er.

Alistair sah sie an, als wäre sie ein Wunder, und tiefe Liebe durchströmte sie.

„Bist du glücklich?", fragte sie.

„Wie nie zuvor in meinem Leben." Er küsste sie sanft und Helen seufzte leise.

Langsam, fast träge drang er in sie ein. Er trank ihren zitternden Lustschrei und hielt sie fest in seinen Armen.

„Sieh nach oben, Helen."

Als sie den Spiegel entdeckte, lächelte sie. „Es ist definitiv ziemlich cool, Magie zu besitzen."

Sie schlang ihre Beine um ihn und drückte gegen seinen Hintern. „Schneller."

„Nicht so eilig. Wir haben Zeit. Ich kann endlos lange so weitermachen."

Er biss leicht in Helens Hals und schob seinen harten Schwanz noch tiefer in sie.

„Versprich nichts, was du nicht halten kannst", bemerkte Helen süffisant. Als sie seinen verblüfften Gesichtsausdruck sah, fing sie an zu kichern.

„Na warte, du Biest!"

Mit einem Grinsen packte er sie fester und sie versanken lachend in einen innigen Kuss voller Liebe.

Einer Liebe für die Ewigkeit.

NACHWORT

Liebe Leserinnen und Leser!

Als Autorin entwickelt man Charaktere, füllt sie mit Leben und Eigenschaften und legt fest, wohin die Reise gehen soll. Man lebt mit ihnen, verliebt sich in sie und versucht, sie das tun zu lassen, was man sich am Anfang vorgestellt hat, auch wenn sie manchmal ein durchaus irritierendes Eigenleben entwickeln. Hier ein kleiner Ausschnitt aus einer Diskussionsrunde.

Ash: „Ich finde, dass meine intensiven Recherchetätigkeiten durchaus ein eigenes Kapitel verdient hätten!“

Alistair: „Entschuldige mal, mein Name steht groß auf dem Cover.“

Helen: „Jetzt, wo du es erwähnst … wieso eigentlich? Es geht doch auch um meine Geschichte.“

Aidan: „Weil er sich bei Estelle eingeschleimt hat?“

Finsterer Blick von Alistair. Alle lachen.

Armand: „Ist eigentlich noch was zu essen da?“

Audrey: „Du hast gerade mein Eis geklaut.“

Ash: „Um auf mein fehlendes Kapitel zurückzukommen …

immerhin war ich es, der Licht in die ganze Sache gebracht hat und dann wird das nur so nebenbei erwähnt?"

Alistair: „Wenn du deine Arbeit von Anfang an richtig gemacht hättest …"

Ash: „Also das ist doch …"

Audrey: „Reg dich nicht auf, das nächste Buch ist deins, wie ich aus sicherer Quelle weiß."

Ash: „Und ist Lucy auch dabei?"

Alassë: „Spoileralarm. Am besten schweigt ihr jetzt, und zwar alle!"

Alle verstummen sofort.

Lucas: „Jemand noch Lust auf einen Absacker im Irkalla?"

Irgendwann haben wir uns dann aber alle geeinigt (Ja, Ash, ich bin die Autorin und habe deshalb das letzte Wort.) und das Ergebnis liegt nun vor Ihnen. Wenn Sie an dieser Stelle angekommen sind, hoffe ich, dass Sie meine Figuren ebenfalls ins Herz geschlossen und mit ihnen gelacht, geliebt und gelitten haben. Wenn Ihnen also FORGOTTEN PLACES – ALISTAIR gefallen hat, würde ich mich sehr freuen, wenn Sie eine Rezension (es können auch nur zwei Sätze sein) auf Amazon hinterlassen würden.

Gerne können Sie mich, den Clan und alle anderen Charaktere über meine Facebook-Seite kontaktieren. Wir würden uns sehr freuen, von Ihnen zu hören.

Ihre Estelle Harring

P.S. FORGOTTEN PLACES – Band 2: ASH erscheint im Frühjahr 2016

(Vorausgesetzt es gibt nicht zu viele Diskussionen. Ash: „Hier wird überhaupt nicht diskutiert, ich bin bereit.“ – Aidan: „Und wann bin ich eigentlich dran?“ – Alassë: „Stell dich hinten an.“)

www.facebook.com/EstelleHarring

Printed in Poland
by Amazon Fulfillment
Poland Sp. z o.o., Wrocław

55170656R00207